# 「竜馬」という日本人

司馬遼太郎が描いたこと

高橋誠一郎

Liberal Arts
Publishing
House
人文書館

表カバー版画
「龍馬のように」
田主 誠
（2006 年）

大扉写真
「坂本龍馬の肖像」
（湿板写真）
高知県立歴史民俗資料館蔵

# 「竜馬」という日本人

司馬遼太郎が描いたこと

「竜馬」という日本人◉司馬遼太郎が描いたこと　目次

第二章

第二章

# 竜馬という存在——桂浜の月を追って

## 第四章

第五章 「文明」の灯をともす――〝おれは死なぬ。〟

## 第六章　〝理想への坂〟をのぼる——竜馬の国民像

第七章 竜馬の「大勇」――二十一世紀への視野 301

## 凡例

一、『竜馬がゆく』からの引用は第一巻〈立志篇〉（文藝春秋新社、一九六三年）、第二巻〈風雲篇〉（文藝春秋新社、一九六四年）、第三巻〈狂瀾篇〉（文藝春秋新社、一九六四年）、第四巻〈怒濤篇〉（文藝春秋新社、一九六五年）、第五巻〈回天篇〉（文藝春秋、一九六五年）により、引用箇所は本文中に漢数字で示した巻数とともに章の題名を示す。具体的には、（『竜馬がゆく』［二］「立志篇」・「門出の花」）、または（前掲［二］「風雲篇」・「希望」）、（前掲『竜馬』［三］・「神戸海軍塾」）、（［四］・「変転」）のように表示した。また、『世に棲む日日』（文藝春秋、全三巻、一九七一年）の引用個所は（『世に棲む日日』一・「松本村」）、（二・「空の青」）というように、巻数および叙述個所のタイトルを表示している。『坂の上の雲』（文藝春秋、全六巻、一九六九～七二年）もそれに準じる。

なお、坂本龍馬他（河田小龍）の表記については、「竜馬」、「小竜」とした。

二、右記以外の小説からの引用は文庫版により、本文中に漢数字で示した巻数とともに章の題名を示し、初出の際には各章の末尾に注として出版社名と初版の出版年を記す。

三、小説以外の司馬作品も初出の際には、各章の末尾に注として示す。

四、司馬遼太郎以外の引用文献は、各章の末尾に出版社名と初版の出版年および頁数を記す。

五、煩雑さを避けるために人名や地名の表記は統一し、著名な歴史的人物の場合は原則として、初出の際に本文の括弧内に生没年などを記す。

六、司馬遼太郎関連の年表作成に際しては、執筆時期が分かるように長編小説の単行本が出版された年ではなく新聞などに掲載された時期を示し、また日本人をめぐる対談などの時期も記した。

幕末の本書関連年表は、価値が対立した時に起こる紛争や戦争に焦点を当てながら作成し、日露の歴史が比較できるように勝海舟とほぼ同じ時期に活躍した作家ドストエフスキーの簡易年譜も掲載した。

序

# 物語のはじまり——竜馬という〝奇蹟〟

## 「開国」と「攘夷」

権力者・豊臣秀吉（一五三七〜九八）の暗殺を企てた忍者を主人公とした『梟の城』で直木賞を受賞（一九六〇）した司馬遼太郎は、一九六二年の六月から土佐の郷士坂本龍馬（一八三五〜六七。以下、竜馬と記す）を主人公とした長編小説『竜馬がゆく』を書き始めた。

子供のころには泣き虫だった竜馬が、姉の乙女に鍛えられてめきめきと剣の腕前を上げて、一九歳で江戸の千葉道場へと出発する場面から始まる『竜馬がゆく』は、リズミカルでときに健康なエロチシズムさえ持ち、時代小説のファンばかりでなく多くの若者の心をとらえて、それまで一部の者にしか知られていなかった坂本竜馬を、日本人にもっとも親しまれる歴史的人物にした。

春の日差しのように穏やかな流れで始まる『竜馬がゆく』は、一八五三年の六月に四隻の艦隊を率いて現れたペリー提督（一七九四〜一八五八）が、東京湾の測量をしただけでなく「ごう然と艦載砲をうち放った」場面から、一気に緊張感を増したものとなる。「黒船」艦隊という強大な武力を背景にペリーが「開国」要求を突きつけたことについて司馬は、「もはや、外交ではない。恫喝《どうかつ》であった。」と書き、「近代日本の出発も、この艦載砲が、火を吐いた瞬間から」であり、「それにつれ、後年竜馬の運命もはげしくかわること」になったと続けている（(一)「立志篇」・「黒船来」[1]）。

実際、西欧列強の強力な武力に脅威を感じていた幕府は、一八五四年に今度は七隻の大艦隊を率いて再来日したペリー提督の要求に屈して、下田と函館の開港と燃料・食糧の供給と領事の滞在を許可した日米和親条約を結んだ。さらに一八五八年には大老・井伊直弼（一八一五〜六〇）が、自由貿易と神奈川・長崎・新潟・兵庫の開港と江戸・大坂の開市、領事裁判権や居留地の設定などを認めた不平等条約に調印しようとして、自己の政策の批判者たちを「安政の大獄」（一八五八）で処分したことは、幕府への激しい批判を生んで、政情は一気に風雲急を告げることになった。

たとえば、吉田松陰（一八三〇〜五九）が処刑されたあとで、弟子の高杉晋作（一八三九〜六七）たちは「報復」としての「討幕」のために「天誅」という暗殺を行っただけではなく、「尊王攘夷」を「至上の正義」として、イギリス公使館の焼き討ちなどの攘夷を行った。そして、それは幕府の反発を呼んで、「新選組」を生むこととなり、浪人や長州藩士の殺戮や「池田屋ノ変」（一八六四）を引き起こして、日本は内戦に似た様相を示すようになるのである。

## 世界史への視野

このような激動の時代状況を背景に司馬は、「世界のどの民族の前に出しても十分に共感をよぶに足る青春」として、若き竜馬像を描き出しているのである（前掲〔一〕「風雲篇」の「あとがき」）。

そして竜馬に、開国派の執政吉田東洋（一八一六〜六二）を暗殺することで、権力を握ろうとした友人の武市半平太（瑞山、一八二九〜六五）にたいして暗殺の非を説かせた司馬は、後に「人格はためらいなしに高潔といえる」武市半平太が行ったテロリズムは、「大反動をまねきよせたという点で、逆効果のほうが大きかったようにおもえる」と指摘しているのである（「武市半平太」『歴史の中の日本』(2)）。

さらに一九六二年のキューバ危機の際には、米ソ二大国による核戦争が勃発する危険にすら直面していたが、司馬は幕末の薩長同盟と当時の国際情勢を比較しながら、「米国とソヴィエト連邦とが握手すれば世界平和はきょうにでも成る、という議論とやや似ている。／竜馬という若者は、その難事を最後の段階ではただひとりで担当した。」と書いている（『竜馬がゆく』〔四〕「怒濤篇」・「秘密同盟」）。

しかも私が長編小説『竜馬がゆく』を読んだのは、すでにこの小説の連載が終わっていた一九六九年の頃だったが、その当時はベトナム戦争が激しさを増す一方で、下火になりかけていた学生運動では主張の違いから、自分たちの正当性を訴えるために対立するセクトとの血なまぐさい暴力闘争やリンチなどが行われ始めていた。

一方、司馬は海援隊設立の場面では、それまで虐げられてきた土佐藩の下級武士出身の多くの同志を処刑した後藤象二郎（一八三八〜九七）の暗殺を企てた隊員たちにたいして、竜馬に「双方がたがいに仇かたきと言い蔓《わご》っては、水戸の党禍の二ノ舞になるばかりじゃ」と言わせて、「自己の正義」を主張して「他者」を殺すことは、「復讐の連鎖」を招くことを指摘させていたのである。

そして、「坂本竜馬は維新史の奇蹟、といわれる。」としながらも司馬は、「その竜馬のもっているどの部分が、それをやったのか。／また、一人の人間のもっている魅力が、歴史にどのように参加してゆくものか。／さらに、そういう竜馬の人間像が、どのようにしてできあがってゆき、まわりのひとはそれをどのようにみたか。／そういうことに興味をもった。／いつか、それを小説に書こうとおもいつつ歳月をすごした。」と書いていた。

この文章を読んだときに私は、「奇蹟」という情念性の強い単語を用いつつも司馬が、坂本竜馬が活躍した幕末の日本をきわめて多面的な視野から客観的に描くことで、「竜馬」という歴史上の人物の生成や「思想」にも迫ろうとしていたことを知った。すなわち、「世界の海援隊」を目指した竜馬の視野には、勝海舟（一八二三〜九九）を通して得られたアメリカの独立戦争（一七七五〜八三）や南北戦争（一八六一〜六三）、さらにはフランス革命（一七八九〜九九）とその後の諸戦争やイタリアの統一運動など当時の複雑な国際情勢が入っていたのである。

こうして、世界史的な視野で歴史を描いた司馬の作品を読むようになった私は、日露の交流史に対する司馬遼太郎の関心の深さと、ロシア観の深まりをも知ることになった。

## ロシアと日本の近代化の比較

『竜馬がゆく』において司馬は、一八五四年に艦隊を率いて浦賀に再来航したペリーのアメリカ船での密航を企てることになる吉田松陰が、その前年に長崎に来航していたロシアのプチャーチン提督（一八〇三〜八三）の艦隊での密航を試みて断られていたと書いていた（〔五〕「回天篇」・「清風亭」）。しかし、日本と「開国」交渉を行っていた同じ年には、黒海やバルカン半島での覇権をめぐって、ロシアはトルコとのクリミア戦争（一八五三〜五六）に突入しており、その翌年にはイギリスやフランスからも宣戦を布告されて苦戦を余儀なくされており、日本海近海で海戦が行われる可能性さえあったのである。

それゆえ、吉田松陰と高杉晋作を主人公とした『世に棲む日日』（一九六九〜七〇）では、松陰がロシア船での密出国に失敗したのは、クリミア戦争勃発の危険性が高まったためにその情報を得る必要などから、ロシアの艦隊が長崎を一時離れて上海に出港していたためであったとより正確に書いている（一・「岸頭」[3]）。

しかも、一八〇八年にはオランダ国旗を掲げて長崎湾に入港したイギリスの軍艦フェートン号が、オランダ商館から食料や薪水を荒掠するという事件を起こしていたことにも言及していたプチャーチン提督の秘書官を務めた作家のゴンチャローフ（一八一二〜九一）は、東ローマ帝国からギリシア正教を受容したことにより、西ローマ帝国からカトリックを受容した西欧とは異なる「文明」を築いていたロシアの歴史をふまえて、日本がとった鎖国政策にもある程度の理解を示していたのである。

二〇代の一時期にギリシア正教についての話を聞くことを好んだと書いた司馬も、「私どもが正統（オーソドックス）です」と主張するロシア正教会の老神父の言葉を紹介しながら、「エルサレムに始まったキリスト教は、最初、小アジアとギリシャにひろまり、やがてコンスタンティノープルが大本山の所在地」になり、「ロシアは十世紀末以来この東方のキリスト教を受容」と説明している（「函館ハリストス正教会」『北海道の諸道』〔『街道をゆく』第一五巻〕）。(4)

しかも、ゴンチャローフはイギリスが行ったアヘン戦争（一八四〇〜四二）の非道さを厳しく批判していたが、「眠れる獅子」と恐れられていた清帝国とイギリスとの間でペリー来航の前に起きたこの戦争は、大陸とは一衣帯水の距離であった長州藩の藩士や九州諸藩の藩士たちの危機感をかき立てていたのである。

一方、『世に棲む日日』において司馬は、吉田松陰の師・佐久間象山が「王座の革命家」と呼ばれるピョートル一世（大帝。在位一六八二〜一七二五）を尊敬していたことについても記述していた。そして、日露戦争をクライマックスとした長編小説『坂の上の雲』（一九六八〜七二）において司馬は、日本とロシアの近代化を比較しながら、「当時の西ヨーロッパ人からみれば半開国にひとしかった」ロシアで、「保守家のあいだで『攘夷論』がおこった」にもかかわらず、ピョートル大帝が使節団を西欧に派遣したり「ひげをはやしている者には課税」するなどの「西欧化を断行」していたと記しているのである（二・「列強」）。

この意味で興味深いのは、「安政の大獄」を行った井伊直弼の暗殺を描いた短編「桜田門外の変」など、幕末におけるさまざまな暗殺をテーマとした短編集『幕末』の「あとがき」で司馬がすでに、アレクサンドル二世（在位一八五五〜八一）の暗殺に言及しつつ、「暗殺は、歴史の奇形的産物だが、しかしそれを知ることで、当時の『歴史』の沸騰点がいかに高いものであったかを感ずることができる」と記していることである。(5) このとき司馬は、日本に先立ってピョートル大帝のころに上からの改革が行われて、「富国強兵」には成功したが、その後皇帝に権力が集中するようになり批判が許されなかったロシアの帝政と、幕府を「絶対専制権力」としようとした井伊直弼の政治手法とを重ねて考察していると言っても過言ではないだろう。

実際、一八六六年にはロシアで皇帝アレクサンドル二世の暗殺未遂が起きたが、それよりも三年前の一八六三年には、安政の大獄で尊敬する師の吉田松陰を処刑された高杉晋作たちにより、将軍の暗殺が企てられていたのである。

つまり、ロシア帝国を「野蛮」と規定したナポレオン一世（一七六九〜一八二一）が「正義の戦争」と称して大軍を率いて侵攻した際には、自国の「伝統」が侮辱されたロシアではナショナリズムが高まり、貴族だけでなく虐げられていた農民も一丸となって闘って「祖国戦争」（一八一二）に勝利していた。「黒船」艦隊という強大な武力を背景に、それまでの幕府の「定法」や日本的な「伝統」を無視した形で、ペリーから「開国」要求を「正義」として突きつけられた日本でもナショナリズムが喚起されていたのである。

そして、幕府がペリーの要求に屈したことは、それまで自らを「公儀」として「幕法」の遵守を求めてきた幕府に対する不満を強めるとともに、ピョートル大帝以降に急速な近代化を行って「祖国戦争」に勝利していたロシアへの関心や、「攘夷」という形で「自分の正義」を武力で訴えようとする「志士」たちを生みだす契機となったのである。

## 「ヨコの関係」の構築

しかも、このような形でそれまでの価値観が揺らぎ始めると、それぞれが小さな「公」として、「藩法」や「忠孝」という「縦の道徳」の遵守を求めた藩と、新しい価値観を求めた若者たちとの間にも軋轢が生じた。こうして、歴史の緊張が深まる中で、それまでの「道徳」とは異なる「自然な道徳」としての「友情」が、厳しい弾圧にあった蘭学者や長州の若者たちの間に見られるようになるのである。

たとえば、二〇歳になった竜馬と彼よりは二つ年上で生涯の盟友となる長州藩の桂小五郎（木戸孝允。一八三三〜七七）との出会いの場面で司馬は、竜馬に「頼むべきは、よき友だけだ。男子、よき友は拝跪《はいき》してでも求めねばならない」と語らせているばかりでなく、桂にも「朋友のあいだに信の一字があってこそ世の大事をなせるのだ」と語らせている（『竜馬がゆく』〔一〕「立志篇」・「二十歳」）。

そして『世に棲む日日』において、「もともと日本人の倫理は忠孝をやかましくいうが、横の関係である友情や友誼についてはさほどに言わない」ことに注意を向けた司馬は、「この倫理が日本人のなかに鮮明になってきたのは、むしろ明治後、西洋からそういう思想を輸入されてからだといってもいい」としながらも、「幕末、そういうものが自然の倫理として濃厚だったのは長州藩においてであり、タテの関係の倫理を尊ぶ他藩では濃厚にはみられない」と書いている。

さらに、『花神』（一九六九～七一）において蘭学者・緒方洪庵（一八一〇～六三）とその弟子の村田蔵六（大村益次郎。一八二四～六九）や福沢諭吉（一八三四～一九〇一）たちの役割に注目した司馬は、『胡蝶の夢』（一九七六～七九）において「日本における友情の歴史というものが書かれるとすれば、まだ貧弱な内容と伝統としかないにちがいない」としながらも、「友情という現象が濃厚に出てくるのは、江戸末期である」とし、ことに蘭学者の間では「凄惨な事態の前後で友情の発露と見られる人間の現象が幾例も見受けられる」と書くことになる（一・「順天堂」）[6]。

このように見てくるとき、「鳥瞰的な視点から」英雄たちの歴史を描いているように見られてきた司馬遼太郎の小説が、「日本における友情の歴史」を丹念に掘り起こして描いていることに気づく。

しかも、「友情」についての司馬の考察は戦時中の体験とも深く結びついていた。実は、戦車第十九連隊に初年兵として入隊したときに、古参兵から「スパナをもってこい」と命じられた司馬（福田定一、一九二三～九六）は、「足もとにそれがあったのにその名称がわからず、おろおろしていると」、古年兵からそのスパナで頭蓋骨が陥没したのではないかと思うほどに殴られるという体験をしていたのである（「戦車・この憂鬱な乗物」『歴史の中の日本』[7]）。

このとき若き司馬（福田定一）は、「忠孝」という「縦の道徳」が、国家のためという名目を与えられるときに、「いじめ」をも許容してしまうことを実感していたといえるだろう。それゆえ、対談で作家の小田実が、「平等なつき合いをつくるための倫理と論理と、そのための手だてを教えるのが教育」だが、日本では「ヨコのつながりの倫理もぜんぜん教えていない」ので、「いろんな問題が起こってきている」と指摘したのを受けて司馬も、日本は「弥生式時代からタテできたから、ヨコにせないかんというのが、いまの重大な課題」であると述べているのである[8]。

つまり、国家がその威信と存亡を賭け、国家の総力を挙げて行う戦争の時期には、戦場で戦うことになる青年たちへの教育がどの国でも徹底的に行われてきた。そのような形で「皇国史観」によって「忠孝」という「縦の道徳」を教えこまれ、学徒出陣を強要されていた司馬（福田定一）にとって、「ヨコの関係」である「友情という道徳」の構築は、「縦の道徳」を越えるために重要な課題だったと思えるのである。

## イデオロギーフリーの立場で

この意味で興味深いのは、『竜馬がゆく』を書き始めたのと同じ一九六二年のエッセーで、司馬が「『史記』こそ世界最大の文学だと信じていたから、司馬遷の姓を借りることにし、名を遼とした」と書き、「司馬ヨリモ遼（ハルカニトオシ）とシャレたつもりであった。ところが司馬遼では国籍をまちがわれると思い、太郎をつけた」と続けていることである（「遥かなる司馬遷」『司馬遼太郎が考えたこと』第二巻）[9]。

この文章と出会った時に私が思い出していたのは、「司馬遷は生き恥さらした男である」という激しい言葉で始まり、「多く名著は苦しみによって生れるが、その苦しみの形が司馬遷のようにはっき

りしているのは類がない」と続く武田泰淳の司馬遷論である。(10)

すなわち『史記』には、「匈奴政策に一生を賭した英雄豪傑」たちの「列伝」が多く載っているが、司馬遷は「辺境」の異民族である匈奴と寡兵を率いて勇敢に戦い、捕虜になった武将・李陵を弁護したために皇帝の怒りを買って、宮刑という屈辱の刑を味わわされつつも、自殺をせずに生き残って歴史書という形で歴史を書きつづけていた。

この文章と出会った時、私は若き福田定一が紀元前の中国の歴史家・司馬遷（前一四五？～前八六？）という名前にちなんだペンネームをつけた時の秘かな決意を知ったように思えた。しかも、武田泰淳はここで「私は、記録は実におそろしいと思う。記録が大がかりになれば世界の記録になるし、世界の記録をなすものは、自然、世界を見なおし考えなおすことになるからである」と書いているが、この言葉は司馬の歴史認識の深化についても予告しているように見える。

実際、司馬は『竜馬がゆく』を書き始めたのと同じ一九六二年に書いたエッセーで「大東亜戦争」について「このきちがいじみた戦争のおかげで人間があまりにも多く殺されすぎた」としながら、「『軍神』だけがその死に特別な栄誉をあたえられるのは、他の無名の死者への冒瀆であろう」として、軍人の戦死者だけを「英雄」として讃えた当時の軍部や報道のあり方を厳しく批判しているのである（「軍神・西住戦車長」『司馬遼太郎が考えたこと』第二巻）。(11)

『漢書』以降の中国の歴史書が「ことごとく時の権力者から編纂を命じられ、いわばお墨付きをもらって完成している」が、司馬遷は『史記』を個人の力で完成したことを指摘した作家の陳舜臣は、「のちの諸史が、断代史であるのにくらべて、『史記』は五帝以後、夏、殷、周、春秋、戦国、秦、漢にいたる、当時の世界史をめざしたことも特筆すべきであろう」ことにも注意を促している。[12] たしかに、様々な「帝国」だけでなく「国家」の歴史を比較した『史記』には、時代的な制約はあるものの、きわめて斬新な比較という方法すら明らかに見られるのである。

一方、満州の戦車隊で「五族協和・王道楽土」などのイデオロギーというレンズの入った「窓」を通してみることの問題点を痛感した司馬も、もし戦場から生きて帰れたら「国家神話をとりのけた露わな実体として見たい」と思うようになり、この「露わな実体」に迫るために「自分への規律として、イデオロギーという遮光レンズを通して物を見ない」という姿勢を課していた（「訴える相手がないまま」『十六の話』[13]）。

青年のころに「神州無敵」といったスローガンに励まされて学徒出陣した司馬は、「イデオロギーにおける正義というのは、かならずその中心の核にあたるところに、『絶対のうそ』があります。」と書いている（「ブロードウェイの行進」『「明治」という国家』日本放送出版協会[14]）。国家が強要する「〝正義の体系〟（イデオロギー）」によってではなく、自分が集めた資料や隣国の歴史などとの比較によって日本史を再構築しようとした司馬遼太郎の試みもまた壮大だったということができるだろう。

## 最初の「日本人《にっぽん》」

『竜馬がゆく』にはさまざまな名場面があるが、その一つは勝海舟の暗殺に行ってその門人になってしまった竜馬に怒りを覚えて、「一体、坂本さまは何者なのでございましょう」、「攘夷論者なのですか、開国論者なのでございますか」と鋭く問いつめる千葉貞吉の娘千葉さな子と竜馬との応答であろう。この対話をとおして司馬は竜馬の生き方を見事に浮き彫りにしていると思えるので、原文をそのまま引用しておきたい（［二］「風雲篇」・「伯楽」）。

「わしァ、チョウサイ坊（阿呆）じゃきに、そうわァわァ理屈ばァ、耳もとで蔓《わご》るようにいわれても、わかりません」

「ずるい」

その土佐弁が、だ。さな子は外国人と話しているようであった。

「坂本様は、いったい、佐幕人でありますか、それとも、尊王攘夷のために命をお捨てなされようとしているお方でありますか」

「へへ」

竜馬は、チョウサイ坊のようにわらっている。

「日本人です」

「にっぽん人？」

さな子は妙な顔をした。そんなものは実在しないのである。

すくなくとも幕末には、日本人は実在しなかった。

緊迫した時代には、「攘夷」か、「開国」かと二者択一を迫られるような事態が多くなるが、竜馬はそれには直接に答えずに、それらを抱え込むような形で、「日本人」という新しい概念を示したといえよう。つまり、幕府の高官でありながらアメリカにも「咸臨丸」で訪れたことで、すでに「日本」という新しい国家像をも持っていた勝海舟との出会いのあとでは、竜馬は「思想家としての風姿」を帯びるようになっていたのである。そして、長崎で友情や平等という理念を大事にした「亀山社中」という組織を作った竜馬は、薩長同盟の締結の場面でも、あくまでも「自藩」にこだわる西郷隆盛（一八二七〜七七）と桂小五郎にたいして、「日本人」という立場から説得することになるのであり、それまで互いに激しく敵対しあっていた長州と薩摩を結びつけることで、「国民国家」建設への道筋を描いた。

しかも、薩長同盟を成立させたあとで戊辰戦争が勃発する危険性が生まれたときに竜馬は、「時勢の孤児」となって自らの生命さえも狙われるという危険を知りつつ「大勇」を発揮して、「大政奉還」という武力によらない解決の方法を提示し、「歴史の扉」を未来へと大きく押し開けたのである。

ただ、さな子との対話を描いた後で「幕末で、日本人は坂本竜馬だけだったといわれる。」と書いた司馬は、それに続けて「昭和軍閥を動かした連中は、陸軍人ではあったが、日本人ではなかった。われわれ日本人は、陸軍人という人種によって国家や家庭を破られた。」ときわめて激しい言葉で昭和軍閥を動かした高級参謀たちを批判している（傍点引用者、［二］・「伯楽」）。

自藩中心に物事を考えた当時の武士に対してならばともかく、明治以降の「陸軍人」を「日本人ではなかった」とするのは、論理的には明らかな矛盾である。それにもかかわらず、司馬はなぜ激しい言葉で「昭和軍閥を動かした連中」を「否定」しているのだろうか。

この意味で注目したいのは、『世に棲む日日』において司馬が坂本竜馬の盟友だった木戸孝允（桂小五郎）に、明治政府の大官たちを、「どさくさに時流にのった者ばかりだ」と規定させ、「こういう政府をつくるためにわれわれは癸丑《きちゆう》以来粉骨したわけではない。死んだ同志が地下で泣いているに相違ない」と痛烈に批判させていることである（二・「暗殺」）。

司馬が昭和初期を「別国」と呼んだことはよく知られており、そのために司馬の歴史認識の非科学性が批判されてもいる。しかし、『竜馬がゆく』において幕末の「攘夷運動」を詳しく描いた司馬は、その頃の「神国思想」が、「国定国史教科書の史観」となったと歴史の連続性を指摘し、「その狂信的な流れは昭和になって、昭和維新を信ずる妄想グループにひきつがれ、ついに大東亜戦争をひきおこして、国を惨憺《さんたん》たる荒廃におとし入れた。」と痛烈に批判しているのである（三・「風雲篇」・「勝海舟」）。この文章に留意するならば、幕末の動乱を描きつつ司馬の視線が昭和初期の日本に向けられていたことは確かであろう。

しかも脚本家の小林竜男は、『竜馬がゆく』の主人公の形象を作りあげる際に司馬が、一九五六年のハンガリー動乱の際に、学生団の委員長としてソ連に対する抗議活動を行い、後に国外に亡命してアメリカや日本の大学で学んでいたハンガリー人のトロクをもモデルにしていたことを明らかにしている。(15)

『坂の上の雲』の半年後に書き始める『空海の風景』（一九七三～七五）において司馬は、「国家や民族」という「特殊性から脱けだして、人間もしくは人類という普遍的世界に入りえた数すくないひとり」と空海（七七四～八三五）を高く評価している（『空海の風景』十三）。(16)

「竜馬」もまさにそのような「普遍的」視野を持ち得た人物として描かれているといえるだろう。

このようにみてくるとき、竜馬をとおして幕末の日本を考察した『竜馬がゆく』という時代小説をきちんと読み解き、司馬の「日本人」観に迫ることは、日露戦争や「大東亜戦争」（太平洋戦争）に至る日本の歴史を考察するうえばかりでなく、二十一世紀の世界像を考えるうえでも重要だと思える。

## 本書の構成

以下本書では、ペリー来航以降の激動の幕末における武市半平太や桂小五郎との交友や、勝海舟との出会いをとおして「竜馬」という主人公の成長を描いた『竜馬がゆく』を、「ヨコの関係」である「友情」と「師の志の継承」という「タテの関係」に注目しながら、なるべく作品の構造に忠実に沿った形で精緻に読み解いていきたい。

そして、アヘン戦争をも視野に入れつつ、吉田松陰やその弟子の高杉晋作などの活躍を描いた『世に棲む日日』をも、「忠孝」という「タテの道徳」だけでなく、「師の志の継承」にも注目しながら、作品の構造に沿った形で読み解く。

さらに、この二つの作品に緒方洪庵の志を受け継ぎ、シーボルト（一八〇四～一八八五）の娘イネ（＝楠本いね。一八二七～一九〇三。日本最初の産科女医）の教育にあたり、さらに若き山陰鎮撫総督・西園寺公望（一八四九～一九四〇）からも師と仰がれるようになる村田蔵六（大村益次郎）を主人公とした『花神』を組み合わせて読み込む。このことで、『竜馬がゆく』という長編小説が持つ歴史的な視野の広さに迫ることができるだろう。

多くの作品を考察の対象とすることで、『竜馬がゆく』を一気に読み解くという醍醐味は少し失われることになるが、第七章で見ることになる竜馬の「孤影」の深さや決断の重みを分析するためには、幕末という危機的時代を必死で切り開こうとした若者たちのさまざまな苦悩や試みと比較する中で、竜馬像を浮き彫りにすることが必要だと思えるからである。

まず、第一章では江戸の千葉道場へと旅立つことになった竜馬が、黒船来航の騒ぎの中で桂小五郎（木戸孝允）との出会いを経て、己の歴史的役割を自覚するまでを描いた『竜馬がゆく』の第一巻〈立志篇〉を、時代小説的な筋の面白さや登場人物の描かれ方にも注目しながら考察する。

第二章では『世に棲む日日』の第一巻を詳しく分析することで、伯父の玉木文之進（一八一〇～七六）によって己を捨てるように厳しく教育された若き吉田松陰が、九州への留学をへて江戸で師・佐久間象山（一八一一～六四）と出会い、世界を己の眼で見ようとして当時の大罪を犯して二度の密航を試みて捕まり故郷で松下村塾を開くまでの言動の描写をとおして、若き松陰の国際的な視野の広さと人間的なやさしさを確認する。

そして第三章では長崎帰りの蘭医で義理の兄となった岡上《おかのうえ》新輔と絵師の河田小龍（一八二四～九八。以下、小竜と記す）との交流や黒船来港の一年前に土佐に帰還していたジョン万次郎（一八二七～九八）の漂流の問題を考えることで、黒潮の流れる土佐に生まれた竜馬の広い視野に迫り、家老の妹お田鶴と竜馬の関係を考察することで、「桂浜の月」の象徴的な意味を明らかにする。さらに、武士と商人を兼ねる「両頭の蛇」のような坂本家に生まれた竜馬が、商人的な「利」の視点を持っていただけでなく、〝開墾百姓の子孫〟と語ったとも描かれていることにも注意を向けて、「農」の視点をも強くもっていたことを確認する。

第四章では、幕府を「絶対専制権力」としようとした井伊直弼によって処刑された師の志を受け継いで「狂生」と名乗るようになった高杉晋作が、上海の状況を観察したあとで、「日本革命の大戦略」をたて、「防長国」(長州藩)を拠点に激しい討幕活動を始めるようになる過程を考察する。それとともに、勝海舟との出会いの後では日本国内の情勢だけでなく、オランダやイギリス・アメリカ・ロシア・フランスなど西欧各国の情勢をも踏まえて、「藩」を越えた「国民」という価値に目ざめていく竜馬の歩みを追うことで、「日本人」になることの意味に迫る。

第五章では、土佐勤王党の処罰や池田屋ノ変、さらに蛤御門ノ変などが相次ぐ「狂瀾」の時代に、神戸海軍塾などをとおして「文明」という「普遍的価値」を求めた竜馬の思想的な深まりを考察する。司馬は、後に『アメリカ素描』(一九八五)において、「文明」とは「たれもが参加できる普遍的なもの・合理的なもの・機能的なもの」、「文化はむしろ不合理なものであり、特定の集団(たとえば民族)においてのみ通用する特殊なもの」と明確に定義しているのである(17)。

さらに、若き日の松陰の志を継いで秘密留学生としてイギリスへと派遣された伊藤博文(俊輔。一八四一〜一九〇九)や井上馨(聞多。一八三五〜一九一五)が、四国連合艦隊が長州藩への攻撃を意図していることを新聞で知って急遽帰国してからの言動や、敗戦を見事に処理した高杉晋作の活躍がどのように描かれているかを考察する。

そして第六章では、海軍塾の廃止が決まるなどの厳しい状況のなかでも、勝海舟の広い国際認識を踏まえて、竜馬が「理想への坂」を登るために「亀山社中」を起ち上げ、さらに「薩長同盟」を成立させるまでの言動を分析する。他方、幕府に屈した長州藩に対してクーデターを起こした晋作が、庶民の軍隊である奇兵隊の活躍などによって政権を握っただけでなく、その見事な作戦や竜馬の加勢などで幕府との海戦に勝利するまでの描写を考察することで、彼らが目指した「新しい国家」像に迫る。

ここで注目したいのは、革命の第一世代として「思想家」吉田松陰を描き、第二世代として「戦略家」高杉晋作の活躍を描写した司馬が、その後で幕末の「防長国」の表舞台に登場することになる山県狂介（有朋。一八三八～一九二二）を、第三世代の「処理家」として位置づけていることである。なぜならば、第三巻の「ヤクニン」の章で、「責任回避の能力のみ」が発達した「幕藩官僚の体質」と「帝政ロシアの官僚の精神」との類似性に注意を促していた司馬は、同じ時期に書いていた『坂の上の雲』においては、日露戦争の後で日本の新聞が「ロシア帝国の敗因」を冷静に分析する「続きもの」を連載していれば、その結論はロシア帝国が、「みずからの悪体制にみずからが負けた」ことを明らかにできたはずだと明確に指摘しているからである（五・「大諜報」[18]）。

日本の新聞のふがいなさを鋭く指摘したこの言葉からは、激動の幕末から昭和初期の「別国」に至る日本史の流れを、ロシア帝国の歴史と比較しながら観察するジャーナリスト・司馬遼太郎の厳しい視線が感じられる。

第七章では、「政治家」後藤象二郎（一八三八～九七）や「経済人」岩崎弥太郎（一八三四～八五）の言動と比較することにより、「薩長同盟」を成し遂げたことで武力による討幕が「時勢」となり始めると、「孤立」することを覚悟しつつも、一転して「船中八策」を考え出して平和的な解決を試みた「思想家」竜馬の決断の意味を考察する。

最後に、竜馬と村田蔵六の暗殺の描写を考察することで、混迷の幕末を描いたこれらの長編小説における考察が、戊辰戦争後の佐賀の乱から西南戦争に至る新たな混迷のあとで生まれる明治初期の自由民権運動の考察ときわめて深いつながりを持っているだけでなく、日露戦争をクライマックスとする『坂の上の雲』を読み解く上でもきわめて重要であることを明らかにしたい。

本書での考察をとおして私たちは、司馬がすでに『竜馬がゆく』において戦前の「閉ざされた愛国」や狭義の「公」の危険性を示すとともに、「開かれた愛国」や地球規模の「公」の理念の重要性を示唆していたことを明らかにすることができるだろう。

**注**

（1）司馬遼太郎『竜馬がゆく』文藝春秋、全五巻（初出は「産経新聞」一九六二年六月～六六年五月）。
（2）司馬遼太郎「武市半平太」『歴史の中の日本』中公文庫、一九七六年。
（3）司馬遼太郎『世に棲む日日』文藝春秋、全三巻（初出は『週刊朝日』一九六九年二月～七〇年一二月）。
（4）司馬遼太郎「函館ハリストス正教会」『北海道の諸道』（『街道をゆく』第一五巻）朝日文庫、一九八五年（初出は『週刊朝日』一九七九年一～七月号）。
（5）司馬遼太郎『幕末』文春文庫、二〇〇一年（初出は『オール讀物』一九六三年一月～一二月。初出時の題名は「幕末暗殺史」）。

(6)司馬遼太郎『花神』新潮文庫、一九七六年、全三巻（初出は「朝日新聞」一九六九年一〇月〜七一年一一月）。
(7)司馬遼太郎「戦車・この憂鬱な乗物」『歴史と視点』新潮文庫、一九八〇年（初出は『小説新潮』、一九七三年五月号）。
(8)司馬遼太郎・小田実「坂本竜馬の歴史的意義」『天下大乱を生きる』風媒社、一九九六年、九四頁、九九頁（初出は潮出版社、一九七七年）。
(9)司馬遼太郎「遥かなる司馬遷」『司馬遼太郎が考えたこと』第二巻、新潮文庫、二〇〇五年（全一五巻。初出は『サンデー毎日』一九六二年、第四十一巻第十六号）。
(10)武田泰淳『司馬遷——史記の世界』講談社文庫、一九七二年、二五頁。
(11)司馬遼太郎「軍神・西住戦車長」『司馬遼太郎が考えたこと』第二巻、新潮文庫、二〇〇五年（全一五巻。初出は『オール讀物』一九六二年、第十七巻第六号）。
(12)陳舜臣「史記の魅力」『史記』第一巻、徳間文庫、二〇〇五年。
(13)司馬遼太郎「訴える相手がないまま」『十六の話』中公文庫、一九九八年（初出は『週刊朝日』一九八五年、一月四・十一号、一月十八号）。
(14)司馬遼太郎「ブロードウェイの行進」『「明治」という国家』日本放送出版協会、一九八九年。
(15)小林竜雄『司馬遼太郎考——モラル的緊張へ』中央公論社、二〇〇二年、四七〜六八頁。
(16)司馬遼太郎『空海の風景』中公文庫、一九七八年、全二巻（初出は『中央公論』一九七三年〜七五年）。

（17）司馬遼太郎『アメリカ素描』新潮文庫、一九八九年（初出は「讀賣新聞」〔第一部〕一九八五年四月〜五月、〔第二部〕一九八五年九月〜一二月）。

（18）司馬遼太郎『坂の上の雲』文藝春秋、全六巻（初出は「産経新聞夕刊」一九六八年四月〜一九七二年八月）。

第一章

# 幕末の風雲

――竜馬は生きている。

# 一　旅立ち

## 千里の駿馬

『竜馬がゆく』の第一章では、坂本竜馬（一八三六〜六七）がわずか一九歳にして日根野道場で小栗流の目録を与えられ、江戸の三大道場の一つとされる北辰一刀流の千葉道場での修行へと旅立つという場面が描かれている。

『竜馬がゆく』の冒頭に置かれた「門出の花」という章の題名は、旅において様々な人物と出会い、その地域の地理や習慣、学問をみずからの眼で確認することのできる「旅」でその人間性を大きくしていくことになり、広い視野を有するようになる竜馬の旅立ちを象徴的に示していたように見える。

しかもここで「門出の花」という華やかな題が与えられているのは、私個人の思い入れが強すぎるのかもしれないが、日本の歴史を旋回させた後で暗殺された竜馬への深い哀悼の念が込められているように思える。

なぜならば、一九四二年にやはり一九歳の時に蒙古語部のある大阪外国語学校に入学していたもののその翌年に学徒出陣で徴兵されていた司馬が、「学徒出陣」を「人生の門出」どころではなく、「葬列への出発と同義語であった」と、一九五四年の「それでも死はやってくる！」という題のエッセーに書いているからである。(1)

実際、満州の戦車学校で初めて司馬は、一般の国民には知らされていなかったノモンハンの大敗と、「日本軍の戦車小隊長、中隊長の数人が、発狂して癈人になったというはなし」を聞いて戦慄するとともに、同じような装備の戦車では新たにソ連軍と遭遇しても同じ事態が起きることを覚悟しなければならなかったのである。

この意味で注目したいのは、「天がこの奇蹟的人物を恵まなかったならば、歴史はあるいは変わっていたのではないか」と『竜馬がゆく』第一巻の「あとがき」に書いた司馬が、次のような言葉で結んでいることである。

　　われわれの歴史のあるかぎり、竜馬は生きつづけるだろう。私はそれを感じている自分の気持を書く。冥利というべきである。

この文章には坂本竜馬という人物に対する司馬の深い思いが端的に表れており、それゆえ司馬は、伝説や神話的な要素さえも忌避することなく存分に用いることで、読者の前に竜馬という若者の姿を生き生きと現出させたのである。

しかも、歴史の語り部としての司馬の巧さは、竜馬には「うまれおちたときから、背中いちめんに旋毛《せんもう》がはえていた」ので、豪気な父の八平が「馬なら千里の駿馬《しゅんめ》ということば」があると言って竜馬という名前を付けたことを記すだけでなく、「この子はへんちくりんじゃ、馬でもないのにたてがみがはえちょる」として、泥棒猫になるかも知れないと考えた母幸子の心配を記していることである。

こうして、司馬は竜馬を龍になることが決定された雄々しい英雄としてではなく、竜馬自身の自己認識も「千里の駿馬」と「泥棒猫」との間で揺れているような若者として描いているのである。

たとえば、「十二になっても寝小便《よばあ》をするくせがなおらず、近所のこどもたちから『坂本の寝小便ったれ』とからかわれた。」が、「気が弱くて言いかえしもできず」にすぐ泣くような弱虫であった竜馬が、入塾しても文字も容易におぼえられなかったので、塾の師匠からも「あの子は、拙者には教えかねます。」と見はなされていたと司馬は書いている（『竜馬がゆく』［一］「立志篇」・「門出の花」）。

「自分は頭がわるい、というのは竜馬のながい迷信である。これは子供のころの塾の先生によって植えつけられた。…中略…このとき少年の心に突きささった劣等感は、容易にぬけるものではない。」と後に司馬は書いているが、それは教育の根幹にかかわる指摘であろう（前掲［一］・「若者たち」）。

一方、母親の幸子が死んでからずっと弟のめんどうを見てきた三歳年上の姉の乙女《おとめ》には、竜馬には「どことなく茫洋とした味がある」ように見え、兄の権平から「そういう者を茫洋といわず薄のろという」と反駁されても、「竜馬が目を細めているとき、この少年だけがわかる未知の世界を遠望しているように」思えた。それゆえ、体が大きくしかも機敏で男勝りだった乙女は、剣の練習では竜馬を何度も庭の池へ突き落とし、それを見かねて注意した兄に対して、「竜は雨や雲を得て昇天するといいますから、竜馬を水につけてみて、ほんとうの竜になるかどうかをためしているのです」と説明したのである。

こうして、いわば劣等生だった竜馬は、「坂本の仁王様」というあだ名がある姉乙女の薫陶を受けたことでめきめきと剣の腕を上げて目録を与えられるまでになり、ついに江戸桶町の千葉貞吉の道場へと剣の修行に出かけることになったのである。

## 「辺境」から

竜馬の生い立ちにもふれつつ竜馬の門出を描いた司馬は、「土佐の高知から江戸までの里程は、山河、海上をあわせて三百里はある。まず、旅びとたちは、四国山脈の峻嶮《しゅんけん》をふみこえなければならなかった。」と記すことで、土佐と江戸との距離を強調している。

さらに、第二巻で剣術の修行という名目で竜馬を松山にも立ち寄らせた際に、「春や昔十五万石の城下かな」という正岡子規の名句を紹介していた司馬は（二「風雲篇」・「希望」）、『坂の上の雲』では「世の人は四国猿とぞ笑うなる／四国の猿の子猿ぞわれは」という子規の句を引用している。

そして、子規の死を友人たちに伝えにゆく途中でこの一首を思い出した弟子の高浜虚子には、「子規は、自分が田舎者であることをひそかに卑下していたが、その田舎者が日本の俳句と和歌を革新したぞという叫びたくなるような誇りを、このうたにこめている」と思われたと司馬は分析しているのである（三・「十七夜」）。

つまり、「辺境」と「中心」という視点から見るとき、「辺境」とされた四国から当時の中心地であった江戸へと旅立とうとしていた郷士の若者坂本竜馬を主人公とした『竜馬がゆく』は、東京の学校で学ぶことによって立身出世を遂げようとした正岡子規などを主人公とした『坂の上の雲』と同じような構造をもっていたのである。

しかも、阿波・岡崎ノ浦の宿に着くと障子をあけて、「淡路島がちかぢかと見え、遠く紀州の山なみが、夕雲の下で薄桃色に息づいている」光景を見た竜馬に、「おれは、海と船の見える部屋がすきなんだよ」と語らせていた司馬は、家老の妹お田鶴たちと相部屋となることを提案された竜馬が、窮屈な思いをするよりは浜辺で寝たほうがよいとして宿を出ようとしたと描いている。そして、宿の主人から「土佐高知城下の坂本家と申せば、阿波にまできこえた御大尽《おだいじん》と申すではございませぬか」と問われた竜馬に、「それでも、郷士さ。雨の日には家中の侍は足駄をはくことができるが、おなじ武士でも郷士ははだしであるかねばならぬ。」のだと説明させて、土佐藩の上士と郷士の間にあった厳しい格差の問題も見事に指摘している。

関ヶ原合戦に勝った後で遠州掛川六万石から、「一挙に二十四万石に加増」された山内一豊が土佐に入国したときに「つれてきた者の子孫」が上士となり、一方、「長曾我部の旧臣は野におわれた郷士」となっていたのである（〔一〕「立志篇」・「お田鶴さま」）。

しかも、土佐藩には「軽格の無礼に対しては、おなじ武士ながら上士は無礼討してもかまわぬという他藩にない差別法」さえあった。後に、祝宴でしたたかに酒を飲んで上機嫌で下城した上士とぶつかった若い郷士がその場で斬り殺されるという無礼討ちの事件が起きると、それは土佐勤皇党の結成にいたる大きなきっかけとなるのである。

**街道と海と**

自分たちが居ることで竜馬が浜辺で寝ることになったと知ったお田鶴は、わざわざ浜辺まで出向いて部屋に戻るように懇願するが、竜馬は「こうして天地の間にねているのがいちばんいい」とそっけなく断る。

そして浜辺に横たわって、「東は室戸岬《むろとざき》、西は足摺岬《あしずりざき》が、海上三十五里の太平洋をだきかかえ、月はその真ン中を茫洋と昇ってくる。」故郷土佐の桂浜を思い起こした竜馬は、「あの桂浜の月を追って果てしもなく船出してゆくと、どこへゆくンじゃろ」と「子供っぽいこと」を考えるのである。

実は、隋からの使者を迎えるためにつくられた「竹ノ内街道」のことを司馬は『街道をゆく』で「古代のシルク・ロード」と呼んでいるが、この街道沿いの村で生まれた司馬も、夏休みになると古代から続く近所の山で鏃《やじり》ひろいに夢中になって遊び、鏃の感触をたのしみながら草原をかけまわる異国の民族を空想していた。(2)

このような子供の頃の経験を踏まえて、『街道をゆく』の『甲州街道・長州路ほか』の巻では、「街道はなるほど空間的存在ではあるが、しかしひるがえって考えれば、それは決定的に時間的存在であって、私の乗っている車は、過去というぼう大な時間の世界へ旅立っているのである」と記されている。(3)

砂漠の道や騎馬に関心を持った若き司馬の視線は、新羅や隋や韃靼で留まることなく、その先にある遠くペルシャやビザンツ帝国の帝都であったコンスタンチノープルにまでも及んでいたのである。こうして多くの民族の歴史が交差する「街道」に深い関心をもっていたことで司馬は、広大な海を航海する船に関心を持った竜馬をいきいきと描き出すことにも成功しているのだと思える。

たとえば、「門出の花」の章でも道ばたの郷士の家に飾られていた壇ノ浦の源平船合戦が極彩色で描かれていた二枚折りの屏風に目を留めた竜馬は、無邪気にその家に上がり込んでその絵に見ほれていたのである。その姿を描いた司馬は、「むろん竜馬は、後年、私設艦隊をひきいてこの屛風の海とおなじ馬関海峡《ばかんかいきょう》で幕府艦隊と海戦する運命になろうとは、かれ自身も夢にも想像できない。」との説明を加えていた。

大坂へと向かう鳴門丸でも「潮風に吹かれながら、梶《かじ》を取っている老人の姿を、子供のような熱心さで見つめていた。」竜馬は、その老人に弟子入りすると「半日のうちに、梶のとりかたはおろか、風の呼吸、帆のあしらいかたまで呑みこんでしまった」。そして、「船頭の長左衛門も梶取の七蔵も、この十九歳の若侍がすっかり気に入ってしまい、まるで海賊の若大将にでも仕えるような態度で、竜馬を遇しはじめた。」のである（前掲［一］「立志篇」・「お田鶴さま」）。

## 二　あれはぶすけじゃ

### 〝乱世の英雄〟のようなお人

家老の妹にも、「へいつくばらない」無礼な態度に腹を立てた福岡家の老女はつは、大坂にむかう船で「うわさでは、文字もろくに読めない」と竜馬を誹謗する。しかしお田鶴は、「我流のへんな書体」だが、どんな字も書けるし、『韓非子』をも「学者ではとてもかんがえつかないおもしろい解釈」をするようだと竜馬を弁護する。

しかもこの後で、お田鶴は兄から聞いた話としながらも、「ひとの中には、先人の学問を忠実に学ぼうとする型と、それよりも自得したいという型のふたつ」があり、後の型は唐土の曹操のような「乱世の英雄」に多いと語るのである。そして、竜馬もそのようなタイプのようなので、「いちど、その乱世の英雄に会ってみたいとおもっていました」と語ったお田鶴は、「魅き入れられるような所のあるお人ですね」と続けている。

こうして司馬は岡崎ノ浦の浜辺のシーンで、土佐藩の複雑な歴史だけでなく、後に竜馬を歴史の舞台に登場させるための重要な役割を担うことになるお田鶴の竜馬への思いも見事に描き出している。しかも、お田鶴によって持ち込まれた「乱世の英雄」という表現は、様々な登場人物にも語られることで竜馬のイメージを深めているのである。

たとえば、梶取の七蔵も「旦那は戦国のむかしなら、きっと海賊大将にでもおなりになるお方じゃな」と話しかけている。これに対して竜馬は、「物盗《ものと》りか。ばかにしちょる」と答えるのだが、七蔵は大盗賊の石川五右衛門が「太閤秀吉こそ天下を盗んだ大泥棒ではないか」と言ったことを挙げながら、「盗むなら、やはり天下を盗むほうが、男らしゅうござりまするな」と語りかけていた（前掲「一」「立志篇」・「お田鶴さま」）。

江戸の長屋で相住みとなることになる武市半平太も、「たとえ悪事を働いても、それがかえって愛嬌に受けとられ、ますます人気の立つ男が、英雄というものだ。竜馬にはそういうところがある。」と語る。そして、竜馬には学問がないではないかという反論に対しては、明智光秀は智謀にはすぐれていたが、「人に慕い寄られる愛嬌がなかったために天下をとれなかった。」として、「書物などは学者に読ませておいてときどき話させ、よいと思えばそれを大勇猛心をもって実行するのが英雄だ。」

と説明しているのである（前掲［一］「立志篇」・「千葉道場」）。

## 劉邦と竜馬

土佐を出たあとで司馬は、観相をしてまわるうらない師から、「眉間《みけん》にふしぎな光芒《こうぼう》がある。将来、たったひとりで天下を変貌させるお方じゃ」と語られると、竜馬が「うそをつけ」と笑い飛ばしたシーンを描いていた。

この意味で注目したいのは、「うまれおちたときから、背中いちめんに旋毛がはえていた」ことから竜馬と名付けられた若者の生涯をこの長編小説で描いた司馬が、秦の始皇帝の死から漢帝国の建国までを壮大なスケールで描いた『項羽と劉邦』では、司馬遷の『史記』の文章を引用しながら、後に高祖と称することになる劉邦の出生についてこう記していることである。(4)

「天が晦冥し、大いに雷電がはためいた」時に、大きな沢の堤の上で居眠りしていた母の「劉媼《りゅうおう》の上に蛟竜が降り、身ごもった劉媼が生んだのが竜の子である劉邦であると父の太公が嬉しそうに言いふらしたばかりでなく、劉邦の顔が竜に似ていたために、それを本気で信じた子分たちが言ってまわった」（上・「沛の町の木の下で」）。

しかも、戦国時代の美濃の梟雄・斎藤道三と織田信長を主人公とした『国盗り物語』の冒頭でも、「氏も素姓も学問もない百姓の子で、若いころは郷里の沛《はい》の町でも鼻つまみの無頼漢だった」劉邦が、漢帝国の初代皇帝高祖となったことを思い起こしながら、若き斎藤道三に、自分ほどの「才気体力があって天下をとれぬことがあろうか」と考えさせていたのである（一・「開運の夜」(5)）。

これらの記述に留意するならば、司馬は漢帝国を築いた中国の劉邦（高祖）や戦国の武将、斎藤道三などとも比較しながら、幕末に活躍した坂本竜馬の姿を活き活きと描き出そうとしていたと言っても過言ではないだろう。

ただ司馬は、主人公の竜馬に古代中国の皇帝や戦国の武将のような英雄的資質を与えつつも、勝海舟などの出会いを経させることで、徐々に「国民国家」の礎を築くような近代的な視野を持った若者像へと変化させていくのである。

**大勇の人**

実は、お田鶴が語った「乱世の英雄」という用語は、曹操や高杉晋作だけでなく竜馬の英雄性にも言及されていた海音寺潮五郎の短編の題名「乱世の英雄」と同じなのである。しかも、海音寺が『武将列伝』や『悪人列伝』などの「列伝」形式で日本の歴史を見直す多くの歴史小説を書いていたことに注目するならば、司馬がお田鶴にわざわざ「乱世の英雄」という用語を語らせていたのは、自分の坂本竜馬像が海音寺の継承であることを示すという、いわば二人だけに分かる符牒のような役割をも果たしていたとも思える。なぜならば、作家・司馬遼太郎にとって、海音寺潮五郎は、坂本竜馬を育てた勝海舟のような人物だったのである。

司馬遼太郎は織田信長による「伊賀征伐」のために一族の者を皆殺しにされた忍者の葛籠《つづら》重蔵が復讐のために権力の後継者である豊臣秀吉を暗殺しようとした小説『梟の城』で直木賞を受賞していた。(6)海音寺潮五郎がこの賞の選考に際して『梟の城』を強く推したということはよく知られているが、海音寺が高く評価したのは『梟の城』が初めてではなく、司馬遼太郎というペンネームで懸賞小説に投稿された短編「ペルシャの幻術師」を、それまでの「小説の概念をひろげた見方で」受賞作として推していた。そして、やはり日本人が一人も登場しないという特異な小説だった第二作の「戈壁《ごび》の匈奴」を批判されて司馬が落ち込んでいた際にも手紙を出して励ましてもいた。

それゆえ司馬は一九七〇年に出された対談集『日本歴史を点検する』の「あとがき」で、海音寺からの励ましの手紙で「やっと書きつづける勇気を得た」とし、「もし路傍の私に、氏が声をかけてくだされなかったら、私はおそらく第三作目を書くことをやめ、作家になっていなかったであろう」との深い感謝の念を記している。(7) つまり、司馬遼太郎という作家はもし海音寺という理解者がいなければ、二作のみで消滅していたかもしれないのである。

しかもこの対談で、孔子が「戦場の勇気」を「小勇」と呼び、それに対して「平常の勇」を「大勇」という言葉で表現していることを紹介した海音寺は、日本には命令に従って戦う戦場では己の命をも省みずに勇敢に戦う「小勇」の人は多いが、日常生活では自分の意志に基づいて行動できる「大勇の人」はまことに少ないと語っている。

このとき海音寺潮五郎は司馬遼太郎というペンネームを持つ年下の作家に、「危険や迫害をかまわず、おのれの信ずるところを堂々と主張する」骨太の時代小説作家としての資質を見ていたのだと思われる。

浜辺の光景

実際、満州で「五族協和・王道楽土」という理想とはかけ離れた現実と遭遇した司馬は、「もし私の生命が戦いの後にまで生き続けられるならば」、「砂漠の騎馬民族や、オアシス国家の文明」の「滅亡の一つ一つの主題を私なりにロマンの形で表現していきたいと、体のふるえるような思いで臍《ほぞ》を固めていたのである(8)。

しかも、満州に「夢と希望」をたくしていた多くの日本人を守るために自分たちは戦うのだという思いで勇気を奮い立たせていた若き司馬は、「本土決戦」のために彼らをほとんど無防備のままに残して戦車隊が本土に引き上げるという決定を聞いたときに深い悲哀を感じた。さらに、本土で敵と戦う際に大八車などをひいて逃げてくる避難民をどうするかという戦車隊の将校の質問に対して「大本営少佐参謀」が、「ごくあたりまえな表情」で「轢っ殺してゆけ」と答えたときには、自分は「やめた」と思ったとし、「そのときは故障さ、と決意し、故障した場所で敵と戦おうと思った」と記している。つまり、自国民を殺してまで戦うことを潔しとしなかった司馬は、この時上官の命令に背くという軍隊における重大な軍規違反にあたる判断をしていたのである(9)。

そして、九十九里浜の海で敗戦を知ったあとの自分の気持ちを司馬は「私の関東地図」というエッセーでこう書いている(10)。

この国に生きている自分たちがかなしくなって、波に揺れもどされつつ、思いきり泣いてしまった。

この時、日本という近代国家への信頼は根底から揺らぎ、絶望に近い思いが司馬の胸をよぎったことは間違いないだろう。それゆえ、このエッセーを読んだときには、私の心象風景の中で司馬が敗戦をむかえた九十九里浜と、宿から出た竜馬が浜辺で寝ながら桂浜の月を思い浮かべていた岡崎ノ浦のシーンと重なった。

実際、竜馬が浜辺の大きな自然に癒《いや》されたように、若き福田定一も「むかしは、たとえば明治時代は、あるいは江戸時代は、さらにそれ以前は、こんなバカなことをする国ではなかったにちがいない」と思い直して、作家司馬遼太郎として日本の歴史に題材を取った時代小説を次々と発表していくことになるのである。

## 三　歴史はときに、英雄を欲した。——「虚構」と「史実」と

### 辻斬りと泥棒

こうしてさまざまな人との出会いを体験しながら、ようやく大坂についた竜馬は、夕暮れの藩邸近くで辻斬りから突然斬りつけられる。司馬は、岡場所に居続けたために金をなくし竜馬とは知らずに襲った辻斬りを足軽の岡田以蔵であったとすることで、後年、「薩摩の田中新兵衛、肥後の河上彦斎《げんさい》とともに京洛を戦慄」させることになる以蔵と、彼を「人斬り」の稼業から止めさせようとすることになる竜馬の関係を見事に描いている。

しかも、掌編ながらも暗さと深みを持った短篇「人斬り以蔵」（一九六四）では、二天様とも呼ばれていた江戸初期の武人宮本武蔵を敬愛し、「（おれが二天様の時代に生まれておれば）一剣よく剣壇を圧したであろう」と考えて、足軽という身分から脱するために「戦国草創の剣客のように、ひたすらに殺人法としての剣技を自習した」以蔵の暗い動機を通して、「殺人の使嗾《しそう》」という重いテーマも描かれているのである。(11)

そのような以蔵の鋭い太刀筋をなんとかかわした竜馬によって打ち倒され、辻斬りに手を染めた理由を尋ねられると、以蔵は親が亡くなったので急いで帰郷する途中で路銀を落とし、藩邸に援助を求めたが足軽だったので断られたためだと弁明する。

同情を買うような作り話を信じた竜馬は「おれは幸い、金に不自由のない家に育った。」が、それは「天の運」で、「天運は人に返さねばならぬ」として、手持ちの五〇両という大金の半分を気前よく以蔵に路銀として与える。

しかしその後で、竜馬が「ああいう金の出しかたをした自分が愉快でなかった。」と感じて、「（旅は世の中を教えてくれる、と兄はいったが、これも修業の一つかな）」と反省するのである。こうして司馬はこのシーンをとおして、竜馬の鋭い感受性と人間関係をも壊す力をも持つ金の威力についての自覚を描きだしていた。

しかも、この場面もそれだけでは完結しておらずに、この時の竜馬の対応を見てその人柄に惚れ込んだ藤兵衛という江戸の薬屋が、本当は寝待ノ藤兵衛と呼ばれる泥棒であると名乗って、「旦那の乾《こ》分《ぶん》にしてもれえてえんだ」と売り込むシーンへと続いている。

そして「わざでは日本一の泥棒だ」と自称した藤兵衛は、「世間で大仕事をするほどのひとは、手下に泥棒の一人はかならず飼っていたもんだ。諸国の様子が人よりも早くわかるし、世間の裏も見えてくる。」と語る。さらに、「天武天皇というお方は多胡弥《たこや》という泥棒を飼っていた」ことや、「太閤秀吉には、蜂須賀小六という泥棒がいた」ことを挙げて、情報の重要性を強調しているのである（［一］「立志篇」・「江戸へ」）。

こうして泥棒の寝待ノ藤兵衛は、お登勢という気っぷのよい後家の女将が営んでいる船宿の寺田屋を紹介するなど、『竜馬がゆく』の前半においては、狂言回し的な重要な役割を果たすことになる。

実は、伊賀の忍者を主人公とした『梟の城』の冒頭でも、伊賀の地形から描き始めた司馬は、この「小盆地を、山城、伊勢、近江の四ヵ国の山がとりまき、七つの山越え道が、わずかに外界へ通じている」だけだが、それらの「京から発し琵琶湖東岸を通り、岐阜、駿河、小田原、鎌倉、江戸へ通じた交通路はそのまま日本史における権力争奪の往還路でもあった」（傍点引用者）として、さまざまな人々が行き交うだけでなく、「うわさ」や「情報」が伝わる「街道」の重要性に注意を向けていたのである。

しかも、一族の復讐のために豊臣秀吉の暗殺を試みた忍者の葛籠重蔵を主人公としたこの長編小説で、すでに司馬は「権力者」と「情報」の問題にも鋭く迫っていた。すなわち重蔵に暗殺を依頼した堺の豪商今井宗久（一五二〇～九三）は、「天下布武」の野望に燃える信長にたくみに取り入り、すべての合戦に際して「織田軍が使用する鉄砲、硝薬の調達の一切」を賄って巨万の富を築いていたのである。しかし、秀吉の代になって取り立てられた白粉屋《おしろいや》あがりの小西隆佐は、「朝鮮から瀬戸内海にいたる貿易の実利を独占」し、その子の小西行長（?～一六〇〇）も「秀吉の海上権を代行」するまでになった。そのことで利権を得る機会を失った今井宗久は、新たな「利権」を求めるための手段として、秀吉の「暗殺」を重蔵に依頼していたのである。

## 梟は夜飛ぶ

こうして、自らが集めたさまざまな情報から、「暗殺」という方法が権力闘争に利用されるだけであることに気づくことになる忍者を主人公とした『梟の城』の構造は、『竜馬がゆく』をはじめとするその後の多くの司馬作品の構造をも示唆していたといえよう。

しかも、『梟の城』という作品の題名としても用いられている「梟」という単語は、司馬作品が誤解されやすい原因ともなっている、題名や単語の二義性（両義性）の問題を解明するための重要な示唆ともなっているように思える。

梟雄などという言葉が物語るように、梟という単語は猛々しい猛禽のイメージが強い。しかし、この作品の登場人物である忍者の洞玄は、自分たち忍者を「他の者と群れず」に自立して生きている「梟」に喩えているのである。

映画監督の篠田正浩は、「夜討ち朝駆けなどといって夜中も走り回って情報を取ってくる」ジャーナリストと忍者の類似性に注意を促して、ギリシアにも「ミネルヴァの梟は夜飛ぶ」という格言があることを紹介している。(12) つまり、題名に使われていた「梟」という単語は、「凶暴性」だけでなく、未来につながる「情報の収集」という二重の意味を持っていたのである。

すなわち、正確さが求められる歴史的な記述においては、「英雄」は「英雄」以外の意味を持たない。しかし、人間が変わるということを深く認識していた司馬は、「劣等生」が「英雄」に変わることを描く一方で、「英雄」が「姦徒」と見なされたり、「英雄」が地位を得た後で「愚人」となる可能性があることもきちんと描いているのである。

そして、終章の「雨の坂」という題名に注目するならば、『坂の上の雲』という題名に用いられている立身出世を象徴するような「坂の上」という用語や、白く輝くイメージの強い「雲」という単語にも、そのような二重性はあてはまる。

それは、「鬼畜米英」などのイデオロギー性の強いスローガンによって、アメリカなどへの激しい敵愾心を育てられ、敗戦後にはそれまで持っていた価値観を根底から崩されるという司馬の体験とも深く係わっているだろう。

実際、戦時中には日本の軍隊が「教育の現場でも大変な言語量を費やした」が、それは「全部といっていいほど、嘘だった」として司馬は、戦前や戦中の歴史教育を厳しく批判していたのである（「ひとり歩きすることば―軍隊用語―」『「昭和」という国家』[13]）。

つまり、「神州無敵」といった「魅惑的なスローガン」に励まされて学徒出陣した司馬は、後にそれら「美しい言葉」が虚構であったことを思い知らされていた。そのために時代小説でも自分の考えをドグマ的な形で提示することを嫌って、主人公をその時代の雰囲気の中で考えたり、行動させたりする中で、徐々に主人公の成長や歴史的な視野の拡がりを描いていって、最後に主人公の視点と重なる形で自分の見解を記すことを好んだ。

また、司馬が記す情感的な表現は、分かりやすいこともあり多くの読者の共感を呼ぶ一方で、専門家からはしばしば記述の正確さについての批判をも招いた。ただ、そこには研究者と作家の記述方法の違いがあるように思われる。すなわち、研究者は充分に調べたことの結果を論文として発表するが、司馬は主人公として取りあげた歴史上の人物の行動や思想を調べつつ、そこから受けた感動を読者に伝えながら小説を書き進めている。そのために読者は作者と同時にその主人公について考えているという臨場感や高揚感をも得ることができたのだと思える。

## 剣術試合というカーニバル

江戸に入ると竜馬は早速、父に教えられたとおりに内桜田の鍛冶屋橋にある土佐藩の下屋敷で草鞋《わらじ》を脱いだ。

そこで下級藩士の住む長屋を紹介された竜馬は、自分の隣の文机《ふづくえ》のまわりに書籍がきちんと山積されているのを見て、たいへんな学者と同室になったと驚き、その人物が「アサリ河岸の桃井春蔵先生の塾頭で、鏡心明智流では江戸で三本の指に入るという達人」との説明を受ける。

それを聞いた竜馬は、顎《あぎ》の張った人ではないかと尋ねて、それが謹厳な武市半平太（一八二九〜六五）だと分かって少し憂鬱になる（前掲〔一〕「立志篇」・「千葉道場」）。

一方、「自分たちが神様あつかいにしている」武市を、竜馬が「あぎ」とあだ名で呼んだことに腹を立てた軽格たちは、半平太が止めるのも聞かずに新入りの竜馬をふとん蒸しにしてこらしめようとする。しかし、この企みに感づいた竜馬は、全身に油を塗って裸で現れたために、軽格たちはかえって暗闇のなかで「土佐の吉田松陰《しょういん》」といわれた武市半平太をふとん蒸しにしてしまったのである。司馬は器量人であった半平太がここで「竜馬に腹をたてないばかりか、かえってこの年下の青年を百年の知己《ちき》のごとく」に遇したので、軽格たちも竜馬の機略に感心するようになったとして、このシーンで竜馬だけでなく武市半平太の性質や動作などを目に浮かぶように見事に描き出しているのである。

さらに司馬は、安政四年に桃井道場で行われた試合についても、千葉道場での稽古でめきめきと腕をあげた竜馬が、素早く理知的な動きをする桂小五郎から三本勝負のうち、見事に二本をとって勝つシーンを活写したばかりでなく、この試合については「残っている記録が多い」としながら、竜馬の勝利に感激した武市が父親に書いた手紙を紹介してもいる（前掲［一］「立志篇」・「安政諸流試合」）。

『竜馬がゆく』を高く評価した歴史研究家の飛鳥井雅志も、「龍馬の背中に大きな渦巻の毛がはえていた」ために、武市半平太（瑞山）が竜馬を「あざ」とあだなで呼んで、帰国した「坂本の『あざ』は」、「定めて大法螺《おおぼら》をふきおろう」と述べ、一方竜馬も、「『あぎ』は相かわらず窮屈なことばかりいうておるか」と書いていることを紹介している(14)。

しかし、飛鳥井は竜馬と武市瑞山とのしたしい交際がはじまったのは、竜馬の従弟である「山本琢磨が瑞山とともに桃井道場に学びはじめたのがきっかけだった」と思われるとし、武市の上京が竜馬よりも後だったことを明らかにしている。すなわち、「龍馬の江戸滞在中の剣術大試合の事実、そこで龍馬が桂小五郎とたちあった等々のエピソードは残念ながら一つも事実ではないらしい」のである。

それゆえ司馬のこのような記述にたいしては、司馬には歴史を感動を与える「美しい物語」として描く才能があるとして高く評価する讃美がある一方で、司馬は歴史を曲げて描いているという激しい批判もなされてきた。

しかし文芸評論家のバフチンは、文学の手法の一つとして多くの人が同じ場所に集まりさまざまな行動や言論がみられるカーニバル的な場の重要性を指摘している。[15] このことに注目するならば、腕に覚えのある多くの藩士が集まるばかりでなく、さまざまな藩や道場の人間が一堂に会する剣術の試合を、司馬はさまざまな人物の性格や行動を説明するための「文学的手法」として用いていると思われるのである。

たとえば、桃井道場で行われた試合と同じ年に江戸鍛冶橋の土佐藩邸で藩主の山内容堂（豊信《とよしげ》。一八二七〜七二）の臨席のもとで諸流選りぬきの剣客が集まった試合が行われた際には、竜馬が「今武蔵といわれた島田逸作が二刀流を工夫して以来、試合では無敵だといわれた」剣の達人を破る。しかし、自藩の剣士が勝ったことにたいへん喜んだ土佐藩主の容堂は、勝ったのが郷士の身分であることを知ると関心を失うのである。このエピソードを書いた後で司馬は、「郷士の子は生涯郷士でしかなかった。いかに学問武芸に秀でようとも、上士にはなれなかった。上士でなければ、藩公に近づくことはできない。」と続けている（前掲「安政諸流試合」）。

こうして司馬は、「文学的な虚構」という手段で、手に汗を握るような剣術の試合のシーンをとおして、登場人物の性質や思想を読者にも目に浮かぶように見事に描き出しているのである。

## 道場と私塾と

竜馬が入門した桶町の北辰一刀流千葉貞吉の道場では、他流で切紙以上を得た者の処遇を決めるために、師匠の息子の重太郎がみずから立ちあって、その技倆をためすしきたりがあった（前掲［一］「立志篇」・「千葉道場」）。

それゆえ、入門早々に三本勝負が行われたが、最初と最後は重太郎の敏捷な動きで一本を取られたものの、竜馬が二本目に勝ったのは「のど輪をつらぬくほど」の見事な突きであった。それゆえその素質を見ぬいた師匠の千葉貞吉は竜馬を自室に招いて激励し、「竜さん」ときさくに呼びかけてきた若先生の重太郎と競い合うようにして剣の修行に励むことになるのである。

しかも、司馬はそこに重太郎の妹で、竜馬の茫洋とした魅力に徐々に強く惹かれるようになった女剣士の千葉さな子との関わりをとおして、竜馬の若々しさもほのぼのとしたタッチで描いている。たとえば、彼女に勝負を挑まれた竜馬は激しく籠手を打って一本を取るが、負けん気の強いさな子は、負けを認めずにそのまま腰に組み付いたのである。それを足払いをかけて倒した竜馬は「女は面妖《みょう》な感じだからこまる」と言いながら、そのやわらかい感触に、「身の内が赤くなるほど恥ずかしく」なって、そさくさと防具を脱いで立ち去ろうとするのである。

私たちにとって興味深いのは、『竜馬がゆく』の連載が終わる頃に司馬が、貞吉の兄で「剣法から摩訶不思議の言葉をとりのぞき、いわば近代的な体育力学の場であたらしい体系」をひらいた千葉周作（一七九四～一八五五）を主人公とした『北斗の人』（一九六五）を書いていることである。(16) しかもそこで司馬は、周作がどこの藩にも所属することなく、「浪人の自由な境涯に」いることで、神田お玉ケ池の道場を日本各地の藩士が集まる大道場に発展させたと書いている。この言葉は、後に当時の武士にとっては大罪とされていた「脱藩」をすることになる竜馬の精神形成を考える上でも重要だろう。

　さらに、村田蔵六（大村益次郎。一八二五〜六九）を主人公とした『花神』（一九六九〜七一）では、大坂で蘭学塾をひらいて福沢諭吉（一八三四〜一九〇一）などの多くの知識人を生みだした緒方洪庵（一八一〇〜六三）が、「門弟三千人と称せられて学塾上の大記録をつくった」ことと比較しながら、「物事を合理的に考えてゆこう」として、「剣術六十八手」を編みだし、一代で三千人といわれた「門弟」を有した千葉周作の「千葉道場の成立」についても、「文化史上の一事件といえるであろう」と記しているのである（『花神』上・「浪華の塾」）。

　そして『竜馬がゆく』でも、「位《くらい》は桃井　技《わざ》は千葉　力は斎藤」といわれていた江戸の三大道場には、諸藩からの若者たちが集まり、それぞれ千人を超える若い剣術諸生を収容していたことをすでに指摘していた司馬は、東京大学、早稲田大学、慶應義塾大学などの現代の大学と比較しながら、「剣を学ぶ一方、たがいに国事を語りあい、書物を交換しあい、意見を練りあって、入塾一年もたてば、ひとかどの志士になってしまう。」と書いていたのである（前掲［一］「立志篇」・「若者たち」）。

　この意味で注目したのは、儒学者・横井小楠（一八〇九〜六九）の暗殺者を主題とした『津下四郎左衛門』において森鷗外が、勝海舟の紹介で竜馬が兄事することになる横井小楠が、三一歳から一年間、江戸に遊学していることにふれて、「当時の江戸帰は今の洋行帰と同じである」と記していたことである。[17]

　実際、様々な性質を持つ藩のゆるやかな連合の上に成立していた江戸の幕藩体制においては、竜馬にとっても江戸での修行は、国内留学のような性質を持ち得たのであり、竜馬も江戸で斎藤弥九郎道場の塾頭をしていた長州藩の桂小五郎（初名。後に木戸孝允。一八三三〜七七）と知り合うことになるのである。

## 四 「鬼」と「友」

### 黒船来航

竜馬が千葉道場で熱心に剣の修行に励んでいた一八五三（嘉永六）年六月三日に、竜馬だけでなく日本の運命も変えるような事件がおきる。

「米国の東印度《ひがしインド》艦隊司令長官M・C・ペリーが、旗艦サスクェハナ以下、ミシシッピー、サプライ、カプリスの四艦をひきいてにわかに江戸湾口の相州浦賀沖」にあらわれたのである（前掲「一」「立志篇」・「黒船来」）。

しかも、浦賀奉行所与力中島三郎助たちが、「日本の国法として外国のことはすべて長崎で取りあつかうことになっている。早々に長崎へまわられよ」とさとしたのに対して、ペリー提督の副官コンテー大尉はそれを拒んだだけでなく、戦闘準備さえととのえていた艦隊の威力を背景に強く開国を要求した。

このように艦隊を仕立てて開国を強要したペリーの行動を司馬は、「個人の場合におきかえて考えてみれば」よく分かるとし、「突如玄関のカギをこじあけて見知らぬ者がやってきて、交際を強い、しかも兇器をみせながら恫喝をもってした」のと同じものであると、攘夷論がおこった理由を説明している。ここには「国家」を特別視することなく、あくまで「個人」や「組織」の集合として「国家」を捉えようとする司馬の基本的な姿勢が、明確に現れていると思える。

一方、「黒船の人もなげな恫喝ぶりを見聞きして、すっかり激昂してしまった」諸藩の武士たちは、「夷狄《いてき》攘つべし」として、「公儀」を称していた徳川幕府の弱腰を批判するようになる。

西欧列強からの強い圧迫を受けた日本における藩や個人のさまざまな反応や対応を描くことで司馬は、国家が危機的な状態に陥った際には、ナショナリズムが高揚するだけでなく、それまでに蓄積されてきた問題が一挙に噴出することをも具体的に明らかにしていくのである。

## 「鬼」としての他者

幕府から江戸湾警備の命を受けた土佐藩でも、藩の道場に藩士だけでなく江戸遊学の者も臨時に藩兵として集められる。しかし、上士である山内侍と長曾我部侍の郷士のグループがそれぞれかたまって、たがいに白眼をむけあっており、しかも、「大軍を指揮する器量がある。」武市半平太でさえも、その家格のせいで雑兵として扱われていた。

一方、「三百年、家格だけで成りたってきた藩の組織がばかばかしい。」と感じた竜馬は、形式にとらわれた上士の軍学師範が「首実検の作法」のたぐいばかりを教えていることに腹を立て、自分の目で黒船を観察しようと浦賀に駆けつけようとする。

ここで司馬は、幕府から沿岸警備を命じられていた藤堂藩の藩兵と遭遇して遮られたときに、子供のころから「関ヶ原無念ばなし」を聞かされてきた土佐郷士の竜馬には、徳川家のために裏面工作をした藤堂高虎を「大悪人」とする考えを植え付けられていたと書いている。それゆえ、彼らが「講釈などに出てくる悪玉のように」思えた竜馬は、怒りの感情に駆られて大勢の藩兵を相手に戦おうとしていたのである。

「こどものころ植えつけられた印象というのはおそろしい。」と司馬は付け加えているが、ここには「自国を正義」とする一方で、敵対する欧米を「鬼畜米英」と呼んだ戦前の歴史教育に対してだけでなく、「自分の利益」を侵す「他者」を「鬼」としてその「征伐」を正当化してきた中世以降の歴史認識に対する鋭い批判も含まれていると思える。

たとえば、『功名が辻』（一九六三〜六五）において、土佐一国の領主となったことで「自分を勝者だ」と思い始めた山内一豊は、自分の領民となった長曾我部の家臣たちを「鬼」と見なして、角力興行にことよせて一斉に殺してしまおうとする（四・「浦戸」）[18]。このことを知った妻の千代は、「わなをつくって人を殺せばそのことが伝説になり子々孫々にまで伝わるでしょう。一時はおさまっても、いずれか時がきたときにその伝説で育てられた子孫たちがきっと山内家に復讐をくわだてるでしょう」と語って、その企てを厳しく批判する。

これらの記述からは、司馬が個々の出来事を断絶した形ではなく、連続するものとして歴史を捉え、ことに屈辱感や復讐心は代々、何百年にも渡って受け継がれるということを強く認識していたということが強く感じられるのである。

## 桂小五郎との友情

『竜馬がゆく』第一巻で最初のクライマックスとなるのは、長州藩の陣地で偶然遭遇したことで激しく剣を交わしたあとで、二〇歳の竜馬と彼よりは二つ年上の桂小五郎が、生涯の盟友となるとの誓いを交わす場面であろう（［一］「立志篇」・「二十歳」）。

この時期に三浦半島の要地を防護する長州藩から「士気を鼓舞するため、剣術試合を催したい」との提案を受けた江戸の土佐藩邸は、布陣がすぐれているとの評判が高い長州の陣地探索をするのによい機会であるとして、さっそく竜馬など一〇人の剣士を選んで派遣したのである。

試合の前夜に到着した竜馬たちは、弱冠二二歳ながら国家老を務めていた益田越中からじかにねぎらいの言葉をうけるとともに、その夜には長州藩の藩士たちからいたれりつくせりの接待を受ける。

興味深いのは、長州藩士に対して竜馬が「土佐の男とは、人種がちがうように顔や骨組みがちがう。眼が涼やかで色が白く、面長《おもなが》である。」という感想を持つことである。

しかも、酒を飲みながら互いの藩の歴史について語りあう中で、長州藩の藩士が「自分の藩に対して根強い自信と誇りをもっていること」に驚いた竜馬は、長州の毛利家も「薩摩の島津家とおなじく、徳川家からもらった封土ではない」ことに気づくのである。

翌日に行われた剣術の試合では桂小五郎がいなかったために、竜馬は一人で長州藩の一〇人をうち負かすという快挙を成し遂げるが、その帰途で自陣を探る竜馬を諜者とみなした小五郎から、驚くべき敏捷さで刀を浴びせかけられる。攻撃をなんとか防ぎつつその剛力で相手の刀をたたき折ったが、自分の刀の刃も欠け落ちていることに気づいた竜馬は、兄権平の顔を想像して狼狽し、「欠けちょる」と大声をあげる。

このような無邪気な反応に警戒心を解いた小五郎に対して竜馬は、「貴藩の陣地のことなどを教えてくださらんか」と頼み込み、拒絶されると「そこを曲げてたのむのだ。土佐藩にしたところで自藩の品川防備を堅固にするための参考にするだけのことで、他意はない。結果としては、日本の為になることです」と説得するのである。

竜馬の言葉の持つ力について司馬は、「口から出る言葉の一つ一つが人の意表をつくのだが、そのくせ、どの言葉も詭弁《きべん》のようにみえて浮華《ふか》では決してない。」が、それは「自分の腹のなかでちゃんと温《ぬく》もりのできた言葉だから」であると説明している。

それゆえ小五郎は「どうも、こういう男はにが手だ」と思いつつも、陣地だけでなく測量した図面も見せることになる。一方、竜馬も小五郎が一介の剣術諸生でありながら、「韮山代官江川太郎左衛門について洋式測量の方法をまなび」、海防地図まで作成していることや、さらに「いまの藩の組織を洋式軍隊に改造する以外に洋夷の侵略から日本を守ることができない」という手紙を自分の殿様に書き送る勇気を持っていたことに強い驚きを覚えるのである。

それゆえ竜馬が、「頼むべきは、よき友だけだ。男子、よき友は拝跪《はいき》してでも求めねばならない」と語ると、小五郎も「日本にはもっと困難なときがやってくる。そのとき、お互い、生死をかえりみず、力をあわせて立ちあがろう。」と受けて、「朋友のあいだに信の一字があってこそ世の大事をなせるのだ」と応じるのである。

ここには、司馬の重要なテーマのひとつである「友情」が彼らの会話に響いており、それは竜馬が長崎に作ることになる「亀山社中」という組織の性格にも深く関わってくるのである。

しかも竜馬に、「あんたには、英雄の風貌がある」と伝えた小五郎は、「江戸では、長州の怜悧《れいり》、薩摩の重厚、土佐の与太」というが、「その与太がかえって人の警戒を解かせるから、大事が出来る。」と語る。

桂のこの言葉は後に「薩長同盟」を締結させることに成功して、日本を大きく変えることになる竜馬の役割をも示唆しているといえるだろう。

## 五　詩人の心

### 無想剣

こうして、「二十歳」の章では、竜馬と小五郎との出会いと互いの固い誓いが描かれている。しかし、その前後の「朱行燈」と「淫蕩」の章では、二年前に九条家に仕える学者の父親を暗殺され、姉弟で仇討の旅に出たが、弟が病に倒れ旅費も使い果たしてついに遊女にまで身を落としたお冴《さえ》という娘から敵討ちの助力を頼まれたことで、千葉重太郎との三〇本勝負にいたる顚末などが描かれている。

一見、このエピソードは物語の緊迫した流れを中断しているようにも見える。しかし、ここで司馬はお冴や千葉重太郎の妹さな子、さらには師匠の千葉貞吉など様々の視点から見た竜馬像をとおして、竜馬の覚醒を鮮明に描き出しているのである。

父の仇討ちをしようとする娘のけなげさに心を打たれた寝待ノ藤兵衛に連れられてお冴の働く岡場所に行った竜馬は、冴から自分には仇討ちの御礼をするお金はないので、「この里の小鶴としておもてなししとうございます」と切り出される（前掲［二］「立志篇」・「朱行燈」）。

思わぬ展開に動転した竜馬は、守り袋から父の八平の筆跡で書かれた戒めの書付を取り出して見せるが、色情には「溺れないように、冴がちゃんと教えてさしあげます」と笑いながら迫られて、「いまはこまる」と断りつつも、次回を約束させられて退出するのである。

この後で千葉重太郎と飲み、提灯を持たずに夜の通りに出た竜馬は、お冴の仇《かたき》とその門弟らしき者など四名の剣客に襲われる。兄から頼まれた提灯を届けるために竜馬の後を追っていた千葉さな子の観察を通してこの戦いを描いた司馬は、「田舎者のくせに、とんでもない蕩児《とうじ》かもしれない。」と疑い始めていたさな子に、「強い」と目を見張らせている。しかも、一九歳になるまで喧嘩というものをしたことがなかったにもかかわらず、これらの者たちを簡単に打ちのめした竜馬は、非を諭して命は取らなかったのである。

黒船が退去したために久しぶりに江戸に戻った竜馬は藤兵衛からの誘いで船宿に赴くが、そこで待っていたお冴の眠り薬によって不覚にも朝まで眠ってしまい、翌朝にはお冴から夕べは「お約束の男女の道を教えてさしあげた」と語られて激しく動転する。それゆえ、記憶が何もなくてもそういうことができるかを道場で千葉重太郎に大声で尋ねた竜馬は、それをさな子だけではなく、師匠にも聞かれてしまう。しかし息子の重太郎に「あの男、あのうわべだけの男ではないぞ。奥のさらにその奥に、シンと鎮まりかえっているもう一人のあの男がいる。」と語った千葉貞吉は、竜馬との三〇本勝負を命じたのである。

千葉周作の息子栄次郎や高弟も招かれていたために、公式試合の色彩をも帯びることになったその試合で、竜馬は「最初と最後を豪快な突きで」重太郎を突き転ばしながら、残りの二八本は他愛もなく負けてしまう。

しかし、司馬はこの奇妙な試合を見た師匠の千葉貞吉たちの評価をとおして、千葉周作がいう「無想剣」の境地に竜馬が入っている可能性を示唆したのである（前掲［一］・「淫蕩」）。

## 黒猫にあらず

この後で司馬は、お冴との三度目の逢引と竜馬の覚醒の瞬間を描いている。

二〇歳でまだ女性を知らなかった竜馬は、武士の初陣のように闇の中で「必死に歯がみをして慄えをこらえて」いたが、ふいにお冴の手を取って自分の「背筋一面に密生した剛毛《こわげ》」を触らせる。そしてその剛毛のために父は自分を駿馬と見たが、一方、母親は「産月《うみづき》のころ、家で飼っていた雄猫がしきりに寝床を恋しがっておなかの上に乗ってきたから、その黒猫の精でも受けたのではないか」と考えていたと竜馬は説明し始めるのである。

これに対してお冴は「猫になって、食べたいときに食べ、寝たいときに寝るようなお人になればいかがでございます。なんだか坂本さまには、そんな素質があるようでございますよ」と誘う。そして、「あるからこまるのさ。」竜馬が応じると、「そんな理屈も力みもから元気も、女と一緒になってしまえば、朝露のように消えるものでございますよ」と言いながらお冴は、「いきなり竜馬の首筋に二つの腕《かいな》を巻きつけて、あおむけざまに倒し、竜馬の顔に自分の唇を重ね」て、はかまのひもを解き始める。

しかし、「嘉永七年十一月四日の地震が、江戸、相模、伊豆、西日本各地を襲った」のは、まさにそのときだった。

それは「はじめは、どすん、と床が沈むような感じであったが、すぐ横ぶれになった。壁土がばらばらと落ちはじめ」、素早く外へとび出した「すぐ背後で、たったいまお冴とそこに居た離れ座敷の棟が大音響とともに崩れおち」た。

その後の竜馬の動揺については、竜馬の息づかいさえも伝わってくるような文体で書かれているので、少し長くなるがそのまま引用する。

（天が叫んでいる）
竜馬が望むと、黒い天が西の方角にあたって橙《だいだい》とも茜《あかね》ともつかぬぶきみな色に染まっていた。
（おれは誤った。天が、おれにむかって叫んでいる）
竜馬は、体の奥からわきあがってくるふるえを奥歯でかみ殺しながら思った。

竜馬は、詩文こそあまり作らなかったが、詩人だといっていい。詩人だけが感ずる心をもっていた。

この地震が、自分に対する天の意思だと感じた。自分の懦弱《だじゃく》に対して天の怒りが落ちたものとみた。

（猫にならず、千里の竜馬になれ、と天が自分にむかって叫んだにちがいない）

## 大地震と「公」としての「地球」

司馬はここで竜馬には「詩人だけが感ずる心」があったと書いているが、それは司馬自身にも当てはまるだろう。なぜならば、関東大震災の年に生まれていた司馬は、その作品で大地震と主人公たちとの関わりにたびたび触れているのである。

たとえば『功名が辻』においては、長浜城主に封ぜられてから四カ月目の夜に起きた「天正地震」で、最愛の娘を失った山内一豊夫妻はその衝撃から抜け出せずに「ひと月あまり廃人同然になった」と書いている。そして、伏見大地震の際には怖がる千代を一豊が「いまおなじ大地で太閤殿下も揺れている。江戸内大臣殿（家康）も揺れている。みな裸か身で揺れておるわい」と慰め、「権勢富貴などは地が一震すれば無になるものだ」という哲学的な言葉も語らせている（三・「虫売り」）。

そして、一九九五年の神戸の大地震を経験した司馬は、土地問題への重大な関心をとおして近代の「自然支配の思想」や、「自国」や「自企業」を「公」とする「自己」中心的な考えを厳しく批判して、「公」としての「地球」という理念を語るようになるのである。

一方、この地震は竜馬の故郷である土佐にも、「寅の大変」と呼ばれるような被害をもたらしていた。その知らせを聞いて土佐へと帰国した竜馬は、そこで乙女の夫となった長崎帰りの医師から西欧のことを詳しく聞き、さらにアメリカへの漂着から戻ったジョン万次郎（一八二七～九八）から話を聞いて書物に編んだ河田小竜と出会うことで世界への視野を獲得することになる。

## 竜馬と松陰

ただ、下田においてアメリカの軍艦で密出国をしようとした「吉田松陰の壮挙」とその失敗を知った竜馬は、小五郎から松陰のことを聞いたばかりだったのでひどく衝撃をうけ、「風雲が動きはじめているのだ」と感じていた。

実は、竜馬と桂小五郎との出会いの場面では、「小五郎の詩人的な血に火をつけた」のが、「学問も大事だが、知ってかつ実行するのが男子の道」であり、「男子たる者は、自分の人生を一編の詩にすることが大事だ。」と語った吉田松陰（一八三〇～五九）であることも紹介されていた。

太平洋に面した土佐では中国大陸の出来事はあまり影響しなかったが、朝鮮半島や大陸も身近な長州藩では、中国やロシアの状況にも敏感であった。吉田松陰や桂小五郎の出現や、松陰が久坂玄瑞（一八四〇～六四）や高杉晋作（一八三九～六七）などのすぐれた後継者を育てて長州の歴史を変えることになるのも、そのような長州の風土と深い関わりがある。

それゆえ、土佐に帰国した竜馬について考察する前に、次章では『世に棲む日日』の前半を読み解くことで、日本を震撼させたアヘン戦争だけでなく、ピョートル大帝の改革から日本の近海でも海戦の起こる可能性のあったクリミア戦争に至るまでの日本とロシアの関係などをより詳しく見ておきたい。

なぜならば、吉田松陰が師と仰いだ蘭学者の佐久間象山《ぞうざん》（一八一一《ママ》～六四）は、ピョートル大帝の改革を高く評価していたが、一八六三年に海軍操練所を作って坂本竜馬などを育てることになる勝海舟も、このような象山に兄事して妹の順子を嫁がせていた。しかも、『竜馬がゆく』では触れられていないが、ペリーが初めて来日した一八五三年暮に、竜馬も「全くの初学入門であった」が、一九歳で佐久間象山に砲術を学んでいたのである。

そして、吉田松陰は江戸の塾で、「海防を論じ、開国を説き、世界の地理歴史を知ること」を訴えていた東北・岩代の出身の安積艮斎《あさかごんさい》（一七九一～一八六〇）に学んでいたが、土佐の参政・吉田東洋（一八一六～六二）ばかりでなく、竜馬のもとで働くことになる近藤長次郎（一八三八～六六）も、松陰が学んだ安積艮斎の晩年の門人になっていたのである。(19)

## 注

（1）司馬遼太郎「それでも死はやってくる！」『司馬遼太郎が考えたこと』第一巻、新潮文庫、二〇〇五年（初出は『大乗』第五巻第五号、一九五四年）。

（2）司馬遼太郎「竹内街道」『甲州街道・長州路ほか』（『街道をゆく』第一巻）朝日文芸文庫、一九七八年、八二頁。

（3）司馬遼太郎「湖西のみち」、前掲書（『甲州街道・長州路ほか』）、二七頁。

（4）司馬遼太郎『項羽と劉邦』新潮文庫、一九八四年、全三巻（初出時の題名は「漢の風　楚の雨」

『小説新潮』一九七七年一月〜七九年五月)。
(5) 司馬遼太郎『国盗り物語』新潮文庫、一九七一年、全四巻(初出は『サンデー毎日』一九六三年八月〜六六年六月)。
(6) 司馬遼太郎『梟の城』新潮文庫、一九六五年(発表時の題名は「梟の都城」「日刊宗教新聞・中外日報」一九五八年五月〜五九年二月、一九六〇年第四二回直木賞受賞)。
(7) 司馬遼太郎・海音寺潮五郎『対談集　日本歴史を点検する』講談社文庫、一九七四年。
(8) 司馬遼太郎「一枚の古銭」『司馬遼太郎が考えたこと』第一巻、二〇〇五年(初出は「毎日新聞大阪版」朝刊、一九六〇年。後、『古今往来』中央公論文庫収録、一九八三年)。
(9) 司馬遼太郎「百年の単位」『歴史の中の日本』中公文庫、一九七六年(初出は『中央公論』一九六四年二月)。
(10) 司馬遼太郎「私の関東地図」『歴史の世界から』中公文庫、一九八三年(初出は『別冊文藝春秋』一九七九年一二月号)。
(11) 司馬遼太郎「人斬り以蔵」『鬼謀の人』新潮文庫、一九八七年(初出は『別冊文藝春秋』一九六四年三月号)。
(12) 篠田正浩『一九九九年の梟の城』梟の城制作委員会編著、扶桑社、一九九九年。
(13) 司馬遼太郎「ひとり歩きすることば―軍隊用語―」『「昭和」という国家』日本放送出版協会、一九九八年(放映は、NHK教育テレビ「雑談　昭和への『道』」一九八六年五月〜八七年三月)。
(14) 飛鳥井雅道『坂本龍馬』講談社学芸文庫、二〇〇二年。

(15) バフチン『ドストエフスキーの詩学』望月哲男・鈴木淳一訳、ちくま文芸文庫、一九九五年。
(16) 司馬遼太郎『新装版　北斗の人』講談社文庫、二〇〇六年、全二巻（初出は『週刊現代』一九六五年一月〜一〇月）。
(17) 森鷗外「津下四郎左衛門」『森鷗外選集』第五巻、岩波書店、一九七九年、二五二頁。
(18) 司馬遼太郎『功名が辻』文春文庫、全四巻（初出は「新聞通信社三友社」一九六三年一〇月〜六五年一月）。
(19) 吉村淑甫「東洋・小龍・龍馬」『漂巽紀略——（研究）河田小龍とその時代』川田維鶴撰、高知市民図書館、一九八六年。

第二章

# 〝黒船〟というグローバリズム

## ──「開国」か「攘夷」か

## 一　松陰吉田寅次郎という若者

### 新しい時代を招き寄せる

「長州の人間のことを書きたいと思う。」という印象的な文章で始まる『世に棲む日日』では、幕末の情勢が描かれる前に、「戦国期の毛利氏といえば、安芸国《あきのくに》広島を根拠地としてその版図は山陽・山陰十一カ国におよび、いわば中国筋の王といわれるにふさわしく、天正期には中央勢力である織田氏とあらそったほどのきらびやかな歴史をもっている。」ことに注意が向けられている。

そして、当時は「中国者の律義」という言葉が流行るほどに、「毛利氏の外交方針はその律義をたてまえとしたがために同盟国に信頼され、威を上方《かみがた》にまでふるった。」と続けられている。

ここで興味深いのは、『功名が辻』でも山内家に入り込んでいた甲賀忍者の望月六平太が、山内一豊（一五四五?～一六〇五）にたいして「織田家は信長の増上慢により、内部からくずれる日も近うござろう。裏切者が出る」と語り、織田家に見切りをつけて、毛利家に仕えるように勧めていたことである。

しかし、関ケ原ノ役（一六〇〇）で「敗北者の側に味方した」ために、徳川期には防長二州にとじこめられて、わずか三六万九千石の大名にまでおとしめられた毛利氏長州藩は、幕末に「最大の革命勢力になり、ついに幕府をたおし、封建制度をつきくずし、この国にあたらしい時代をまねきよせる主導勢力になった。」（『世に棲む日日』一・「松本村」）。こうして『世に棲む日日』は激動の幕末を舞台にしつつも、冒頭から『国盗り物語』や『功名が辻』など雄大な山脈を形成していた戦国期の時代小説の山並みの連なりを感じさせるのである。

そのように長州藩を変えた吉田松陰について司馬は、単なる書生にすぎず、「しかも藩の罪人であり、その体は実家において禁錮《きんこ》されており、外出の自由すらなかった。」ことに注意を向けて、「若者のどういうところがそれほどの影響《ママ》を藩と藩世間にあたえるにいたったか」と司馬は続けている。そして、坂本竜馬を「維新史の奇蹟《ママ》」と呼んでいた司馬は、松陰についても「こういう若者が地上に存在したということじたいが、ほとんど奇跡に類するふしぎさというよりほかない。」と記し、その謎の解明を『世に棲む日日』で試みているのである。

## おさない兵学者

『竜馬がゆく』において顕著なように、司馬は自分が深い共感を持った主人公は子供の頃から描いているが、『世に棲む日日』でもまだ寅次郎と呼ばれた子供の頃から松陰を描いている。

杉家の次男であった寅次郎は、杉家よりも格が上の大番組上士で山鹿流兵学師範をつとめる吉田家を継いでいた叔父大助の養嗣子になった。しかし、五歳のときにその叔父が病死してしまったために吉田家の当主になったものの、まだ幼少だったので松陰はそのまま生家の杉家で養育されていたのである（前掲一・「松本村」）。それとともに、ゆくゆくは吉田家の家学の後継者となるべく定められていたために松陰は、天保一三年に「松下村塾」をひらくことになる叔父の玉木文之進（一八一〇〜七六）

から、藩命で山鹿流兵学の個人教授をうけていた。

しかし、玉木の教育法は、「読書中に頬のかゆさを掻くということすら私情である」として、「肉体を殴りつけることによって恐怖させ」、「人間の本然の情（つまり私利私欲）を幼いうちからつみとるか封じこんでしまおう」という過酷な方法であった（『世に棲む日日』一・「玉木文之進」）。こうして松陰は、「五歳にしてすでに私をうしなうべく強《し》いられ、公の奉仕者としての自覚を植えつけられた」のである。

しかも肉親の文之進だけでなく、養父吉田大助の門人たちからも教育を受けた松陰は、八歳のときには藩学明倫館の教授見習となり、さらに「このおさない兵学者の勉強のすすみぐあいを、藩主毛利慶親（＝敬親《たかちか》。一八一九〜七一）みずからが」テストをした。司馬は、「松陰というこの若者はどうやら家族や一族だけでなく、藩ぐるみで生みあげた純粋培養といえるかもしれない。」と書いているが、実際に松陰は、九歳から明倫館で講義をするようになる。

## アヘン戦争の衝撃

ところで、「眠れる獅子」と称された隣国・清にアヘンを売ることで莫大な利益を得ていたイギリスは、特命全権大使に任命された林則徐（一七八五〜一八五〇）によってアヘンを焼却処分されると、それを根拠としてアヘン戦争（一八四〇〜四二）を起こしていた。そして、この戦争に勝利すると南京条約で香港の割譲と江南五港の開港のほかにも莫大な賠償金を得ていた。

それゆえ、松陰が一四歳の時に江戸から帰藩したばかりの兵学教師の山田宇右衛門は、「日本をめぐる国際環境を熱情的に語り」、危機意識をうえつけていた（前掲一・「平戸へ」）。このことにふれた司馬は、「外寇《がいこう》御手当方」という国防を担当する部局をペリー来航以前に設けていたのは、「三方海に面した長州藩だけ」であることに注意を促して、「そとからの侵略にきわめて過敏」になったこの藩がやがては、「国内統一の先唱藩《せんしょうはん》になる源は、このあたりにある。」と説明していた（前掲一・「長門の海」）。

若き松陰にとって焦眉の課題は、この戦争についての詳しい知識をえることであり、一八歳で師範になると早速、「藩の学制改革についてのぼう大な意見書」を書いて藩主に提出した松陰は、その翌年には国防を担当する部局の下僚の役についたのである。

そして、「沿岸の防備状態」を視察した松陰は、より広い見聞が必要だと考えて自分の専門である山鹿流兵学を研究し、砲術家土岐太郎に砲術を学ぶために九州への旅を希望し、平戸や長崎で「アヘン戦争に関する漢文本をあさりにあさってこの侵略戦争の概要」を知ることになるのである。

## 山坂からの光景

ただ、そのような教育を受けた松陰が、国際環境に敏感になったのは理解できるが、外国船による密航という大胆な考えをどうして思いついたのかが、私には実感としてつかめなかった。それゆえ思い立って私は、『世に棲む日日』と『甲州街道・長州路ほか』を持って萩を訪れた。この長編小説の最初の章で司馬は、質素に立ち並ぶ杉家の墓の近くにある松陰の実家について、「墓のある山を基点にすると、萩城下のほう、つまり西へ降り、さらに西へゆき、小型車一台が通れる程度の湿った地道をしばらくゆくと、杉家がある」と書いている。

小禄とはいえ二六石取りというれっきとした武士の家である杉家が、城下ではなく、郊外の農村に住んでいたのは不思議な感じがするが、松陰が誕生する一四年前の萩城下に大火で杉家の家財ことごとくが焼けたために、畑を耕すことで生活費のたすけにするためであったのである。

そしてこうした厳しい生活の中でも、「悲痛さをユーモアに転化」させることのできた母お滝の明るい性質も描かれている。たとえば、長男の民治があかぎれで足の傷口があいたために、抜き足差し足で歩いているのをみたお滝は声をあげて笑い、「『あかぎれは恋しきひとのかたみかな　ふみ（恋文《ふみ》・踏みにかける）見るたびに会いたく（あ痛た、にかける）もある』／という即興の狂歌を民治のうしろからあびせかけた。」のである。そして司馬は、「杉家の異様なばかりのあかるさは、どうやら彼女によるものらしい。」と記している（『世に棲む日日』一・「松本村」）。

坂を登り切って吉田松陰の実家のあった小さな空き地にたどり着いたとき、思いがけずに目に飛びこんできたのは青い海であった。そのとき私は坂本竜馬の亀山社中があった家を訪れる途中の坂からもやはり青い海が目に飛び込んできたことを鮮烈に思いだした。しかも『竜馬がゆく』において司馬は、竜馬が初めて長崎を訪れて長崎湾を見た時に、「かれの夢想である私設艦隊の根拠地」をここにするという構想を持ったと書いていたのである。

つまり、小さな土地で子供の頃から畑仕事をしていた松陰が、目を上げるとそこには青い海が広がっていたはずであり、海の向こうの外国の情勢にも思いを馳せていたと思われるのである。この光景を確認したとき、感受性に富むとともに世界にも視線を向けた若き吉田松陰が、なぜ「幕法」を犯してまでも、外国への密航を試みたのかがようやく私にも腑に落ちたのである。

## 二　「地を離れて人なし」

### 平戸への旅

こうして、叔父である玉木文之進や藩校での教育にあきたらなかった松陰は、様々な人物と出会い、その地域の地理や習慣をみずからの眼で確認することのできる「旅」をとおして、学問を深めていくことになる。

たとえば、門閥家老でもあった山鹿流家元の山鹿万介がいる平戸への旅行の際にも松陰は、下関で病気になったことで治療を受けた町医者の尾崎秀民と対話するうちに、「町医にすらこれほどの人物がいる」ことから、「長州も日本もたいしたものだ」と感動している。そして、尾崎秀民の出身地である豊後の日出には、儒学で「四書標註」などの名著を著したばかりでなく、「経済学から和算、天文学、医学、窮理学（物理学）」にいたる知識を有しており、中年になってオランダ語を独学した帆足《ほあし》万里《ばんり》（儒者・理学者。一七七八～一八五二）という学者がいることを知る。そして、「国富のためには植民をせよと植民政策」や、「士農工商の四階級がほぼ平等たるべしとする平等論」、さらには「一転して貨幣論、物価対策論、外国貿易論」などが説かれている帆足の「東潜夫論」という題名の大部の論文が、禁書とされていたことを知ると儒学の「入学新論」とともにこの書を借り受けて、二日間で読み終えるのである（『世に棲む日日』一・「平戸へ」）。

さらに、平戸に着いて山鹿流兵学の家元である山鹿万介に入門した松陰は、平戸藩の重役だった陽明学徒で、教育者としての名も高い葉山佐内の屋敷に通いつめ、佐内の紹介をえてその弟子たちとも交友し、ここで「実行のなかにのみ学問がある。行動しなければ学問ではない」という「きわめて松陰の気質に適合した。」思想が書かれた王陽明の「伝習録」をも読んでいる。

当時の最先端の海外情報を得ることで、方針を定めようとしていた松陰が、五十余日も平戸に滞留したことについて司馬は、「ちょうど平戸大学に留学したつもりらしい」と書いているが、松陰はここで、「西洋人の東アジア侵略のやりかたを」、初めて「明快に論断した」清朝の軍事史家・魏源《ぎげん》の十四巻からなる「聖武記」と出会ったのである。

## 「古《いにしえ》に倣《なら》えば今に通ぜず」

「聖武記」において、「日本人と西洋人はどちらがつよいか」という問いを記した魏源は、日本人は「沿岸を掠奪してまわる。これは貧なるせいか。ところが西洋人はみな金持で、掠奪などはしない」が、「はじめに通商をもとめ、もっぱらアヘンを売りつけ、さらにはキリスト教を伝えて中国人の肉体と魂を侵す」ので、「日本人の害よりもかえってはなはだしい。」と書いていた。

しかも、「聖武記」に「その西洋人が日本をおそれるのはその陸戦の力である」と書かれているのを読んだ松陰は、これにより「内陸ゲリラ戦における自信」を得たと司馬は説明している。

一方、日本や中国の近代化について『対談集　中国を考える』で司馬と論じている作家の陳舜臣は、この書物が生まれたいきさつを説明している。すなわち、《Cyclopaedia of Geography》（地理大全）

の翻訳をさせるなど中国の近代化を図っていた林則徐は、アヘン戦争に負けたことで左遷され新疆へ赴くことになったが、その際に船砲模型図などとともに揚州に住む魏源にこれらを託したのである。そして魏源の『海国図志』が唐船によって嘉永三年（一八五〇）に長崎に伝えられ、平戸来遊中の吉田松陰がこれを閲読して感銘を受けるなど、「日本でも幕末有識者の外国事情についての知識は、この書によるところが多い」と続けている。(1)

しかも陳舜臣は、この書の生みの親ともいえる林則徐が、当時の中国の知識人が当然のこととしていた「中華思想」をもしだいに変えていったことにも触れている。つまり、先に西欧によって侵略されていた中国の知識人によって、侵略を正当化した近代西欧への対抗策の指針が示されていたばかりでなく、「自国中心主義的」な「中華思想」克服の試みもなされていたのである。

一方、葉山佐内の著である「聖武記附録」に記された「古《いにしえ》に仿《なら》えば今に通ぜず／雅を択《えら》べば俗に諧《かな》わず」という詩句に出会った時に松陰は、「膝を打つおもいで感嘆した。」と司馬は説明している。「古学ばかりの世界に密着しすぎると、現今ただいまの課題がわからなくなる。また、格調の正しい学問ばかりやっていると、実際の世界のうごきにうとくなる」というその内容は、かねて自分が思っていたことを「佐内がみごとに定則化したものである」と松陰は感じたのである（『世に棲む日日』一・「山鹿屋敷」）。

## 「友」との出会い

九州を旅する松陰を描写して、「この犀利《さいり》な観察者は、どこへ行っても山ひとつ村ひとつ見のがさず、まるで外国から潜入した軍事偵察者のような目で、戦略戦術上の地理や人情、風俗をみた。」とした司馬は、「かれは人文地理的な観察をおもんじ、そういう窓からつねに物事を見ようとした。」と続けている。さらに司馬は、松陰が生涯「地を離れて人なし」と言っていたことを紹介しながら、「これが松陰という青年の思考法の要素をなしていた。」と続けているが、それは司馬自身の「方法」とも重なっていることはたしかであろう（前掲一・「帰国」）。

九州の旅で松陰は、一八歳まで医学を学んだが、後に兵学に熱中して叔父の養子となったという経歴を持ち、池田屋ノ変（一八六四）で、新選組の襲撃をうけて闘死することになる肥後熊本藩士・宮部鼎蔵《ていぞう》（一八二〇〜六四）と知り合う。松陰より一〇歳年長だった宮部について司馬は、「話題がアヘン戦争から日本の危機のことになると、宮部は兵学どころではなくなり、咆えるような声で談じた。」と書いている。隣国の清朝が西欧諸国に侵略されていた状況は、当時の日本の知識人の危機感を増大させており、焦眉の問題として解決策が模索されていたのである。

このとき宮部が近く江戸に留学することを知った松陰は、多くの人々との出会いを求めて江戸への留学を自分も希望することになる。ここで「藩は、人間のようである。／三百ちかくある諸藩は、藩ごとに性格もちがい、思考法もちがっている。」と記した司馬は、この時期の長州藩はただの大名にすぎないが、「異常に勉強ずきなところが、変っている。」とし、松陰の「ぜひ、自分を江戸にやってほしい。」という願い出も、「学問のためなら、もっともである」として認められたことを紹介している（前掲一・「桜田藩邸」）。

江戸に出た松陰は、「藩邸から、安積艮斎塾、古賀謹一郎塾、山鹿素水塾」などに通って学んだ。

しかし、「江戸は、友をつくるためにあるのだ」という名言を、長州藩の先輩である来原良蔵《くりはら》（一八二九〜六二）に語らせた司馬は、松陰が江戸における「最大の収穫は、右のような師匠たちよりも、藩内藩外で多くの友人を得たことだった。」と思ったと描いている。友人の宮部鼎蔵から、「南部藩きっての秀才」といわれながらも、「遊学がしたさに脱藩」していた安積艮斎塾の江幡《えばた》五郎（一八二七〜七九）などとともに奥羽への旅をすることを提案されると、松陰はすぐさま同意したのである。

こうして嘉永四年（一八五二）に松陰は、奥羽の天地の沿道にある水戸、米沢、会津、仙台などの諸藩の「諸国都はみな学問がさかんで、人物が多い。」ので、「それらをいちいちたずねて文武の道を問いたい。」として、「学問修業のため十カ月のお暇を乞い奉ります」という願い状を係り役人（証人役）に出して、これも藩から許可される。

## 脱藩

赤穂義士の討ち入った一二月一五日を出立の日と定めた計画は、すべてがうまくいっていたかに見えた。しかし、一二月に入ってから松陰は、「関所通行の手形」（過書手形）の手続きを忘れていたことに気づくのである。

しかも、折悪しく通行手形の発行捺印を行う藩主が帰藩していたために、通行手形を持たない旅行が問題となることを怖れた藩の官僚は、出発を延期するように松陰に求める。しかし、「主君を見かぎり主君を捨てるという」脱藩は、武士にとっては大罪であり、「罪科は当人だけでなく父兄や一族におよぶ。」にもかかわらず、「人間の本義とはなにか、一諾をまもるということだ。」と考えた松陰は、もし約束を破れば「長州武士は惰弱であるというそしりをまねくであろう。」として脱藩の決意をするのである。

このような決意をした松陰が、「秩序美を讃美する」一方で、「同時にものや事柄の原理を根こそぎに考えてみるたちでもあった」ことに注意を促した司馬は、脱藩の決意をしたときに松陰が「原理において正しければ秩序は無視してもかまわない、むしろ大勇猛心をもって無視すべきである」と考え始めていたと説明している。

一方、脱藩を覚悟した松陰に「私は、君の義を協《たす》けよう。協けることが私の義である」と勧めた来原良蔵も、後に松陰が罪に問われると、「寅次郎に無断発足をすすめたのは自分である。自分を罪されよ。」と藩庁に自首したのである（前掲一・「脱藩」）。

このような来原の思考と行動について司馬はこう分析している。「もともと日本人の倫理は忠孝をやかましくいうが、横の関係である友情や友誼についてはさほどに言わない。」としながらも、「幕末、そういうものが自然の倫理として濃厚だったのは長州藩においてであり、タテの関係の倫理を尊ぶ他藩では濃厚にはみられない。」（傍点引用者、前掲一・「泣く話」）。

この言葉は、なにゆえ長州で身分を問わない「奇兵隊」が成立し、それが「国民軍」の基礎となったのかを示唆しているだろう。

## 奥羽の天地への旅

こうして脱藩を決意してまで松陰は東北への旅へと出発したが、それは「正月二十日に水戸を発したあと、会津、新潟、渡海して佐渡、さらに新潟にもどり、秋田、弘前、青森にいたり、そのあたりで冬はすでにすぎ、盛岡、仙台、米沢から関東に入り、日光、足利、館林をへて利根川の堤」へ出るという当時としては驚くべきほどの旅であった（前掲一・「脱藩」「売られる」）。

この旅行の意味について司馬は、「観念だけが過熱しようとする」傾向を持っていた松陰が「一方ではつねに現実家であろうとしてい」たとし、そのために「東北の義理人情や文化を実地にみようとした」のではないかと推測している（前掲一・「天涯への旅」）。

実際、出発前の願書で「『奥羽の天地は地ひろく山けわしく、古来英雄が割拠して奸兇の巣窟であった』というのは、エゾ時代のことらしいが」（前掲一・「手形」）と記していた松陰は、この遊歴で竜飛崎近くのアイヌの村の人々に対する奸商の態度が「人禽の間を以てす」と聞いたときには、かつては「蝦夷人種」とされていたアイヌの人たちは、「今は則ち平民と異るなし。それ夷も亦人のみ」と述べるようになるのである（『北のまほろば』『街道をゆく』第四一巻）(2)。

しかも、一介の水夫から北前船を有する大廻船業者となり、ナポレオンがロシアに侵攻した一八一二年には日露の衝突を防ごうとした高田屋嘉兵衛（一七六九～一八二七）を主人公とした長編小説『菜の花の沖』（一九七九～八二）においても司馬は、通詞が「蝦夷の長者」を「けものあつかい」して、路上にひきずりだして殴っている姿を見た時に嘉兵衛が、「人が人を殴っている姿ほどあさましいものはない」と感じたと書いている（三・「春信」）(3)。

松陰の「蝦夷人種」観にふれながら「松陰の眼中はつねに平等で、志ある者を士となすのみで」あったとも司馬は書いているが、この言葉は後に「奇兵隊」を創設することになる高杉晋作を理解するうえでも重要だろう。

## 「師」象山先生の門に入って

こうして長い奥羽の旅行から戻った松陰は、罪には問われないはずだから江戸桜田の長州藩邸に帰るようにとの藩吏の言葉を信じて帰邸する。しかし、そこで下されたのは「帰国して沙汰を待て。」という藩命であり、帰藩すると「五十七石六斗の家禄を没収」して、「召し放ちに処す」という重い沙汰を受けることになる。

しかし、自分のことを心配する友人たちに対して松陰は、「（自分は）しばしば計画をたて、その計画はしばしばつまずいてきた。」が、「この志が壮んなかぎり、吉田寅次郎はどこに、どういう窮状にあってもかならず学を成すであろう」と語っていた（『世に棲む日日』一・「売られる」）。

事実、「召し放ち」という処分によって「士籍のない浪人」となった松陰は、再び江戸へと旅立つのである。ただ、きわめて厳しい処分を行う一方で、藩が松陰を「『実父杉百合之助ノ育《はぐくみ》トスル』という一項で、からくも救済している。」と記した司馬は、この育という制度が長州藩独特のものであり、後にも「萩城下で武家屋敷に奉公して走りつかいのボーイのようなことをしていた」年少の伊藤博文も、「来原良蔵ハグクミ」という形で、「長州藩士」という名目を得ていることを紹介している。つまり、「志ある者を士となす」という見方は松陰だけのものではなく、すでにそれを可能にするような制度が長州藩には存在していたのである（前掲一・「天涯への旅」）。

ただ、司馬が「旧師といえども自分の思想に適わなければじつに激しい」と書いているように江戸への再度の留学が認められたときに安積艮斎や山鹿素水などの師から去った松陰は、「書物だけで大砲製造法まで知り、それを試みる一方、射撃術、西洋陸軍の教練法」を講義し、「深川の松代藩邸で砲術講義の塾をひらいた。」だけでなく、「西洋式合理主義を自分の生活にとり入れるために豚を飼って豚肉」を食べるという、それまでの日本の伝統を破るような食生活を実践していた佐久間象山（一八一一～六四）を師として選んでいたのである。

このことについて「その人物や識見を敬慕したときにかれにとって『師』が成立する」と説明した司馬は、「最初の江戸留学のときは、かようべき塾をたくさんもちすぎて、象山学というものを十分に学べなかった。」と反省したことで松陰が、こんどは「（心がゆるがぬようにしたい）」と思ったと描いている。

しかも、「古英雄のごとくかまえ」、「おのれ一人でもって日本国を改めようとする気概に燃えていた」佐久間象山が尊敬していたのが、当時の日本ではフランス革命を成し遂げたと考えられていたナポレオン一世と、「王座の革命家」といわれた露国のピョートル大帝だったのである（前掲一・「象山」）。

一八六二年に幕府使節団の通詞としてヨーロッパ各国やロシア帝国を訪れていた福沢諭吉（一八三四～一九〇一）が、一八六九年に発行した『世界国尽』において、強国ロシアを創設したピョートル大帝の改革を「英、仏、和蘭等の如き文明の国の風にならひ、学校を設け海陸軍を建て、…中略…堂々たる一大国の基を開き、今日に至るまで、威名を世界中に轟かせり」と高く評価したことは比較的よく知られている。(4)

しかし、佐久間象山はすでに幕府への上申書において、「開発のおくれた貧困な国」であったロシアでさえ、ピョートル大帝が造船・航海・海軍などの専門家をオランダから招いてロシア人に習わせたことによってしだいに熟達し、「ついにヨーロッパ諸列強の中で一目も二目もおかれる国になった」とし、「そんな国さえ為政者に英雄が現れて国民を導いた結果、たちまち他の列強と肩を並べるようになった」と書いて日本の近代化の必要性を主張していたのである。(5)

それゆえ、次節ではペリー提督が四隻の艦隊を率いて浦賀に来航した一八五三年に、やはり四隻の艦隊を率いて長崎に来航していたロシア艦隊と吉田松陰とのかかわりなどをとおして、ロシアから見たアヘン戦争にも注意を払うことで、日露両国の関わりやその後の松陰の行動や心理に迫りたい。

## 三 〝松陰は、駈けた〟

### 〝黒船を見たか見なんだか〟

こうして象山のもとで学問に励んでいた松陰が二四歳の時、嘉永六年(一八五三)に遭遇したのが、四隻の黒船からなるペリー艦隊の来航だった。その報を聞いて浦賀に一番乗りをした佐久間象山は、急を聞いて駆けつけた愛弟子・松陰のために、西洋兵学の現地教育をしようとして、大きな二隻は長さ四十間ばかりで砲二十門を積み、二隻の中型巡洋艦も長さ二十四、五間、砲二十六門を有していると説明する。

実際、二隻の黒船が空砲を射撃すると、「遠雷のようなとどろきが湾内にひびきわたり、沿岸の山々にこだました」。それを聞いた松陰は、「書物の上だけで知っていた西洋の巨大な文明に」、日本という「小さな文明が、あの砲声とともに砕《くだ》かれたようにおもった」と司馬は描いている（傍点引用者、『世に棲む日日』一・「浦賀」）。

一方、久里浜での会談で今回は数日で去るとしながらも、しかし、来春には「こんどは全艦隊をひきいてくる」と強調したペリーは、その言葉に脅えた幕府代表の「反応に満足した。」と司馬は書き、「未開人に対しては、子供を相手にするようなやりかた、つまりこわがらせるのがいちばんいいというかれの理論が、ここでも実証された。」と説明している（前掲一・「過激者」）。

この意味で注目したいのは、幕末から明治維新にかけての激動期を、馬籠宿の本陣・問屋・庄屋の三役を務めていた主人公・青山半蔵の軌跡をとおして描いた島崎藤村の『夜明け前』を考察した近代日本文学研究者の相馬正一が、この長編小説を「読み解くキー・ワード」として、「街道」とともに「黒船」を挙げていることである。(6)

実際、藤村はこの長編小説で黒船を、「人間の組織的な意志の壮大な権化、人間の合理的な利益のためにはいかなる原始的な自然の状態にあるものをも克服し尽そうというごとき勇猛な目的を決定するもの」と規定していた（『夜明け前』第一部第三章）(7)。

このような「ペリーとその艦隊の威喝的な態度や意図」に幕府の官僚は脅えたが、「在野世論はこれに大反発をきたし、対外敵愾心《てきがいしん》が日本列島の津々浦々に澎湃《ほうはい》として」起こった。

ペリーが次に来日した際には「日本の存亡を賭けた戦いがおこる」と考えた松陰も、早急に銃砲を西洋式とし西洋の軍艦を買い入れるなどの対策を採るべきであるとの藩主への意見書を三日三晩かけて書き上げた。このことを紹介した司馬は、「松陰の行動に強力な弾機《ばね》を入れたのはペリーであった。あるいはペリーという名で擬人化される産業革命による新文明であるといってもいいかもしれない。」（傍点引用者、『世に棲む日日』一・「過激者」）と書いている。

## 松陰は長崎へ向かって

「他人に対するやさしさや、日常の態度、それに紀行文などにみられるつりあいのとれた物の見方など」にも関わらず、浪人の身でありながら処刑をも覚悟して藩主への意見書を差し出すような松陰の行動について司馬は、「急進の」という意味でも用いられる「ラディカル」の第一義が、辞書には「根源的」、「根本的」と記されていることに注意を向けて、「それがかれを風変りにし、かれを思考者から行動者へ大小の飛躍をつねにさせてしまうもとになっているらしい。」と考察している（前掲一・「過激者」）。

そして、そのような松陰が「ただ佐久間象山だけを師匠とした。」理由について司馬は、「乱世のなかを孤客としてゆく孟子の劇的な行動性、雄弁、論理性」、そして「千万人トイヘドモワレユカン」という「気概」を愛したと書き、松陰は佐久間象山を「いまの日本の孟子だ」と思っていたと分析している。

このような時期に佐久間象山のもとに、ロシア艦隊が長崎港に入ったという情報が入ると松陰は即座に、「ロシア軍艦に小舟を漕ぎつけて密航方をたのみ、文明世界というものを見て来よう」と決意した。そして、「松陰を弟子にもったために大迷惑するにいたる」象山も、松陰の「気質と思想を理解しきって」いたために、この事が洩れれば自分も処罰を受けることが確実であったにもかかわらず、門人を「とめるは困難である」と感じて、「行くべし」との返事をしたのである（前掲一・「長崎へ」）。

ところで、ロシアからの使節団が日本に到着したのはこの年が初めてのことではなく、ピョートル大帝の政策により一七〇五年に日本語学校ができ、日本の漂流民を日本語の教師にしていたロシアからは、エカテリーナ二世（在位一七六二〜九六）治世下の一七九二年に第一回の使節団が、そして一八〇四年には第二回の使節団が日本に派遣されていた。

しかも、ロシア艦隊が長崎に来港したのも偶然ではなく、アメリカが強力な艦隊を日本に派遣することを知ったロシア政府は、これに対抗するために同じく二隻の軍艦と運送艦二隻からなる艦隊を派遣することを決めるとともに、シーボルトを招聘して日本の外交のあり方を聞き、穏やかな交渉をすべく長崎への派遣を決めていたのである。

しかし、徒歩で歩き続けた松陰がようやく長崎に着くと、「港内のどこにもロシア軍艦の姿はなかった」。幕府の正使が江戸から着くまでの期間を利用して、一時上海に赴いていたロシア艦隊の行動について司馬は、国際情勢をも視野に入れながらきわめて正確にこう記している。

「欧州の天地で、のちにいうクリミア戦争がはじまろうとしており、大戦が勃発すれば、ロシアは英仏両国を敵にまわさねばならない」ので、ロシアの艦隊は情報と食料を確保するために、「予定を急に変更し、松陰が長崎に入る三日前に錨をあげて出港してしまっていた」（前掲一・「岸頭」）。

そのために、失敗したと思いこんだ松陰は江戸へと引き返したのだが、上海から戻ったロシアの使節団は、ようやく到着した幕府の正使たちとの交渉に入り、何度も交渉を重ねて通商問題や国境問題も論じた。興味深いのは、このときロシア側が示した条約案には日本側を安心させるために「アヘンの輸入販売を厳禁する」との一項が加えられていたのである。

このようなロシア側との交渉について司馬は、プチャーチン提督がペリー提督とは逆に「微笑と礼譲の外交」に終始したので、「応接した長崎奉行所の奉行以下はみなロシアに好感」をもち、その報告を得た幕閣は「一時親露排米主義の色が濃くなった」と続けている（前掲一・「岸頭」）。

それゆえ、適塾で学んだ後に福井藩の藩医となり、藩主松平慶永（春嶽）に認められて三岡八郎（由利公正。一八二九〜一九〇九）などとともに、藩政改革にあたった橋本左内（一八三四〜五九）も、ロシアが「欧米のような侵略意図をもっていない」と判断し、「ロシアの武威を借りることによって欧米の圧力をはねかえそう」という説を唱えるようになるのである（前掲二・「空の青」）。

実際、長崎での会談では何も重要なことは決められなかったものの、次回の交渉が約束されるとともに、新たに国交を結ぶ場合はまずロシアを最初とすることも決められていたのである。

## ロシア人が見た欧米文明

私たちの視点から興味深いのは、ロシア艦隊のプチャーチン提督（一八〇三〜八三）の秘書官として長崎を訪れた作家のゴンチャローフ（一八一二〜九一）が、後に旅行記『フリゲート艦パルラダ号』においてアヘンの売買についても描いていることである。

すなわち、プチャーチン提督が座乗した旗艦のパルラダ号は、四八七名の乗員と五二門の大砲を備えた大艦ではあったが、ペリー提督の乗るミシシッピー号のような蒸気船ではなく、三本マストの帆船だったために、順風に巡り合わせなかったことから、当初の太平洋航路からインド洋への航路への変更を余儀なくされていた。

そのために、ロシア艦隊は南アフリカをめぐる植民地戦争が行われていた希望峰やインドなど、クリミア戦争（一八五三〜五六）への参戦も予想されていたイギリスの勢力圏を通る航路をとることになった。そして、日本に来る途上でカルカッタやシンガポールから、「シナの市場が近いこととアヘンの販路をあてにして」たくさんの商人が、香港島にたくさんの資本をつぎ込んでいるのを観察していたゴンチャローフが、上海の近くで見たのは「アヘンを積んだ船が碇泊し、そこからその商品を小船に乗せて、上海、南京、その他の町々に送り出す」光景だった。[8]

「アヘンと引換えにシナ人は茶、絹、薬草類、染料、汗、血、エネルギー、知恵、全生命を与える」が、「イギリス人とアメリカ人は平然としてこれらをすべて受け取り、金に換え」ていると指摘したゴンチャローフは、さらに「イギリス政府は沈黙している」が、それは「行政の指導的地位にいる多くの連中が、インドの農園で罌粟《けし》をみずから栽培し、みずから船の手配をして、揚子江へ送り込んでいるからである」と厳しく批判している。

ゴンチャローフのこの紀行文は一八五七年まで雑誌に掲載された後に、一八五八年に『フリゲート艦パルラダ号』と題する二冊の単行本として出版されてからも、作者の生前中の六二年、七九年、八四年、八六年と版を重ねた。[9]それは日本という未知の国が描かれていたばかりでなく、「隷属下にある国民」に対する「見るのも痛々しいほど冷やかで侮蔑的」なイギリスの植民地政策の実態が描かれていたためでもあるとも思える。

実際、ロシアとのクリミア戦争（一八五三〜五六）に勝利したイギリスとフランスの両国は、第二次アヘン戦争（一八五六〜六〇）でも同盟してこの戦争に勝利し、中国に対する貿易上の特権をさらに拡大することになり、一七二七年の条約以降、キャフタ経由で行っていた清国との陸路交易が脅威にさらされると懸念したロシアとの摩擦が拡大していくのである。

## 「ヤクニン」と「若者」

しかも、ビザンツ帝国（東ローマ帝国。三九五〜一四五三）からギリシア正教を受容していたロシアと、西ローマ帝国（三九五〜四七六）の後を継いだ神聖ローマ帝国（九六二〜一八〇六）からカトリックを受容したポーランドなどの隣国との間には、政治的な争いだけではなく、「正統と異端」をめぐる宗教的な論争も存在していた。それゆえ、作家ゴンチャローフは聖地エルサレムの奪還をうたいながら、ビザンツ帝国の首都を攻撃して占領した第四回十字軍（一二〇二〜〇四）の実態や、大航海時代のスペインの植民地政策の負の面と日本の鎖国政策についてもよく知っていたのである。

このような知識をふまえてゴンチャローフは、日本人は「従来ヨーロッパ人からよい面よりも悪い面を多く見せつけられてきた」ので、「かれらの排外思想そのものも論理的であるといえよう」と日本側の対応にもある程度理解を示すとともに、「日本の民衆」を「論理的で分別があり、必要と認めた場合には、他人の意見でも進んで取り入れる国民である」と高く評価してもいた。

さらに『世に棲む日日』が書かれた時期は、米ソ二大国による冷戦下にあったが、ゴンチャローフが「アメリカ人か、さもなくば私たちがそれを打破してやらないかぎりは、彼らは今後とも巧妙な基盤に立って組織を守り続けるであろう!」と幕府の「ヤクニン」（掛り役人、公儀人役など）を批判していたように、幕末の日本においてもロシアとアメリカとの間で、どちらが日本の「鎖国」を早く打破できるかが競われていたのである。

しかも、プチャーチン提督の率いるロシア艦隊はロシアからの第三回の使節団にあたり、それまでの幕府側の「ヤクニン」の対応をよく知っていたゴンチャローフは、この書で「老中は将軍なしでは何事もできないし、将軍も老中なしでは何事も行い得ない。そして将軍も老中も諸侯に謀らなければならない」と鋭い皮肉を放っていた。

一方、長州藩の重役たちの官僚的な体質を分析した箇所で司馬は、このようなゴンチャローフの考察にふれて、「責任回避の能力のみが発達」していた「徳川の幕藩官僚の体質」は、「当時のヨーロッパの水準からいえば、帝政ロシアの官僚の精神」と似ていると指摘している（『世に棲む日日』三・「ヤクニン」）。

興味深いのは、「自分はヨーロッパ人かロシア人になって旅に出てみたい、どこでもよい、せめて小笠原島でも見てきたい」と語る英語を話す二五歳ぐらいの若い通詞と知り合ったゴンチャローフが、「哀れな若者よ、君の同胞が否応なしに外国人を迎え入れ、また自国民を国外に送り出すようになるときまで、君は生き永らえることができるだろうか!」としながらも、「こうした人物は彼一人ではない。これらの人々の中に日本の未来が――また私たちの使命がある」と続けていたことである（傍点引用者）。

ゴンチャローフは知らなかったが、この時国禁を侵してでも外国へ出て自分の眼で世界を見ようとした若き吉田松陰が、徒歩で江戸から長崎に向かって歩んでいた。そして、密航には失敗したものの松陰は、ロシア艦隊の四隻の船の種類や艦長の名前、さらに乗組員数までも詳しく書き記していたのである。(10)

## 米艦搭乗、密航失敗

ロシア艦隊のプチャーチン提督とは対照的に、アジア人と交渉するには、「大いなる戦力をみせて、大いなる衝撃をあたえるしかない」とする外交理論を持っていたペリーは、翌年の一八五四年に今度は七隻の軍艦を率いて再び来日し、幕府に開国を迫った。

これに対する吉田松陰の考えについて司馬は、「いわゆる攘夷論であった」が「鎖国主義」ではなく、「強要されて屈服するというのは、一国一民族の愧ずべき敗北であり、ここで屈服すればついにこの民族は自立の生気をうしなうであろうというものであった」と説明している。そして、「強烈な民族的自尊心をもりあげた」このような吉田松陰の理論は「やがてその後の志士たちの思想に重大な影響をあたえてゆく」ことになると続けている(前掲一・「死への道」)。

実際、軍事力を背景にしたペリーの要求に一方的な譲歩をして日米和親条約を結んだ幕府は、その四カ月後にはロシアとの交戦などを理由に四隻の艦隊を率いて長崎に入港して港を利用する権利を強く要求したイギリスのスターリング提督との間で日英和親条約を結び、続いてロシア、オランダ、フランスなどの列強とも条約を結んで長崎、下田、箱館など三港の開港に応じることになったのである。(11)

一方、「失敗すればまた、あらたな企画を考えるというたち」の松陰は、幕府が箱館や下田開港の許可状を与えてしまったことを知ると、かっては百姓身分で学問のなかった最初の門人・金子重之助（輔。一八三一～五五）とともに、「欧米の現状をつぶさに探索し、それによって帰国後、救国の大策をたてる」ために、今度は「敵であるはずの米艦に投じ」て密航しようとした。

このような松陰の密航の試みが、「どのような方法を用いれば、学を為せるのでしょうか」という金子の問いにたいする方法論的な熟慮の結果出されたものだったのであるとした司馬は、後に書かれた「地を離れて人なく、人を離れて事なし。故に人事を論ぜんと欲せば、先ず地理を観よ」という松陰の文章を引用しながら、それは「人文地理的発想法」に基づいていたと分析している（前掲一・「最初の弟子」）。

しかし、重之助とともに小舟を漕いでようやく旗艦ポータハンの舷側まで漕ぎつけ、なんとか舷側の階段にとび移った松陰は、ペリーの意を受けて対応した通訳のウィリアムズから、「米国はやっと通商条約を日本と結ぶことができた」が、日本人民の「逃亡に共謀するとすれば、日本の国法をやぶることになる」として乗船を拒否された。

しかも黒船に飛び移る際に大刀を置いていた小舟が流されてしまったことから、いずれ自分たちの身元も判明すると考えて幕府に自首した松陰は、訊問に際してすべてをあらいざらい白状してしまった（前掲一・「必敗」）。

あまりの正直さに哀れを覚えた奉行所の取調官、与力の黒川嘉兵衛が小声でたしなめるのだが、ここで司馬は松陰に「私は志を立てて以来、万死を覚悟することをもって自分の思念と行動の分《ぶん》としております。いま死をおそれては私の半生は無にひとしくなります」と語らせている（前掲一・「奇妙人」）。

さらに、「国家の大禁をおかした重大犯人」ということで、江戸への檻送《かんそう》は厳重をきわめ、「逃げぬように両足に足かせをかけ、身を縛り、両手には手錠をかけ、鶏かごに似た罪人用のかご」で運ばれたが、司馬は「すでに生を捨ててしまって、禅でいう闊然《かつぜん》たる世界に突きぬけてしまって」いた松陰が「子供のようなういういしさ」で、宿場の旅籠の土間におかれた罪人かごのなかや伝馬町の獄でも、「人たるの道を説き、国難」を説いたと記している（前掲一・「奇妙人」）。

## 二人の政治犯

このような松陰の言動を理解するためには、天保の大飢饉が起こった翌年の一八三七年に、難民救済を直訴して受け入れられなかった陽明学者の大塩平八郎（一七九三〜一八三七）が、ついに政治の腐敗を質し民衆を救うという目的で乱を起こしていたことを思い起こす必要があるだろう。

なぜならば、松陰は処刑されることになる一八五九年の一月に、門人に「自分はかつて（平戸滞在のころ）王陽明の伝習録を読んだ。すこぶる味あるを覚えた」と記すとともに、大塩平八郎の「洗心《せんしん》洞劄記《どうさつき》」を「一読するがよい」と勧めていたのである。しかも、天保二年に防長二国で大一揆が起こっていたことを紹介した歴史家の田中彰は、大坂で起きた大塩の乱によって長州藩が大きな影響を受けたことを指摘し、この時期に幕藩体制が「大きな曲り角に直面」していたと指摘している(12)。

つまり、長年にわたって続いた幕藩体制のひずみや権力者の腐敗を正すために、改革への意志に燃える多くの思想家や行動者に強い影響を与えていたのが陽明学であり、宮城公子が書いているように、「五倫の道の正当性の根拠を『良知』にもとめ、それによって内を外とを貫こうという『一貫の学』

が大塩の立場」となっていたのである。[13]

　この意味で興味深いのは、日本人の留学生から吉田松陰の話を聞いた作家のスティーブンソン（一八五〇～九四）が、イタリア統一の英雄ガリバルディー（一八〇七～八二）やアメリカで奴隷解放のための反乱を起こそうとしたジョン・ブラウン（一八〇〇～五九）と同様に、松陰も将来は知られるようになるだろうと記していることである。[14]

　しかもスティーブンソンは、農奴制の廃止や言論の自由、憲法の採択などを求めるペトラシェフスキー・グループに参加して、クリミア戦争前夜の一八四九年に捕らえられたロシアの作家ドストエフスキー（一八二一～八一）の『罪と罰』（一八六六）をきわめて高く評価していた。これらのことを考慮するならば、国家や体制は異なるものの、ロシアの「絶対専制政治」を批判し、懲らしめのための死刑の宣告を受けたあとで酷寒のシベリアに流刑された若きドストエフスキーは、「安政の大獄」によって幕府を「絶対専制権力」にしたてあげようとした井伊直弼を厳しく批判して処刑されることになる松陰の先行者といえるかもしれない。

　つまり、作家のゴンチャローフは幕末の日本と比較しながらロシア帝国を高く評価していたが、当時のロシアでは皇帝が絶対的な権力を握り、貴族の特権が保証される一方で、農民たちは「農奴」と呼ばれるような状況に苦しむような甚だしい「格差社会」となっていたのである。

　それゆえハンガリー出兵の前年に書いた「弱い心」（一八四八）で、幸せのまっただ中にいる主人公に「良心がぼくを苦しめる」と語らせたドストエフスキーは、その理由を親友のアルカージイに「自分一人だけが幸せになることがつらいのだ」と説明させて、腐敗した支配層への鋭い批判と「虐げら

れた人々」に対する強い共感を読み取らせていた。(15)

さらに裁判においてもドストエフスキーは、「もし私に自分の個人的意見を述べる権利、あるいは強圧的な意見には同意しない権利が無いというのなら、何のために私は学んだのでしょうか」と松陰と同じようにきわめて率直に問いかけていたのである。(16)

## 四　野山獄中でのくさぐさ

### 監獄という空間

伝馬町の獄から檻かごで故郷の萩に送された松陰は、「各室には畳一枚が敷かれ、一ならびが六室で、二列むかいあい、その中央に細長い中庭があって、わずかに陽が射す。」状態だった「野山獄」の北側のはしの独房に入れられたが、司馬は松陰が一年二カ月の獄中生活の間に「おびただしい量の読書をした」ことに注意を促している(『世に棲む日日』一・「野山」)。

実はこの文章を読んだときに私が連想したのは、ペトロパヴロフスク要塞の中の独房に八カ月にわたって収監されていたドストエフスキーが、『白痴』(一八六八)の主人公に発狂者もでるような監獄の厳しさだけでなく、そのような空間における思索の深さについて言及させていたことである。(17)

そのことに気づいたとき、「敵よりもはるかに鋼材が薄く」、「敵戦車が出現した瞬間が私の死の瞬間になる」ような戦車の閉ざされた空間の中で緊迫した時を過ごしていた若き司馬(福田定一)が

（「石鳥居の垢」『歴史と視点』[18]）、もし戦場から生きて帰れたら「国家とか日本とかいうものは何かということ」を、「国家神話をとりのけた露わな実体として見たいという関心をおこした」と記していたことを思いだした（「訴える相手がないまま」『十六の話』）。

さらに司馬は『菜の花の沖』（一九七九〜八二）において、日本人に捕らえられたロシア艦の船長ゴローニン（＝ゴロヴニーン、一七七六〜一八三一）が、『日本幽囚記』において「相手を人間として理解すべく努めようとする知的寛容さ」を示していることに言及しつつ、その一〇年後に「人間の心理の中の質と相剋をつきつめた」ドストエフスキーが生まれたと書いているのである（五・「ゴローニン」）。

この言葉には、独房というきわめて限られた空間と、いつ看守が死刑を告げに来るかもしれないようなきわめて緊迫した時間の中に置かれながら深い思索を行った者たちに対する司馬の深い敬愛の念が表れていると思える。

しかも司馬は、護送の小役人が、百姓の子で足軽の身分だった門人の金子重之助に対しては容赦がなく、彼が「衰弱しきってぼろのように檻の中でうずくまって」いても「法がゆるしませぬ」の一点張りで何らの処置もとらなかった際には、松陰が自分の生命をも顧みずに綿入れの着物を脱いで、「金子にあたえろ」と檻のそとへ投げだしたことで、ようやく「官給の綿入れ」が金子に与えられたと描いているが、このシーンは松陰の弟子思いの深さを物語っているだろう。

しかし、萩でも松陰の度重なる要望にもかかわらず、百姓牢の「岩倉獄」に入れられた金子が肺炎を起こして間もなく亡くなったことを記した司馬は、金子の「死に接して松陰のなげきようは尋常でなく」、やや鎮まってから、「獄中の食費をへらしてその墓をたてる費用にあてたりした。」と書き、

「身もだえするような親切さである。」と続けている。

このような松陰の「親切さ」を理解するうえで重要だと思えるのは、杉家の三男で実弟の敏三郎について、「字の意味を理解しようとしたが、ついに読んで言葉を通ずることはできなかった」と書いた松陰が、弟に対する気持を「深憐重痛」と書いていることに注目した歴史家の田中彰が、「身内に身体障害者がいるということは、家族にとっては限りなく重い」と書いていることである。(19)

そして田中は、「このいい知れぬ苦悩こそが、松陰をして『人間とは何か』という根源的な問題へと思考を深めさせたのではなかったか」と考察しているが、このような分析は、人の命を救う医師でありながら、立身出世して貴族になると自分の村の農民を所有物扱いするようになった父親について考察しながら「人間は謎です。その謎は解き当てなければならないものです」と書いたドストエフスキーにも当てはまると思われる。両者は身内の問題から目を背けることなくそれを見つめており、さらに同じように国家の問題も考察することで、自分の思索を深めているのである。

## わが新獄「福堂論」——獄にあらず、福堂である。

「もし獄を出ることができれば、なりたいと思うものは獄屋の長である。きっと力をつくし、いまの獄をすばらしい獄にしたい」と願った松陰は、盗賊《とうぞく》改方《あらためがた》という公職についていた父の百合之助に「福堂論」と名付けた監獄論を送っている(『世に棲む日日』一・「野山」)。

司馬は「野山獄」で書かれた松陰のこの監獄論を詳細に分析して、それは「懲罰刑主義ではなく、教育刑主義」に基づいていたと書いている。実際、それは「獄中では、読書や習字、諸芸を学ばせる。

さらには獄中制度としていっさい囚人同士の自治にまかせきる。」という江戸時代としてはきわめて斬新な監獄論だった。

しかもそれは空論ではなく、松陰は最年少の囚人であったにもかかわらず、「囚人たちからついには師とあおがれ」、「うるさ型の富永弥兵衛」ですら、十歳も年下の松陰を「尊師」と呼ぶにいたっているのである。このことを紹介した司馬は、「このふしぎさのかぎは、まず松陰の底ぬけの親切さにあるらしい。」と書いている。

実は、野山獄に入っていたほとんどの囚人は、殺人や殺傷の前歴を持っていたのだが、明倫館の秀才といわれた富永弥兵衛が書がうまいなど、一芸の主も多かったのである。それゆえ、獄に入って間もなく、「富永どのを師にして書を学びたい」とその弟子になった松陰は、俳句ができた在獄五年の吉村善作の弟子になるなど、「ほとんどの囚人が、何かの師匠の座にのぼり、それらが日をきめてたがいに師匠になったり弟子になったり」した。

そして松陰自身が、「自分は諸兄のような特技というものをもっていない。ただ孟子一書に自分の心を焦がすほどの気持をもっている。だから孟子を講じさせてもらいたい」と提案すると、全員が喜んで彼の講義を聴くようになったのである。

この時代の日本とロシアの比較という視点から興味深いのは、死刑判決を受けた後に恩赦という形で一八五〇年から四年間、厳寒のシベリアの監獄で過ごしていたドストエフスキーも、厳しい「検閲」を考慮して小説の形で書かれた長編小説『死の家の記録』（一八六〇～六一）で、監獄の状況や人間の極限的な心理を描くとともに、「監獄や強制労働の制度が犯罪者を矯正するものでない」ことに注意を促していたことである。

そしてドストエフスキーも、囚人たちが演じた民衆劇のすばらしさと創造性に注意を促して、囚人も「人間なみに扱ってやらなければならない」として、囚人にも「自由」を与えることの必要性を説き、そして、監獄の非人道的な状況に関心を向けたこの作品は、「大改革」の時期に監獄の改善への具体的な提案となっていたのである。(20)

**松陰の恋歌**

長編小説『世に棲む日日』を書きつづけつつも、「女性の登場がきわめてすくないことに筆者自身ときにぼう然とする思いがある」と書いた司馬は、「ただ高須久子がいる。」と続けている。すなわち、この獄には後家になった後で「一、二度男出入りがあった」という理由で、五年の刑ということで、このとき三五、六歳で「松陰の目にもよほどの美人にみえた。」久子が入牢させられていたのである。

そして、再び江戸へ檻送されると決まったときに、久子から獄中自分で縫った手布巾を贈られた松陰は、「箱根山越すとき汗の出でやせん君を思ひてぬぐひ清めむ」という歌を彼女に贈っていた。村田蔵六を主人公とした『花神』においては、シーボルトの娘イネとの関係が男女の心理の機微にまで迫りながら描かれていることを思い起こすならば、司馬がさらりと書き記した「松陰と同獄のこの女性とのあいだに、双方濃淡はさておき、異性に対する心情の傾斜があったようにおもわれる。」という文章の示唆するところは深いように思える。

実際、「男出入り」という理由で入牢させられていた高須久子の罪状は、歴史家の田中彰によれば、当時の身分社会での社会規範からいえば、より「破天荒の行為」であったのである。(21)すなわち、「陽気な性格で三味線好きだった」久子は、三味線を習うために、このような芸能を生業《なりわい》としていた「被差別部落」の勇吉や弥八らとつき合い始めたが、このことを知った親類の一族は、「乱心と称して」久子を閉じ込め、さらに「野山獄」へと入牢させたのである。

藩の取調べに際して久子が、「被差別部落の人々とのつき合い」をすべて「平人同様の取扱方」をしたとくり返し供述していることに注目した田中は、人を差別しなかった松陰との類似性に注意を促している。

そして、松陰が自宅に幽閉になったときに久子がよんだ「鴨立ってあと淋しさの夜明けかな」という句の冒頭の「鴨立って」の「鴨」は「鴫《しぎ》」とも読めないことはないと指摘し、「しぎ」が松陰の字《あざな》の「子義」に通ずるとし、「鴫＝子義」と読み直すことが可能なことを指摘している。

一方、江戸へ檻送されるときまったときに久子に、「一声をいかで忘れんほととぎす」という句も贈っている松陰が、江戸に檻送される途中でも「郭公《ほととぎす》まれになり行く夕ぐれに雨ならなくば聞かせざらましを」の一首を読んでいることに注意を促して、松陰は「郭公」にみずからを託しているとし、久子に贈った句を「鮮烈な愛の表出ではないか」と読み解いているのである。松陰と久子の間に「異性に対する心情の傾斜」を見た司馬の視線は、松陰の本質にも迫っていたように思える。

# 五　「国ヲ救イ民ヲ済《すく》ウ」という電磁《エレキ》

## 久坂玄瑞と高杉晋作

こうして、獄中でも講義を行って囚人たちに大きな感化を与えた松陰は、監獄から出されて自宅に幽閉されると、そこで叔父の玉木文之進が開いていた「松下村塾」を受け継ぎ、わずかの期間に久坂玄瑞（一八四〇〜六四）や高杉晋作（一八三九〜六七）などの若者たちを育てることになる。

しかし、長州では罪人だった松陰の評価が変わったのは、熊本で宮部鼎蔵から「古来、日本で友人のために死のうとした者がひとりでもいたか。義卿《ぎけい》（松陰のアザナ）をもってそういう日本人の最初の人物とする」と告げられたことで久坂玄瑞が松陰についての認識を新たにしてからのことであった。そして、宮部鼎蔵から松陰が「誠実ということにおいて人間ばなれのした人物であり、かれみずからの志もそこにある。」と諭された玄瑞は、さっそく入門すべく松陰のもとを訪れたのである（『世に棲む日日』一・「村塾」）。

しかし、「平凡な者」でも自分をみがいてくれる特質をもっていると考え、さらに「一世の奇士を得てこれと交りを締《むす》び、吾の頑鈍《がんどん》を磨かん」と考えていた松陰は、気に入った久坂玄瑞を褒めるのではなく激しくけなすことで、その志をはかろうとした。すなわち、「弘安ノ役（蒙古襲来）における執権北条時宗の意気をいまの日本人はわすれている」として日本を憂える辞をつらねた久坂の入門志願の文章に対して、松陰は「君の議論はまことに浮薄」であり、「世の流行の慷慨《こうがい》をよそおっているだけで」あるとし、「僕深くこの文を悪《にく》み、最もこの種の人をにくむ」との酷評をくだしたのである。

その理由を「むろんわざとであった」とした司馬は、「久坂がもしこれで大いに激し、大軍が襲いかかるようにして僕方に襲来してくるならば、僕の本望これにすぎるものはない。」と松陰が友人の土屋矢之助に書いた言葉を記している。さらに松陰が「防長年少第一流の人物にして、もとより天下の英才なり」と賞讃する久坂玄瑞という門人を得たことは、高杉晋作の入門につながっていく。

実は、『世に棲む日日』の冒頭近くで司馬は、この小説の主人公を松陰吉田寅次郎にすべきか、あるいは「かれが愛した萩ずまいの上士の子高杉晋作《しんさく》という九つ下の若者」のほうにすべきか、「いずれともきめかねている。いや、いまとなってはその気持のまま書く。」と記していた（一・「松本村」）。

その高杉は、すでに松陰の門に入っていた友人の久坂から学問の目的を尋ねられて「治国平天下《ちこくへいてんか》」と答えると、それは太平の世の目的であり、国家存亡の危機にあるときには「救国済民」であるべきであると鋭く反論され、そのことを学びたいならば、松本村にある松陰の塾に来るべきだと強く誘われたのである（前掲一・「久坂玄瑞」）。

## 「寺子屋」のような塾

『世に棲む日日』における描写の見事さの一つは、代々にわたって藩の中級官僚を出してきた萩城下の上士の一人息子である高杉晋作が、一つ歳下の久坂玄瑞に案内されて松本村にある松下村塾にたどり着くまでの晋作の視点と感覚をとおして、「後世になってひどく名の高くなった」松下村塾の特徴を読者にも分かるような形で浮き彫りにしていくことだろう。

すなわち、「萩の城下は、古い地図を見ていてさえうつくしい。いま筆者の机上に、藩政時代の色刷り木版地図の複製がある。日本海が桔梗の色に塗られ、その海上に突きでた小さな岬に毛利氏の居城があり、指月城という。」と書いた司馬は、城の大手門を出ると、「家老たちの屋敷が、長い練塀をつづかせて」おり、「その堀ノ内の一郭からひとつ東側の区が、中級藩士の屋敷町であり」、その一角に高杉家があることを紹介している（前掲一・「晋作」）。

それゆえ、松陰に入門しようとした高杉晋作は、案内役の久坂玄瑞とともに城下町を抜けて松本川を越えるのである。橋をわたって田園のみが続いている地域にさしかかったところで晋作は、「罪人の首斬りの検断をする」足軽の息子で一四歳になる品川弥二郎だけでなく、町人身分の不良少年のような若者も松下村塾で学んでいることを知らされる（前掲一・「村塾」）。そして、久坂から「あれが、塾だ」と示されたのは、「おそらく前身は農具小屋だったにちがいない」、「敷地の一隅にある物置小屋のような建物」だったのである。

それを見た晋作が、「いよいよ寺子屋だ」と思ったと記した司馬は、「たしかに形態はそうらしい。こどもに読み書きをおしえる塾として、『松下村塾』というものは出発している」とし、「松下とは松本村のことであり、所在の在所の名をつけているだけで、気負った意味の塾名ではない」と説明している（前掲一・「村塾」）。

実際、その塾で当時学んでいた伊藤利助（俊輔。後に伊藤博文と名乗る。一八四一〜一九〇九）も、「足軽ですらない低い階層の家の子」であったし、近所から通っていた吉田栄太郎（稔麿。池田屋ノ変で新選組と闘死する）や、山県狂介（有朋。一八三八～一九二二）なども足軽の身分の出だった。

ことに、後に松陰の絵像を描くことになる松浦亀太郎という若者は、「長州萩の郊外松本村の魚屋の子」にすぎなかった。「松陰の門生は、そのような階層にまでおよんでいる」と書いた司馬は、それらの身分の違う者に対しても分け隔てなく熱心に教えていた松陰は、他の門下生が亀太郎を「亀」と呼ぶとそれを厳しくたしなめていたと指摘しているのである。

## 手製の新聞

「高杉晋作は、いま十八歳」であり、「このあと十年の身動きが、かれの存在を歴史にきざみつけた。この若者は、若者のまま、二十八歳で死ぬ」と続けた司馬は、「おもしろきこともなき世をおもしろく」という晋作の句を紹介して、「かれの情念も生活もこの上の句のなかに尽くされて」いると説明している。つまり、明倫館の秀才であった晋作を松陰へと会いにいかせた動機も、「なにやらおもしろそうな男」というとりとめのない気持だったのである。

一方、久坂の入門志願の文章を酷評していた松陰は、高杉には簡単に入門を認める。それは「久坂に対する競争心をあおると、かならず他日、非常の男子になるとおもった」からだった。実際、松陰から自分の詩が久坂には劣ると指摘され、その理由を松陰独特の「平易な表現で」くわしく説明された高杉は、「自分の欠点をいわれているくせに、妙なことに聞くほどに昂奮をおぼえた」のである。そのことを司馬は、「自分像というものをほとんど芸術的なばかりのみごとさで、松陰によってとりだされてしまった」と感じたからだと説明している。

しかも、松下村塾には松陰が自分で見聞した「内外のニュースを、かれ自身がかきとめて一冊の帳面」として綴じた「飛耳張目録《ひじちようもくろく》」という題名の「手製の新聞」があった。司馬は「日本と世界はどうなっているか」ということを報せた「このニュース帳ほど門生のあいだであらそって読まれたものはなかった」と続けている（前掲二・「奇士」）。

一方、シベリア流刑後に「大地主義（土壌主義）」を唱えて再び文学活動に復帰して兄とともに、総合文芸誌『時代』（一八六一〜六三）を創刊したドストエフスキーも、やはりそこに西欧の政治状況を紹介するコーナーを設けて、ナポレオン一世やナポレオン三世（一八〇八〜七三）やイタリア独立運動のガリバルディーやアメリカの奴隷解放運動についての記事も掲載している。(22) ここには世界の出来事に対する松陰やドストエフスキーのジャーナリスト的な感覚が表れているだろう。

## 「普遍性への飛翔」の可能性

こうして、松陰がその実家の杉家でひらいていた「松下村塾」は、中心地である京都や江戸からは遠く隔たっており、その存続期間がわずか三年でしかなかったにもかかわらず、アヘン戦争後の日本のあり方を模索する高杉晋作などの門人たちに決定的な影響を及ぼすことになるのである。

ただ司馬は、「幕末に成立する正義のなかでもっとも精密に思想的であったのは、松陰のそれである」としながらも、「その思想とくに政治についての思想は、時間や空間を越えるだけの普遍性をもっていない」との評価を下している。つまり、「人事を論ぜんと欲せば、先ず地理を観よ」という明確な方法論を持ち、それゆえに海外への密出国をも試みていた松陰は、捕らえられ幽閉されたことで自らの目で世界を見、それを踏まえて新しい方針を打ち出すことが不可能となったのである。

しかし、「限られた空間と時間」の中で松陰は、当時の幕藩体制を打破できるような錐のように鋭い思想体系を編み出した。そして晩年の松陰の思想は、久坂玄瑞や高杉晋作などの門人によって実行されることにより、盤石に見えた幕藩体制を大きく揺るがしたが、彼らが攘夷を実行した馬関戦争で大敗した結果、長州藩が西欧列強によって占領されるという危険も生まれることになる。

この意味で注目したいのは、松陰ほどに「すぐれた思想的体質をもった若者が十九世紀の地球に居ながら、たとえばキリスト教世界の諸思想を触媒にすることがなく普遍性への飛翔を遂げきれずに終わったというのは、かれの思想がそれなりに完結しているとはいえ、痛ましいような思いもある」と司馬が書いていることである[23]（傍点引用者）。

この文章を書いたとき司馬が念頭においていたと思われるのは、「人類という普遍的世界に入りえた数すくないひとり」と高く評価した空海（七七四〜八三五）のことであろう。そして司馬は、『空海の風景』（一九七三〜七五）で、八世紀に入唐して「中国文明のなかに」身を置きながらも、「大安寺に出入りしてインド文明にひきよせられ」たり、ペルシアから来たゾロアスター教や、ウイグル人を中心としたマニ教、さらにはローマから追放されたキリスト教の景教にも強い関心を示したと思われる空海像に迫っているのである[24]。

それゆえ司馬は、松陰が持っていた「普遍性への飛翔」の可能性にも注意を払いながら、処刑された松陰の若い頃の志を継いで、自分の目でアヘン戦争後の上海の事情を確認した高杉や、イギリスへ密出国していた伊藤俊輔（博文。一八四一〜一九〇九）や井上聞多（馨。一八三五〜一九一五）などが急遽、帰国して奔走したことによって、長州藩が壊滅的な打撃をなんとか免れることになることを描いていくのである。

ただ、松陰とその門人たちの思想と行動を考察する前に、次章では佐久間象山の弟子でもあった竜馬と、漂流民・ジョン万次郎の体験を聞き書きした絵師・河田小竜との出会いの意味を考察することにしたい。そのことによって、きわめてゆっくりとした足取りながら広い視野で日本と世界を見ようとしていた竜馬と勝海舟の出会いの意味もより鮮明になるであろう。

**注**

(1) 陳舜臣『実録アヘン戦争』中公新書、一九七一年。
(2) 司馬遼太郎『北のまほろば』(『街道をゆく』第四一巻) 朝日文庫、一九九七年、初出は『週刊朝日』一九九四年五月〜九五年二月)。
(3) 司馬遼太郎『菜の花の沖』文春文庫、二〇〇〇年、全六巻 (初出は「サンケイ新聞」一九七九年四月〜八二年一月)。
(4) 福沢諭吉『世界国尽』(富田正文、土橋俊一編『福沢諭吉選集』第二巻) 岩波書店、一九八一年。
(5) 佐久間象山「上書　海防論」責任編集・松浦玲『日本の名著』第三〇巻、中央公論社、一九八四年、一三〇頁。
(6) 相馬正一『国家と個人』人文書館、二〇〇六年。

(7) 島崎藤村『夜明け前』(改版) 新潮文庫、一九五四年、第一部第三章。
(8) ゴンチャローフ『日本渡航記』高野明・島田陽訳、講談社学術文庫、二〇〇八年。
(9) Goncharov, I.A., Fregat Pallada, Nauka, 1986, p.788
(10) 吉田松陰「長崎紀行」山口県教育会編『吉田松陰全集』第九巻 大和書房、一九七四年。
(11) 真鍋重忠『日露関係史：一六九七～一八七五』吉川弘文館、一九七八年、二三六～二三七頁。
(12) 田中彰『明治維新の敗者と勝者』日本放送出版協会、一九八〇年。
(13) 宮城公子『大塩平八郎』朝日新聞社、一九七七年、五六頁。
(14) Stevenson, R.L.「YOSHIDA-TORAJIRO」山口県教育会編『吉田松陰全集 別巻』大和書房、一九七四年、五〇一～五一六頁。
(15) 高橋誠一郎「『白夜』とペトラシェフスキー事件」『ロシアの近代化と若きドストエフスキー——「祖国戦争」からクリミア戦争へ』成文社、二〇〇七年。
(16) ベリチコフ編『ドストエフスキー裁判』中村健之介編訳、北海道大学図書刊行会、一九九三年、八六頁。
(17) ドストエフスキー『白痴』木村浩訳(『ドストエフスキー全集』第九巻) 新潮社、一九七八年。
(18) 司馬遼太郎「石鳥居の垢」『歴史と視点』新潮文庫、一九八〇年 (初出は『小説新潮』一九七二年、第二六巻第七号)。
(19) 田中彰『吉田松陰』中公新書、二〇〇一年、一五九～一六一頁。
(20) ドストエフスキー『死の家の記録』工藤精一郎訳 (『ドストエフスキー全集』第五巻) 新潮社、一九七九年。
(21) 田中彰『明治維新の敗者と勝者』NHKブックス、一九八〇年、三〇～四六頁。
(22) 高橋誠一郎「『大改革』の時代と『大地主義』」、前掲書（『欧化と国粋――日露の「文明開化」とドストエフスキー』刀水書房、二〇〇二年）第二章。
(23) 司馬遼太郎「文庫本のためのあとがき」『世に棲む日日』第四巻、文春文庫、一九七五年。
(24) 高橋誠一郎「司馬遼太郎の平和観――『坂の上の雲』から『空海の風景』へ」『比較思想研究』成田山臨時大会号、二〇〇四年。

第二章

# 竜馬という存在

## ——桂浜の月を追って

# 一　黒潮の流れと日本人の顔

## 義兄の蘭医

　土佐の大地震を知って江戸から戻った竜馬が姉が嫁いだ医師の岡上新輔《おかのうえのしんすけ》の家に行くと、乙女は「当代の新輔さんはお医者になってしまったようなお人ですから、家宝の胴田貫《どうたぬき》（野太刀のこと）などは薪割に使っていいのです」と武士ではない夫を軽んじたような言い方をする。それに対して竜馬は、「しかし医者でも、すごいのがいますぜ。長州の藩医の子で桂小五郎というのに会ったのですが、これは神道無念流の達者だ」とたしなめている。

　長崎でオランダ医学を学んでいた岡上が『竜馬がゆく』において果たしている役割はそれほど大きくはないが、この人物についての考察は、蘭学者・緒方洪庵（一八一〇～六三）の弟子の村田蔵六（＝大村益次郎。医師・兵学者。一八二五～六九）を主人公とした『花神』や、幕末期に長崎の医学伝習所で学んだ松本良順（一八三二～一九〇七）ら蘭学者たちの活躍を描いた『胡蝶の夢』（一九七六～七九）にも直結していると思える[1]。

　たとえば、桂は剣ばかりでなく海外の知識も豊富だったが、義兄の蘭医・岡上新輔も竜馬にアメリカを「夷狄《いてき》じゃと思うてばかにしちょるか」と問い、「ばかにしちょります」という答えを得るとこわい顔をして、「いま志士なる者が攘夷論をとなえて天下を横行しちょるのは、無学無智なるゆえじゃ」と批判し、黒船が一斉に大砲を撃ちまくれば、「先日の地震どころの騒ぎでなく、お城下はお城もろとも焼きはらわれるぞ」と語っているのである（『竜馬がゆく』〔一〕「立志篇」・「寅の大変」）。

これに対して竜馬が、「上陸してくる敵を日本刀で両断」すると主張すると、「むこうは精巧な鉄砲を持っちょる。刀を構えているうちに撃ち倒されるわ」と厳しく反論し、弟に同調した乙女が、「それが怖うございますか」と問い質すと、「わしの身のことを言うとりゃせん。女の理屈はいつも公《おおやけ》と私《わたくし》がすりかわる。わしはお国を憂えていうとるんじゃ」と諭すのである。

実は、竜馬の人間的な成長を描くという筋の展開のために、司馬は姉の乙女が「高知から半日ばかりの田舎の山北という村の医者」で、乙女よりも二〇歳も年上の蘭医の家にとつぐことになっていることが記されていた序章の「門出の花」では、万次郎（一八二七〜九八）の帰国についてはふれていなかった。しかし、竜馬が江戸へ遊学しペリーの来航と遭遇することになる前年の一八五二年には、土佐の漁師万次郎が長い漂流の後でアメリカに渡るなど多くの苦難を経て、一一年ぶりに沖縄と薩摩経由で土佐に戻っていたのである。

そして、宇高随生によれば、「父八平の体調がすぐれずその相談がてらに」義兄の家を訪れた竜馬は、このとき義兄岡上と常に交流があった蘭学の素養のある絵師の河田小竜（以下、小竜と記す。一八二四〜九八）が、万次郎からその体験を聞いて編んでいた『アメリカ漂流記』という意味の『漂巽紀略《ひょうそんきりゃく》』という本の話も義兄から聞いていたのである(2)。

ジョン万次郎の名でも知られるこの漂流民について司馬は後に、「十五歳のとき、五人の仲間と一緒に小さな漁船に乗って近海で出漁中、にわかに暴風にあい、はるかに八丈島付近まで流され、無人島に漂着して魚貝を食ってかろうじて命を保っていた。」が、「漂流後六カ月目の天保十二年六月四日、おりから通りかかった米国捕鯨艦」に救助され、「その後、マサチュセッツ州のフェアヘヴンで小学校教育をうけ、その才幹を認められて米国漁船の事務員として働いた。」と詳しく記している（『竜馬がゆく』〔二〕「風雲篇」・「伯楽」）。

そして司馬は、ジョン万次郎が「鎖国時代に、『漂流』という偶然の機会で北米大陸の文明を見、しかも、ペリー来航さわぎの寸前にもどってきたというのは、日本の幸運というべきだったろう。」と続けているのである。

しかも桑原恭子によれば、『漂巽紀略』が書かれてから間もなく、その著の《凡例》には「画工川田小梁（引用者注・河田小竜のこと）漂民ニ直話シテ筆記スル所ノ草稿ヲ得」と記して、この本の内容をさらに詳しくかつ読み易くした早崎益寿の手になる全三巻の『漂洋瑣談』という本が巷で評判をとっていたという(3)。

これらのことを考慮するならば、沖を雄大な黒潮の流れる桂浜で月を見ることを好んだ竜馬が、万次郎の帰還を知って胸を激しくときめかしたことは確実だろう。

## ロシアからの漂流民

このような新しい外国の知識を日本にもたらした漂流民は万次郎が初めてではなかった。たとえば、万次郎のアメリカからの帰還に約半世紀ほど先立つ一七九二年には、千石船で江戸に向かう途中に暴風雨にあい、八カ月にわたる漂流の末にアリューシャン列島のアムチトカ島に流れ着いた伊勢の漂流民・大黒屋光太夫（一七五一〜一八二八）が一〇年間の苦難の末に、ロシアからの最初の使節団とともに帰国していた。

そして、この大黒屋光太夫を主人公とした井上靖の歴史小説『おろしや国酔夢譚』について、司馬が書いているように、「人間が、風浪という自然の力にもち去られてその体験者たちをうみそだてた風土とはまったくちがった自然もしくは文明環境のなかに置きざりにされてしまうということが、かつてはしばしばおこった」のである（「過酷で妖しい漂流譚」『歴史の中の日本』(4)）。

しかもこの小説では「寒さ」とともに、「さまざまな人間のかたちをとったロシア文明」が描かれていると指摘した司馬は、「読後、読者は光太夫からその荷物を背負わされて茫然と考えこむにちがいない。ともかく、みごとな歴史小説というほかない」と絶賛している。

ただ、名作『おろしや国酔夢譚』は、作家・井上靖の筆力や構想力だけによるものではなかった。数奇な人生を過ごした光太夫が鎖国下の日本で語ったロシアについての多くの情報は、オランダ人の学者をとおしてロシアにまでその名声が及んでいた蘭学者の桂川甫周（一七五四〜一八〇九）によって『北槎聞略』としてまとめられていた。

そして、その第五巻の「魯西亜世系」ではピョートル一世（大帝）について、「此人身のたけ七尺二寸、儀表よのつねにかはり、聡明叡智にして新に制令をたて、風俗、衣服、礼法、言語等までも古俗の質俚《よからぬ》を変革してより、域中大に治り近国多く臣伏せしかば、漸々《ぜんぜん》に土地も広まり国富民安く、国人其恩沢を感佩して今に至るまで此王を以て本国の始祖の如く」に思っていたと詳しく記されていたのである。(5)

この記述が、ロシアの海軍を創設したピョートル大帝の改革を高く評価した佐久間象山の改革案や、ピョートル大帝の改革をロシアの「文明開化」と位置づけた福沢諭吉にも受け継がれていることは確実だろう。

さらに、一八〇四年には仙台からの漂流民を乗せた第二回のロシア使節団が、世界周航の後で日本を訪れており、著名な蘭学者大槻玄沢（一七五七～一八二七）が一七九三年に遭難してからイルクーツクに滞在すること八年に及んだ仙台の漂流者からの聞き取りを整理して『環海異聞』を著していた。

このような漂流記について中国科学技術史家の吉田光邦は、「飲食、服飾、交易、物産、言語などといった、中国の地誌に範をとった分類によって記述されることが多い。知識人たちは、漂流者から得た知識によって、異国の地誌を構成しようとしたのである」と述べているのである。(6)

## 碧い瞳の日本女性

漂流民が日本文明の形成に果たした役割に注目していた司馬の視点は、初期の「最後の伊賀者」（一九六〇）、「果心居士の幻術」（一九六一）などに続いて、古代から熊野の山奥にあるという「ゆだや」の「隠し国」にあるという金銀財宝の探索を幕府の若年寄から命じられた伊賀忍者の末裔・柘植信吾《つげしんご》の活躍を描いた伝奇小説『風の武士』（一九六一）にも感じられる。(7)

すなわち、ちのという白い肌を持つ安羅井国《やすらいこく》の姫君を救うために現れた安羅井人《やすらいびと》は、「安羅井の隠し国」とは「竹取の翁の物語」で描かれた「かぐや姫の母国」であり、その血を受け継いでいるのが「ちの様であられる」という。しかも、日本で古くから天狗と称されているのは、熊野連山で修行する山伏どもが「われわれの種族をみかけて」、「ああいう奇態な顔をつくりあげたのであろう」と信吾に説明しているのである。

さらに信吾の危機を救った早川夷軒《はやかわいけん》という人物は、自分は「われわれ日本人の先祖が、いったいどこからきたか」ということを知ろうとしていた緒方洪庵先生の遺志を継ごうとしていると語り、「日本人のなかには、目がくぼみ、鼻がかぎになったまるで南蛮人のような顔が、いくらでもいる」ので、「韓人、清人、蝦夷、琉球のほかに、日本人の顔をつくった謎の人種がきっとある」と述べている（「変身」）。

実はこの箇所を読んだときには、緒方洪庵がこのような人類学的な関心を持っていたかどうか半信半疑で読んでいた。しかし、『花神』においては、洪庵の師匠筋にあたるオランダの軍医少佐シーボルト（ただしドイツ人）が「人類学の初歩のような物の考え方のたね」を日本に残したとし、日本人という人種は、「アジア諸民族の雑種ならんか」と考えていたことが記されているのである（上・「別の話」）。

しかも、『花神』の冒頭近くでは洪庵の弟子の村田蔵六とオランダ商館付き医師として滞日中にシーボルトと楠本お滝との間に生まれたことで白い皮膚と碧い瞳を持つ娘イネ（失本《しもと》イネ。失本とはシーボルトの音を日本文字に写したもの）との茶店での運命的な出会いが描かれている。

こうして司馬は、緒方洪庵の弟子の村田蔵六の活躍と、父シーボルトの国の学問を修めようとした娘イネとの間に生まれた愛を組み合わせつつ、幕末の歴史を描いている。

ノーベル物理学賞を受賞した湯川秀樹との対談「日本人の原型を探る」や、国立民族学博物館初代館長の梅棹忠夫との対談でも、司馬が「日本人の顔」について語っていることを併せ考えるならば、ここに記された早川夷軒の願いは、司馬自身の思いとほとんど重なっているように思える。(8)

実際、作家海音寺潮五郎との対談の冒頭で司馬は、「日本人とはなんだろうという疑問がだんだん昂じ」て、「この島に国家などという中国風の呼称がなかったころ」に、「原日本人」とでもいうべき日本住民がどういう気質やどういう自然観を持っていたかということが気になっていると語りかけていたのである(『日本歴史を点検する』)。

「時代を超えた竜馬の魅力」という講演でも司馬は、「日本人の顔」を分析して「いろいろな顔がありますね。全部、海をわたってきた人ですね」とした歴史家の江上波夫が、「揚子江(長江)の河口から来たひと。ポリネシア、インドネシアから来たひと、沿海州から来たひと。満洲(中国東北部)から朝鮮半島を通過して来たひと」などだと続けたことを紹介している(『司馬遼太郎全講演』第三巻)(9)。

そして司馬は、「騎馬民族征服王朝説」を唱えた江上が、「机上の歴史家ではなく、若いころから一貫してフィールドワーク」を行っていたことを強調しながら、自分も江上博士とおなじように日本が単一民族でできているとはまったく思わないと続けているのである。

## 土佐の「かぐや姫」

このように多様な日本文明の基層に異文化や異文明を受容していたと見る司馬の歴史の見方・考え方、あるいは文明・文化の捉え方は、西方からの音楽の伝来をテーマとした前述の「果心居士の幻術」という初期の短篇にも見られる。

すなわち、奈良の都に伝わった「雅楽」は、すべて、百済、高麗、新羅、漢土から伝来したものであったが、天平八年にはじめて「西方の楽」が婆羅門の僧正である菩提仙那などによって伝えられていた。それゆえ司馬は、黒潮の流れに乗って熊野に漂着した唐船に乗っていたインド人の婆羅門僧の息子であった主人公の果心居士が、興福寺で「婆羅門の楽」を学んでいくうちに「胡飲酒という楽」のなかに「古き婆羅門の呪法がこめられて」いることを発見して幻術師となる物語を創作したのである。

さらに、黒潮の流れに注目しながら『菜の花の沖』を書くことになる司馬は、一九六八年に書いた「海流が作った町」というエッセーでも、「熊野人の遠祖」が古代、中インドにあった摩伽陀国という国からきたという説を紹介しながら、彫りが深く鼻が高い熊野の老人の顔つきから、「熊野人には黒潮の影響があることはたしかであろう」と続けている（『司馬遼太郎が考えたこと』・四）[10]。

そして、『菜の花の沖』の主人公・高田屋嘉兵衛が生まれた淡路の風俗について考察した司馬は、「成人の儀式のときにはじめて下帯（褌）を締める」という褌が南方の風俗であることを紹介して、それは「この民族が遠い昔、南海に住んでいたころからの習俗なのであろう」と説明している。さらに鹿児島や四国などにあった「若衆宿」という風習も、「太平洋に散在して古代的な航海に熟達していたポリネシア民族（ハワイ島、サモア島、トンガ島などの住民）」にいまも濃厚に残っていることも具体的に紹介しているのである（一・「都志の浦」）。

実は、これらの南方の風俗についての考察は、すでに『竜馬がゆく』においてもみられる。たとえば家老の妹お田鶴は、武家町家をとわず城下の女たちが「着かざって社寺へ物詣《ものもうで》に出かけたり、親戚知人の家にあそびに行ったりして、一日、あそび暮らす。」という「女正月」の日に、江戸の話を聞きたいと福岡家の預郷士である坂本家を不意に訪れる。

そして絶妙な「相槌《あいづち》の打ちかた」で、こわい話のときには「しんぞこ怖がってくれ」、「楽しい話だと竜馬の心のなかまで洗われるような笑顔でころころと笑ってくれ」たお田鶴さまは、「時候のあいさつでもするようなさりげなさで」ににこしながら、当時は「大公儀」とされていた幕府を、「みなさんで倒しておしまいになれば?」と問いかけたのである。さらに、自分は病弱なので結婚をする気持ちはないが、「仮にお嫁にゆくとすれば、坂本さまに貰っていただきたいと思いました。」と明かした彼女は、「あす、戌《いぬ》ノ下刻(夜九時)屋敷の裏木戸をあけておきますから、忍んでいらっしゃいません?」と続けたのである。

このような南方の風俗の影響を強く残している「夜這い」について『竜馬がゆく』では、「土佐では若者の夜這《よば》いというのはふつうになっていたが、家老屋敷に夜這いにでかける例は、ちょっとなかろう。」(「[一]「立志篇」・「寅の大変」)と簡単に記されている。一方、『菜の花の沖』ではこの風俗について、「娘のもとに若者が通ってきて、やがて妊ると自然に夫婦になるのである。若者が単数であることのほうがむしろめずらしい」としながらも、娘が「妊ったときは、その子の父となる者に対する指名権は娘がもつ」と詳しく説明している(一・「妻問い」)。

私たちにとって興味深いのは、「お田鶴さまはかぐや姫のように美しい」という伝説が城下にあったと記した司馬が、会話の際に「話しながら膝の上で小さな折り紙を折っていた」お田鶴から竜馬が渡されたのは、折り紙の船であったと書いていることである(前掲[一]・「寅の大変」)。

実は『風の武士』では主人公の信吾が、熊野の隠れ里を追われた「安羅井人たちが乗る大きな船が、沖へむかって乗りだし」、「月にむかって漕ぎ昇ってゆく」のを夢の中で見たと語ると、幼なじみのお勢以から「ばかね」、「それは、かぐや姫の物語じゃないの」と軽くいなされる場面が描かれていた。

このように見てくるとき「お田鶴さま」の章で、「あの桂浜の月を追って果てしもなく船出してゆくと、どこへゆくンじゃろ」と「子供っぽいこと」を考えていた竜馬の視線もまた遠い異国だけでなく、日本の遠い過去にも向けられていたと言えるかもしれない。

しかし、お田鶴の家に行こうとしていた竜馬は、馬之助という顔見知りの町人の若者と会ったことで、行く先を変えることになる。お徳という町医者の娘が千両という大金で、大坂の豪商鴻池《こうのいけ》善右衛門の妾にされようとしていたことを知った城下の若者たちは、「あれだけの娘を土佐の若者に呉れん」のは何事かと立腹し、竜馬を「若衆組」の代表として「夜這い」に送ることを決めていたのである。

思いがけない成り行きから馬之助の手引きで、お田鶴ではなくお徳を知ることになった竜馬が、江戸への旅立ちの前の挨拶に福岡家を訪れると、お田鶴が「山内家の大事な御用」で京都に行くことになったことを知らされる。

こうして司馬は、土佐の山内家とは姻戚である内大臣三条実万《さねつむ》（実美《さねとみ》の父。一八〇二～五九）に仕えることになったお田鶴との関わりから、否応なく時代の荒波へと漕ぎ出していくようになる竜馬の姿を活き活きと描いていくのである。

## 二 〝開墾百姓の子孫〟

### 〝桂浜の海鳴り〟

再び竜馬が江戸に戻ると、千葉重太郎は幕府の天文方で、家格は低いが関流の和算で著名な芥川《あくたがわ》与惣次《よそじ》の娘で、小柄で美しい内儀をもらっていた。そのような重太郎から結婚したらどうかと問われると、自分の眼の前には「野望」という、「とほうもなく大きな黒猪《くろいのしし》がいる」が、「しかしその黒猪が何者であるか、わしには正体がまだわからん。」と語る竜馬の言葉を描くことで、司馬は竜馬の生き方の一端に迫っている（『竜馬がゆく』〔一〕「立志篇」・「江戸の夕映え」）。

さらに竜馬は、「わかるまで、とりあえず夢中に剣を磨いてゆくつもりだ」とも語っていたが、そのような竜馬に国もとの兄権平から、父の八平（名は直足《なおたる》）が五四歳で亡くなったことを報せる急飛脚が到着する。

死ぬ間際に父が、「竜馬」の名を三度呼んだと記した司馬は、八平がもともとは潮江村の郷士山本家から養子にきた人で、弓術や槍術に堪能であったばかりでなく、能書家で和歌にも通じていたが、性格がおだやかで「いつも座右に、春風が吹いていているような父親であった。」ことを紹介し、最後まで末っ子のことを心配した父は、「『しっかり世を渡れや、竜馬』とでも呼びたかったのだろう。」と説明している。

この後で司馬は、その書状が届いたのを見て訃報であることを察し、「それは、いごつ、御愁傷なことでござった」と堅苦しく両手をついて語った武市半平太（一八二九〜六五）との対比をとおして、『なかなか』と無理に笑いを作り」ながら、「天の理じゃ」と答えた竜馬の性格を浮き彫りにしている。

この言葉を聞いた半平太は、「父の訃で笑うとは不謹慎じゃぞ」と諌めるが、竜馬は「済まん。わしはこんな男じゃきに。目ざわりなら、退散するわい」と退室し、喪にも服さずに姿を消してしまうのである。

一方、「好きなだけに、竜馬がときどき見せるえたいの知れぬ不遜さに」武市は、激しく憤慨したのだが、その後、藩邸の庭の奥で妙な音を聞いた者が近づくと、男が「桂浜の海鳴りのような声で」泣いているのを見つけたというのを聞き、「妙なやつだ」と思いつつも、一切を理解したのである（前掲［一］・「江戸の夕映え」）。

このようなエピソードを記した司馬は、父の死は「よほどの痛恨事だったにちがいない。」と続け、竜馬は「千葉道場にこもりっきりで、必死の剣術修業をし」、二三歳のときには「北辰一刀流の最高位である大目録皆伝を得、桶町千葉の塾頭になった。」と書いている（前掲［一］・「安政諸流試合」）。

## 〝この世の借り着〟

この当時、長州の桂小五郎が麴町《こうじまち》の斎藤弥九郎道場（神道無念流）の塾頭であり、土佐の武市半平太も京橋アサリ河岸の桃井春蔵道場（鏡心明智流）の塾頭にのぼっていたことに注意を促した司馬は、諸流選りすぐりの剣士による二度の剣術試合をとおして、読者にも眼に浮かぶような形で竜馬の腕の上達だけでなく、土佐藩の仕組みや武市と竜馬との見方の違いをも見事に描き出している。

たとえば、土佐藩邸で行われた御前試合では、「今武蔵《いまむさし》」の異名を持ち、試合では無敵だといわれた二刀流の島田逸作を破ったのが、郷士坂本権平の弟であると知った藩主の土佐守豊信は、「上士なれば、さっそく予のそばで話の相手にでもさせるのだが」と語る。

しかし、「郷士の子は生涯郷士でしかなかった。いかに学問武芸に秀でようとも、上士にはなれなかった。上士でなければ、藩公に近づくことはできない。」と書いた司馬は、優れた大名であった土佐守豊信も「竜馬の名をこれっきりで忘れた。」と続けているのである。

さらに、武市半平太が塾頭をしていた鏡心明智流の桃井春蔵道場が主催した試合では、財政的には豊かであったが最下級に位置づけられた郷士の竜馬と、祖父の代に、「郷士の上に位し、旅に出るときは上士と同様槍をもたせてゆくことができる」、「白札」という身分に抜擢されていた武市半平太との見解の違いを鮮烈に描き出している。

今度の試合が「流儀の名誉」だけでなく、「藩の名誉」もかかった試合と見なした武市が、桂小五郎との試合を嫌がる竜馬に対して、声を荒らげると、二人の間で次のような緊迫した会話が交わされるのである（前掲［二］・「安政諸流試合」）。

「汝《おんし》」

武市は言葉を荒らげ、

「武士が敵をみて弱音を吐くか」

「吐くわい」

「さればおンしァ、武士ではないのか」

「武士々とがみがみいわンすな。耳が鳴るわい」

「されば、おンしァ、何じゃい」

「坂本竜馬じゃ」

ケロリとしている。

これが竜馬の一生を通じての思想だった。武士であるとか町人であるとか、そういうものはこの世の借り着で、正真正銘なのは人間いっぴきの坂本竜馬だけである、と竜馬は思っている。

「わしァ、無理はきらいじゃ。ゴマメの歯ぎしりのように力もないくせに肩をいからして武士じゃ武士じゃと喚《おら》ぶのは性《しよう》に合わん」

と竜馬はいった。

「武士はゴマメか」

「武士道はええところもあるが、なにせ、細《こま》い。」

しかし、こうして激しく武市と口論したあとで、「下級藩士から神のごとく慕われている。」武市が試合で負ければ「若い者が失望する」と思い至った竜馬は、「よし。桂と、やる」と語って出場を決心する。

そして、いかにも典型的な会津藩士といった風格で、後の戊辰戦争では息子と共に官軍のまっただ中に飛び込んで、美しい剣技を見せつつ闘死することになる森要蔵との激闘をようやく制した竜馬は、決勝戦で桂小五郎と戦い、互いに一本ずつを取り合ったあと、「壮大な鉄砲突き」で最後の一本を取って見事に勝ったのである。

## 土佐・風土・思想

こうして、武市だけでなく竜馬の名前も土佐のすみずみまで響き渡るようになったが、司馬は「郷党の大人たちは、よく出来る青年に対しては、／――半平太を見ならえ。／といい、鈍才の青年に対しては、／――よいか、あの本丁筋一丁目のはなたれでさえ、千葉道場の塾頭にまでなれたのじゃ。自分を見棄《みす》てずに努めるんじゃぞ。」と励ますようになったと記している（前掲［一］・「若者たち」）。

この後で司馬は、「窮屈な藩邸住いがきらいで、ほとんど帰って来ない。」「鈍才の神様」を、土佐から来た若い連中にも紹介しようとした半平太が、竜馬にしばらく藩邸での暮らしを勧めて宴会を催した際の出来事をとおして、竜馬と後に陸援隊を組織して天下の風雲にのぞみ、竜馬と共に暗殺されることになる中岡慎太郎（一八三八〜六七）との出会いを見事に描いている。

すなわち、宴会が始まると若者たちが次々と「杯を捧げてお流れを頂戴に」竜馬の元に来たが、剣舞本能寺をみごとに舞った「精悍な顔つきの男」は、郷土の先輩である竜馬を武市から紹介されながらも、「私は、剣術使いには興味はありませんよ」と言い放つ。

そして、武市先生のことは敬慕しているが、「その隣にいらしゃる方」は、「いま天下がどうなっているか、われわれ若い者は何にむかって命を捧ぐべきか、お考えになっているような御様子はない。そういう方とは、慎太郎、お近づきねがう気がしません」と説明したのである。

この発言を聞いた武市は、宴席の場で友人を侮辱されたと即座に席を蹴って立ち上がり刀をとり、弟子の岡田以蔵（一八三八〜六五）も「いや、拙者がやります。」といち早く鯉口を切った。

自分が侮辱されれば太刀を抜いて相手と命を賭けて立ち会うことが当然とされていたのが当時の武士社会であったが、今にも斬り合いが始まろうとするまさにその瞬間に、竜馬は「中岡君、お前《まん》のいうとおりじゃ」と明るい声で認めたのである。

そして、「わしもお前の心掛けに学ばにゃならんが、なにぶん子供のときからの鈍根じゃ。世がわしを必要とするまでボチボチやる。」と続けた。しかも、その言葉を聞いた中岡が「暴言、おわびします」と詫びると、竜馬は「お前もいいたいことを言って気が晴れたじゃろう。かわりにわしにも気を晴らさせてくれるか」と、「ニコニコして顔色もかえずに」中岡の頰げたを殴りつけ、その後で「溶けるような温顔で」、飲もうと誘うと、強情な慎太郎もそれにつられて杯をあげたのである（前掲［一］・「若者たち」）。

この場面での庄屋の息子であった中岡慎太郎の発言には歴史的な背景がある。すなわち、「竜馬と酒と黒潮と」というエッセーで司馬は、ペリー来航よりも一六年前、まだ幕藩体制の強固なころに土佐三郡の庄屋たちがひそかに集まって」締結された「天保庄屋同盟」の第四六条には、「百姓に対する斬り捨て御免の権利」を行使しようとする侍に追われて庄屋の家に逃げこんだ百姓を「侍にひき渡すな」という激しい言葉も記されていたことを紹介しているのである（『歴史を紀行する』[11]）。

## “古き世を打ち破る”

竜馬と庄屋の息子である中岡慎太郎との出会いを描いたこのシーンは、商才が強調されることの多い坂本竜馬の農民観を推測する上でも重要だろう。

すなわち竜馬が商人的な「利」の視点を持っていたことはよく知られているが、司馬は武士が「その家系を誇示する」時代にあって、竜馬に自分は「長岡藩才谷村の開墾百姓の子孫じゃ。土地をふやし金をふやし、郷士の株を買った。働き者の子孫よ」とも語らせているのである（『竜馬がゆく』〔三〕「狂瀾篇」・「片袖」）。

ここで竜馬が自分を「開墾百姓の子孫」と認識していることの意味はきわめて重いと思われる。なぜならば、「公地公民」という用語の「公とは明治以後の西洋輸入の概念の社会ということではなく、『公家《くげ》』という概念に即した公」であったことを明らかにした司馬が、鎌倉幕府成立の歴史的な意義を高く評価しているからである（「潟のみち」『信州佐久平みち、潟のみちほか』[12]）。

すなわち、司馬によれば「公地公民」とは、「具体的には京の公家（天皇とその血族官僚）が、『公田』に『公民』を縛りつけ、収穫を国衙経由で京へ送らせることによって成立していた制度」だったのである。そして、このような境遇をきらい「関東などに流れて原野をひらき、農場主になった」者たちが、「自分たちの土地所有の権利を安定」させるために頼朝を押し立てて成立させたのが鎌倉幕府だったのである。

しかも『箱根の坂』（一九八二〜三）ではさらに、「諸国を管理するのに守護や地頭を置いた」鎌倉幕府や室町幕府について、「個々の農民からいえば、かれが隷属している地頭との間のタテ関係しか持てなかった」と記した司馬は、主人公の北条早雲に「日本の支配層は支配層のためにのみ互いに争うのみで、農民《たみ》のために思った政治をなした者は一人もおりませぬ」とも語らせている（中・「富士が嶺」）(13)。

それゆえ、司馬は応仁・文明の乱（一四六七～七七）によって、世が乱れ、農民《たみ》が苦しむのを見た早雲に、「わしは、坂を越えて小田原」に入り、「古き世を打ち破る」と語らせていた。そして、「単に坂といえば箱根峠のことである」と続けた司馬は、「年貢は、十《とお》のうち四」という低い税率の「伊豆方式」を発した早雲が、守護や地頭などの「中間搾取機構を廃した」ことの意義を強調したのである（下・「坂を越ゆ」）。

こうして、「農業経営の知識」が深く、「十二郷の百姓どもの百姓頭になり、この地を駿河では格別な地にしたい」と思った北条早雲が、「民政主義をかかげて」室町体制を打ちやぶったことを、「日本の社会史にとって」は、「革命とよんでもいい」と高く評価した司馬は、「江戸期に善政をしいたといわれる大名でも、小田原における北条氏にはおよばないという評価がある」と続けていた（下・「あとがき」）。

このような大地とのつながりを重視する農民的な視点は、商才にも富んでいた竜馬が、なぜ武力討幕の機運が高まった際に、武器を調達することで大儲けをすることができる絶好の機会である戦争を忌避して、「時勢」に逆らうことが自分の生命を脅かすことになることを知りつつも、幕府が自ら政権を朝廷に返上する「大政奉還」という和平案を提出したかのを理解するうえでも重要だろう。

## 〝押しかけ師匠〟

さて、萩に送られた松陰が、松下村塾で若い有能な多くの弟子をわずかな期間で育てたように、時代は激しく動いていた。しかし、「二十四歳の竜馬だけは動いていない」ように感じた武市は、「押しかけ師匠」となって、あまりにも世間のことに疎い竜馬に当時の政治状況を教える。

すなわち、大老となった彦根藩主の井伊掃部頭直弼《かもんのかみなおすけ》（一八一五〜六〇）は、「父の妾腹の子であり、しかも十四男」だったので、当初は「捨扶持二百石」であったが、兄たちがつぎつぎと死んだために、中年になって藩主の位置につき、さらにそれだけでは満足せずに幕府の重職を得る運動をしていたために、「無識にして強暴」という評判が識者のあいだにあったのである。

さらに、武市の話は詩文に巧みなだけにうまいが「話がやや公正を逸する」ので、「かわりに筆者が語ろう」として、司馬はペリーの来航から安政の大獄にいたる流れを簡略にまとめている。

強力な武力を背景にしたペリーの強圧に屈した幕府は、米、英、露、蘭の四カ国と和親条約を締結するが、「通商」条約ではなかったために諸外国はこれに満足せず、ことに駐日総領事として下田港に入った米国人のハリスは、再び「ペリー以来の伝統的な対日強硬態度で」交渉を求めた。

これに対して幕府は、通商条約の逐条協議を開始して、翌年の正月にはぜんぶの議定を終わったが、最後に京都の天皇の勅許が残った。それゆえ、ハリスとの約束を守ろうとした大老井伊直弼は、安政五年九月五日に「条約勅許問題と将軍継嗣問題について、江戸、京都で暗躍した反井伊派の逮捕を命じた」。そして、この日から翌年末にいたるまで、「公卿、大名に対しては蟄居差控《ちっきょさしひかえ》、隠居。それ以下のいわゆる志士に対しては逮捕江戸送りのうえ投獄、死罪、という惨憺たる事件」が続くことになったのである。
ただ、武市の話を聞いた後でも竜馬は「感心したが、かといってまだ寄席で講釈をきいているような顔つきだった」。

## 無銭旅行

そのような竜馬の視野を大きく広げたのが旅行であった。江戸での修行が終わり帰国することになった竜馬の旅行について司馬は、こう書いている。「竜馬の旅行好きはこの人物の生涯の特徴だが、こんどの帰国から、その癖は、本格的になった。とくにこんどの旅は、一種の奇行といっていい。無銭旅行なのだ」（『竜馬がゆく』〔一〕「立志篇」・「旅と剣」）。

眼をひくのは「無銭旅行」というきわめて現代的な用語が使われていることだが、ここで思いだされるのが、アメリカに留学をした後に一日一ドルで世界を回り、『何でもみてやろう』というベストセラーを書いた小田実である。

実は、『竜馬がゆく』を準備をしていたころに、「近代の成立前後では、当然ながら坂本竜馬の海援隊を考えねばならない」が、「竜馬というのはどういう人間だったのかということで考えあぐねていた」司馬は、以前からその作品を愛読していた小田実と会って海の話をしていた。そして、会話がはずむなかで「大きなあご、無愛想な面構え」など、「どうみても主人持ちの人体《にんてい》ではない」、小田が竜馬と同じように「華やいだ個を確立させている」ことに気づいて、小田実を竜馬のモデルの一人にしていたのである。(14)

寝待ノ藤兵衛をお供に「無銭旅行」に出た竜馬も、旅先でさまざまな人物と巡り会うことで知識を深め、時代を実感していくことになる。たとえば、旅の途中で竜馬は千葉道場の先輩の伊勢桑名の道場に立ち寄る。ここでの試合で自分の門弟たちを簡単にうち破った竜馬の強さに刮目した道場主は、娘の婿にとひそかに考えて竜馬を酒席に招き、剣術談義をしながら「武蔵はつよい。その強さは神にもっとも近づいた人間」としながらも、しかし武蔵は「後継者を生まなかった」とその「重大な欠陥」を批判していた（前掲［二］・「旅と剣」）。

そして司馬は、酌をしながら竜馬に好意を寄せた娘にも「（顔を洗わないのと、髪をすかないのと、衣服が垢じみても平気なのとだけが、この人は宮本武蔵に似ている）」との感想を抱かせることにより、竜馬と武蔵との違いを強調しているのである。

こうして、無銭旅行を楽しみながら平穏なうちに過ぎてきた竜馬の旅は、井伊直弼が城主の彦根藩にさしかかる頃から雰囲気が変わり、宿場などでは京が「もはや鬼の巣」で、勤王の志士が京都所司代の手で逮捕されているとの「うわさ」が語られ始めていた（前掲［二］・「旅と剣」）。

このことを司馬は、竜馬が旅の途中で知り合った内大臣三条実万に仕えている水原播磨介《はりまのすけ》という公家侍の口をとおして、梅田雲浜（一八一五〜五九）、橋本左内（一八三四〜五九）、頼三樹三郎（一八二五〜五九）ら著名の論客が逮捕されたことを伝えさせている。三条家でも四人がすでに六角獄舎につながれているからという理由で、隠し持っていた密書を竜馬に預けた播磨介は、その後で追っ手に捕らえられてしまう。一方、預かった密書を三条家に仕えているお田鶴に届けたことで、一夜の逢瀬の時を持った竜馬は追っ手から彼女を逃がし、時代の荒波の中へと自らも踏み出すことになるのである（前掲［二］・「京日記」）。

## 歴史を発酵させた「美酒」

こうして剣の修行や様々な体験をしながら土佐に帰国した竜馬は、「歴史こそ教養の基礎だ」とする武市から、宋の学者司馬光（一〇一九〜八六）が編んだ「古代帝国の周の威烈王からかぞえて千三百年間の中国史」を描いた「編年体」の『資治通鑑《しじつがん》』を自分が教えるとの誘いを受ける（前掲［二］・「風雲前夜」）。

しかし、この提案を断った竜馬は独力で漢文で書かれたこの難解な歴史書を読み始める。この時期に土佐では「武市咄《ばなし》に坂本竜馬／本をさかさに論語読む」という唄がはやったことを紹介した司馬は、「鈍才」の竜馬が実際に読めるのかどうかを確かめに来た三人の若者が「顔を真赤にして笑いをこらえて」いたと書いている。

なぜならば、竜馬は朗々と読み始めたのだが、「文法も訓読法もなにもあったものではない。無茶で我流で意味もとおらず、まるで阿呆陀羅経《あほだらきよう》をとなえているようなもの」だったからだ。しかし、そんな読みでは意味がわかるまいと問われた竜馬は、「漢の高祖劉邦《りゆうほう》が、沛《はい》という田舎町のあぶれ者の群れのなかからおこって秦帝国をほろぼすまでのくだりを二時間にわたって講義した。」のである（前掲［一］・「風雲前夜」）。

このエピソードは一見、竜馬の直感力の鋭さを物語っているだけのようにも見える。しかし、海音寺潮五郎が『日本歴史を点検する』で語っているように、古代の中国では、自国を世界の中心と見なす「中華思想」が強く、漢民族が滅亡するかもしれないという危機の時代に編まれた『資治通鑑』には、「尊王攘夷」や「大義名分」などの考え方が強く打ち出されていた。

司馬は南北朝の時代に『神皇正統記』を著した北畠親房（一二九三〜一三五四）を「中国の宋学的な皇帝観の日本的翻訳者」と位置づけているが、『神皇正統記』や、徳川光圀（一六二八〜一七〇〇）が編纂した『大日本史』などの日本の歴史書も、そのような「思想」を強く受け継いでいたのである。

それゆえ、歴史を「煮つめて醱酵させれば、すばらしい美酒が得られる」とする武市半平太に従って、中国の史書『資治通鑑』を読むとき、竜馬の視野もまた司馬の用語を借りれば「イデオロギー」という「遮蔽レンズ」によって、他国を「夷」と見なす狭い歴史観を知らず知らずのうちに持つことになっていたはずなのである。つまり、武市の提案を断ることにより、竜馬はこの書に書かれている歴史的な事実のみを裸眼で読み取ろうとしたといえるだろう。

## 皇国《みくに》の在り処

この意味で注目したいのは、司馬の『竜馬がゆく』を「きわめてすぐれた作品だ」と高く評価した歴史学者の飛鳥井雅道が、この当時の日本にはおおよそ二つの国家観があったことを示すことで、竜馬の「悲劇的な側面」や「その孤独さ」の原因に迫っていることである(15)。

すなわち飛鳥井はまず、「『日本国』との概念は、外国にたいしての地理的区別の意味でなら存在し、「ばくぜんと人種的・地理的意味で『日本国』という考えはあった」が、当時の幕藩体制では将軍家の権力が、「日本」という統一した国家像を形成しえてはいなかったことを指摘している。そして、当時の「国」とは、現在でも「御国《おくに》はどちらで」と用いられているように大名が封じられた藩を基盤とした「御国」であり、木戸孝允と西郷隆盛の維新以後の日記や手紙からも、彼らがまだこのような「御国」意識に強くとらわれていたと指摘している。

しかし、アジアの諸国を「野蛮」と見なすような「外国の脅威」が、次第に強く意識されるようになると、その反発としてのナショナリズムから「皇国《みくに》」思想が出現することとなった。たとえば、この言葉を創った国学者の本居宣長（一七三〇～一八〇一）は、「人間の欲望をおしつぶそうとする儒教道徳を『漢心《カラゴコロ》』としてしりぞけ」、「『古事記』に書いてあることを、信じればいいではないか」と主張したのである。

さらに、「日本が『漢国《カラクニ》』などとは比較できないすぐれた国だと」、宣長からたたきこまれていた服部中庸《なかつね》（一七五六～一八二四）は、「もっともすぐれた国は天地生成のときから位置が違うのだ」として、自分の理解する世界地図を描き、「皇国の在り処」は、「大地《オホツチ》の頂上《イタヾキ》」で、「正しく天と上下相対《アヒムカ》へる、蔕《ほぞ》の処」であるとする説を唱えたのである。

飛鳥井は「天に一番最後までくっついていて、今でも天と正面から向かい合っているのが『皇国』だというのはめちゃくちゃだ」として服部の地図概念を批判しつつも、そのような理解の原因に「儒教の中国中心主義にたいする激しい反撥」を見ている。

一方、「鹿持先生に師事しなかったならば、自分の思想はなかったであろう」という武市半平太の言葉を紹介した司馬は、「武市は、鹿持の学殖を通して、それを種に、自力で自分の思想の芽を育てたらしい」と書いている（傍点引用者、『竜馬がゆく』［五］「回天篇」・「夕月夜」）。

そして、「武市の父の姉が鹿持雅澄の妻で、濃い姻戚関係になっていた」と記した司馬は、国学者の鹿持雅澄（一七九一〜一八五八）について、「薄禄の士で、生涯を貧窮のなかで送ったが、その学問的業績は小さくない。万葉集研究で江戸や京の学界を抽《ぬき》んで、その大著『万葉集古義』は現今なおこの方面の研究の重要な文献になっている」と説明している。

武市の育てた「思想の芽」がどのようなものであったかは、竜馬が「洋学も学ばにゃ、ならん」という野望をおこしたことを知った武市が、洋学を軽蔑して「洋夷などは、思うだけでも不潔で、四足獣とえらぶところがない」と断定していることから推測することができるだろう（〔一〕「立志篇」・「風雲前夜」）。

このことについて司馬は、「これが、俊才武市の限界であったが」と続けている。このように見てくるとき、「秀才」武市の能力とは、師匠から講義などで教えられた情報をそのまま習得し、それを見事に表現することができる才能であるといえるだろう。一方、「鈍才」竜馬は与えられた知識の正確さをも疑い、自分で確かめることで現実についての正確な情報を得ようとするタイプなのである。それゆえ、竜馬の能力は新しい知識や方法が必要とされる危機の時代に、発揮されることになるのである。

# 三　「謀反人」竜馬

## 「公」としての藩

「言葉には意識がつきまとう」ことに注意を促した司馬は、大老・井伊直弼が殺された後で土佐の郷士たちが、それまで「大公儀」とうやまい呼んでいたのを単に「幕府」と言い、さらに「大樹」と敬称していた将軍のことも、「将軍」と呼び捨てるようになったと記している（前掲［二］・「風雲前夜」）。

このことは幕府を依然として重視していた上士たちとの軋轢をも強めることとなり、このような中で、土佐勤皇党の結成にいたる大きなきっかけとなった永福寺門前事件が起きたのである。すなわち、土佐藩には「軽格の無礼に対しては、おなじ武士ながら上士は無礼討してもかまわぬという他藩にない差別法」があった。それゆえ、ひな祭りの祝宴にしたたかに酒を飲んで上機嫌で下城した「鬼山田」の異名を取る上士が、路上でぶつかった若い郷士をその場で斬り倒したが、急を聞いて駆けつけた郷士の兄・池田寅之進によって討たれたのである。

しかし、弟の仇を討つことは、「他藩ならば、武士の鑑《かがみ》、ということで褒賞こそあれ、罪にはならない」が、藩を「公」とし、独自の伝統によって「藩法」を定めていた土佐藩にあっては、「上士を討ったことは藩の秩序をみだす大罪であった」。それゆえ、郷士に討たれた上士の鬼山田の屋敷にも上士が詰めかけ、池田寅之進の屋敷にも「関ケ原での祖先の怨みをはらす」として郷士たちがつめかけたので、二つのグループはまさに一触即発の状態になる。

ここで注目したいのは司馬が、土佐では「藩公以下上士は戦勝者であった」ことにも注意を向けて、関ケ原の合戦以降、土佐を与えられて「高知城下に進駐しつづけている山内侍のおろかしい占領意識」（傍点引用者）に対する竜馬の反発を描いていることである。すなわち、次節でみるような土佐勤王党の結成は、単に「尊王攘夷」のイデオロギーによるものではなく、「戦勝者」である山内侍の道徳にたいする反発と独立運動の様相さえも帯びていたのである。

さらに「竜馬と酒と黒潮と」というエッセーでは、「山内侍といわれる上士」を、「沖縄における米軍のようにいわば三百年の進駐軍であった」と明記していることに留意するならば、これらの独特な用語には、太平洋戦争が終わった後もまだアメリカの占領下に置かれていた沖縄県民の苦しさについての思いが秘められているように感じられる（『歴史を紀行する』）。

なぜならば、「沖縄と小笠原諸島とをアメリカ領にすることによって極東におけるアメリカの威力態勢をかためよう」とする意見を本国に具申していたペリー提督の意向は、のちにダグラス・マッカーサーによって「実現」したと司馬は『世に棲む日日』で書いているからである（二・「空の青」）。

そして、「本土」に返還された後も広大な領土が基地として残されていた沖縄を一九七二年に訪れた際に司馬は、「住民のほとんどが家をうしない、約一五万人の県民が死んだ」沖縄戦にふれつつ、「沖縄について物を考えるとき、つねにこのことに至ると、自分が生きていることが罪であるような物憂さが襲って」くると記しているのである。(16)

## 「公」と「私」

一方、このままでは土佐藩の分裂となることを怖れた竜馬は、単身で上士の鬼山田の屋敷に乗り込み、「もし桂浜にアメリカ船が押しよせてくればどうなさるか。それでも、味方同士けんかをなさるか」と説得を試みる。しかし、郷士の竜馬が己の「身分」をわきまえずに、上士を説得しようとしたことは、かえって上士たちの怒りを駆り立てその場で討たれそうになる。

ここで注目したいのは、竜馬が「藩」を「公」とした上士たちによって、「上下の秩序をきめた藩法」を乱した「謀反人」として討たれそうになったと記されていることである（傍点引用者）。

なぜならば、「少年のころの私は子規と蘆花によって明治を遠望した」と『坂の上の雲』の「あとがき」で司馬は記しているが、その徳富蘆花（一八六八～一九二七）は、日露戦争の終了後の一九一〇年に起きた大逆事件に際して「謀叛論」と題する大胆な講演で、刑死した吉田松陰に言及して、「新思想を導いた蘭学者」や「勤王攘夷の志士」は、みな「時の権力から云へば謀叛人」であったと述べて、きちんとした裁判も行わずに体制の批判者を死刑にすることに反対していたのである。

蘆花の兄の徳富蘇峰（一八六三～一九五七）は、日露戦争後の一九〇八年に改訂した『吉田松陰』で、「国民国家」の建設者としてではなく、日本独自の「国体」の擁護者としての松陰を強調するようになっていた。このことを思い起こすならば、このとき蘆花がこれほど強い批判を行った背景には、兄が自立的な人格の形成ではなく、「国権」に従順で、「己の分」をわきまえて行動するような「臣民」としての道徳教育を主張し始めていたことに対する強い反感があったと想像されるのである[17]。

つまり、蘆花の文章を考慮するならば、司馬はここで自分が愛読した蘆花とともに、竜馬を「謀反人」と記すことで、「公」という権力に従順な者ではなく、問題点をきちんと指摘し得る自立した個人こそが豊かな「国家」を形成しうることを示していたと思われる。

## 人を酔わせる「美文」

上士たちに「謀反人」として討たれそうになった竜馬は、剣の達人を峰打ちで倒して難を逃れる。しかし、竜馬が戻ったときには、「弟の仇をその現場において討ち果たした勇者」である池田寅之進が「自分のことから、なかまの軽格に迷惑がかかることをおそれ、とっさに腹に刀を突きたて」て自殺していた。

こうして上士による無礼討ちに端を発した騒動は、池田寅之進の切腹によってなんとか収まったのだが、井伊直弼が桜田門外で水戸などの浪士によって暗殺されると、「水戸イデオロギーの鼓吹者として名が高い」水戸藩の二人の藩士が諸国遊説の折りに土佐藩にも訪れ、竜馬などがその対応に出向くなど、大きく世情が動き始める。こうして幕府を軽視するような流れは「いずれも三百年前の関ケ原の敗戦国」であり、「幕府には恨みがあった」薩長土三藩に急速に広がったとしたのである。

歴史年表によれば、土佐勤王党は一八六一年の八月に武市半平太がまず江戸で結成し、その一カ月後に竜馬も土佐でその結盟文に署名している。しかし、『竜馬がゆく』ではその話は武市の家で、「お前とわしとは、仲がよい」が、「人間のなりたちは、黒と白とほどに違う」ので、「いずれは、袂《たもと》をわかつときが来るかもしれぬが、さしあたって、土佐勤王党の結成だけは賛成してくれような」と武市から聞かれて即座に同意した竜馬は、「天下の英雄、君とわれと」というような感慨だったと記されている。そして、その約束が他の郷士にも徐々に広がっていくようすを描くことで、いっそうの臨場感を読者にも与えている（［一］「立志篇」・「風雲前夜」）。

しかも、武市と同じく国学者鹿持雅澄の門下である大石弥太郎が起草した血盟文は、「堂々たる神州、夷狄の辱しめを受け、古より伝はれる大和魂も今はすでに絶えなんと」という文章からはじまり、「かの大和魂を奮ひ起し、異姓兄弟の結びをなし、（中略）錦旗《きんき》一たび揚がらば、団結して水火をも踏む」と結ばれる「和漢混淆の名文」であった。

ただ、「言葉の一つ一つが、歯をむき、牙を出し、火のような気息を吐いている」ようなこの血盟文を読んだ竜馬は、「美文」がときには「異様な働きをすることを知っている。それは酒に似ている。とくにこの場合、この詩にも似た四百余字の激越な文章は、七郡の士を酔わせるに足るだろう」とも感じるのである。

## "土佐にあだたぬ男"

「竜馬は、気質としてこういう美文はあまり好きではない」と司馬は続けているが、実際、この血盟文を読んだ直後に那須信吾は、その「美文」に酔ったかのように、「親幕派の総帥」である参政吉田東洋を斃す以外に、「土佐を勤王藩の方向へ転換させる方法はない」という着想を得て、武市半平太に伝えたのである。

つまり、日本史についても博学であった吉田東洋は、武市半平太（瑞山）に対して、保元平治ノ乱や南北朝ノ乱に言及しながら、「瑞山先生は、歴史を知らん。日本史で、天皇や公卿が騒ぐときは、かならず世の乱れるときだ」と語り、さらに「日本を泰平に鎮めた功績は、古くは源頼朝、足利尊氏、徳川家康、この三人の幕府創設者であり、歴世の武士である」と主張していた。

しかし、「こわいほど論理が明快で」あった吉田東洋との議論では、「歯が立たなかった」武市は、東洋を「大老井伊直弼と同質同型の人物」ときめつけた。そして、自分の門弟たちの中から刺客向きの男を選んで三つの暗殺団を組織して「暗殺」という手段で東洋を排除するとともに、政権の座から追われていた門閥家老たち保守派と手を結ぶことで藩政を奪取しようとしたのである。

これに対して「やれ譜代だの格式だの、そんなことばかりで動いちょる侍の組織では、何事もできん」と批判した竜馬は、「お前の陰謀が成功したとしても、殿様ちゅうものがもう一つ上にある」と説明している。

ここには「上士からは呼びすてにされてもやむをえない」が、殿様にお目見得して意見を述べることも許された「白札」という「ぬえ的な階級」に属した武市と、政治には参画さえも出来なかった郷士の子であるがゆえに、幻想を抱かずにより明瞭に事態を見ることができた竜馬との違いがあるといえるだろう。

しかもこの時竜馬は、次節で見るように、身分にとらわれずに個人が自分の意見を堂々と述べられるような政治のシステムをすでに知っていたのである。

一方、「人を斬るというのは異常なこと」であると書いた司馬は、斬ると思っただけで「もはや当人の精神は正常でなくなる。熱狂者のそれに似てくる」と続けている。竜馬の冷静な説得も、文武にすぐれ人格的にも高潔だったが、「暗殺」という方向をすでに選んでいた武市を動かすことはできなかったのである。

それゆえ、武市との議論のあとで、自分を「土佐にあだたぬ（適《あ》わぬ）男かも知れんな」と感じた竜馬の心境を司馬はこう記している。

頭上に、星が輝いている。

竜馬は星に尋ねたいような気持になった。なにかないか、と。自分にふさわしい天命がないものか、と。

風が、ひとしきり強くなっている。

## 四　〝日本歴史を動かすにいたる〟感動

### オランダ憲法

司馬は池田寅之進の切腹にいたるこの事件を描く前に、「洋学」を目指した竜馬の行動を描いていた。すなわち、竜馬は漁師万次郎の話をまとめていたばかりでなく、その翌年の八月には藩命により薩摩藩の「反射炉やガラス工場、旋盤などの工作機械、大砲工場、造船所」の見学に、「図取り役として随行」していた絵師の河田小竜のもとを突然訪れていたのである（前掲［一］・「風雲前夜」）。

しかし、義兄岡上の知り合いであったとはいえ、突然の訪問で小竜を怒らせてしまったために、竜馬は小竜の弟子であった饅頭屋のせがれの長次郎から、オランダ語の教師を紹介される。

ここで司馬はオランダ語の教師を竜馬が「ねずみ」とあだ名で呼んでいたことなど読者が面白く読める工夫をする一方で、この「蘭学者の名前は、残念ながら伝わっていない」としている。しかし後に見るように、この教師はシーボルトに蘭語も学んでいた徳弘数之助である可能性が強いのである。しかも、この講義で教科書として用いていたのは医学書ではなく、この「将軍や大名や武士などはおらず、議会というものがあった」オランダの法律概論であった。

それゆえ、「憲法」が国王といえどもこれに従わざるを得ない「国の最高のとりきめ」であることや、「政治というのは人民の幸福のために行なうという建てまえ」が書かれていることを知って竜馬が驚いたと書いた司馬は、「竜馬のこのときの感動が、日本歴史を動かすにいたるのである」と続けている（前掲［一］・「風雲前夜」）。

すなわち、一八一〇年にナポレオンによってフランスに併合されていたオランダでは、独立を回復した後の一八一五年には憲法が採択され、さらに一八四八年には「きわめて自由主義的色彩の濃い」憲法へと改正されていたのである。

しかもここで、まだ文法もよく判らずに居眠りばかりしているように見えた竜馬が、師匠が訳した文章の間違いをも指摘したことで、蘭学通だという噂が広がったというエピソードを記した司馬は、それは『資治通鑑』を読んだときと同様に、「ものの大意を大づかみにつかみ、その本質をさぐりあてる才能」があった竜馬が、「民主政体の本義」をも理解していたからだと説明している。

つまり、この言葉に注目するならば、後に明治憲法の問題点を詳しく検討することになる司馬がすでに『竜馬がゆく』を執筆していたころから、幕末の日本史におけるオランダ憲法の重要性を認識していたといえるのである。

一方、ナポレオンとの厳しい「祖国戦争」の後に、さらにヨーロッパに遠征して「諸国民の解放戦争」にも参戦し、オランダの生活や社会を体験したロシアの若い貴族の将校たちもオランダの立憲政治から強い知的刺激を受けていたことである。

たとえば、ロシア史研究者の外川継男が指摘しているように、貴族のベストゥージェフは、「諸国民の解放戦争」で立憲政治が施行されていたオランダに五カ月間滞在したことは、「私にはじめて民法や公民権の利益についての理解」を与えてくれたと記している。[18] つまり、有能なロシアの若い貴族たちは外国に出たことで、皇帝を神によって選ばれた絶対者とし、皇族や一部の貴族のみに特権が与えられていたロシアの問題点を認識したのである。そして、権力者の横暴を規制するためには憲法の制定が必要であることを痛感するようになった彼らは、合法的な形での批判が許されていなかったために一八二五年にデカブリストの乱を起こし、死刑や流刑などの厳しい罰を受けたのである。

その後もロシアでは何度か憲法の制定や国会開会の試みが行われたが、いずれも実現にはいたらず、日露戦争中の「血の日曜日事件」に端を発する第一次ロシア革命に対処するために、一九〇五年一〇月にようやく立法権を持つ議会の招集が宣言された。しかし、これもその翌年には修正されたことで実質的には皇帝の絶対的な権力は変わらず、ついに第一次世界大戦中の一九一七年に第二次ロシア革命が勃発することになったのである。

## 天は人の上に人を造らず

スペインを破って独立した後にイギリスよりも先にアジアに進出し、一六〇二年にはオランダ東インド会社を設立してインドネシアを植民地化し、「強制栽培制度」などを実施したオランダの植民地政策の否定的な側面は大きい。

しかし、一六三三年の鎖国以降、「貿易の相手は清国人をのぞいてはオランダ人だけ」に限られていた、「針で突いた穴ほどの通気孔」のような長崎の出島から、「ヨーロッパ思想がなんらかの形で」国内に洩れ込んでいた（『胡蝶の夢』一・「春風秋雨」）。それゆえ、日本にとってオランダが果たした役割は極めて大きかったのである。

たとえば、「命がけの物好き」でオランダ学を学んだ西川如見（一六四八〜一七二四）はその著『町人嚢《ぶくろ》』において、「人間は根本の所に尊卑あるべき理《ことわり》なし」と書いた。このことを紹介した司馬は、「この種の平等思想や合理的主義思想はその後、江戸中期に出てくる多くの思想家にどこか影響をあたえるに至る」と述べている（前掲一・「春風秋雨」）。

日本における蘭学の受容の問題は、坂本竜馬と師・勝海舟との出会いだけではなく、緒方洪庵（一八一〇〜六三）とその弟子の村田蔵六（大村益次郎。一八二五〜六九）や福沢諭吉（一八三四〜一九〇一）との師弟関係などにも深く係わる。それゆえ、本節では鎖国下の日本における蘭学者たちの意義に迫った『花神』（一九六九〜七一）や『胡蝶の夢』（一九七六〜七九）をとおして、日本における蘭学の意味を簡単に考察しておきたい。

司馬はまず『胡蝶の夢』の冒頭で、「中国は世界意識の基本として自国を宇宙の中心としてきたために、中華以外の国を『外国』とすることはめったになく、すべて衛星国（蕃国）としてみるか、野蛮国（たとえば夷狄）としてみるか」のいずれかで、そのような古代の中国の歴史観を受け入れたことで、日本でも外国を「夷狄」と見なす傾向が強かったことを確認している。

しかしその後で、幕府が公式に用いていた新語の「外国」という単語が「内国に対する言葉」であり、「ここには蕃、蛮、夷といったような思想上の夾雑物は混入されていない」ことに注意を促して、そのような用語を用いた幕府の歴史観が、「自国」が「他国」よりも優れているという古い歴史観から、自立し得ていたことを明らかにしているのである（一・「城の中」）。

このような歴史観にも影響を与えていると思われるのが、ドイツのヴュルツブルグ大学で医学を学ぶとともに、日本に強い関心を抱いていたフィリップ・フォン・シーボルトが、長崎出島の蘭館の医者として一八二三年（文政六）に着任し、多くの弟子を育てて「蘭学史上の一つの画期」を形成したことであろう。

佐賀の農民出身である伊東玄朴（一八〇〇～七一）は、「若いころ長崎の通詞の家に住みこんで蘭語を学び、シーボルトの教え」を受けており、美濃《みの》脛永《はぎなが》村出身の坪井信道（一七九五～一八四八）も、シーボルトと面識のあった江戸の宇田川榕庵《うだがわようあん》（大垣の人）から学んだ。そして、一八三二年に蘭方と蘭語を教える塾を開いた坪井信道は、「自分の得た蘭学をひろく世間に伝えたいという情熱だけで生涯終始し」、貧民には無料診療して「生き菩薩」といわれ、緒方洪庵（一八一〇～六三）は「信道のやりかたをいっそう研ぎすましたようなやり方で」、門人を愛したのである（前掲一・「春風秋雨」）。

緒方洪庵が訳したフーフェランドの『医戒』の第一章には、「医の世に生活するは人のためのみ。おのれがためにあらずということをその業の本旨とす」と書かれていたことを紹介した司馬は、「蘭学家には一種の平等の気分のようなものをもつ者が多い」とし、「その平等の課題をのちに思想にまでもって行ったのは福沢諭吉なのだ」と書いている（『花神』上・「浪華の塾」）。

「天は人の上に人を造らず、人の下に人を造らずと云へり」という『学問のすゝめ』（一八七二）の冒頭に書かれた福沢諭吉の有名な言葉は、アメリカ独立宣言からの影響が指摘されているが、このような思想はすでに緒方洪庵によって実践されていたのである。

そして緒方洪庵の適塾は、村田蔵六と福沢諭吉の二人の塾長だけでなく、橋本左内（一八三四〜五九）、大島圭介（一八三三〜一九一一）、長与専斎（一八三八〜一九〇二）、箕作秋坪《みつくりしゅうへい》（一八二五〜八六）、佐野常民《つねたみ》（一八二二〜一九〇二）などの明治期の日本を担ったそうそうたる人材を輩出した。

この事実を踏まえて司馬は、小学生のために書いた「洪庵のたいまつ」という文章で、緒方洪庵の開いた塾にはいっさい身分の差はなかったことを強調しながら、「かれの偉大さは、自分の火を、弟子たちの一人一人に移し続けたことである」と書いている[19]。

たとえば、当時三六歳だった師の緒方洪庵は、長州のしがない村医であった村田蔵六が、一八四六年に適塾に入塾すると蘭学塾の塾長にまで育てただけでなく、さらに「上医は国の病を治す」という中国のふるい言葉をひいて蘭学が進んでいた宇和島藩での出向を励ましたのである（前掲上・「宇和島へ」）。

しかも、宇和島藩に着いた蔵六は破格の上士待遇を与えられたばかりでなく、藩主の伊達宗城から

「蒸気で動く軍艦一隻と西洋式砲台」の建設を命じられたが、ペリーが来航したとき蒸気軍艦を見て衝撃を受けた伊達宗城は、薩摩藩主の島津斉彬や佐賀藩主の鍋島直正とともに、黒船を競って作ろうとの約束を交わし、幕閣の許可を得ていた。

こうして、蔵六は日本で初めての蒸気船を完成させることになるが、長崎海軍伝習所で勝海舟らに海軍技術をおしえていたオランダ海軍二等尉官ファン・カッテンディーケが、伝習生をのせて練習船「咸臨丸」で鹿児島に寄港した際に島津斉彬に歓待され、薩摩藩が作った蒸気船を見て、「信じられないことだ」と驚いたことも司馬は紹介しているのである（前掲上・「城下」）。

## 「両頭の蛇」の家

『竜馬がゆく』においては直接的に福沢諭吉に言及されることはないが、『花神』や戊辰戦争（一八六八～六九）の一方の主役を演じることになる河井継之助（一八二七～六八）を主人公とした『峠』[20]（一九六六～六八）、さらに『坂の上の雲』でも大きな役割を担わされている福沢の思想は、日本を統一に導いた坂本竜馬の思想の独自性を浮かび上がらせるために、この長編小説を書く際にも司馬が強く意識していたと思われる。

つまり、暗殺された竜馬が若くして亡くなっているために、諭吉とは世代が違うように感じられるが、諭吉が大阪で生まれたのは、竜馬より一年前のことだった。福沢諭吉と坂本竜馬の間には、彼らが同時期に生まれていることだけでなく、彼らの負った文化の二重性などやそれを克服するなかでの比較文明論的な視野の獲得など類似した点も多く見られるのである。

たとえば、『竜馬がゆく』ではかつての長曾我部の家臣たちが上士より下の身分の郷士としての扱いを受け、衣服や立ち居振る舞いまで厳しい制約を受けていたことを詳しく描く（［二］「立志篇」・「お田鶴さま」「風雲前夜」他）とともに坂本家が武士と商人を兼ねる「両頭の蛇」のような家であったことにも注意を向けている。

すなわち、小説の最初の方では、郷士の次男竜馬は「本家があきんどのせいか、ただの武家育ちとちがい、どういうはなしをきいても金銭のことがまず頭に浮かぶ」と簡単に触れられていただけである（前掲［一］・「江戸へ」）。しかし、第二巻では坂本家の家屋の構造にも迫りながら、本家の「才谷屋は坂本家とは親類というより一家のようなものである。両替商、質屋を兼ね、城下では三大分限の一つだ」と説明し、さらに「分家は武士、本家は商人」という両家の関係を「常山の蛇（両頭の蛇）のようなものである」とし、「屋敷も背中合わせになっていて、北門が坂本屋敷、南門が才谷屋の店口、というぐあいになっていた」と続けている（［二］「風雲篇」・「脱藩」）。

この意味で興味深いのは、福沢諭吉が『福翁自伝』で「士族の間に門閥制度」が厳しく定められていた中津藩では、「藩の公用についてのみならず、今日私の交際上、子供の交際に至るまで、貴賤上下の区別を成して、上士族の子弟が私の家のような下士族の者に向ては丸で言葉が違ふ」とし、「万事其通りで、何でもない只子供の戯れの遊びにも門閥が付て廻るから、如何しても不平がなくては居られない」と書いていたことである(21)。

「福沢さんという人は、少年期は大坂弁で過ごしました。お父さんは侍ですが、大坂商人に頭を下げる役目だった。…中略…しかし、そんな頭を下げる仕事をしていますが、お父さんは優秀な方だった。ところが、上役のみが偉くなる」と指摘した司馬は、それゆえ福沢諭吉は封建制度を「親のかたき」と見なすようになったと説明している。[22]

司馬は「英雄」竜馬を描く際に、「落第生」だった幼年の頃から筆を起こしているが、福沢諭吉でさえ「子供の交際」で苦しんでいたことを考えれば、幼い頃から上士と郷士との身分差だけではなく、武士と商人との身分の差も痛感しなければならなかった竜馬が、どのように激しいストレスに襲われたかは容易に予想しうるのである。

福沢は「こんなところに誰がいるものか、どうしたってこれはモゥ出るよりほかにしようがないと、しじゅう心の中に思って」いたとし、「此《この》中津に居る限りは、そんな愚論をしても役にたつものでない。不平があれば出て仕舞うが宣《よ》い」と『福翁自伝』で続けていた。それは土佐藩の改革を主張した武市半平太にたいして「こんな腐れ藩など見捨ててしまえ」と語り、実際に脱藩という当時の大罪を犯すことになる竜馬の考えにも通じると思える。

## 頑固家老

興味深いのは司馬が、江戸に行く前の竜馬と遠い親戚に当たる地下浪人（土佐だけにある武士の一種）で、後に海運業の三菱会社を設立することになる岩崎弥太郎（一八三八～八五）との対面を描いていることである（「一」・「悪弥太郎」）。

この頃、弥太郎は「官ハ賄賂ヲモッテ成シ　獄ハ愛憎ヲモッテ決ス」と大書して、役人を批判したために牢に入れられていた。しかし、その牢で、「木材をこっそり伐り出して大坂のあきんど」に売った魚梁瀬村のキコリを師匠として、「算術と商法の道」を学んだ岩崎弥太郎は、竜馬に「世の中は金で動いている。詩文や剣では動いちょらん。わしは将来日本中の金銀をかきあつめて見せるぞ」と語る。

　このような弥太郎が出世の機会を得て、「のちに財務官として土佐藩の金銭をにぎるにいたった開運」は、吉田東洋（名は元吉。一八一六～六二）との出会いによってであった。「居村追放」という罰で村にも帰れず、長浜村からそれほど遠くない鴨田村で「村の子供を相手に読み書き算盤を教えてやっと暮らしをたて」ていた弥太郎は、この村にほど近い長浜村に流謫《るたく》の人となっていた吉田東洋の門人となったのである（前掲［一］・「悪弥太郎」）。

　司馬は「頑固家老」と題された章で、吉田東洋についてかなり詳しく紹介している。すなわち吉田東洋は、二八歳で郡奉行になると藩政改革の建議をしているが、その内容には「経済、人事、教育のいろんな面で非凡のひらめきが」みられた。そして、三二歳で船奉行の勤めを果たした後で、「藩主から諸国遊歴の許可をうけて、天下知名の学者とまじわり、見聞をひろめた」。しかし、三八歳で参政に抜擢された東洋は、江戸の藩邸での宴席で、山内家の姻戚ではあるが酔うと人にからみ愚弄する癖がある旗本を投げとばして力まかせになぐりつけたことで、「高知城下四カ村禁足、減知」という罰をうけた（前掲［二］・「頑固家老」）。

　この四年間の蟄居の時期に東洋は、「名を慕って訪ねてくる上士の子弟」や、「近所から疫病神のように嫌われていた」ホヤタ（保弥太、後の後藤象二郎。一八三八～九七）とイノスケ（猪之助、後の板垣退助。一八三七～一九一九）という若者を教育した。こうして、四三歳のときにふたたび参政に返り咲いたときに東洋は、これらの「長浜村の弟子を一せいに顕職につけ、強固な学閥」をつくったのである。

しかも、「儒学的教養をもちながら、思想は徹底的な開国論の立場」を取っていた吉田東洋は、「シナ語訳の洋書を長崎からとりよせ」たばかりでなく、「上海で当時発行されていた中外新報までとりよせて、それらの活字から西洋事情を知ろう」(前掲〔二〕・「頑固家老」)としていたのである。

さらに吉田東洋は吉田松陰も学んだ江戸の安積艮斎(一七九一〜一八六〇)の門下生であったが、艮斎も河田小竜(一八二四〜九八)と同じように、「海運業界に矚目し『これからの日本は船である』と予言し、商船隊結成の急務を力説」していた。

それゆえ吉村淑甫によれば、身分の差が大きかったことなどから東洋の記録に河田小竜の名前が残ることはあまりなかったが、アメリカから帰国したばかりの中浜万次郎(一八二六〜九七)の聞書きを小竜が作るにあたっては、「東洋の意向も外部から働いたことが考えられる」のである(「東洋・小龍・龍馬」)。

しかも『竜馬がゆく』では触れられていないが、竜馬は一八五九年に「吉田東洋によって抜擢された人物の一人である徳弘董斎」に砲術入門をし、董斎がすでに老齢だったために砲術の代行を勤めていた長子の数之助から学んでいた。興味深いのは、この数之助が「大坂で緒方洪庵の蘭学塾に入り」、さらに藩命により長崎で「西洋学並に兵器について」学ぶとともにシーボルト(一七九六〜一八六六)に西洋語を学んでいたことである。(23)

このように見てくるとき、徳弘数之助から砲術だけでなく蘭語も学んでいた竜馬は、緒方洪庵やシーボルトの孫弟子にあたるといっても過言ではないだろう。

## 絵師と軍艦

竜馬の蘭学理解の深さを伝え聞いた河田小竜は、改めて饅頭屋長次郎を使いとして竜馬のもとに派遣し、二人の会見は「天下国家をどうするか」ということをめぐって話が弾んだ。この時、当時最先端の海外の知識を得ていた河田小竜は、「西洋の機械文明のおそるべき発達を、実例をあげてはなした」ばかりでなく、産業を興すことや「黒船」の必要も語ったのである。これを聞いた竜馬は即座に「よし、その黒船をなんとかしよう」と応じたのだが、それを聞いた「小竜先生は、がっかりした」と司馬は続け、「一介の郷士の子がなにをいうのだと、いいたかった」と書いている。

事実、当時の竜馬の状況からすれば「法螺」にしか思えない発言だったのだが、しかし、そのあとも「竜馬はひまさえあれば小竜の屋敷にあそびにきてその夢を物語った」ので、「本気で艦隊建設のはなしを談ずるようになった」のである。

そして後に司馬は、『土佐偉人伝』の河田小竜の項にも『漂巽紀略』について、「珍書にして、かの海南の俊傑坂本竜馬が、他日航海の志を起し、日本海軍の主唱をなせしは、実にこの書物の感化にもとづくと称せられる」と書かれていることを紹介している（前掲［二］・「伯楽」）。

実際、河田小竜の伝記を書いた桑原恭子によれば、「なんとかして一艘の外国船を購入し、同志を募って乗船させ、東西往来の旅客や官私の訓練に当たることを考えている」という小竜の言葉を聞いた竜馬が、「どうか一緒にやらせて下さい」と申し出ると、小竜が「人造りはあなたにまかせる。僕は船の購入に主力を注ぎ、かたわら自分なりに同志をふやす努力をしよう」と語ったことが小竜の

『藤陰略語抄録』には記されていた。(24)

小竜の『藤陰略語抄録』に注目した歴史学者の飛鳥井雅道も、これは晩年の著作なので少し記憶違いもあるようだとはしながらも、たしかに竜馬は「耳学問としては土佐最適の師匠についた」と記している。(25)

しかも、たいへんな秀才だった長次郎は、「数年後には脱藩して竜馬の子分になる」と司馬は書いているが、こうして竜馬が河田小竜との出会いで得たのは、将来の構想だけではなく、小竜門下の「今井純正、新宮馬之助、近藤長次郎、岡崎参三郎、同共輔らとの交わり」であった（桑原恭子、前掲書）。彼らはやがて竜馬とともに「勝海舟の神戸海軍塾に参集し、さらに亀山社中、海援隊へと歩み出してゆく」ことになる。

## 新しい船出

こうして河田小竜などとの新たな出会いをとおして見聞を深めた竜馬は、さらに「丸亀から長州へ飛び、萩城下で長州藩の勤王党の連中と会い、この藩での倒幕運動の実際を見る」ために、「剣術詮議」という名目で旅に出る。そのことについて司馬は、「(万事、見にゃ、わからん)／というのが、学問ぎらいの竜馬が自然と身につけた主義だった。」と書いている（『竜馬がゆく』［二］・「萩へ」）。

興味深いのは司馬が、長州に行く途中の船で竜馬がかつて船の操法を習った梶取の七蔵との九年ぶりの再会や、航海の途中で怪物のような巨大な黒船に出会った時の水夫たちの驚愕と竜馬の昂奮を活き活きと描いていることである。

すなわち、今では五百石船の船頭となっていた七蔵が船から身を乗り出して「早うあがれやァ、弟子」と呼びかけると、竜馬も「おう、師匠」と答え、「顔をくしゃくしゃにして舷側の梯子《はしご》をあがり、「抱きあった。」のである。

しかもその頃の竜馬は、「道中で船に乗るごとにいろんな船知識を仕入れているし、藩の船手組の水夫から操法などもきき、また、この当時、船頭の必読書といわれた、日本船路細見記や、日本汐路之記、廻船安乗録、なども諳んずるほど読んでいて、下手な船頭などよりもはるかに物知りになっていた」。

それゆえ、七蔵からにわか船頭を頼まれると竜馬は、水夫たちのような「気むずかしい連中」が、「若親方、若親方と慕うようになった」のである（前掲［二］・「希望」）。

ここで注目したいのは、江戸期におきた日露戦争の危機を防いだ廻船業者・高田屋嘉兵衛（一七六九〜一八二七）を主人公とした『菜の花の沖』においても、嘉兵衛にも強い影響力を及ぼした「風変わりな幕臣」の高橋三平が、「大人というものは仕様のないもので、子供がもっている疑問を持たなくなる。…中略…北夷先生（本多利明。一七四三〜一八二〇）が、高い童心を持て、とつねにおおせられるのはそのことだ。嘉兵衛さんを見ていると、北夷先生が船頭になられた姿のように思われるな」と語っていることである（三・「箱館」）。

そして、司馬は「農民の出で、年少のころは北前船の水主《か こ》稼ぎもしていた」本多利明が、蝦夷地の重要性を訴えた上書の中で「自分は水夫あがりだ、ということをむしろ誇らしげに書いていることがおもしろい」とし、「江戸期の身分制社会における階層感覚が、微妙に変化しつつあるのを見ることができる」として、この時期以降には独創的な思想家がでていることを指摘している。

実は、高田屋嘉兵衛と同時期に活躍して日本にも来航していた艦長クルーゼンシュテルンの著作は、刊行当時、数カ国語に翻訳されていたが、江戸期に幕府の天文方によってすでにその一部がオランダ語から転訳されていた。そして昭和六年に、羽仁五郎訳で出版されたこの著作について司馬は、「私にとって、かれの航海回想録は少年のころの愛読書の一つ」であり、「良質の文学に接したような感銘をうけたし、大人になってからは風帆船時代の海と風と操船を知らねばならない場合、つねにとりだしては繰りかえし読んだ」と『ロシアについて——北方の原形』において書いているのである。[26]

この文章は司馬が砂漠を駆けめぐる騎馬民族だけではなく、海を航海するひとびとや、ことに世界の海援隊を作ろうとした坂本竜馬への関心を若い頃から持っていたことをも物語っているだろう。そして司馬は、このような視点から黒船を間近で見た竜馬の昂奮をこう描いているのである（『竜馬がゆく』〔二〕・「希望」）。

「あれはえげれす船《ぶね》じゃよ」

竜馬は、ぼう然とつぶやいた。体が、昂奮で小きざみにふるえている。

大きい。

とほうもなく巨《おお》きい。

まるで、鬼神のような力強さで、波を蹴たてている。

三本マストで、竜馬が知っているところでは、外輪蒸気船というのであろう。煙突からもうもうと煙を吐いている。舷側にずらりと砲がならんでいる。トン数は、二千トンは　あるにちがいない。

「醜夷《しゅうい》め」

と武市半平太ならつばを吐くところであろう。……中略……

が、五百石積みの住吉丸の水夫たちは、武士どものような神がかりの国粋攘夷主義者ではない。船乗りという、職業人としての嘆声をもらしていた。

「醜夷々々というが、あいつらはえらいもんじゃ」

と七蔵などはいった。

「あの水夫どもは、地の果てのように遠いえげれすたらいう国から、万里の海をこえてこんな日本に来とる。わしらァ、あの船乗り度胸に頭を下げるわい」

「七蔵」

竜馬はいった。

「わしはいずれ、ああいう船を何艘《なんそう》も率いて日本の世直しをしてやるぞ」

このような竜馬が一八六二年に土佐藩を脱藩して江戸に出た後で、勝海舟の門人となるのは、必然だったといえよう。しかし、両者の出会いの意味は、尊王攘夷の機運の中で、「天誅」という名の「テロ」が吹き荒れた幕末の情勢をまず見ておくことによって、より鮮明になると思える。

## 注

（1）司馬遼太郎『胡蝶の夢』新潮文庫、一九八三年、全四巻（初出は「朝日新聞」一九七六年一一月〜七九年一月）。
（2）宇高随生「解題」『漂巽紀略——（研究）河田小龍とその時代』川田維鶴撰、高知市民図書館、昭和六一年、一二六頁。
（3）桑原恭子『龍馬を創った男河田小龍』新人物往来社、一九九三年。
（4）司馬遼太郎「過酷で妖しい漂流譚」『歴史の中の日本』中公文庫、一九七六年（初出は『波』第二巻第四号、一九六九年）。
（5）桂川甫周『北槎聞略』亀井高孝校訂、岩波文庫、一九九〇年。
（6）吉田光邦「漂流者と漂流記」前掲書（『漂巽紀略』）、七〇頁。
（7）司馬遼太郎「最後の伊賀者」『最後の伊賀者』講談社文庫、一九八六年（初出は『オール讀物』一九六〇年七月）、「果心居士の幻術」『ペルシャの幻術師』文春文庫、二〇〇一年（初出は『オール讀物』一九六一年三月）、『風の武士』講談社文庫、一九八三年、全二巻（初出は「週刊サンケイ」一九六一年三月〜六二年二月）。
（8）湯川秀樹・司馬遼太郎「日本人の原型を探る」『半日閑談集　湯川秀樹対談集Ⅰ』所収、対談者・梅棹忠夫、上田正昭、吉川幸次郎、司馬遼太郎、梅原猛、他氏、講談社文庫、一九八〇年。梅棹忠夫・司馬遼太郎「日本人の顔」司馬遼太郎編『対談集　日本人の顔』朝日新聞社、一九八〇年。司馬遼太

郎編『対談集　日本人の顔』朝日文芸文庫、一九八四年（初出は、「日本の顔とスタイルはどうつくられたか」『週刊朝日』［増刊］三月二五日号、一九七五年）。
（9）司馬遼太郎「時代を超えた竜馬の魅力」『司馬遼太郎全講演』第三巻、朝日文庫、二〇〇三年（講演は一九八五年八月）。
（10）司馬遼太郎「海流が作った町」『司馬遼太郎が考えたこと』第四巻、新潮文庫、二〇〇五年（全一五巻、初出時の題名は「新宮という町」「高知新聞」朝刊、一九六八年九月）。
（11）司馬遼太郎『歴史を紀行する』文春文庫、一九七六年（初出は『文藝春秋』一九六八年一月～一二月号）。
（12）司馬遼太郎「潟のみち」『信州佐久平みち、潟のみちほか』（『街道をゆく』第九巻）朝日文庫、一九七九年（初出は「週刊朝日」一九七六年一月～四月）。
（13）司馬遼太郎『箱根の坂』講談社文庫、一九八七年、全三巻（初出は「讀賣新聞」一九八二年六月一五日～八三年一二月九日）。
（14）司馬遼太郎「小田実との出会い」、前掲書（『天下大乱を生きる』風媒社、一九九六年）、七頁。
（15）飛鳥井雅道『坂本龍馬』講談社学芸文庫、二〇〇二年、四八～五二頁（初出は平凡社、一九七五年）。
（16）司馬遼太郎『沖縄・先島への道』（『街道をゆく』第六巻）朝日文庫、一九七八年、一九頁（初出は『週刊朝日』一九七四年六月～一一月）。
（17）高橋誠一郎「司馬遼太郎の徳冨蘆花と蘇峰観――『坂の上の雲』と日露戦争をめぐって」『ＣＯＭＰＡＲＡＴＩＯ』第八号、九州大学比較文化研究会、二〇〇四年。

(18) 外川継男『哲学書簡』「解説（二）」『スラヴ研究』第七号、一九六三年、二一一〜二一二頁。
(19) 司馬遼太郎「洪庵のたいまつ」『十六の話』中公文庫、一九九七年、一九一〜一九五頁（初出は『小学国語』五年下、大阪書籍株式会社、一九八九年五月）。
(20) 司馬遼太郎『峠』新潮文庫、二〇〇三年、全三巻（初出は「毎日新聞」一九六六年一一月〜六八年五月）。
(21) 福沢諭吉『福翁自伝』（富田正文、土橋俊一編『福沢諭吉選集』第一〇巻）岩波書店、一九八一年、二二三〜二二四頁。
(22) 司馬遼太郎「総合雑誌の歴史」（一）『司馬遼太郎が語る日本』第五巻、朝日新聞社、一九九九年、一一〇頁。
(23) 吉村淑甫「東洋・小龍・龍馬」前掲書（『漂巽紀略』）、五九頁。
(24) 桑原恭子『龍馬を創った男河田小龍』新人物往来社、一九九三年。
(25) 飛鳥井雅道、前掲書（『坂本龍馬』）、一〇九頁。
(26) 司馬遼太郎「カムチャツカの寒村の大砲」『ロシアについて——北方の原形』文藝春秋、一九八六年（初出は『文藝春秋』一九八二年一月号〜一〇月号）。

第四章

# 「日本人《にっぽん》」の誕生

## ——竜馬と勝海舟との出会い

# 一　詩人的な予言者

## 松陰の義弟

長州領の三田尻港でささやかな別れの宴を開いてくれた住吉丸の船頭七蔵たちと別れた竜馬は、「土庶の性質、物の考え方、一般の財力」などを知るために萩までの道中をゆっくりと歩を進めた。こうして、「竜馬が長州萩へついたときは、すでに松陰は刑死してこの世にはいなかった」が、竜馬より五つ年下で、桂小五郎とおなじく医家の出の久坂玄瑞（一八四〇～六四）など、松陰が愛した弟子たちがいた。

司馬はまっすぐに久坂玄瑞の屋敷を訪ねた竜馬を出迎えた細面の頭のよさそうな婦人から「いま呼びにやりました」と伝えられると、松陰が「門人の中で久坂を最も愛し、その末妹をあたえていたということ」を聞いていた竜馬は、すぐにその婦人が故吉田松陰の妹であると感じたと書いて、この二年後には蛤御門の変（禁門の変。一八六四）で戦死することになる久坂玄瑞と松陰との結びつきの深さを強調している。

戻ってきた久坂は、あいさつもそこそこに「だめです、長州はもうだめだ。長井雅楽《うた》という京屋敷詰めの家老がひどい佐幕人で、これが勤王論を圧迫している」と語り、彼らが「江戸で武市らと約束した薩長土三藩による京都挙兵」が不可能になったことを告げるのである。

そして、久坂が武市半平太への手紙で、「（前略）草莽《そうもう》志士糾合義挙の外には、とても策無之《これなきこと》（中略）乍失敬《しっけいながら》、尊藩も弊藩も、滅亡しても大義なれば苦しからず」という激しい文面の手紙を送っていたことを紹介した司馬は、この二年後には蛤御門の変で戦死することになる久坂玄瑞が竜馬との会見でも同じような激しい口調で、「義挙」を迫っていただろうと書いている。

しかも、『徳川討つべし』という毛利三百年の反徳川感情は、尊王討幕という姿にかわって、若い藩士のあいだで再燃した」と書き、「その強力な火付け役は、吉田松陰であった。」と続けていた司馬は、『世に棲む日日』において、久坂の師、吉田松陰の処刑とその波紋を詳しく描いているのである。当時の長州藩の状況をより詳しく理解するために、少し竜馬から離れて、『世に棲む日日』の記述を追うことにしたい。

## 日本史最初の革命宣言

アヘン戦争後の世界に対応するような策を見出すために「我等は世界を見たい。アメリカへ連れて行ってもらいたい」（『世に棲む日日』一・「必敗」）という命を賭けた依頼を拒否された松陰の思想と行動は、熊本藩士・宮部鼎蔵から聞いた藩外での高い評価が久坂によって伝えられたために、故郷の萩でも若者たちに徐々に知られることとなった。

こうして、蟄居の身でありながら教育を行っていた松下村塾は、やがて塾生を収容できなくなって建て増しも行うほどになる。しかし、安政五年（一八五八）の四月に大老となった井伊直弼が、幕府が締結しようとしている日米通商条約を批判する者たちの口を封じて、幕府権力を「絶対専制権力にしたてあげよう」とし、老中の間部詮勝《まなべあきかつ》（一八〇四～八四）に命じて彼らの逮捕を行った頃から「松陰の心は、ほのおで煮られるフラスコのなかの水のようになる」のである。

それゆえ、「公家にも絶望し、大名もたのむべからず」と考えるようになっていた松陰は、建国以来国家の独立を維持してきた日本がアメリカの武力に屈して追従するようになることを、「血性ある者、視るに忍ぶべけんや」と批判し、「ついに救国の革命事業はそのような支配層よりも革命的市民（草莽）のいっせい蜂起」によって遂げざるをえないと考えるようになる。そして松陰は、「『眠れるナポレオンを（地下から）起してフレーヘード（自由）を唱へねば腹悶医《ふくもんいや》し（癒し）がたし』と、さけぶようになった。」と記しているのである（前掲二・「空の青」）。

松陰のこの言葉を、司馬は『日本史最初の革命宣言』というべきであろう」としているが、フランス皇帝となった後ではロシアへの侵攻を行うなど膨張政策をとるようになるナポレオンを革命的な人物として捉えていることには違和感もあると思える。

しかし、まだ西欧についての情報に乏しかったことに注意を促しつつ司馬は『花神』でこう説明している。「要するに幕末の先覚的人間にとってはナポレオンは、『自由』ということの象徴的人物であり、フランス革命そのものであるとしていた。」（三・「豆腐」）。

こうして、政権への批判が全く許されないという状況を変えるために松陰は、井伊直弼を補佐して京都で弾圧を行っている老中の間部詮勝を拉致してでも政策の転換を迫ろうとしたのである。

## 狂人になること

しかも、「藩の当局者もまた自分とおなじように純粋である」と信じた松陰は、長州藩士のみで間部を殺すので、そのための武器を貸してもらいたいとの手紙を藩庁に送りつけたが、松陰を議論で納得させる自信がなかった藩庁は、「身柄をふたたび野山獄に入れ、社会から隔離し、その自由をうばうことによってかれの暴発をふせごう」(前掲二・「空の青」)とした。すると今度は自分の門下生を用いて計画を実行しようとして、高杉晋作や久坂玄瑞などの門下生からも諫められた松陰は、弟子たちを激しく批判したのである(前掲二・「二十七日、晴」)。

興味深いのは司馬がここで、松陰が「思想を純度高くつきつめてゆけば、その行動は狂人にならざるをえない。狂人になることこそ自分の理想だ」といった人物であったとしていることである(前掲二・「長州人」)。さらに、哲学者の鶴見俊輔との対談でも司馬は、処罰されることを明白に理解しつつも吉田松陰が「狂を発して、みんなに知られているかれの悲運の中にはいっていく」とし、「その狂はわが思想を現実化しようとするときは狂たらざるを得ないという意味での狂で、たいへん思想的な言葉です」と指摘している(1)。

それは私たちの言葉で言い換えるならば、身分制度による差別や格差の厳しかった当時の幕藩体制の変革を望みつつも、儒教的な「孝」や「忠」の道徳を強く持っていた松陰にとって、それまでの道徳を破ることは難しかったために、それを越える方法として見出したのが現実の道徳を一時的に越えるための方法としての「狂」であったと思える。

この意味で注目したいのは、ニコライ一世治下の「暗黒の三〇年」と呼ばれた時代(一八二五〜五五)の一八三八年の兄に宛てた手紙で「私にはプランがあります。それは狂人になることです」という言葉を記していた若きドストエフスキー（一八二一～八一）が、一八四八年にフランス二月革命が勃発してその余熱がロシアにまで届いたときに、それまで模索していた平和的な改革の道を捨てて、暴力的な手段によってでも体制を変えねばならないと考えていたことである。

つまり、詩人プーシキンの作品『青銅の騎士』を考察した歴史家の國本哲男が説明しているように、政治や裁判の腐敗などの問題を合法的な形で批判することの許されていなかった当時の政治体制下で、「ロシア絶対主義の頂点にたつ皇帝にたいする反逆は、気ちがいにならなければ不可能」だったのである。(2)

そして、捕らえられたドストエフスキーはペトラシェフスキー事件の裁判で、検閲を厳しく批判し、言論の自由などを求めていたが、「天下の裁判場裡で、自分を訊問する幕府役人の思想を変え、それによって幕府の方針をあるいは変えさせることができるかもしれない」（『世に棲む日日』二・「空の青」）と考えた松陰も、「奉行以下がぼう然となるほどの正直さで、かれがやったり企てたりした反幕府活動のいっさいを語った」（前掲二・「評定所」）のである。

### 松陰と晋作――獄中からの「垂訓」

一八五九年（安政六）の五月に松陰が未決囚として伝馬町の獄に入れられると、その前年の一一月から日本最大の学府である江戸の昌平黌で学んでいた高杉晋作は、江戸にいる松陰の旧知の友人たちとともに、獄での待遇をよくするための金の工面に毎日のように奔走していた（前掲二・「二十七日、晴」）。

興味深いのは、「識見気魂、他人およぶなく、人の賀《さ》駅《しず》を受けざる高等の人物なり」と高く評価していた高杉に対して、「自分が歩んだような道をあゆませてはならない」と思った松陰が、「藩の役人になって、もし藩公のおそば近くに仕えるようにでもなれば、よく精勤してその御心を得よ」と諭していたことである。

そして、「御心を得て、正論正義を主張してもなおかつ、禍敗がやってくる」が、「しりぞけられれば淡々として隠退」し、「そのようにして十年たてば、かならず時がくる」とも語っているのである。

ここで、「イエス・キリストが受難の時間がせまるにつれてその予言者的光輝が増してきたように」、松陰は「江戸の獄中にあって、いよいよ高杉に対する痛刻な助言者になってきた」と書いた司馬は、松陰が「十年まて」と高杉にすすめたのは、高杉を革命の中期に現れる「卓抜な行動家」たらしめようとしているようであるとし、「その点でかれ（＝松陰）の高杉へのこの垂訓はきわめて予言性が高い」（前掲二・「二十七日、晴」）と書いている。

「殺すなかれ」と説いて処刑された宗教者のイエスと、老中を殺害してでも国家の政策を変えようとして処刑された松陰を比較するのは矛盾しているように見える。しかし、両者を死をも恐れぬ多くの門人を育てたすぐれた思想家として考察するならば、この比較は成立するだろう。

すなわち、門人一同への遺言で松陰は、「諸友、蓋しわが志を知る。ためにわれを哀れむことなかれ。われを哀れむよりはわれを知るに如かず。われを知るよりはわが志を張ってこれを大にするに如かず」と書いている。

生前中は過激すぎると思われてあまり力を持たなかった松陰の思想や「志」は、松陰が幕府によって無惨にも処刑された後では、殉教者的な説得力を持ち、弟子や長州の若者たちだけでなく、日本の若者の心を激しく動かすことになるのである。

松陰が「——切に吾輩の如き苦節偏癖の流れを学ぶなかれ。」と書いていたことに注意を促した司馬は、「松陰は革命のなにものかを知っていたにちがいない」と書いている。そして、「革命の初動期は詩人的な予言者があらわれ『偏癖』の言動をとって世から追いつめられ、かならず非業に死ぬ」が、「革命の中期には卓抜な行動家があらわれ、奇策縦横の行動をもって雷電風雨のような行動」をとって状況を一変させることになるとして、「高杉晋作、坂本竜馬らがそれに相当し、この危険な事業家もまた多くは死ぬ。」と続けているのである。

## 「花咲爺」への変貌

吉田松陰が大老井伊直弼自身の政治裁断により伝馬町の獄舎において斬首されたのは、安政六年の十月二七日であった。処刑の報せに桂小五郎は、江戸藩邸にいる松陰門下の藩士、伊藤利輔（俊輔、のちの博文）、飯田正伯、尾寺新之丞の三人を連れて刑場へ急行するが、そこで彼らが見たのは、「幕吏に着衣を剝がれて下帯もない素裸」の死体だった。その無惨な死体を見て師の悲憤を感じた門下生たちは、松陰は「身はたとひ武蔵の野辺に朽ちぬとも留め置かまし大和魂」という辞世の句を残した「師」の復讐のためのあらゆる行動を「正義」として、討幕運動を始めるのである。

この松陰の処刑は緒方洪庵のもとで医学に励んで適塾の塾長にまでなり、師・洪庵の勧めで宇和島藩御雇の技術者となって黒船を日本で最初に造っていた村田蔵六（大村益次郎）の運命をも大きく変えた。短篇「鬼謀の人」に書かれているように、「この刑場付近の小寺で、女の刑死人の解剖《ふわけ》」をしていた蔵六は、「松陰二十一回猛士」と刻んだ墓石をたてるために回向院にかよっていた桂小五郎との運命的な出会いから、長州藩の士分に取り立てられたのである。(3)

なぜならば、生家が藩の典医だっただけに桂小五郎は、それまで例のあまりなかった女囚の解剖の難しさをよく知っており、江戸の蘭医のなかでもそれをできる者がいないという状況をよく理解していた。さらに、手際よく執刀を続ける蔵六の技術から、流血の多さにも驚くことなく冷静に手術を進めて、患部の病巣を取り除くことで患者の健康を取り戻させるという外科医の技術をもって、冷静に作戦を進めることの出来る司令官の素質をも見出したといえるだろう。司馬は長編小説『花神』の終わり近くで、題名の意味をこう説明している。「蔵六がなすべきことは、幕末に貯蔵された革命のエネルギーを軍事的手段でもっと全日本に普及するしごとであり、もし維新というものが正義であるとすれば（蔵六はそうおもっていた）津々浦々の枯れ木にその花を咲かせてまわる役目であった。中国では花咲爺のことを花神という」（下・「蒼天」）。

実際、アヘン戦争に重大な関心を持っており日本でも同じようなことが起きた際には大きな社会変動によって、「武家の世などはおわる」とも見通していた蔵六は、この後幕末の激動の中で長州藩の軍事部門の統率者となり幕府軍を見事に撃退し、さらに「官軍」の作戦を一手に担う司令官となって、戊辰戦争を勝利に導くことになるのである。

## 〝狂生〟を名乗る男

獄中での師のためにあれほどに奔走していた高杉晋作は、息子が松陰に影響されることを怖れた父親の小忠太の奔走によって、藩命という形で故郷に呼び戻されたために、師の死体の受け取りにいくことはできなかった。

しかも、「身を固めさせると、気もおちつくかもしれない」と考えた父・小忠太は、「嫁を娶って子をつくることが孝」であり、「家を絶やさないことは、殿様への忠でもある」として、晋作と高杉家よりもやや格上の井上家のお雅との結婚話を決めていた(『世に棲む日日』二・「お雅」)。一方、父親の思想を「俗論」と見なしながらも「忠孝を絶対道徳である」と思っていた晋作には、「父である以上、どうにもその意にさからうことができず」に、その命に服したのである。

ただ司馬は、新婚の夜に晋作がお雅に、井上家では今も「西枕」の習慣を代々を続けているかを問い質したと書いている。それは関ヶ原の戦いで敗れた江戸幕府に対する抵抗の意を示すために、「江戸に足をむけ」て寝るという「公儀をはばかる秘事」だったのである(前掲二・「雪の夜」)。

こうして、帰国してすぐに「明倫館舎長」に命じられた晋作は、松陰の予言を裏付けるかのように、翌年の一八六〇年三月にはやがて藩主を継ぐべき「世子」のお小姓役に抜擢され、「将来の藩内閣」ともいうべき職務グループの「お小姓組」の一員となったのである。

それゆえ師匠の松陰から、「くれぐれも私をまねて、軽忽《かるはずみ》をするな」と戒められていた晋作は、「天命に叶い、足ることを知る人を福者ともいう」などの警句のようなものを日記に書きつけることで、なんとか「自分のなかの狂」を懸命におさえていた(前掲二・「福と狂」)。

しかし、「狂者の道」か、「福者の道」のいずれを選ぶべきかということで苦悩していた晋作に、江戸湾警備のために江戸へ発つようにとの新たな人事が伝えられ、七月三十日に江戸に着いた晋作は、桜田藩邸で「同志たちの歓声にむかえられた」のである。

晋作が着いた頃の長州藩・江戸藩邸について『竜馬がゆく』では、「どの男も、口をひらけば攘夷々々と叫び」、「夷狄（外国人）斬るべし」と高唱していたので、「長州藩は攘夷論のおろし問屋」という定評すらできあがりつつあったと書かれている（〔三〕「狂瀾篇」・「防長二州」）。

こうして、師の「志の継承者をもって任ずる晋作」も、師の「狂」の思想も受け継いで「狂生」と名乗り、まだ「大公儀」と称されて権威を保っていた幕府の倒幕運動を死にものぐるいで始めることになる。

ただ、私たちの視点から興味深いのは、この時期の長州藩が持った「極端な攘夷主義、独善主義というのはもはや精神病理学で言う『集団ヒステリー』のようなもの」であるとしながらも、司馬がそのような機運を作った「実物教育」として、一八六一年の二月に起きたロシア艦による対馬占領を挙げ、「長州人が、異常な敵意を『夷人』にもったのはこの事件からである」と説明していることである（前掲〔三〕・「防長二州」）。

## 「対馬事件」の衝撃

長州の日本海岸を航行していたロシアの軍艦が、突如、対馬の浅海《あさみ》湾に入り、尾崎浦に上陸して「この尾崎浦の一部を借用したい」と申し入れ、拒絶されたあとも「陸戦隊を芋崎浦に上陸させ、勝手に樹木を伐《き》って兵舎を建て」ていたのである。しかも、対馬の藩主に対し、「この浅海湾のうち要害の地を借用したい。そのかわりに大砲をあげよう」といい、「四月になっても退去しない」ばかりか、「対馬藩の番士一人を銃撃して斃し、付近の郷士二人をとらえたりする暴挙」をあえてしていた。アヘン戦争を行ったイギリスや黒船という武力で開国を要求したアメリカに対する反発から、「ロシアと同盟すべし」という論まであった日本のロシア観はこの事件以降に、一変することになった。

ただ、ここで注意しておきたいのは、司馬が「当時、対馬は列国がねらっていた島で、とくに英国にその企図」があっただけでなく、「英国軍艦が対馬海岸を測量している」ことを知ったロシアが、「英国に先んぜられまいと思い、あわてて軍艦を派遣」していたことをも指摘することで、ロシア艦のみを「悪者」扱いはしていないことである。

実際、一八〇八年にイギリスの軍艦フェートン号がオランダの国旗を掲げて長崎港に不法入港して、水、野菜、肉などを強奪した後に立ち去るという事件も起きていた。それゆえ一八五三年に来日した作家のゴンチャローフは「日本の港内に押し入り、有無をいわせず上陸して、許可しない場合には喧嘩を始める。それから自分の国が侮辱を受けたかのごとく世間に訴えて戦争に持ち込む」か、あるいは「アヘンを運び込んで、これに対して相手が強硬な手段を取った際に同様に宣戦を布告する」という「イギリス流」の方法を取れば、「いっきょに日本を開国させることも可能」だったが、自分たちはそれをせずに交渉にのぞんでいたことを強調していた。(4)

こうして、ナポレオンとの「祖国戦争」を描いた『戦争と平和』や、クリミア戦争を描いた『セヴァストーポリ』などのトルストイの作品をも読んでいた司馬は、西欧の側からだけでなく、ロシアの側からも歴史を見るという複眼的な視点を有していたといえよう。

それゆえ、『坂の上の雲』と同じ年に司法卿・江藤新平を主人公として書き始められた長編小説

『歳月』（一九六八～六九）において司馬は、維新後に「征韓論」が発生した理由を、「開国」の際に日本が「列強からうけた屈辱を、自分以下の弱国に対し、かつて列強が日本に加えたおなじやりかたで自分もやってみたいという衝動であった」と説明しているのである（上・「征韓の一件」）(5)。

『坂の上の雲』と同じ年に書き始められた長編小説のこの記述は、「欧米列強」に追いつこうとして、上から強引に行われた日露両国の近代化の問題点を浮き彫りにしているだろう。

## 二　「浪人」という身分

### 〝航海遠略策〟

竜馬と久坂が会見したころに長州藩の実権を握っていた毛利家中でも名家の出の重役・長井雅楽《ながいうた》（一八一九～六三）について司馬は、「存命だった吉田松陰とならんで、家中の二秀才といわれ」、「家中の人々は、松陰と長井雅楽こそ、藩の将来をになうであろうと期待するむきが多かった」と記した後で、「並称されたことが双方にとって不幸だった。」と続けている。

つまり、長井雅楽を嫌った松陰が弟子たちに、「あれは奸物だ」と教えていたので、弟子たちもそう信じ込んでいた長井が唱えたのが、「幕府を助けて大いに開国貿易主義をとり、西洋の文物をとり入れ、船をさかんに造って五大州を横行し、国を富ませたるのちに日本の武威を張る」という「航海遠略策」であった。こうして、「江戸に京に、長州藩の藩論統一と外交をになって活躍」していた長井雅楽は、「その点、土佐藩における家老吉田東洋に似て」いたのである（『竜馬がゆく』〔二〕「風雲篇」・「希望」）。

実際、『世に棲む日日』で司馬は、「開国か鎖国攘夷かの両論で混乱しきっている時勢に対し、これほど卓越した鎮静剤はなかった」と長井の説を高く評価しているが、幕府を助けて大いに開国貿易主義をとるべきだとする長井雅楽のこの策を一読した藩主の毛利敬親も感嘆し、「これをもって長州藩の藩論とする」とし、「八方奔走して朝廷と公儀の紛糾を一つにまとめよ」と命じたのである（『世に棲む日日』二・「長井雅楽」）。

しかし司馬によれば、当時は「『神国を夷人の靴で汚すな』という、一時代すぎたあとからみれば異常としか言いようのない論理と狂気が、国内を轟々と沸騰させて」いた。それゆえ、「いわゆる『志士』というのはすべて攘夷鎖国主義者を言い、『開国の志士』というような奇妙な言い方は存在しない」。つまり「開国派はどういうリクツをつけても」、「『志士』どもから暗殺・天誅をうけるべき存在で」、のちには松陰が尊敬した師の佐久間象山も、京で暗殺されることになるのである。

しかも、徳川光圀が編纂を始めた『大日本史』（一六五七～一九〇六）がまだ完成していなかったために、司馬が書いているように幕末における日本史についての通史は頼山陽（儒学者、詩人。一七八〇～一八三二）の『日本外史』が存在する程度で教養人でも日本史に暗く、「孝明帝でさえ、鎖国は天皇家の祖である天照大神以来の祖法であると信じ」ていた。そして、「開国しては皇祖皇宗に申しわけない」という孝明帝の言葉を、「洩れきいた側近の公卿の手で『勅諚』というおもおもしい形に変えられ、公卿の手を通じて、京に群れている勤王攘夷志士の間に手渡された」ことで、開国派の人間の「暗殺」

は天皇の意志を受けた「天誅」という形で正当化されるようになったのである（前掲二・「長井雅楽」）。

さらに、旧松下村塾の門人たちが師の松陰が長州藩の重役・長井雅楽の工作によって幕府に売られたと信じていたために、長井雅楽も、土佐藩の吉田東洋と同じように、自藩の「過激書生である久坂玄瑞、伊藤俊輔」たちに追いまわされることになっていたのである（前掲二・「暗殺」）。

**脱藩《くにぬけ》**

久坂玄瑞との会見の際に、久坂を「好漢」と見なしつつも、彼が「大奸物」と厳しく批判した長井雅楽の方に、竜馬はむしろ魅力を感じたと書いている。そして、そのことを明らかにしなかった竜馬について司馬は、「坂本は時勢の魔術性というものをどうやら天性知っていたらしく、時勢の紛糾がぎりぎりのフクロ小路に入りこむまで」自分の意見を露わにしなかった」と書き、もし竜馬が自分の「正論」を露わにしていれば、「かれは自分の同志である攘夷家に斬られていたであろう」と説明している（『竜馬がゆく』〔二〕・「希望」）。

さらに、竜馬の思想を理解するうえで興味深いのは、現在に至っては「志ある者はいっせいに脱藩して浪士となり」、義軍をあげるほか策はないとする久坂の言葉を聞いたときに、竜馬が「雨後の空に虹をみるような明るい眼」をして「浪人になりますか」と言ったことである。

なぜ、竜馬が久坂の浪士という言葉に希望を見たかについては、ここでは説明されていないが、司馬は後に竜馬が作った亀山社中の「憲法」として、「同志は浪人であること、藩に拘束されないことをかかげ」ていたことに注意を促している（「勝海舟とカッテンディーケ」『「明治」という国家』）。つまり、私たちの言葉で言い換えれば、それまでの個々の道徳に縛られない「浪人」こそが、新しい時代を作り出せると竜馬は考えたのだと考えられるのである。

実際、竜馬から長州の情勢を聞いて、「事情は土佐に似ているな」と言った武市にたいして、「長州は土佐とはちょっとちがうのだ」と竜馬が訂正したと描いた司馬は、高杉晋作や桂小五郎などの勤王派は、みな上士階級に属していたので、「長井雅楽が失脚すればかれらがかかわって政局に立てる資格がある」し、さらに身分が低くても「人材によってはどんどん登用されている」長州と、「藩祖以来の祖法をまもって上下の差別をいよいよきびしく」していた土佐藩との違いを説明している（『竜馬がゆく』〔二〕・「土佐の風雲」）。

しかし、「白札」の武市は、吉田東洋を取り除いた後で、「おどろくべき旧弊ぞろい」で、「東洋によって政権の座から叩きおとされた」ために、「自分らを追った東洋を、勤王派以上に憎悪して」いた門閥家老たちと「完全な握手」をすれば、藩の実権が握れると考えたのである。

それゆえ、暗殺団を結成して周到に証拠を残さずに参政吉田を斃すことに成功しても、「所詮、うまい汁を吸うのは守旧勢力だ」と考えた竜馬は、いよいよ脱藩の決意を固める。

そのことを感じた兄の権平に反対されて、ほとんど駆けるようにして姉の乙女のところに行き、「脱藩《くにぬけ》するのですね」と尋ねられた竜馬が天下の情勢をのべ、「もはや土佐のような腐れ藩にいるかぎり、天下を救うことはできない」と語ると、「竜馬」という「作品を広い世界に出してみたかった」乙女は、「では、脱藩なさい」と断乎として告げたのである。

そして、「わしが脱藩すれば義兄《にい》さんの岡上新輔さんはどえらい罰を食う」と竜馬が心配すると、第三姉の乙女は夫に累が及ばないようにと離縁する覚悟を弟に伝えたのである。しかも、離縁になって坂本家に戻っていた第二姉のお栄も、竜馬の決意を知ると夫の形見として貰い受けていた名刀陸奥守吉行を竜馬に贈る（前掲［二］・「土佐の風雲」）。

こうして竜馬は、数学と英語に長じ、のちに自分の配下となる沢村惣之丞とともに四国山脈の峻険を山越えして脱藩するのだが、夫の形見の刀を脱藩者である竜馬に渡したことを咎められたお栄は後に自殺してしまう。このことにふれた司馬は、「考えてみると、天が、竜馬という男を日本歴史に送りだすために、姉の一人を離縁せしめ、いま一人の姉に自害までなさしめている。異常な犠牲である」と書いている（前掲［二］・「脱藩」）。

## 弥太郎の決意

三組の暗殺団を組んで、周到にその機会を狙っていた武市たちの計画が実行されたのは、竜馬が脱藩してから一四日後の文久二年四月八日の夜十時過ぎであった。

この日の若い藩主への進講で吉田東洋（一八一六〜六二）は、後藤象二郎（一八三八〜九七）や福岡藤次（後の孝弟。一八三五〜一九一九）などを陪席させて、頼山陽の『日本外史』の信長の「本能寺兇変」のくだりを名調子で論じ、その後出された御酒を飲んでしたたかに酔って帰宅の途についていた。

一方、この夜に殿中で東洋の講義があるとの情報を手に入れた武市は、さっそくそれを刺客たちに伝えた。ここで司馬は、後に元勲となる田中顕助（後の光顕。一八四三〜一九三九）の手記によりながら、決行の時間までにしばしの余裕があるのを知った那須信吾が長屋まで赴いて一九歳の甥の顕助に、これから自分が「参政吉田東洋を斬る」ことを伝えて悠然と引き上げたと書いている。

剣の達人からなる三人の刺客に襲われた東洋は、「天誅じゃ」といって斬りかかった那須たちから逃げずに剛毅に闘い斬殺され、その後「武市が黒幕であやつる大政変」が起きて、大目付の大崎巻蔵をはじめとして「東洋系の上士は、ほとんどお役御免に」なった。こうして、すべてが武市の思うとおりになったように見えた。

しかし、「世の中は、秀才武市の図式どおりには運ばない」と続けた司馬は、隠居の山内容堂が「国もとの政変に激怒していた」と書いている。そしてその容堂の意向を受けて、暗殺者の探索の任務にあたったのが、改田村という在所の郷士高芝玄馬の娘でまだ一七歳のお喜勢という嫁をめとったばかりの弥太郎（後の岩崎弥太郎。一八三四〜八五）だったのである。

「恩人の東洋も死んだ」ことで、「もう、たれに遠慮することもない。さっさと下横目の卑役をやめて、自分の才幹を生かせられるような身の振り方を考えよう」と思っていた弥太郎は、「上士の連中の犬になるだけならおことわりだが、御隠居の容堂じきじきのお声がかりとあれば、仕事の性質がちがう」と考えたと司馬は描いている（前掲［二］・「追跡者」）。

しかし、暗殺の下手人の一人と見なされた竜馬は、捕らえようとした弥太郎に、「お前《まん》は、不浄の小役人になって上士のあごで使われているような男ではない。天下は動いちょる。おなじ死ぬなら、竜馬の刃にかかるよりも、日本のために死なんかい。」と語りかけたのだった（前掲［二］・「追跡者」）。

そして、「お前は商売をやれ。」と続けた竜馬は、「おれは河田小竜にきいて知ったが」と断りながら、「アメリカ、イギリス、オランダでは、商人は威張ったものじゃというぞ。」と語り、さらに「アメリカなどは、将軍家を選挙するそうじゃ。商人でも、票が多ければ将軍家になれるそうじゃ。それからみれば、土佐の上士、郷士の争いなどは、鼻くそのようなものではないか」と続けたと司馬は描いているのである。

実際、弥太郎は「数えて三十歳のときに藩吏をやめ、両刀を算盤に持ち替えて材木商」になるが、このときは「結局資金をつかいはたし、ついには大百姓にやとわれる日傭い人夫にまで落ちた。」(前掲〔五〕「回天篇」・「弥太郎」)。このような弥太郎の窮状を救うことになるのが、吉田東洋の薫陶を受けて藩政改革にあたるようになっていた後藤象二郎なのである。

## 〃ローニンという日本語〃

吉田東洋の暗殺によって土佐の政情は激変したが、このような事件よりも先に「竜馬の一生を一変させる情報が四国山脈を越えて」土佐に入ってきていた。それは、この時期に京都で動いていた薩摩の大久保一蔵(利通。一八三〇~七八)の公家工作によって「京都守護の名目で」、島津久光(島津斉彬の異母弟。一八一七~八七)が大軍を率いて上京することになったという情報である。

司馬はそのような動きを「現今《いま》のことばでいえば、ごく穏和な形でクーデターをおこそうというものである」と解説しているが、薩摩が「天子を擁して幕府の政道を正す」という情報を得て土佐に駆け戻っていた吉村寅太郎は、武市とも方針があわずに訣別したと告げて竜馬より先に脱藩し、翌年には天誅組の乱を起こして幕軍を相手に戦死することになる。

こうして、大軍を率いて上京しようとした「動きに触発されて、それよりもはげしい渦が、天下の一隅で渦巻きはじめた」のだった。最初に動いたのは、同じ薩摩の有馬新七以下の暴発組であった。一方、この動きを察知した島津久光が、彼らの同志の奈良原喜八郎らを差し向けて、慰留させ、それに応じない場合には上意討ちにせよと命じたことで、同じ藩の同志たちが斬り合うという悲惨な事態が生じたのである（前掲『竜馬』〔二〕・「寺田屋騒動」）。

一方、「桜田門外の変」（一八六〇）で大老の井伊直弼が暗殺された年の一二月には米国公使館通訳官のヒュースケンが殺害されていたが、イギリス公使オールコックは外国人の日本国内旅行権は新たな条約によって、陸路の旅行も認められているとして旅行を強行した。これに対し「神州の地」が汚されたと憤慨した水戸藩浪士たちが、宿舎にあてられていた東禅寺を襲撃して領事など二名を傷つけるという「東禅寺事件」（一八六一）が起きていた。

これらの事件を踏まえつつ、当時の日本では「独特の気概」から、「攘夷論大いに沸騰し、ときには志士が外人を殺傷する事件」もしばしば起きたために、「世界の有力国の新聞でローニンという日本語が、ナマでつかわれた」ことを指摘した司馬は、隣国の清が「英国の武力を背景とした植民地政策のために、国家の体《てい》をなさぬまでに料理され、他方、ロシアも、領土的野心を露骨にみせはじめている」ことを指摘しながら、「もし攘夷的気概が天下に満ちなかったならば、日本はどうなっているかわからなかった」と書いていた（前掲〔二〕・「流転」）。

この意味で興味深いのは、『国盗り物語』（一九六三～六六）において、イエズス会の宣教師ルイス＝フロイスの書いた文書なども引用することで、日本だけではなく南欧から見た織田信長像を描いた司馬が、『竜馬がゆく』でも「日本征服の野望のあったスペイン王」にザビエル（一五〇六～五二）が、

「日本人」について、「行儀よく温良である。が、十四歳より双刀を帯び、侮辱、軽蔑に対しては一切容赦せぬ」と報告書に記して忠告していることを紹介しながら、「幕末にきた外国勢力も、おなじ実感をもったわけである。」と結んでいることである（前掲［二］・「流転」）。ここには戦国末期と幕末における「グローバリズム」の問題についての司馬の鋭い理解があると思える。

こうした中、英国から来た商人たちが騎馬で大名行列の前を突っ切ろうとして薩摩藩士に斬られた生麦事件（一八六四）が起きる。この事件について考察しながら司馬は、「現今《いま》からみれば、蛮風きわまりない事件だが、当時の日本人は、こう処置することが至上の正義だと心得ていた」と書いている（前掲［二］・「生麦事件」）。

実は最初にこれらの記述を読み、さらに志士が外国人を殺害することをも「国情、やむをえない」とし、「英国人こそ、災難であったろう」と続けていることに、最初私は強い違和感を覚えた。

しかし司馬は、生麦事件が起きる以前に薩摩藩が、大名行列に関する「わが国の定法」を各国長官に徹底するようにもとめる公文書を出しており、知日派のアメリカ人の中にはイギリス人商人は「日本の風習を知らずに傲慢にふるまった。当然自分が招いた災難である」と批判する者もいたことも記しているのである（前掲［二］・「生麦事件」）。

しかも、「東禅寺事件」が起きた後で各国公使は、負傷者たちへの賠償金として一万ドルだけでなく、幕府の経費で品川の海を見おろせる景勝要害の地である御殿山に工費八万両を費やした各国公使館を建設することを要求していた。それゆえ、強大な武力を背景に、声高に賠償や権利を求める欧米列強に対する反発が強まっていたのである。

## 三　「日本第一の人物勝麟太郎」

### 「貧乏御家人」の息子

このように風雲が急を告げるようになった頃に、脱藩した竜馬は勝海舟（通称は麟太郎。一八二三〜九九）の門人となるのだが、司馬は竜馬と勝海舟の出会いを描く前に、勝海舟の父小吉の人物像から描写している。勝小吉は「旗本の男谷《おたに》家から貧乏御家人の勝家に養子に」きた人物で、「金もないのに通人《つうじん》で、根っからの世話ずきで、しかも喧嘩に眼がない。」、「『人間通』とでもいうべき人物だった。」のである（『竜馬がゆく』［二］「風雲篇」・「勝海舟」）。

興味深いのは、その小吉が残した「夢酔独言」という速記録において、「旦那（将軍）のためには極忠をつくし、親のために孝道をつくし」などと武士としての道徳を説いただけでなく、「友達には信義をもってまじわり」と書いていることである。

そして、「忠孝、という縦の道徳が主であった」当時の人間としてはめずらしいことを言っているのは、「小吉が自分の半生から自得した自然な道徳なのであろう」と分析した司馬は、「おれもこれまでいろんな人と近付きになったが、新門の辰五郎、薬罐の八、幇間の君大夫、八百松の松、松源の婆ァ、こういう連中はおれの一番の友だちになった」という海舟の直話を引用している（前掲［二］・「勝海舟」）。

　こうして育った海舟は当時、江戸の三剣人と呼ばれた島田虎之助から厳しく鍛えられ、また座禅の修行をしたあとで、二二歳で洋式兵学を学ぶ必要性を感じて、蘭学者箕作《みつくり》阮甫《げんぽ》（一七九九〜一八六三）の元に入門を頼みに行く。しかし、阮甫からは「蘭学とは野暮ったい努力の要るもので」あるが、「旗本、御家人の子弟というのは代々江戸住いで、腰がぬけている」ので、「この道だけは、田舎者がいい」と拒否されていた。

『胡蝶の夢』に書かれているように、「江戸期のある時期までの蘭学者の多くは士分階級の出ではなかった。ときに卑士階級や富農階級でさえなく、貧農といっていいほどの階級から多く出て」いた（二・「春風秋雨」）。このような状況から「明治以後の輸入道徳」と思われていた「友情、友愛」という理念が蘭学者のあいだではすでに江戸期に育ち始めていたのである（前掲『竜馬』（二）・「勝海舟」）。

　こうして、「勝の窮乏と不遇の時代は長かった」が、嘉永六年にペリーが来航したことで、勝の運命も大きく変わることになる。すなわち、ペリーの来航などに驚愕した幕府の状況を知ったオランダ政府から、「歴史的な友誼関係にかんがみ」、練習艦として三本マストの外輪船で砲六門も装備した排水量四〇〇トンという蒸気軍艦「スームビング」を無償で贈呈され、あわせて二二名の教師団を受け入れた幕府は、幕臣や諸藩から生徒を選んで安政二年一〇月に長崎で海軍伝習所を開いた。そこでこれらのオランダの士官からじかに航海術やオランダについての知識を得た生徒の一人が、三三歳にしてようやく幕命により長崎で学ぶことになった勝海舟だったのである。

　しかも、この時に練習船「咸臨丸」で航海した際に勝海舟たちは、途中で鹿児島に寄港していたが、鹿児島出身の作家・海音寺潮五郎は司馬との対談で、西郷隆盛が敬愛した島津斉彬の曾祖父の重豪が、日頃の家来たちとの会話を中国語でしたばかりでなく、オランダ語まじりに書いた手紙も残っており、シーボルトとの親交があったと紹介している（『日本歴史を点検する』）。

そして、島津斉彬の洋学敬重がこの曾祖父の影響によるものであるとした海音寺は、豊前中津の奥平家に養子に行った重豪の息子も中津藩に洋学好きの気風をおこし、「この空気の中に福沢諭吉が生れた」ことや、重豪の子の別な一人は筑前の黒田家を継いだが、そこでもある程度の洋学熱がおこって洋学者の永井青崖を出すが、この永井が「勝海舟の蘭学の師匠」であることも明らかにしているのである。

## 夷臭の男

竜馬が勝海舟の門人となるのは、一八六二年の夏のことだが、この時期、「京では毎日のように佐幕派、開国主義者が暗殺」されていた。それゆえ、一八六〇年にオランダ製の蒸気船である咸臨丸の艦長としてアメリカを訪れていた勝海舟を「魂の底まで夷臭（外国かぶれ）の滲みこんだ男」とみなした千葉重太郎は、竜馬を誘って勝を暗殺しようとする（前掲『竜馬』〔三〕・「勝海舟」）。

ここで寝待ノ藤兵衛に「時勢とはおそろしいもんでございますね。あんな人のいい若先生までが、天誅々々のさわぎに浮かれていらっしゃる」と語らせた司馬は、このような重太郎の宗教的攘夷思想が水戸学からきた神州思想に基づいていることを明らかにし、「一民族の居住地を神の縄張りと見、異民族が足をふみ入れると穢れる、という土俗思想」が、日本のみの特殊なものではなく、「ニューギニアの未開人」やかつての「ヨーロッパにもあった」ことを紹介している。

一方、「妙な学問をしていないだけに、ものを平明にみることができた」竜馬は、「太平洋の風浪を冒して」アメリカに行った勝海舟を内心では「日本随一の男子だ」と思っていたが、それにもかかわらず、暗殺の提案に乗る。司馬はそれを宗教的攘夷思想にかぶれた者との「宗旨の議論」は、「他宗排撃の宗旨論」となるのでむだだからだと説明している。

こうして竜馬は重太郎とともに待伏せするために築地の軍艦操練所の近辺を徘徊するのだが、司馬はそこに停留されている軍艦を見た竜馬に、「おれは、あんな船がほしいんだ」とつぶやかせて、「勝なんぞを殺すよりも、人おのおのが志を遂げられる世の中にしたいものだなあ」と語らせている。そして、故郷で物知りの絵描きから聞いた話として「アメリカでは、木こりの子でも大統領になれるし、大統領の子でも、本人が好きなら、仕立屋に」なることもできるなどと語りかけ、「それがどうした」と不機嫌な声で重太郎から詰問されると、「どうもせぬ。士農工商のない世の中にしたい、とふと思うただけじゃ」と答えるのである。

このような態度に重太郎からやる気を疑われた竜馬は、「きっとやる」としながらも、「やるからには、築地の橋で待伏せなんてのはやめよう」といい、さらに「刺客てのは、本当は、虫ケラのような人間のやることだとおれは思う」と主張して、「真昼間、堂々と勝の屋敷に案内を乞い」、正々堂々と議論し、「それでけしからんのなら、その場で一刀両断しよう。男というものはそうあるべきものだ」と語って納得させるのである。

こうして、ようやく赤坂元氷川下の勝の屋敷を訪れた竜馬たちは簡単に、「海舟書屋」という「妹婿の佐久間象山の筆になる扁額《へんがく》がかかっている」部屋へと通される。「その部屋のすみで、小柄な男が一人、背中をむけて書見していた」が、それがこの当時、「二ノ丸留守居格で軍艦頭取、布衣、といった幕府の顕官」であった勝海舟だったのである。

まず「(変わった貌《かお》じゃな)」という竜馬の感想を記した司馬は、「顔の彫りが深く、どちらかといえば横浜の西洋人に似ている。ただ小柄で、色が黒く、眼が異様であった。大人の眼ではなく、こどもの眼である。好奇心にみちた腕白小僧のようにきらきら光っている。」と描写している。

そして竜馬の顔をみた勝にも「こいつ、ものになるな」という感想を抱かせ、「後年、この口うるさい勝は、西郷と竜馬をとくに指して、『英雄』という称をつかったが、この初対面のときにすでにそういう直覚をもった。」と書いている。

一方、初めから暗殺を目的としていた千葉重太郎は、「おそれ多くも当今《とうぎん》(天子)は洋夷が上陸することさえ、神州のけがれであると忌《い》まれております。このこと、どうお考えでございますか」とけんか腰で問い質す。

しかし、「千葉君、きみはそのことを、まさか天朝様からじきじきにお聴き申したわけではあるまい。また聞きのうわさを信じ、かつ不逞にもお心を推しはかって、わが言葉に焼きなおしているのだ」と勝海舟から冷静に当時の「天誅」の思想を厳しく反駁されて言葉に詰まった重太郎は、「わが大八洲《おおやしま》は神々の住み給う結界にして、穢人《おじん》どもの一歩でも踏み入れるべき国ではありません」と自分の信念を繰り返したのである。

これに対して地球儀を示しながら「英国をごらん。世界一の大国だといわれていながら、あんなちっぽけな島だ。あいつらは利口だよ」と語りかけた勝は、「なぜかといえば海上を陸地同然に走りまわれる大火船《だいかせん》を何千艘《そう》と持っていて、どんどん外国と商売をして国の利益をあげている。そのおかげで大英帝国という、人間の歴史はじまって以来の繁栄をしめした」と説明するのである。

実際、咸臨丸の航海から戻ってから幕府の重役にアメリカについて尋ねられた勝海舟は、「アメリカ国とて別に異《い》なることはござりませぬ」と答えたあとで、ただ、「アメリカでは政府でも民間でも、およそ人の上に立つ者はみなその地位相応に利口でございます。この点ばかりは、まったくわが国と反対のように思いまする」と続けていた（前掲『竜馬』〔二〕・「勝海舟」）。

この勝の言葉には、「門閥主義の徳川体制ではもはや国家はたもてぬ、という意味が言外にある」と説明した司馬は、将軍の前で自分たちが愚弄されたと感じた老中から海舟が、「ひかえろっ」とどなられたことを紹介して、「勝は、渡米によって、幕府より日本国を第一に考えるようになった」と説明している。

つまり、江戸幕府の幕臣であった海舟は、内部からの改革は小手先のものとなり長期政権の腐敗を根本的に改革することはできないと骨身にしみていたといえるだろう。それゆえに、竜馬たちとの初対面で、日本も開国して貿易立国になるべきとした勝が、「この内憂外患の時代」に、幕府ばかりでなく大名も自分の実力によってではなく世襲制度によって出世した者が日本を動かしていることの危険性を鋭く指摘して、どうすべきかを暗殺者たちに問い質していたのである。

これにたいして竜馬は、「それならば、それを実行できぬ幕府をぶっ倒して、京都を中心とする政府をつくり、それで日本を統一し、人材があればたれでも大老、老中にさせるような国家をつくればよいではないか」と考える。「こんな平明すぎるほどの発想をもった倒幕主義者は、竜馬以外には出現しなかった」と書いた司馬は、幕末の志士たちは「自藩の利益や立場を考えすぎた。」が、「そこへゆくと竜馬は、脱藩の身だから、平明磊々《らいらい》としている。」と続けている。

一方この説明を聞いて、「(やっぱり夷臭の男だ。)」と判断した千葉重太郎は脇差で抜き打ちに勝を斬りつけようとするが、その殺気を察した竜馬はその瞬間に大きな体を折って平伏し、「勝先生、わしを弟子にして仕《つか》ァされ」と頼んだのである。

## 万次郎との出会い

殺気をそがれた重太郎は勝海舟の屋敷を辞したあとで竜馬に愚痴をいうほかなかったのだが、竜馬は「良薬ほど毒性がある」ので、勝は「天下危機のときにはなくてはならぬ妙薬だ」などとぬけぬけと語った。

しかも、竜馬が重太郎とともに勝邸を訪れた翌朝に、驚くべきことが起きる。「黒羽二重の紋服、仙台平のはかま」という装束で、供も連れない中年の武家がいきなり千葉道場の玄関にひょこっと入ってきて「剣術使いの坂本さんはいるかね」と尋ねてきたのである。それが幕府の大官であり、身分という点では「土佐の殿様と同格」の勝海舟だったのである。自分を暗殺しようとしていたこともある一介の浪人のもとを訪れるということが、いかに竜馬を感激させたかは分かるだろう(二二「風雲篇」・「伯楽」)。

しかも、いっしょに馬で海軍操練所に竜馬を案内した海舟は、教授方に「これは土佐の坂本竜馬という男で、脱藩浪人だが、おもしろそうな男だから、わし同然のつきあいをしてやってくれ」と自ら紹介してまわり最後に、「頭髪を西洋人同様にみじかく剪《つ》んでうしろになであげ、詰め襟の夷服を着用し」、「いかついあごが、いかにも強靱そうな意志」をあらわしている人物のところに連れて行く。そして、「このご仁をどなただとおもう」と尋ねるが、それが竜馬と同じ土佐の万次郎だったのである。

はじめは密出国の容疑者としてあつかわれた万次郎は、ペリーが来日したことで英語と海外知識が必要になったために、「幕府に召されて破格にも旗本に」列して、一八六〇年に通訳として咸臨丸で再度アメリカに行き、いまは軍艦操練所教授方になっていたのである。

史実的には万次郎と竜馬の出会いが記された文書はまだ見つかっていないようであるが、安岡章太郎は中浜万次郎が竜馬と勝海舟のところか、後藤象二郎とともに上海に行く際に会った可能性があることを指摘しており、会ったと考えるほうが自然だろう。(6)

それゆえ司馬は、「いまだに日本語といえば、土佐の幡多郡の漁夫ことばしかつかえない」ために、「あまりものはいわず、ひどく気むずかしい顔をしていた」万次郎は「おンしのことは小竜の手紙で、うらアよく知っちょった。いつ訪ねてくるかと心待ちにしちょったが、いま来なされたか」と親しく言葉をかけたと描いているのである。

## 最初の「日本人《にっぽん》」

司馬は、「まったく晩熟《おくて》」だった竜馬の「人生への基礎」が、ようやく二八歳にして「この時期には確立した」と書いている。そして、めずらしく興奮して眠れなかった竜馬が国許《くにもと》の乙女姉さんに出した手紙について、「文字は金釘流《かなくぎりゅう》だがふしぎな雅趣があ」るとし、さらに「文章もおもしろい。当時の書簡文の型にこだわらず、言いたいことを書いている。」と特徴付けている。実際、竜馬の人柄が浮かんでくるような文章で、他の者が書けば下品とも取られかねない表現も、説得力をもっている（［二］・「伯楽」）。

そもそも人間の一生はがてん（合点）の行かぬはもとよりのこと。うん（運）のわるい者は風呂より出でんとしてきんたまをつめわりて死ぬる者あり。それにくらべて私などは運がつよく、なにほど死ぬる場へ出ても死なれず。自分で死なうと思ふても又生きねばならん事になり、今にては、日本第一の人物勝麟太郎と云ふ人の弟子になり、（中略）どうぞおんよろこび願ひ上げ候。かしく。

この手紙を書き終えたところに、竜馬を慕う千葉重太郎の妹さな子が訪れ、勝海舟を暗殺しに行きながら、かえって弟子になって戻ってきた竜馬に対して、「一体、坂本さまは何者なのでございましょう」と問いただすのである。最初竜馬は、「坂本は坂本ですよ」と答えるのだが、その答えに満足しなかったさな子から、「攘夷論者なのですか、開国論者なのでございますか」と問いつめられると、「日本人です」と答える。すると、『にっぽん人？』／さな子は妙な顔をした。」のである。

つまり、当時は「それぞれが属している団体の立場や、主義に属し、それらを通してしか、ものを考えず、それによって行動し」、「薩摩の大久保一蔵、西郷隆盛、長州の高杉晋作、桂小五郎といった連中も、ついにはその所属藩の立場を超越できなかった」ので、「薩摩人」や「長州人」としてとどまっていたのである。

一方、勝海舟は「幕人」という「立場をひきづりつつも、当時としてはもっとも日本人に近い意識の持ち主であった」。それゆえ竜馬は、「海舟の存在に、不思議な魅力を感じた」のである（〔一〕・「伯楽」）。

『竜馬がゆく』では長編小説という性質上、勝海舟と坂本竜馬の出会いの場面では、「国民」についての定義は成されていない。しかし、『「明治」という国家』においては「国民」という概念が、「まずたれもが平等であると思っているし、げんに法のもとで平等かつ等質である」と説明されている。そして、「国民」が「たれひとり日本に存在しない時代において」、みずから「国民」になることを願いつつも幕臣であった勝海舟は、竜馬を最初の『国民』にしたかったのかもしれない」とした司馬は、「坂本という稀代の瓶《へいし》に日本最初の酒を移すことによって、勝の酒はすばらしい自由と、普遍性」をもったと続けているのである（「勝海舟とカッテンディーケ」『「明治」という国家』）。

## 「日本人」の条件

重太郎の攘夷思想を描きつつ司馬は、幕末の「この神国思想は、明治になってからもなお脈々と生きつづけて熊本で神風連の騒ぎをおこし、国定教科書の史観となり、昭和右翼や陸軍正規将校の精神的支柱となり、おびただしい盲信者」を生んで、「ついに数百万の国民を死に追いやった。昭和の政治史は、幕末史よりもはるかに愚劣で蒙昧であったといえる」と厳しく指摘していた（〔二〕・「勝海舟」）。

注目したいのは、「幕末で、日本人は坂本竜馬だけだったといわれる。当時としては、奇想天外な立場である。」と記した司馬が、「いや、現在でも奇想天外な立場かもしれない。」とし、「たとえば昭和軍閥を動かした連中は、陸軍人ではあったが、日本人ではなかった。われわれ日本人は、陸軍人という人種によって国家や家庭を破られた」と続けていることである（「二」・「伯楽」）。

しかし、藩意識にとらわれていた幕末の志士をまだ「日本人」ではなかったということはできても、「昭和軍閥を動かした連中」を「日本人ではなかった」とするのは、論理的には明らかな矛盾だろう。しかも竜馬には、幕府も敵ではなく同じ日本人だと語らせていたのであり、このような温かく説得力のある文章を書く司馬が、なぜここではきわめて感情的な表現をしているのだろうか。

この意味で興味深いのは司馬が、自分たちが始めた戦争がうまくいかなくなると、「集団ヒステリーというよりも、統帥権の執行者自身がヒステリーになって、たれかをスケープゴートにしてしまう。たれか弱いやつをたたく。国民を引っぱたいておまえが悪いんだ、おまえがだらしがないんだとしてしまう。」と記していることである。そしてこのような行動を「いじめ」ととらえた司馬は、「一国の運命を歴史科学的に見るよりも、もう心理学のテーマでしかないような、そんな権力者が出てきて太平洋戦争を遂行したのです。」と続けているのである（「兵器のリアリズム」『「昭和」という国家』）。

一方、「昭和ヒトケタから同二十年の敗戦までの十数年は、ながい日本史のなかでもとくに非連続の時代だった」と『この国のかたち』において記した表現から、司馬は大正から昭和の流れを非連続だと考える非科学的な歴史認識の持ち主だとたびたび批判されてきた(7)。しかし、このあとで司馬は「『あんな時代は日本ではない』と、理不尽なことを叫びたい衝動が私にある」と認めるとともに、

「この十年間の非日本的な時代を、もっと厳密に検討してその異質性をえぐりだすべきではないかと思う」（傍点引用者）と続けているのである。

すなわち、自分の父親の世代の「高級将校」を「日本人」ではないと否定したのは、司馬が彼らを「日本人」と見ていなかったためではなく、同じ日本人としての彼らの存在や行動を激しく恥じたためであり、この表現は戦時中に司馬が感じていた「絶望」に近い「恥」の感覚の強さを物語っていると思われるのである。

このように見てくるとき、坂本竜馬を最初の日本人と規定する一方で、日本の「陸軍人」を「日本人ではなかった」と規定したとき、司馬は無意識のうちに「日本人」の条件を示していたように思える。

それは「自分の孫の世代」の子供たちのために書いた「二十一世紀に生きる君たちへ」というエッセーに、「自国」だけでなく「他国」の歴史や文化をも理解できることの重要性を強調した司馬の「日本人」観のテーゼともいえる文章で、明確に示されている。

すなわち、まず「自己を確立」することの必要性を記した司馬は、「自己といっても、自己中心におちいってはならない」と記し、「自然物としての人間は、決して孤立して生きられるようにはつくられていない」ことに注意を向けて、こう続けているのである。(8)

　助け合うという気持ちや行動のもとのもとは、いたわりという感情である。
　他人の痛みを感じることと言ってもいい。

やさしさと言いかえてもいい。

「いたわり」

「他人の痛みを感じること」

「やさしさ」

みな似たような言葉である。

この三つの言葉は、もともと一つの根から出ているのである。根といっても本能ではない。だから、私たちは訓練してそれを身につけねばならないのである。

## 四　日本革命の大戦略

### 上海への洋行

一方、「航海遠略策」を唱えた重役・長井雅楽の暗殺計画が長州藩の「攘夷派テロリスト」たちにあることを知った竜馬の盟友・桂小五郎はそれを阻止するために、総大将格の高杉晋作を幕府から上海に派遣使節が来春に遣わされる際の一員として、派遣することを重役の周布政之助に勧めた。

周布政之助から上海に洋行して「世界情勢を見聞」する機会があることを知らされると、高杉晋作は即座にそれまでの言を翻して、暗殺をやめることを明言する（『世に棲む日日』二・「長州人」）。晋作のこのような豹変は意外な感もあるが、司馬は蛤御門ノ変で亡くなる久坂玄瑞にも「日本を脱出し、シベリアへわたり、黒竜江から沿海州にかけて視察」するという望みを語らせていた（前掲二・「空の青」）。そのことを思い起こすならば、これら松陰の高弟たちは単なる攘夷家ではなく、世界の情勢を自分の目で見てから判断するという松陰的な方法をも重視していた人物であったといえるだろう。

こうして、晋作が幕府の千歳丸で海をわたって上海へ「洋行」したのは、一八六二年五月のことであった。この千歳丸には薩摩藩からも、「長崎に常駐させて藩の貿易官にする」ために厳選した五代才助（友厚。一八三五〜八五）を、さらに佐賀藩は「明治海軍の創設者のひとり」となる「中牟田倉之助というとびきりの秀才」を選んで乗船させていた。

上海についた晋作は、「日本中を震撼させたあの黒船が、ここでは無数に碇泊し」ていたことに当初は驚くだけであったが、すぐに日本はことに軍事と産業を「西洋化しなければならない」と強く思うようになるとともに、「数学こそ西洋文明のタネの一つにちがいない」と思いついて書店で「漢訳の『数学啓蒙』や代数書」や、「科学技術についての幾冊かの英書」も買い入れたのである。しかも晋作が「上海新法という新聞」も買っていることにふれた司馬は、上海の観察を記した晋作の文章について、「その観察態度は犀利《さいり》で科学性に富み、できるだけ冷静さを持しつつ西洋文明を理解しようとしている」と特徴付けている（前掲二・「上海にて」）。

一方、アヘン戦争に負けたことで開港された上海では、貿易が白人の手ににぎられていたばかりでなく、「英米仏はそれぞれ租界（居留地）をつくり、その地区にヨーロッパ風の都会をつくり、租界内の警察と行政権」をにぎっていた。

それゆえ、「上海における主人は白人であり、すべてのシナ人はかれら白人の奴隷のように使役されていた」と記した晋作は、「常識からは革命の異常エネルギーはおこってこない」以上、「攘夷というこの狂気をもって」、「国民的元気」を盛りあげようとしたと司馬は説明している。事実、攻撃の第一目標を強大な英国に定めた晋作は、衆目を集めるような過激な攘夷活動を始めるのである。

### 革命への導火線

司馬は江戸城坂下門外で攘夷壮士におそわれて負傷したあとで老中の安藤対馬守が、自分のような老中の一人や二人が「斬られてもどうということはないが、外国公使が斬られれば国がほろびる」と考えていたと描いている。そのような事態がおこれば強大な陸海軍を持つ外国によって日本が占領されるだけではなく、その外国が複数のばあいには、「日本が分割される危険」もあったからである（前掲二・「焼打ち」）。

一方、そのような攘夷こそが「革命への導火線」となると思っていた晋作は、「外国公使を斬るという」その危険な行為をあえて行おうとした。しかし、この時は老中の安藤とおなじ見方をもっていた土佐の武市半平太にも計画を打ちあけ、驚いた武市が主君の山内容堂にご注進に及んだことで、長州藩主の毛利長門守にも知られることとなり、晋作たちは「一同禁足」という刑を受けることになった。

この計画の失敗から「他藩人との連繋をきらう」ようになった晋作は、情報が漏れるのを防ぐために、伊藤俊輔など亡き松陰の門人たちを中心に井上聞多などを加えた「御楯組」という秘密結社を結成した。そして、新たな攘夷計画の対象となったのが、「東禅寺事件」への賠償として品川の海を見おろせる景勝要害の地である御殿山に幕府の経費で建設され、九分どおり完成していた英国公使館であった。

この英国公使館の焼討ちは、晋作の適切な作戦や井上（志道）聞多（馨。一八三五／三六～一九一五）の沈着な行動によって成功し、攘夷の成功例として「天下に喧伝された」。しかし、「安政の大獄」を行って諸藩から激しい顰蹙を買っていた幕閣は「断乎たる態度に出ること」をためらって、きちんとした捜査を行わなかった。

それゆえ、外国のいいなりになっている幕府への不満が武士ばかりでなく民衆の間にもつのっていた状況下で起きたこの事件は、晋作の予想通りに「革命への導火線」となったのである。倒幕運動は攘夷運動と連動する形で一挙に激しさを増すことになった。

こうして、塾生の山田市之允（後の顕義《あきよし》。一八四四～九二）が後に「維新成業のみなもとは、じつにこのときからはじまる」と書いたように、この事件は高く評価されるようになったのである（前掲二・「焼打ち」）。

## モデルとしてのアメリカ独立戦争

「江戸の灰のなかからあたらしい江戸がうまれるのだ」という高杉の大声を聞いて煮豆屋が荷をきしませながら逃げたと記した司馬は、「晋作がこれからやろうとすることは、火付け強盗の千倍万倍の大仕事」であり、そこには、「長州一藩をほろぼすことによって日本革命を樹立し、死中に活をえようという」すさまじい覚悟がよこたわっていたと書いている（前掲二・「戦争と革命」）。

ただ、高杉晋作のもとで働いたこの時期の久坂玄瑞や伊藤俊輔を司馬は「攘夷派テロリスト」と呼んでいるが、同時に彼らがこのような攘夷のモデルとしていたのは、アメリカ独立戦争（一七七五〜八三）であったことも明らかにしている。たとえば、「戦ノ一字アルノミ」と主張した土佐の中岡慎太郎は、「それ攘夷というは皇国の私言にあらず」という響きの高い文章で、攘夷というのは日本だけのものではなく、「民族的窮地に陥ったときには宇内（世界中）の各国がみなこれをおこなった」と指摘した。そしてアメリカを例に取りながら、「ときに英国王は利を貪《むさぼ》ること日々にはなはだしく、米の民が大いにこれに苦しんだので、ワシントンなる者が、「米地十三邦の民をひきい」、「鎖国攘夷」を行って、七年間の苦しい戦いの後に独立を勝ち取り、「一強国となる」と記していた。(9)

さらに中岡は、ロシアのピョートル大帝とともにワシントンの名も挙げて、「国を興す者の事業をみるに、百戦のなかから英傑がおこり、百戦を経て諸人の議論も定まっている」と語り、「内乱をおそれる同志を叱咤」していたのである（前掲二・「戦争と革命」）。

実際、一七七六年のバージニア権利章典では、政府が不十分であると認められた場合には「社会の多数の者がその政府を改良し、改変し、あるいは廃止する」抵抗権があることを宣言し、市民には抵抗のための銃の保持を保証した。このような考えはアメリカの独立宣言（一七七六）やフランスの人権宣言（一七八九）にも反映していた。

つまり、世界の情勢を詳しく自分の目で見ようという志向を強く持っていた吉田松陰の弟子である高杉晋作や抗戦派の代表的論客の一人であった土佐の中岡慎太郎は、国内情勢しか見えない単なる攘夷家ではなく、彼らの視野にはアメリカやフランスも入っていたのである。

## 「勤王の志士」

「英国公使館の焼討ち」に成功した晋作は、翌年の正月に桜田藩邸を訪れて、居合わせた伊藤俊輔などに、「公儀の大犯罪者」として斬刑に処せられた「松陰先生のご遺骨の改葬」を、明日、「白昼、江戸のド真ン中を練ってとりおこないたい。」と語る。

それは一見、向こう見ずな行為のようにも感じられるが、高まりつつあった攘夷の時流に乗って朝廷が、「安政ノ大獄で処罰処刑を受けた者たち」の「大赦《たいしゃ》」をおこなうように勅使をもって申し入れ、幕府もやむなく承知していたという事態を踏まえてのことであった。

それゆえ、「黒塗り金の定紋《じょうもん》入りの陣笠をかぶり、白緒であごをひき締め、しかも陣羽織を着用するという戦《いくさ》装束」で、正月五日の朝に騎馬姿で桜田藩邸を出門した晋作は、「公儀」と称していた幕府の権威に真正面から挑んでいたといえるだろう。

そして、「将軍が寛永寺に参拝するときにかぎり」のみ渡ることを許されていた御成橋《おなりばし》を騎馬で渡ろうとして、番小屋の番士から妨げられそうになると晋作は、「勤王の志士松陰吉田寅次郎の殉国の霊がまかりとおるのだ」と言い、「大身《おおみ》の皆朱槍《かいしゅのやり》」をもって番士を追いつつ、ついに渡りきってしまったのである（前掲二・「御成橋事件」）。

「勤王の志士という耳なれぬことばが使われたのは、このときがはじめかもしれない。」とした司馬は、さらに晋作が「わけは、家茂《いえもち》にきけ」と言ったことに注意を促して、「将軍の名が、白昼よびすてで呼ばれたのも、これが最初かもしれない。」と続けている。このとき晋作は、それまで絶対的な権力をもっていた「公議」に「朝廷」を対置することで、ひとびとに価値観の転換を迫ったのである。

このような晋作の挙動に驚いた長州藩は急遽、帰国命令を出すのだが、ここでも晋作はその機会を利用して、箱根の関所を通過するときに「幕府の法律」を「私法」と断じつつ、「ここは天下の大道ぞ、幕法こそ私法ぞ、私法をかまえて人の往来を制する無法があってよいか」と叫んで、ついに関所破りをしてしまったと司馬は描いている（傍点引用者）。

しかも晋作が、「長州浪人高杉晋作」とわざわざ自分の名前を名乗ったのは、そのことで「長州藩を幕府の敵という立場へ」追いこみ、「藩が防長二州（山口県全域）に割拠して対幕戦争をおこす運命に追いやるため」であったと説明しているのである。

しかし、松陰の門下生たちが「『攘夷』の最終のよりどころ」としていた「必勝の理論」とは、「西洋人が日本人をおそれるのはその陸戦の力である」と書いてある清朝の軍事史家である魏源の著作を読んで「内陸ゲリラ戦」に自信を持った師の吉田松陰が、ペリーが再来日した際に、七隻のアメリカ艦隊との戦いに備えて、浪人の身ながらたてた戦術であった。そしてそれは「小舟による決死強襲主義」をとり、それでも「逃げずに陸戦隊を上陸させてくるならば」、内陸戦で地形を利用しながら敵を襲うという二段階の作戦だった。しかし、「この程度の戦術論ですら、それを立てたものはこの当時たれもいなかった」ので、攘夷の志士たちは松陰の「海戦策」で勝てると信じていたのである（『世に棲む日日』一・「死への道」）。

一方、戦略家としての晋作のすごさは、四国艦隊との戦いでこの理論が「空論にすぎないこと」が明らかになった後では、自分の命が狙われることになることを充分に理解しつつ、それまでの主張を捨てて新たな方向を模索し始めることである。

そして、かつての同志たちから「売国奴」、「姦徒」と罵られながらも、高杉晋作は敢然と「攘夷」を捨てて「和平」の道を選んだことで、長州藩の甚大な人的被害とその滅亡を防ぐことになるのである。

## 五　勝大学

### 脱藩者の先生

竜馬が勝海舟の知遇を得た後で、勝家では不思議なことが起こる。一四歳になる次女の孝子が語っているように「裏の木戸のそばで、毎夜、浪人者がすわって」、「刀を抱いて居眠りして」いるようになったのである（『竜馬がゆく』〔三〕「風雲篇」・「伯楽」）。

そして司馬は、疋田家に嫁いで年老いてからも、「おかしなひとでしたよ。坂本竜馬というひとは。」と語った孝子が、「父の知遇に答えるために、当時刺客が多かったものですから、せめて夜警でも、と思われたのでしょうか」と続けたと書いている。

しかし、刺客から守るために毎晩座り込んでいた竜馬の前に現れたのは、脱藩者の彼を捕らえるために派遣された土佐藩の警吏たちであった。すると、言い争う声を聞きつけて裏口から現れた勝海舟は、「お役目をねぎらう意味で、うちの奥さまにそういって甘酒でもつくってやるから、みんなお入りよ」と岡本健三郎たち四人の警吏を誘ったのである。

こうして、「夜中、勝家は、甘酒のふるまいで、台所は大さわぎに」なるのだが、「まったくこの一事をみただけでも、勝家というのはかわっている」とした司馬は、土佐藩の下級侍どものために、「大旗本たる勝家の奥様自身が台所に立ち、市中の者に『お姫様《ひいさま》』といわれている娘二人に、甘酒を運ばせるというのである。」と説明している。

しかも、「お前さんらは、土佐っぽだろう。」と語りかけた海舟は、豊臣秀吉による小田原攻めのときも、「長曾我部家では十八反帆《たんぼ》の大黒丸という途方もない巨船をこしらえて浦戸湾を乗り出し、小田原攻めへ海上から参加した」という実例を紹介しながら、「もはや芸といっていいほどのうまさ」で語ったのである。

そして、警吏たちがすっかり昂奮しているのを見た竜馬が、すかさず「勝先生、こいつらも弟子にしてやってください」というと、勝も阿吽の呼吸で、竜馬に「お前にいろいろ教えてやるから、お前が、この連中に教えなさい。四君よろしいか、今夜から坂本竜馬を先生と心得るのだ」と答えて、脱藩者である竜馬を彼らの教師にしてしまったのである。

私たちにとって興味深いのは、司馬がこの後で竜馬によって勝海舟の門人にさせられた警吏の岡本健三郎が、「竜馬を犬コロのように慕い」はじめて、「竜馬の持ちものまで真似」をし、「竜馬のような短い大小をさし」たばかりでなく、さらには竜馬が、「万国公法（国際法）という当時日本にはめずらしい法律書」をふところから出して見せると、「読めもせぬ万国公法を懐ろに入れて」歩くようになったというエピソードを記していることである。（前掲［二］・「嵐の前」）。

このように描いた司馬は、「『剣に頼らず、法律と常識に頼れるような日本にしたい』というのが、竜馬の真意だったのであろう。」と説明しているが、このエピソードは竜馬の思想を考えるうえでもきわめて重要だと思える。

## 偽学生

勝海舟に案内されて軍艦操練所を見学した竜馬は、万次郎から艦砲の扱いなどについて学び始めるが、このことを操練所総督の幕臣永井玄蕃頭尚志《げんばのかみなおむね》に咎められると、万次郎は「私の従僕です」と機転をきかして答えたのである。

さらに、軍艦操練所での学課や実習には「測量と算術、造船術、蒸気機関学、船員運用、帆前《ほまえ》訓練、海上砲術、大小砲船打《ふなうち》調練」などがあったが、「偽学生」の竜馬も、「測量も算術も機関学の講義もきいた」ばかりでなく、「例によってどんどん質問もした。質問がとんちんかんで、学生の失笑を買ったりしたが、当人は平気である。」と司馬は描いている。

興味深いのは、火薬の調剤法についての講義を聴いた際に竜馬が、講義そのものよりも黒色火薬の主成分である硝石の産地であるインドを植民地化したイギリスが、「インドの天然の硝石を粗製のまどんどん本国に送って精製した」ために世界の大国となったということに感嘆し、「世界史の仕組をおもしろいと思ったと書かれていることだ。

ここには歴史を具体的な合戦や戦争などだけに注目するのではなく、商品の流通にも注目する司馬の視点が現れていると思う。

こうして、軍艦操練所での学課や実習に明け暮れていた竜馬は、勝海舟に誘われて、「幕府が英国から十五万ドルで買ったばかりの新造艦で」、「咸臨丸よりもだいぶ大きく、力もつよくて三百十五馬力」もあった軍艦順動丸に乗船することになる。司馬は竜馬が江戸出府の年に黒船の来航を見ていたことに言及しながら、この時の感激を簡明な言葉でこう描き出している（前掲〔二〕・「海へ」）。


とにかく、自分と自分の周囲に、はじめてめざめた齢である。

黒船の印象は鮮烈であった。

その黒船に竜馬はいま乗っている。甲板をあるいている。涙がにじんできた。頰をつぎつぎと流れ落ちてきて、どうも始末にこまった。

（乗りたかった）

——この黒船に。

（しかしながら）

と竜馬はおもうのだ。

（これがおれの船であったらなあ）


そして、「人間、好きな道によって世界を切り拓《ひら》いてゆく。竜馬はそんな言葉を残している。」と書いた司馬は、「船。ふねに托された竜馬の夢は大きい。」と続けている。

## 「鯨海酔侯」との直談判

「勝海舟という人物は、／（この男は）／とみると、徹底的に親切になる。どうしても竜馬を世に出してやらねば、とおもっている。」と説明した司馬は、「脱藩の身では世を憚《はばか》らねばならず、行動範囲もせまくなる。たとえば江戸、京都、大坂の藩邸を使用することもできない。」と考えた勝が、さらに竜馬が活動しやすいようにと、土佐の老公・山内容堂（豊信《とよしげ》、号は容堂。一八二七〜七二）とじかに談判した際の様子も詳しく描いている（前掲〔二〕・「海へ」）。

まず、両者の会見を描く前に司馬は、「越前福井藩が生んだおそらく史上奇蹟的な早熟の天才といわれる」橋本左内（一八三四〜五九）が友人に出した手紙で、拝謁した容堂公が「もともと世間の人物をみな愚物」と見なしてはいるものの、「豪快でものにこだわらず、しかしながら断乎としたところがあって、諸大名のなかでも第一の人物と小生は品評しました。」と書いていることを紹介している。

そのような山内容堂の乗船している船を見かけた勝海舟は、わざわざ「短艇」で乗り付けて、竜馬が「将来かならず天下の用に立つ。」と説得し、参政吉田東洋殺しの容疑と脱藩の罪を許すとの承諾を得ようとしたのである。

勝ほどの大旗本が自藩の一郷士のためにそれほどの労を執ろうとすることに驚いた山内容堂は、竜馬とは誰かと問いかけ、試合で勝ちを納めた郷士であったことを思い出すと、竜馬がどの師匠について学んだかを問いかける。

それにたいして、子供の頃には竜馬が劣等生だったことを紹介した勝は、「あの男の師は天でござろうな」と答え、秦という帝国を倒して漢を打ち立てた高祖（劉邦）を例に挙げながら、「英雄というのは、天がその人物が必要と思えば、その人物に運と時をあたえるものでござる。」と続けていた。こうして司馬は、勝に竜馬という若者は、機会さえ与えれば自力で成長できる人物であると述べさせていたのである。

ここまで自藩の郷士を高く評価された容堂は、「勝海舟先生のお顔に免じて、脱藩の罪、帰藩のこと、ゆるしましょう」と語るのだが、勝から「ご酔中のお言葉ゆえ、もしあとで行き違いがあってはなりませぬ。証拠のお品を頂戴したい」と念を押されると、「歳酔三百六十回」と書き、「鯨海酔侯」と署名した白扇を渡してその証拠としたのである。

ここで司馬は、「鯨海酔侯」という署名にふれて、「鯨海とは、クジラのとれる海、つまり土佐の海をさしたもの」であり、「酔侯は、酔っぱらい大名」という意味であることを紹介している。

### 学長・勝

しかも、それだけでは不安に思った勝は、容堂とは親友であり、自分とも仲のよかった松平春嶽（慶永《よしなが》、号は春嶽。一八二八〜九〇）にも紹介状を書いて、春嶽に会わせた。すると「大名中でも御三家御三卿をのぞく最高の家格の大名で、しかも幕府の政事総裁職」の松平春嶽も、一介の素浪人の竜馬と簡単に会ってくれたばかりでなく、「朴質《ぼくしつ》愛すべし」として、「ひどく竜馬を可愛がるようになり、のちのちまで竜馬の後援者になった」。

こうして、春嶽からも脱藩の罪を解くようにとの依頼があり、容堂がそれを文書化させたことで、ようやく竜馬は「七日間の謹慎」の後で、晴れて自由の身となったのである。

このような竜馬に対する勝の教育活動を司馬は「勝大学」と呼び、「学長は勝、学生は竜馬ただ一人」であり、大学の教授陣としては「越前福井藩の老公松平春嶽」をはじめ、「幕臣大久保一翁」、「熊本藩の横井小楠」などの「勝の知友たち」の名前を挙げている。

「勝大学」というのは少し奇異な感じもある用法だが、司馬はそれは「移動大学といっていい。竜馬自身が勝の紹介状をもって、福井へ行ったり、江戸へいったり、大坂で会ったりする『大学』である。」と規定している（前掲〔三〕「狂瀾篇」・「元治元年」）。

実際、勝の紹介状が「いつも、『この者、真に大丈夫《だいじょうふ》なれば』という文句になっている」ことを紹介した司馬は、「将来、英傑になるであろう。いろいろ教えてやってもらいたい」というような意味が言外にあると説明しているのである（前掲〔三〕・「元治元年」）。

それまでの教育制度が主に一人の師による弟子の教育であったことを考えると、勝のきわめて斬新な教育方針を伝える適切な用語だといえるだろう。こうして、「幕末の政局を動かした最大の頭脳」ともいえる勝海舟という師を得たことにより竜馬の行動範囲は日本全国に及び、各地の著名な知識人との知遇を得ることになるのである。

注

（1）司馬遼太郎・鶴見俊輔「歴史の中の狂と死」『司馬遼太郎　幕末〜近代の歴史観』河出書房新社、二〇〇一年。

(2) 國本哲男『プーシキン——歴史を読み解く詩人』ミネルヴァ書房、一九八八年、六三頁。
(3) 司馬遼太郎「鬼謀の人」『人斬り以蔵』新潮文庫、一九八七年（初出は『小説新潮』一九六四年二月）。
(4) ゴンチャローフ、前掲訳書（本書一〇一頁）、『日本渡航記』高野明・島田陽訳、講談社学術文庫、二〇〇八年。
(5) 司馬遼太郎『歳月』講談社文庫、一九七一年、全二巻（初出は『小説現代』一九六八年一月～六九年一一月）。
(6) 安岡章太郎「龍馬とジョン万」『漂巽紀略——（研究）河田小龍とその時代』川田維鶴撰、高知市民図書館、一九八六年。
(7) 司馬遼太郎『この国のかたち』第一巻、文春文庫、一九九三年。
(8) 司馬遼太郎「二十一世紀に生きる君たちへ」『十六の話』中公文庫、一九九七年（初出は『小学国語』六年下、大阪書籍株式会社、一九八九年五月）。
(9) 宮地佐一郎『中岡慎太郎　維新の幹旋家』中公新書、一九九三年、一九四頁。

第五章

# 「文明」の灯をともす——〝おれは死なぬ。〟

## 一 〝暗ければ民はついてこぬ〟

### 「京都守護職」

急に勝海舟から呼び出された竜馬は、順動丸に乗って京にいくことになったが、司馬はここで、「こんどの航海は、幕末史上、重大なものであった。老中小笠原長行を乗せてゆく。目的は、幕府閣僚による京摂の海防（大坂湾にもし外国艦隊が侵入したばあいの沿岸防備）視察ということであった」と書いていた。そして、これが視察団の先陣にすぎず、「最後には将軍家茂が上洛することになって」おり、『攘夷御督促』に押されて、ついに江戸の権力中枢がぜんぶ京へあつまることになるのだ」と続けていた（『竜馬がゆく』〔二〕「風雲篇」・「海へ」）。

実は司馬は、島津久光（一八一七〜八七）が「京都守護の名目」で、勅諚《ちょくじょう》をもって薩摩藩兵を率いて上京した時から、「その動きに触発されて、それよりもはげしい渦が、天下の一隅で渦巻きはじめた」と竜馬の脱藩にふれて書いていた（前掲〔二〕・「土佐の風雲」）。

このような動きに激しく反応したのは竜馬だけではなかった。藩政を握った武市瑞山（半平太）は、藩ではなお一介の「白札郷士の小頭」に過ぎなかったが、「江戸の老公（容堂）に御相談せねば」という声を無視して、「京都の公卿工作を進め、ついに八月、薩長両藩とともに、『京都守護』という内勤をもらうまでにこぎつけ」、「ついに四百の藩兵をもって上洛」していた。しかも、武市は「近江、摂津、山城、大和という四カ国を幕府から取りあげて」、「朝廷の領地にすること」など、「幕府が知ればば肝をつぶすかもしれぬ」内容の建白書を、「十七歳の土佐藩主山内豊範の名」で朝廷に出してもいた。

一方、「長州藩の久坂玄瑞、寺島忠三郎（いずれも蛤御門ノ変で自刃）らが公卿を動かし、幕府に対して、『攘夷を決行せよ』と天皇の命によると催促を出させた」ことなどから、「朝廷も、長州思想一色になりつつあり、佐幕派だった前関白《さきのかんぱく》九条尚忠《ひさただ》、和宮降嫁《かずのみやこうか》に尽力した岩倉具視（のち討幕派に転換）、千種《ちぐさ》有文らは謹慎」を命ぜられたのである。

## 殺害の教唆

開国派の執政吉田東洋を暗殺しようとしたことについて「武市半平太ら一統には、——天誅。という殺人の正義感がある。それなりの大理屈もある。竜馬にもそれはわかりはする」と書いたあとで司馬は、竜馬が「自分は参加したくはない」と考えたと記し、「竜馬には竜馬なりの、竜馬の柄にある回天への道があろうと思っている」と続けていた（前掲［二］・「土佐の風雲」）。

しかし、「天誅」によって土佐藩の政権を奪取し、「京における尊王攘夷の志士群の重鎮になっていた」武市は、「佐幕系の要人」を斬るために、門人である岡田以蔵を筆頭とする暗殺団さえももつようになり、「土佐系の志士が京洛の地で血刃をふるった事件には、武市半平太はほとんど関与していた」。

一方、政治という危険な場に身をさらしながら竜馬の師である勝海舟は、「私は、人を殺すのが、大嫌いで、一人でも殺したものはないよ。…中略…己《おれ》は殺されなかったのは、無辜《むこ》を殺さなかった故かも知れんよ。刀でも、ひどく丈夫に結わえて、決して抜けないようにしてあった。人に斬られても、こちらは斬らぬという覚悟だった」と記していた。(1)

それゆえ、「古今、一流の人物で暗殺に手段を訴えた者があるか」と竜馬に自問させ、「仕事をあせるがままに、人殺しになったこと」を、「半平太のために惜しむ」と考えさせた司馬は、その理由を「天誅というのは聞えはよいが、暗い。暗ければ民はついて来ぬ」（前掲［二］・「海へ」より抜粋引用）と述べさせているのである。

そして、武市半平太が岡田以蔵に勝海舟を暗殺させようとしていることに気づいた竜馬が、武市の隠れ家を訪ねてその暗黙の教唆を指摘する緊迫した場面を、司馬は簡潔な表現でつぎのように描いている。

「竜馬」

武市はなにか言おうとしたが、すぐに顔色をあらためて、

「議論になる。言わぬ。酒」

と、銚子をとりあげた。

「酒はこういう場合のためにある。竜馬、わしもおンしにはいわぬ。おンしもいうな」

「言うわい」

竜馬は飲みほして、

「言うぞ。武市半平太。おンしは、幕臣勝麟太郎先生に天誅を加えようとしているであろう」

といった。

武市はとぼけた。が、竜馬は武市の視線をとらえたまま、

「お前は勝を岡田以蔵に斬らせようとしている。…中略…坂本竜馬、眼は近いが、人の顔つきで何をしようとしているかわかるつもりだ」

「以蔵は以蔵。あの男がなにを企てていようとこの半平太は知らぬ」

「しかしお前の感化力で動いている。…中略…人斬り以蔵には理屈はない。武市先生が罵倒するほどの悪人なら斬る、これだけじゃ。武市の指図といってよい」（前掲〔二〕・「海へ」）

ここには、激しい議論や精緻な心理描写をとおして「殺害の教唆」の倫理的問題を掘り下げたドストエフスキーの『悪霊』（一八七一〜七二）や『カラマーゾフの兄弟』（一八八〇）を思わせるような心理描写の深さと鋭さがあるといっても過言ではないだろう。

## 「生命」の重さ

一方、「お田鶴さまの主家の若当主である三条実美（一八三七〜九一）ら急進過激の攘夷思想家」が勢力を得はじめると、「開国論者は、京では大根のように斬られてしまう」ようになっていた。竜馬が勝海舟の門人となったことを知ったお田鶴に「開国主義になられたそうですね」と問わせた司馬が説明しているように、「開国主義」という言葉は「この当時、国賊、佐幕、売国奴といったほどの強

烈な意味」をもっていたのである（前掲『竜馬』［二］・「京の春」）。

それゆえ、「人斬り三人男」といわれた「土佐の岡田以蔵、薩摩の田中新兵衛、肥後の河上彦斎《げんさい》といった連中」や、「その亜流の有象無象も、『天誅を加える相手はないか』と、蚤取り眼でさがしている」状態だったのである。

そのような中で、「幕府と与した要人、政商、僧侶、女性らが、つぎつぎと暗殺され」、斬奸状とともに三条河原などの梟首場に生晒しにされるという事件が、「文久で九七件、元治で三八件、慶応で二六件と一六一件」も起るようになっていた。(2)

一方、「二流三流は『天誅』と称して人を斬り、四流志士は『攘夷御用』と称して」、「御用金を巻きあげている」と竜馬に批判させた司馬は、この時期に頻発した天誅を、「こどもだましだ。人さえ殺せば世の中がよくなると信じている狂人どもの所行である」と考えさせている。

それゆえ、武市半平太に「とにかく、勝を」「殺すな」と念を押しつつも不安に思った竜馬は、その足で以蔵を探し出すと、「もうすぐ、日本でもっともえらい人が、京都に入る。おンし、護衛してくれんか」と語りかけ、「以蔵の頭でもわかるようにじゅんじゅん」と説いて「人斬り」としてではなく、勝海舟を守る者として用いようとしたのである。

このような竜馬の説得力について司馬は、竜馬が足軽である以蔵にたいしても「差別」をせず、「人間に本来、上下はない。浮世の位階というのは泰平の世の飾りものである。天下が乱れてくれば、ぺこぺこに剝げるものだ」と語っていたことを挙げている。

師の武市が「大奸賊」と見なしていた勝海舟の護衛を頼まれて深く悩んだ以蔵は、武市にも相談したうえで、竜馬の依頼を受けた。こうして、以蔵は勝を暗殺しようとした者たちを一撃で切り倒すことになるのだが、その後で司馬は「今後は、いまのような行動を改めたほうがよい」と人を斬ったことを勝が批判すると、「あのときもし私がいなければ、先生の首はとんでいたでしょう」と以蔵から反論され、後々まで「これにはおれも一言もなかったよ」と語っていたことを紹介している。そして、司馬は「勝がいいたかったのは、一人の生命と一国の生命はおなじ重さだ、ということだったが、以蔵はついにわからずじまいで、その短い生涯をおわった。」と結んでいるのである（前掲［二］・「京の春」）。

さらに、「天誅」こそが「勤王興国、攘夷興国の唯一の方法だと信じている狂信者」たちが、「京をほとんど無警察状態におとしこんだから、幕府は新選組、見廻組といった、見敵必殺の武装警察をつくったのである」とも司馬は説明していたが、「天誅」という方法によって土佐藩の政権を握った武市たちは、京で起きた八月の政変の後で処刑されることになるのである。

実は、クリミア戦争に負けた後の混乱したロシアを舞台とした長編小説『罪と罰』（一八六六）でも、自分を「非凡人」と考えることで「悪人」と見なした高利貸しの老婆を殺害した若き主人公ラスコーリニコフの思想と行動が描かれていた。そしてドストエフスキーは、「悪人」と規定した老婆を殺したあとで、「自分を殺したんだ、永久に！」と語るようになる主人公の苦悩を身体や感情、さらに夢の分析をとおして具体的に描き出していた。[3] それゆえ、私事になるが『竜馬がゆく』を学生の頃に初めて読んだときに私は、世界的な名作とされる『罪と罰』と同じように、この作品でも「自己」と「他者」との関係性について哲学的ともいえるような深い考察がなされていると感じたのである。

## 〝日本のワシントンになるんじゃ〟

司馬は、「徳川時代の藩というのは」、「自藩中心で、『おなじ日本人』という思想は皆無といってよかった」と記していたが、「尊王派」と「佐幕派」に分かれた激しい争いが始まっていたこの頃の日本では、「尊王」を旗印にするようになった有力な藩同士の間にもすでに明治維新後に明らかになるような権力をめぐる対立があった。

たとえば、競争心が強く、勤王活動も互いに張り合っていた薩長両藩について司馬は、それは「すでに競争心というより敵愾心である。この感情は、理屈ではない。戦国以来の武士の風《ふう》」だったと説明している。

しかもそのような対立は、武市半平太によって外国公使殺害の企てを妨げられた長州と土佐の間でも起きていた。この事件の顚末を日清戦争で「乃木希典らを率いて旅順要塞を一日でおとし独眼竜将軍」と称されることになる土佐の山地忠七から聞いた竜馬の反応をとおして、司馬は竜馬の新しい世界観を浮き彫りにしている(前掲『竜馬』〔二〕・「嵐の前」)。

すなわち、土佐藩主の山内容堂(=豊信。一八二七〜七二)から外国公使殺害の企てを知らされた長州藩では、若殿自らが藩邸に乗り込んで高杉晋作らの企てをやめさせようとした。しかし、この場に酒を飲んで遅れて到着した長州藩重役の周布政之助(一八二三〜六四)は、「洋夷ども」は、「清国でやりおるふるまいと同然、日本人を虫ケラのようにしか思うておらぬ。長州武士の白刃をあびれば、すこしは眼が醒めるでありましょうに」と語ったばかりでなく、長州藩の藩邸の門前でその結果を知ろうと待機していた土佐藩士たちにも、容堂の行動に対する不満をぶつけたのである。

この場は周布の乗った馬に斬りつけて逃がした高杉晋作の機略で、あやうく乱闘は避けられたのだが、このことを知った容堂は、「君辱められれば臣死す」と語り周布の成敗を命じたために、藩士たちは再び周布を討つために駈け出していた。

こうして藩と藩との戦争にもなりかねなかったこの一件は、山内容堂とも仲のよかった越前福井藩主の松平春嶽に長州藩が調停をたのんだだけでなく、若殿自らが容堂に謝罪したためになんとか収まっていた。

山地忠七からこの経過を聞いて「みな、小さな意地を立てていがみあっている」と批判した竜馬に司馬は、「わしァ、薩州も長州も土州も煙のごとく消えてしまうニッポンを考えちょるんじゃ」と語らせ、「頼朝や秀吉や家康が、天下の英雄豪傑を屈従させて作った」のは、単に「源家、豊臣家、徳川家を作っただけ」で、それは「国に似たものであって、国ではない」と続けさせている。

しかし、「土佐藩も消える」という「信じられぬ」ばかりではなく、「信じてはならぬ」ような言葉を竜馬から聞いた土佐の若者たちはみな声を呑み、学問もある山地忠七は「先生、それは歴史の読み違いじゃ」と強く反駁するのである。

これに対して竜馬は、「諸君は、イタリアを知っちょるか」と尋ね、「イタリアも諸小邦が割拠し、たがいに利害を争いつつ、オーストリアやフランスにしてやられてきた。いまガルバルジ、マッチニ、カヴールといった志士たちが立ちあがってイタリア統一運動を起こしている」と「勝の受け売り」ながらも見てきたように続けたのである。そして、「しかし英雄ガルバルジも、また米国を興したワシントンも」、「国家を自家の私有物にしようという考えはないぞ」と断言した竜馬は、自分は「日本のワシントンになるんじゃ」と宣言し、若者たちに「お前らもそうなれ。みんなでそうならぬと、日本はつぶれるわい」と語りかけるのである。（前掲〔二〕・「嵐の前」）

ここで注目したいのは、竜馬が自分をワシントンにたとえて「俺についてこい」と語るのではなく、一人一人にワシントンとなるような気概と自立の精神を求めていることである。つまり、一人一人の個人がそれぐらいの気概を持つような社会でないと、真の「国民国家」は成立しないと司馬は竜馬に語らせていたといえるだろう。

## 二　神戸海軍塾

### 刀をめぐる口論と月琴を弾く女

「京の春」と題された章では、竜馬を慕う女剣士の千葉さな子に贈られた羽織や、三条実万（実美の父。一八〇二〜五九）の未亡人で山内家出身の信受院に仕えていたお田鶴さまとの紛失した刀をめぐる口論の話題を組み込みながら、竜馬がおりょうという「月琴」を弾く女性に急速に惹かれるようになる過程が見事に描かれている。

お田鶴さまの主家の若当主である三条実美（一八三七〜九一）が急進過激の攘夷思想家であったと書いていた司馬は、なぜ「公卿のなかでももっとも激烈な討幕派」となったかの理由もきちんと描いている。すなわち、三条実美の父の三条実万は「いわゆる安政ノ大獄で隠居、落飾を命ぜられ、洛北一乗寺の堀ノ内」で隠棲していた際にどこからか贈られてきた菓子によって毒殺されていたのである。それゆえ、三条実万の未亡人に仕えて「土佐藩出身の志士の面倒」をよくみていたお田鶴さまは、「竜馬どのは、間違った道に踏みはずしそうで、心配でなりませぬ」と勝海舟の門人になった竜馬に告げる。

しかし、「時流に同調することが正道ではない」と毅然として語った竜馬は、「お腰のものはどうされたのです」と問われ、「武士の魂を置きわすれるとは、竜馬どのもこまったものでございますね」と詰問されると、めずらしく「むっと不快な顔をした」竜馬は、「刀は武士の魂ではない」と語り、「道具にすぎぬ。道具を魂などと教えこんできたのは、徳川三百年の教育です」と続けたのである。

このとき竜馬が思い出していたのは、脱藩しようとしていた竜馬に夫の形見の名刀を貸し与えたために、婚家から問責されて自刃していた次姉お栄のことであり、竜馬の口調に驚いたお田鶴さまから、「それと、火事場で置きわすれたことと、どういう関係があるのです」と問い質されると、「武士の魂、とおっしゃる」が、「しかし魂はここにある」と自分の胸から腹へかけて示したのである（前掲〔二〕・「京の春」）。

その口論の場に、無我夢中で火事場に飛び込んだ際に竜馬が渡していた刀をもって現れたのが、安政ノ大獄で捕縛されて牢死した勤王家の楢崎将作という高名な医者の娘で、竜馬の生涯を彩ることになる楢崎おりょうだったのである。

父の形見である脇差しを取ろうとして火に巻かれた弟を、竜馬が自らの命も省みずに救い出してくれたことに、おりょうは深い恩義を感じていたが、一方の竜馬も「お田鶴さままでが、ぼう然と息をのんだほどの美しさ」に見ほれただけでなく、彼女が自分と同じ「お竜」という名前を持つことに感嘆の声をあげた。

そして、焼け出された彼女の家族のことを気に掛けた竜馬は、懇意にしていた宿屋の寺田屋におりょうを預けることになるのだが、私たちは司馬がおりょうの才能として中国の学期である「月琴」の名手であることを強調していることに注目したい。すでに見たように、「陽気な性格で三味線好きだった」高須久子と若き吉田松陰との間に司馬は「異性に対する心情の傾斜」を見ていたが、竜馬も姉の乙女から剣だけでなく三味線の手ほどきも受けており、音楽の感性も豊かだったのである。それゆえ、おりょうが「月琴は長崎の唐人にならうとよい、といいますから、私、長崎にゆきたい」と異国の文化への強い関心を示すと、竜馬も「そう、長崎はいい。将来、江戸幕府を倒すのは長崎の文物だろう」と応じることになるのである（『竜馬がゆく』〔三〕「狂瀾篇」・「物情騒然」）。

## 幕末の「株式会社」

この頃の竜馬について、「ひどくいそがしい」とし、「藩邸の下級武士をつかまえては、『おンし、海軍にはいらんか』とすすめてまわっているのだ」と書いた司馬は、「じつは、すでに勝海舟と約束して、兵庫の地（いまの神戸）に、いわば私立の海軍学校をつくろうとして」おり、「学校よりもまず生徒をつくって既成事実」とするために、土佐藩士をどんどん勝の門人としようとしていたとその理由を説明している（前掲〔二〕・「京の春」）。

たとえば、土佐藩きっての学者の間崎哲馬（号は滄浪）から海軍学校が「幕府の肝煎《きもいり》ではないか」

と問われた竜馬は、「たれがどこの金で作ろうと、学校は日本の学校じゃ。わしは、この学校の分校を朝鮮と清国（中国）にもつくり、日本、朝鮮、清国の連合艦隊を作って洋夷侵略からの防波堤とし、さらに三国の連合政府をつくり、ヨーロッパとアジアに負けん文明を作ろうと思うちょる」と反論するのである。

そして司馬は、「この大法螺には間崎も閉口した」としながらも、勝海舟の影響によるその構想や終生の理想が、「討幕・統一国家というだけでなく、アジア連邦政府をつくろうとしているところにあった」と説明している。

このような竜馬の壮大な構想には、攘夷派の武市半平太でさえ驚いて、「肝胆モトヨリ雄大／奇機オノヅカラ沸キ出ヅ／飛潜ス誰カ識ルアラン／ヒトヘニ竜名ニ恥ヂヅ」という、竜馬を詠《よ》んだ自作の詞を同志の下級武士たちに見せて、この塾に入塾することを呼びかけたのである。それゆえ、土佐藩も正式に藩士から志望者をつのって月二両の手当を支給することになった。

つまり、「尊王」か「佐幕」かという二者択一の選択しかない場合には、いずれかを選んで戦わなければならなくなるのだが、勝海舟と竜馬はより広い視野から、新しい構想を提示することによって、まったく新しい可能性を切り開いていたのである。

ただ、練習艦は勝の力で幕府から借りることができるにしても、校舎を持つ海軍学校の設立のためには、ばく大な金が必要だったので、竜馬は「この募金に、決死の勇を賭けた」。海外事情にあかるい勝海舟から竜馬は、「欧米人が大仕事をするのは、金のあるやつは金を出し、仕事ができるやつは仕事をする、そういう組織があるからだ」と「株式会社」の原理を教えられていたのである。

早速、越前福井の殿様からなんとか五千両の大金を借りようと思い立った竜馬は、「肥後出身の儒者で幕末もっとも傑出した政治学者」の横井小楠（一八〇九〜六九）に、「実学」を学んでいた越前藩士の三岡八郎（後の由利公正。一八二九〜一九〇九）とまず会って説得しようとした。

ここで司馬は、竜馬がこんどの学校は商船学校というべき性質を持っており、五千両はタダでもらうのではなく投資であるということを「卑俗で、じつにユーモア」がある譬えばなしで語ったばかりでなく、議論に夢中になると羽織のヒモを解いて、その房をニチャニチャと嚙むだけでなく、興がのってくると、それをぐるぐるふりまわしたと描いている。そのために、「五千両で日本がうまれかわる」という竜馬の説得と、つばに閉口した三岡はついに金の調達を約束し、この報告を受けた藩公の松平春嶽も笑いながら快く承諾したのである。

そして、竜馬が設立しようとしていた「海軍学校」が、「商船学校」や、「商船会社」の性質も持っていたことに注意を促した司馬は、「明治後、竜馬のこの事業の利益活動面だけが岩崎弥太郎にひきつがれ、こんにちの三菱会社の発祥になっている」と結んでいる。

## 〝アメリカという姉ちゃん〟

こうして「海軍学校」の設立に「決死の勇」を賭けていた竜馬は、自分がどのような国家を目指しているかを、その独特な用語法でおりょうにも分かるように易しく説明している。この個所はなぜ司馬が、竜馬を「奇蹟」と呼んでいるかも明らかにしているので、少し長くなるが引用しておきたい。

竜馬は、

「アメリカという姉ちゃんはだな」

と、人民平等思想を説きだした。竜馬の発音でいう姉ちゃんとは、「集合的な意味での民」つまり、ネーションのつもりである。

「みな札入れ《ふだい》れ（選挙）できまるのさ」。

「姉ちゃんが札入れですか？」

「そうだ」

おりょうはきょとんとしている。

「ワシントンというのは、ヴァージニア州の未亡人（やもめ）の子だそうだ」

竜馬は、突拍子もなくいう。

「測量技師だったが、こいつは兵隊を動かすのがうまいというので武士になり、だんだん大将になった。それまでアメリカは英国の属国だったが、英軍と戦って何度も敗け、最後に勝ってアメリカを独立させ、初代大統領になった。日本でいえば徳川家康だ。ところがその子孫は大統領でない。徳川家とはちがう」

「まあ」

おりょうはふしぎな顔をした。

そして、日本では「政治というものは、一家一門の利益のためにやるものだということになっている」が、「アメリカでは、大統領が下駄屋の暮らしの立つような政治をする」と勝の受け売りで語った竜馬は、「おれはそういう日本をつくる」と続けている。

そして、「竜馬のこの思想は、かれの仲間の『勤王の志士』にはまったくなかったもので、この一事のために、竜馬は、維新史上、輝ける奇蹟といわれる」と司馬は記しているのである（前掲〔二〕・「京の春」）。

## 大先生の門人

この時期に国もとの乙女姉さんに出した竜馬の手紙を引用した司馬は、まず竜馬が「天下無二の大軍学者勝麟太郎といふ大先生の門人となり」と書いていることに注意を促して、「大が二つも重なって、乙女姉さんをこけおどししている。その大先生の門人だから自分も偉くなったものだ、というところであろう」と書いている（前掲〔三〕・「神戸海軍塾」）。

その後で竜馬はその特徴的な文体で、「ことのほか可愛がられ候て、まづ客分のやうな者になり申候」と続け、さらに「近きうちには、大坂より十里余りの地にて兵庫と申す所にて大きに（大いに）海軍を教へ候所をこしらへ、また四十間五十間もある船をこしらへ、弟子共にも四五百人も諸方より集まり候事」／「達人（自分のこと）の見る眼は恐ろしきものとや、つれつれにもこれ有り。猶、エヘンエヘン、かしこ。竜」と書いていた。

実際、勝海舟は脱藩者の竜馬をその塾長にしただけでなく、「『君は塾長だから、思うようにしろ』と、勝流にすべてをまかせてしまった」のである。

それゆえ、竜馬はこれはと思った若者たちを皆、海軍塾にいれようとした。たとえば、竜馬の長姉で郷士高松順蔵の妻になっている千鶴《ちず》の長男高松太郎（一八四二～九八）も入所している。この太郎の弟で竜馬の兄権平の家を継いだのが、民権運動家として明治一三年に国会開設の請願をし、それが却下された後には「私立国会論」を唱えて、自主憲法の草案作りをすることになる坂本南海男（直寛。一八五三～一九一一）であることにも注目しておきたい(4)。

さらには、日清戦争のときに「連合艦隊司令長官になった」伊東祐亨《すけゆき》（一八四三～一九一四）や、「土佐藩士伊達小次郎」と名乗った紀州脱藩浪人の陸奥陽之助（宗光。一八四四～九七）などが、このときに入塾してきたのである（前掲［三］・「神戸海軍塾」）。

さらに勝の尽力で観光丸と黒竜丸が練習船として、「また鷹取山炭坑が操練所付属となり、修理所として長崎造船所」があてられることになり、操練所御用係には軍艦奉行並勝麟太郎ほか二名、そして教授方もほぼ決まった。

## “おれは死なんよ”

このような活動に夢中になっていた竜馬はある日、新選組に襲われる。十四代将軍徳川家茂（一八四六～六六）の入京に際して、京都市民の人心を攬《と》るために「公方さまのお手みやげ」として、「全京都の戸主（四七、六七〇人）に対し、一両一分という大金を洩れなく」与えて、「幕府の威権を京都において確立しよう」としていた幕府は、会津藩主松平容保（一八三五～九三）を京都守護職に任じて政治警察軍として会津藩千人を常駐させ、さらに「その支配下の浪士結社として新選組」を結成させていたのである（『世に棲む日日』二・「狂生」）。

その新選組の戦い方について司馬はこう書いている。「新選組隊士は、抜きつれて竜馬を包囲しつつあった。この連中は喧嘩の専門家である。一組三人で掛かる。相手がどんな名人でも、この集団の指導者である近藤勇、土方歳蔵が、赤穂浪士の戦法に着眼して編みだしたこの戦法にかなわない」（『竜馬がゆく』〔三〕・「物情騒然」）。

こうして竜馬は、死地に追い込まれたのだが、千葉道場の塾長をしていた竜馬を知っていた新選組組頭の藤堂平助の機転でなんとか窮地を脱し、傷を負いながらも寺田屋に逃げ込んだのである。

ここで興味深いのは、死にはしないかと必死に傷の手当をしていたおりょうに竜馬が「死ぬ？ おれは死なんよ」と語り、「でも、人間はみな死ぬものでしょう？」と問いかけたおりょうにだけでなく自分にも次のように説明していることである。


「大和の三上ケ岳という山は千何百年か前に役《えん》ノ小角《おづぬ》という男が開いた山だそうだが、その山上に蔵王権現をまつるお堂があって、そこに役ノ小角がともして以来、千数百年不滅という燈明がともりつづけている。人間、仕事の大小があっても、そういうものさ。たれかが灯を消さずに点《とも》しつづけてゆく、そういう仕事をするのが、不滅の人間ということになる。西洋では、シビリ、シビリゼ……」

竜馬は、文明（シビリゼーション）という言葉をいおうとしているらしい。

寝待ちの藤兵衛でもきけば、

「しびれが切れやしたか」

とからかうところであろう。

そして、「竜馬のいおうとしているのは、人間の文明の発展というものに参加すべきだ、そうあれば、三上ケ岳の不滅の燈明のように、その生命は不滅になるであろう、といいたいらしい」と説明し、おりょうが「(こんなひとはみたことがない)という感動で」竜馬を見たと描写した司馬は、「竜馬のような種類の生死観のもちぬしたちが日本歴史のなかであらわれてきたのは、幕末の一時期からである」と断言している。

しかし、日本海海戦で海軍に勝利をもたらした名参謀の秋山真之(一八六八〜一九一八)が、その勝利の後で僧侶になろうとしていたことにも『坂の上の雲』でふれていた司馬は、その後で書き始めた『空海の風景』において、そのような生命観の持ち主として平安時代の空海(弘法大師。七七四〜八三五)を描き出すことになるのである。

## 新選組という組織

竜馬について「この男は、いままでも何度か喧嘩をしてきたが、人は殺したことがない」と描いていた司馬は、その一方で「新選組というのは人斬り屋の集団だ。」と規定し、さらに「斬るということについて作法もなにもあったものではない。第一、浮世の作法、武士としての相互信頼、剣技のルールなどを考えては人などはとても斬れないものだ。」と続けていた(前掲『竜馬』〔三〕・「物情騒然」)。

このような記述は新選組に対して厳しすぎると思われるかもしれない。しかし、一九六二年に書いた評論「新選組新論・明治維新の再評価」で、「百姓あがりの近藤、土方」には、「出身についての劣等感があっただけに、必要以上に士道的な美意識をこの二人はもっていた」と指摘した司馬は、彼らが「『士道不覚悟』という理由でどれだけ多くの隊士に切腹を命じたかわからない」とそのあくどい「粛清の仕方」を指摘していた(『歴史と小説』[5])。

そして短編集『新選組血風録』(一九六二)では、新選組には「秋霜のように厳しい隊規」があり、「断首、暗殺、切腹」で粛正された者の人数が、結党以来、「二十人を下らない」ことが記されているのである[6]。

このような事情を踏まえて竜馬は、この戦いの後で自分を訪ねてきた組頭の藤堂平助に、「同門のよしみでいうのだが」と断りながら、「幕府の権力をまもるため」の組織である「新選組から足をあらったほうがいいだろう」と勧めたのである(『竜馬がゆく』[三]・「東山三十六峰」)。

さらに、「遠いむかし、京の公卿政治がふるぼけて日本のおさまりがつかぬから、関東に頼朝が興り、武家政治になってやっと世の中がおさまった」が、「徳川家というのは、自家の保存のために三千万の人間の身分階級」を固定したと批判し、「藤堂君、君は日本人だろう。徳川人じゃあるまい。それでも日本人の敵にまわって、人を斬る稼業をする気かね」と鋭く問い質していた。

その一方で、藤堂を「壬生浪《みぶろ》」と呼んで毛嫌いしたお登勢には、「あれは藤堂平助というやつでね、江戸の千葉道場では一緒だった。気持ちのさっぱりしたいい男だよ」と語り、「壬生浪でもいろいろさ。人間をそんなふうに見るもんじゃない」と諭したのである。

# 三　狂瀾の時代

## 外国船への砲撃と南北戦争

このころ「攘夷急先鋒の長州藩が、いよいよ実力行使」に及ぶという竜馬たちの予想を超えた事態がおきていた。この事態を司馬は『坂の上の雲』と同時期に書き進めていた『世に棲む日日』でより詳しく分析しているので、その記述にもよりながら司馬がこの時期をどのように描いているかを追うことにしたい。

長州藩がこのような行動に踏み切ったのは、「いつから攘夷をするという日限を返答せよ」と「勅旨、勅命」で迫られた幕府が窮したあまり、「五月十日から外国に対して攘夷戦争をおこなうという信じがたいような返答」をしていたためであった（『世に棲む日日』二・「砲声」）。

この回答を得た長州藩の久坂玄瑞（一八四〇〜六四）たちは大挙京を去り、五月一〇日にアメリカの商船を砲撃して数発を命中させた。さらに、二三日のフランス軍艦への砲撃では「搭乗していた公使館書記官が負傷し、水兵四人が死んだ」が、二六日の朝には交易国であったオランダの軍艦メジュサ号も海峡で被弾した（前掲二・「出発」）。

私たちにとって興味深いのは、英国の歴史学者トインビー（一八八九〜一九七五）の記述を引用しながら、「いわゆる攘夷活動が」、「日本はトルコ以東において西洋人に侵略されなかった唯一の国である」という「いい結果にも、多少の力があったことはたしかである」と、司馬が『竜馬がゆく』で書いていることである（〔三〕「狂瀾篇」・「物情騒然」）。

この文章だけを読むと司馬が攘夷活動を讃美しているかのような印象も受ける。しかし第一次世界大戦が生みだした戦争の惨禍を反省して大著『歴史の研究』を書いたトインビーは、ここで西欧文明を唯一の文明として絶対的な価値を与えてきたそれまでの西欧の歴史観を「自己中心の迷妄」と断じていたことに留意する必要があるだろう(7)。

さらにトインビーは、領土の拡張などのために戦争を繰り返してきた近代の歴史観を克服するために、「国家」単位ではなく、より大きな「文明」という単位で歴史を比較する比較文明学の基礎を打ち立てていた。

実際、このあとで「この文久年間というのは、米国では南北戦争の真最中であった」としてこの頃のアメリカ史に注意を促した司馬は、「南軍の仮装巡洋艦アラバマ号を捜索すべく、文久三年の春、日本近海にやってきていた」北軍の軍艦ワイオミング号の艦長は、「同国の商船ペンブローク号が、馬関海峡を通過するときに砲台からの砲撃をうけ、損傷したという事件」を知ると、「報復を決心した。」と書いている。

しかも竜馬が、「アブラハム・リンカーンというアメリカにおける黒人奴隷を解放しようとしている合衆国の現大統領については、勝海舟から知恵を仕入れてよく知っていた」と司馬は続けていた。（前掲〔三〕・「物情騒然」）

このように見てくるとき、司馬はトインビーの記述をひいた先の文章で、幕末の日本と比較しながら「報復の戦争」を重視していた近代西欧の価値観を紹介していたと考えられるだろう。

　こうして戦闘準備をととのえて関門海峡にあらわれた軍艦ワイオミング号は、「亀山砲台に命中弾をあびせかけ、砲台を沈黙させ」、さらに一時間の戦闘で長州海軍の庚申丸、壬辰丸の二隻を沈没させた。さらに、六月五日には横浜からやってきた「フランス東洋艦隊の二隻が来襲し、海岸砲台を壊滅させ、陸戦隊を上陸させて、前田砲台をつぶし去った」のである。（前掲〔三〕・「物情騒然」）

## 「市民軍」の創設

　この事態を知った高杉晋作（一八三九〜六七）が「山口の藩庁に、」「すぐ『奇兵隊』の構想を言上し、即座に裁可されるや、下関（馬関）にとび、ここで士農工商の階級を撤廃した志願兵軍隊を創設している。これが敗戦の翌日の六月六日であった」と書いた司馬は、「この創設によって三百年の階級社会が、長州藩においてほころびたことも大きい」と続けている（前掲〔三〕・「物情騒然」）。

「この『奇兵隊』の創設から、明治維新は出発するといっていい」と『世に棲む日日』において書いた司馬は、高杉晋作がこの新しい軍隊は藩から「財政上独立」した「新興ブルジョワジーの軍隊であるべき」と考えていたことも紹介している（二・「暴発」）。

　豪商に金を出させることを思いついた晋作が白羽の矢を立てたのが、新田開発を請け負って大地主となり、諸国との交易だけでなく醸造業もやることで大きな富を得る一方、「町人ながら無類の学問好きで」、平田国学に傾倒していた下関の内国貿易商・白石正一郎（一八一二〜八〇）だった。

　この白石正一郎は「一見米問屋の楽隠居のような人」であったが、晋作は接するほどに人間的な大きさを感じる。事実、「町人階級の代表者」であった白石正一郎は、「市民平等の市民軍」をつくるためならば、「白石家の産をかたむけてもいい」とまで覚悟を決めていたのである。

一方、奇兵隊を結成した晋作の功績を認めた長州藩も、まだ二四歳の若者であった晋作を、「政務役」という、内閣の閣僚にも匹敵するような重職につけ、同時に「新知百六十石という大きな知行をあて」た。(前掲二・「暴発」)

**烏が一夜で鷺になる**

外国船に対する砲撃など長州藩の攘夷活動を高く評価した朝廷は、六月一日付けで「叡慮(天皇のお心)ななめならず、いよいよ励んで皇国の武威を海外にかがやかすように」とのお沙汰書を長州藩主にくだした。

こうして「京は、長州の京か」と言われるようになるが、このことは討幕派だった薩摩藩にも、「かれらは幕府をたおして毛利将軍家を樹立しようとたくらんでいる」のではないかという疑念を持たすことになった。しかも、長州藩が外国との戦いで大敗を喫すると、しだいに朝廷の雰囲気も変わりはじめ、「薩会が密盟して宮廷に工作したところ、意外にも孝明帝が長州人の暴走主義に対してきわめて濃厚な不快感をもっておられる」ということがわかった。

そして、八月一八日早暁に「宮門を薩会の武装兵でかため」、「勅諚である。として長州系公卿と長州藩士の入門を禁じ」、さらには京都から追いおとしてしまうという「大政変」がおきると、「京の政情は烏が一夜で鷺になるほどに一変した」(前掲二・「暴発」)。

すると八月の政変の後では、「勤王派」の浪士の何人かずつが、京都で毎日、路上や潜伏場所に踏み込まれて新選組に斬られていくようになった。このような状況を打開するために、烈風の夜を選んで「京の各所に火をかけ」、御所に乱入し、天子を「長州へつれて行って討幕の義軍をあげよう」という動きが生まれる。

これをいち早く察知した新選組は桝家という道具屋を営む長州志士の古高俊太郎に「言語に絶するほどの拷問」を加えるのだが、それについて司馬は、「要するに新選組は現秩序肯定派の志士団、古高ら長州志士団は、現秩序否定派の志士団であった。世は、たぎっている。それだけに、立場が相違しているというだけで極端な憎悪を生み残虐を生み、殺戮を生む」と書いている（『竜馬がゆく』〔三〕・「池田屋ノ変」）。

この文章から感じられるのは、司馬が「天誅」と称して佐幕派の者を暗殺した勤王派の浪士と「誠」の旗を掲げた新選組の両者をともに、自分の信じる「イデオロギー」を「至上の正義」として、「他者」の殺害をも厭わない集団として相対化し得ていることであろう。

このことは『竜馬がゆく』と同じ年に書き始められた『燃えよ剣』（一九六二～六四）の次の文章で明らかだと思われる。すなわち、京の町に放火してでも権力の奪還を狙う浪士を「狂人じゃないですか」と批判した新選組の沖田総司（一八四四～六八）に対して、土方歳三（一八三五～六九）は、「正気だろう。血気の人間があつまって一つの空想を何百日も議論しあっているると、それが空想でなくなって、討幕なんぞ、今日にもあすにも出来あがる気になってくるものだ」と答えているのである。(8)

しかも、「集団が狂人の相をおびてくると、何を仕出かすかわからない」と歳三に言わせた司馬は、くっくっと笑った沖田に「新選組も、同じですな」と指摘させて、「土方さんなど、狂人の親玉だ」と続けさせているのである（上・「池田屋」）。

こうして池田屋の惨劇が起きた後で、この「戦功」を大いに喜んだ幕府は「京都守護職に対し感状をくだし」、新選組に対しても「負傷には一人五十両ずつ、隊士一統にはこめて五百両が下賜され」、朝廷からも、「隊士慰労の名目で」、金百両が出た。

一方、この変を知った勝海舟は日記に「浮浪殺戮の挙あり。壬生浪士輩、興《きよう》の余《あまり》、無辜（罪なき者）を殺し」と書いており、この文章を引用した司馬はここには「『殺しあってなにになるか』という『勝の怒りがあらわれている』」と記している（『竜馬がゆく』［三］・「流燈」）。

さらに「この事件の性格を治安問題とせず、すでに『戦争』であるとした」幕府が軽率にも「感状」まで出したことについて、「長州藩としては、自藩の者を斬られて感状まで出されては、深く決せざるをえまい」と書いた司馬は、「暴は、ついには暴しか呼ばない。」と続け、「幕末争乱の引金」をひいたのは、「新選組であるといっていい。」と結んでいる（前掲［三］・「池田屋ノ変」）。

## デンマークへの関心

『燃えよ剣』は、「秩序維持」という目的のためには、勤王の志士を殺害し、同志を粛正することをも「正義」とした新選組の土方歳三を主人公としていた。しかし、そこでは歳三の非情さもきちんと描かれてはいるが、「お雪」という女性と出会ったあとで、あたかも過酷な状況の中で流された大量の鮮血が無垢な白い雪によって覆い尽くされるように、読者の内に残っていた歳三の「非情さ」も、「お雪」の純愛で純化され、自らの道を選んだ歳三の潔い散り際が読者に強く印象に残る終わり方をしている。

それゆえ私事になるが、大学生のころにこの作品を読んだ時には、坂本竜馬とはまったく正反対の生き方を選んだ土方歳三をこれほどに美しく描けることのできる才能に感嘆しつつも、司馬という作家に対する疑念も小さな刺《とげ》のように残った。

しかし、後に『燃えよ剣』を読み返していたときに、旧幕府海軍副総裁の榎本武揚（一八三六～一九〇八）が率いる艦隊とともに土方歳三が仙台から北上して北海道に向かう航海の途上で、オランダに留学していた榎本が観察した一八六四年のデンマーク・オーストリア戦争にもふれられていることに気づいた。

すなわち、歳三が「近藤勇、芹沢鴨らとともに新選組を京で発足させた」一カ月後の四月一八日に、榎本は「幕府留学生十五人の一人としてオランダのロッテルダム港に入港して」いた。そして、歳三たちが池田屋に斬りこんだ頃に、榎本は観戦武官として「弱小国デンマークが当時の大国オーストリアとビスマルクに率いられた新興国プロシャの連盟のために、あっけなく敗れた」この戦争を、戦線で見ていたのである（下・「北上」）。

このデンマーク・オーストリア戦争については、日本ではあまり知られていない。しかし、この戦争はアヘン戦争が日本の知識人に与えたような強い恐怖感をロシアの知識人たちに与えていたのである。

たとえば、ドストエフスキーは『地下室の手記』（一八六四）においてこの戦争にも言及しながら、バックルによれば人間が進歩すれば「残虐さを減じて戦争もしなくなる」などと説かれているが、実際にはナポレオン一世や三世たちの戦争や南北戦争では「血は川をなして流れている」ではないかと、主人公に鋭く問い質させて、『イギリス文明史』を書いた歴史家バックルの歴史観を鋭く批判させていたのである。(9)

さらに、ドストエフスキーと同じく農奴制の廃止や言論の自由などを求めて逮捕されていたダニレフスキー（一八二二〜八五）も、この戦争に注意を促しながら、西欧の列強によってロシアが滅ぼされないためには、ロシアを盟主とするスラブ同盟を結成して対抗すべきだと主張するようになる。(10)

こうして、デンマーク・オーストリア戦争は、「弱肉強食の論理」に従う西欧の列強が防衛力の弱い国を容赦なく撃ち倒す実例として、ロシア人の知識人に恐怖感を与え、その後の西欧の戦争にも大きな影響を与えていた。

そして、榎本が「弾丸雨飛の中」でデンマーク・オーストリア戦争を実地で観察したことの「利益は大きかった」と書いた司馬は、函館湾の背後の山嶺《さんれい》群の一つである二股峠をめぐる戦いと、日露戦争の旅順港攻防戦における松樹山《しょうじゅざん》や二〇三高地などの間の「戦略地理的な類型」を指摘している。しかもすでに『燃えよ剣』で司馬は、二股峠での土方歳三の戦いを、「学問がないが、最も戦さ好きでしかも巧者であり、将士の信望を一身にあつめていた」ロシアの勇将・コンドラチェフの二〇三高地での戦いと比較しながら描いていた（下・「五稜郭」）。

つまり、『燃えよ剣』の後半における司馬の視線は奥羽や北海道だけではなく、遠くヨーロッパの戦争や日露戦争における二〇三高地をめぐる激戦などにも及んでいたのである。

### 「正義の暴発」

さて、文久三年（一八六三）八月一八日の池田屋ノ政変を知った長州藩では最初、世子自らが誠意をつくして陳情するために強力な一軍を率いて上京すべきだということになったが、京にいる桂小五郎からそのような行動は、かえって「賊軍」として長州を討つ口実を与えてしまうという上申が届いたために無期延期になる。

しかし、猟師からなる狙撃隊や諸国からの浪士を中核とした遊撃軍、さらに神官からなる神祇隊、町人たちの市勇隊、百姓たちからなる剛勇隊など、意気盛んな軍団を擁している来島又兵衛（一八一七～六四）は、憤慨して「わしは脱藩して浪人になり、遊撃軍をひきいて出発する。」と宣言した。このような行動をいさめるために元治元年の正月に派遣された晋作は、来島から「藩庁の俗吏どもにたのまれてこのおれの正義の暴発をとめるためにやってきたか。いつ骨がやわらこうなった」ときつく反駁される（傍点引用者、『世に棲む日日』二・「暴発」）。

しかも、「いままで日本一の狂者をもって任じていた晋作」は、説得に失敗して帰国したことで「因循」とののしられたばかりでなく、かつての同志たちによって野山獄に送られたのである（前掲二・「大潰乱」）。

一方、長州藩が「集団暴走」して焦土戦術を取ろうとしたときには、外交役として奔走していた桂小五郎だけでなく、久坂玄瑞も「かれらを制止しようと最後まで努力した」が、それを止めることはもはやできなかったのである。

このことを司馬は、「晋作や桂、久坂の激徒時代までがいわば思想の時代であった」が、思想の時代は終わったと分析している。そして、そのあとにきた「集団の時代」には「狂であるための個人的危険性」はなく、むしろ「発狂集団のなかにいればかえって安全であった」と司馬は説明し、「かれらには松陰の思想もなく晋作の戦略もなかったが、狂という一点では、松陰や晋作よりも百倍も狂であった」ときわめて厳しく批判している。

そして、このような「人間社会のもつ奇怪な生理について考えこまされた」晋作が、野山獄で死にものぐるいの読書をしたことについて、司馬は「師の松陰も、この現象を知らずに死んだ」この「奇怪な生理」についての答えを「書籍から得ようとした」ためだったと説明しているのである（前掲二・「大潰乱」）。

一方、蛤御門へと向かう長州軍は、「尊王攘夷」という文字と、薩摩と会津を討つという意味の「討薩賊会奸」の文字が書かれた二つの大旆《たいはい》を掲げて進軍した。

しかし、攻め込もうとした長州軍は、全部あわせても千数百にすぎなかったのだが、彼らを待ち受けていたのは「まさに天下の諸藩をこぞった」鉄壁のかまえの防御態勢だった。

それゆえ、長州藩の攻撃が「政略も戦略も戦術も度外視したもの」で、彼らは自分たちが「信じている正義のために」、京にむかって猛進していたと指摘した司馬は、「狂とは、イデオロギーへの殉教性というべきものであった」と規定している（前掲二・「灰燼」）。

実際、この戦いでは久坂玄瑞だけでなく入江九一など松陰の門弟の多くが死に、桂小五郎も藩邸から脱出して行方不明となり、長州藩は壊滅に近い状態に陥ったのである。

## 四　新しい「公」の模索

### 北海道《えぞち》の見物

さて、竜馬は池田屋ノ変（＝事件。一八六四）が起きる少し前の時期に、それまでの勤王派の指導者たちが京に残した勤王浪士たちの失業対策に頭をなやませていた。なぜならば、「斬人斬馬《ざんじんざんば》の武威をもって京洛を横行しはじめている」新選組の白刃から彼らの生命を救うためには、帰藩させるのが一番よかったのだが、藩に戻れば罪人として捕縛されることも分かっていたので帰すわけにも行かなかったのである。

こうしてその方策を探すことに必死になっていた竜馬は、彼らを北海道に移住させて開墾させるだけでなく、屯田兵にして、「小銃、大砲なども渡し、いざ北辺の敵（ロシア）が侵略してきたときの防衛軍として使う」ことを思いつく（『竜馬がゆく』［三］・「片袖」）。

そして早速、勝海舟を訪ねてその案を伝えて協力するとの言葉を得た竜馬は、長州藩邸内に潜伏している土佐の北添佶摩など数名の脱藩浪人を呼び出し、「北海道《えぞち》を見物して来ぬか」と切り出す。しかし、その提案は「心理的にはこんにち、南極を見にゆけ、といわれるにひとしい」と説明した司馬は、突然の話にびっくりした北添が、「北海道には志士がおるのじゃと?」と尋ねると、竜馬が平然と「志士はおらぬが、熊がおる」と答えたと書いている。

これには脱藩したばかりで気の立っていた北添たちは、「人を馬鹿《べこのかあ》にするでない」と怒り出すのだが、これに対して竜馬は、「ロシアがかならず北海道、千島、樺太を盗りにくるであろう」と言い、それゆえ「北海道のあることも知らず、攘夷、攘夷とさわいじょるのは、あれはみな空論じゃ」と説明するのである。さらに、「ついでに、朝鮮、清国も視察してきてもらいたい。わしはいずれ、日韓清の三国攻守同盟を結ぶつもりじゃ」と大風呂敷をひろげて煙に巻く。

しかも、「日本の朝廷は、力の強いほうに味方してきた」ために、「勝てば官軍」で、「弱いほうが、賊」になってきたので、現状では長州が「朝敵」とされる可能性もあると説明した竜馬は、「だから北海道藩をつくれ」と説得した。そして旅費として百両の金も出してきたので、北添たちは「その足で、奥州を経て北海道への旅に立った」(前掲〔三〕・「片袖」)と説明した司馬は、竜馬のこの北海道藩の構想は、のちに榎本武揚が「旧幕府艦隊と陸軍をつれて箱館に上陸した上、臨時政府をつくった歴史として再現する」と書いている。

このような北海道への視線は、江戸時代に起きた日露戦争の危機を救った商人・高田屋嘉兵衛(一七六九~一八二七)の生涯を描いた『菜の花の沖』(一九七九~八二)として結実することにもなるのである。

## 「時代の風力」の測定

北海道の視察から戻った北添たちの報告を受けた竜馬は、さらに「北海道視察浪人軍」の募集を頼んだ。しかし、長州軍と呼応して一斉に蜂起し、町々に放火して宮廷を占領しようという計画をもっていた北添はこれを拒否する。すると竜馬は、「腫物《ねぶと》も膿まずば針を立てられず。」としながら、「幕府という腫物《しゅもつ》は、はれあがっているばかりで膿みきってはいない。」としてそのような軍事クーデターは失敗すると断言するのである。

そして、その実例として自分の紋所である「桔梗」を示しながら、坂本家の「家系伝説では、明智光秀の武将明智左馬助の子孫ということになっている」ことを伝え、明智光秀は時勢を察することができなかったために失敗したのだと説得した。さらに、「人が事を成すには天の力を借りねばならぬ。」とした竜馬は、「天とは、時勢」であり、それを「洞察するのが、大事をなさんとする者の第一の心掛けじゃ」と強調したのである（前掲［三］・「片袖」）。

つまり、太陽や星をはかることで天体の高さを知る六分儀（セクスタント）や、経線儀（経度をはかる器械）と天文儀などの船の計器を用いれば、いかなる大海のまっただなかでも、「自分がいまどこにいて、何をすべきかがわかる」とした竜馬は、「つねに、時代の風力、湿度、晴雨を測定しさらに自分の位置を知り、どうすべきかを判断」していたのである。それゆえ、「北添佶摩のように、暴風中に帆を張って出港しようというようなことは、竜馬の思想からは考えられないこと」だった。

こうして、「船の知識から、天下を動かすこつを会得した」という竜馬の言葉を描くことで、司馬は竜馬が単に経済の知識も有するすぐれた剣士であっただけでなく、自然への深い認識と冷静な観察眼を持つ人物であったことを明らかにしているのである。

しかも司馬は、北海道への移住のためにはまず資金が必要だと考え、それを幕府に出させるための交渉をしに江戸に行こうとして、北添から敵の「不浄の金」を用いるのかと詰問された竜馬に「幕府もまた日本人のじゃ。わしは敵とは思うちょらん」と語らせている。

そして、幕臣大久保一翁(一八一七〜八八)に対してロシアが北海道に攻めてきたら、旗本八万騎が戦えますかと大久保に質問し、「いや、物の用に立つまい」という答えを得ると、竜馬は「諸藩の門閥、高禄の武士もだめです」と続け、「武士のうち、高級武士が腐敗しているとすれば」、期待されるのは、教養があるうえに、「飲まず食わずの家庭の出だけに、あふれるような野性と気概を持っている」下級武士ということになると主張し、京であふれているこのような下級武士たちを北海道の屯田兵にすることを提案したのである(前掲〔三〕・「片袖」)。

このような苦労の結果、ようやく江戸からの勝海舟の急便で、「蝦夷地屯田兵団の建設がどうやらうまくゆき、その輸送のため幕府から軍艦黒竜丸が貸与される」ということが決まったことを竜馬は知る。

しかし、その案がようやく「芽をふきかけている」時期に、事態が過熱してしまっていたために、竜馬の「迂遠な北方浪士軍建設案」は、浪士たちから一笑に付されてしまったのである。

## 「発想点」としての長崎

長州藩による外国船への砲撃の後で、「諸外国が連合艦隊を組み、長州藩を攻め、藩を諸外国の共同管理下におこうという動きがある」ことを知った勝は、急遽、幕府からの使者という形で竜馬を連れて長崎に行く。そして、「長崎駐在の英、米、蘭の領事と立山の奉行所でしばしば会見して、攻撃の停止を求めるのだが、答えは「われわれが武力をもって航行の安全を打開する以外にない」というものだった。

これらの会見について勝は、いちいち江戸と大坂の幕府要人に報告したが、幕閣は「外国をなだめるためにも長州を幕府の手で武力攻撃しなければならぬ」という気分を強めただけで、こうして第一次長州征伐が迫ってくる。

ここで注目したいのは、外国の軍艦を自分の目で確かめようとした勝について司馬が、「勝の流儀は万事こうだ。自分の眼でたしかめぬとすまぬたちである。耳を信ぜず。眼で見てそのうえで物事を考える男であった」と書いていることである。そして司馬は、「この点で竜馬の思考法とそっくりであった」とし、「観念論者の多かった幕末の日本人のなかでは、ふたりとも珍種に属するであろう」と続けている（前掲［三］・「元治元年」）。

実際、長崎の港を自分の目で見た竜馬は、「町をゆくひとびとの様子がどこかのびやかなのは、城下町の窮屈さがこの町にはない証拠であろう」と感じる。そして「東シナ海の空の青さが、そのまま長崎にまでつづいているという感じ」の真青な空を見ているときに、竜馬の胸中に構想が浮かんだ。すなわち、「かれの夢想である私設艦隊の根拠地はここ以外にないとおもった」のである。

竜馬が「薩長連合」や「大政奉還」などの一見、「奇想天外」だが、幕末の「錯綜しきった情勢を鎮める方法をつぎつぎに考えついて」いることに注意を促した司馬は、それらの構想が「薩摩とか長州とか土佐とかの藩」に密着していない「長崎という特殊な地理的・経済的位置を発想点」にしていたからだと説明している（「歴史のなかの人間」『手掘り日本史』）[11]。

## 徳富兄弟の叔父

こうして長崎で任務を果たした後で勝海舟は、まっすぐに江戸に戻らずに竜馬とともに熊本に行く。それは竜馬を佐久間象山や勝海舟とともに当時の「最大の先覚者ともいうべき横井小楠」に会わせるためだった。

そして、後に竜馬が一人で小楠のもとを訪れていることを紹介した司馬は、横井小楠（一八〇九～六九）が「国家の目的は民を安んずるにある」という思想のもちぬしで、「開国して大いに産業をおこし、貿易をさかんにして国を富ましめ、強力な軍事力をもって外国からのあなどりを」ふせごうとしていたことを紹介している。

私たちにとって興味深いのは、このときの会見には小楠の弟子で肥後水俣の郷士・徳富一敬が同席していたことにもふれて司馬が、この若者にはすでに一児があり、その名は「猪一郎で、のちの蘇峰となる。あとで次男健次郎が生まれるが、健次郎がのちの蘆花《ろか》と称する作家になった」と紹介していることである（前掲『竜馬』〔三〕・「元治元年」）。

徳富兄弟の父一敬について神島二郎は、「徳富家の八代目にあたり、淇水と号した。横井小楠の高弟、横井実学党の幹部」であったと記すとともに、「母方の矢島家は惣庄屋兼代官をつとめていたが、母久子の妹津世子は横井小楠に嫁した」ことにも言及している[12]。

さらに、「旅で真黒に陽焼けしたびっくりするほどの大男だった」と徳富一敬が後に自分の二人の息子に竜馬について語ったと司馬は書いているが、徳富蘇峰研究者のビン・シンは、蘇峰の自伝によりながら、「小楠のお気に入りの弟子のひとりだった一敬は、ほとんどいつもこの先生の旅の道連れのひとりであった。すなわちこの関係を通して一敬は、たとえば坂本龍馬や吉田松陰などのような幕末の政治運動にかかわっていた多くの著名な人物たちに出会ったのであった」と書いているのである。(13)

その徳富一敬の長男で、「平民主義」を唱える気鋭のジャーナリストとなる徳富蘇峰は、松下村塾を模範として大江義塾を創設し、後には伝記『吉田松陰』（一八九二）で、「革命という大悲劇」には「予言者」、「革命家」、「建設的革命家」という「三種の役者を要す」とし、松陰を第二世代の「革命家」として描き出すことになる。(14)

## 若き吉田松陰の志の継承

それまで尊王攘夷的な言動を繰り返してきた長州藩の執政・周布政之助は、一八六三年の「攘夷々々の狂気の季節に」、開国の時代がきたときのための「人材養成のため」に留学生をロンドンに派遣することを思いついた（『世に棲む日日』二・「転換へ」）。

しかも、「二度と吉田寅次郎の不幸を再現してはならぬ」と考えた周布は、きわめて慎重な計画を立てて、「万一露顕したときには」、長州藩という「公」のために、「すべてをひっかぶって」くれるような人物を捜した。その彼が白羽の矢をあてたのが、「横浜貿易を通じて、武士以上に海外情勢というものを肌身で」知っていた江戸における長州藩代々の御用商人大黒屋の番頭貞次郎であった。

周布が用意した番頭貞次郎を接待する場として設けた祇園花見小路の「一力」には、桂小五郎だけでなく蛤御門ノ変で自死することになる久坂玄瑞も同席していた。このことについて司馬は、「この桂や久坂は吉田松陰がそうであったように単純な攘夷家ではない。西洋の技術文明を導入して日本を攘夷という被侵略戦争に堪える国にするということをひそかに眼目にしていた」と説明している。

しかも、イギリスには最初二人の「秘密留学生」を派遣する予定だったのだが、この密議を嗅ぎつけた井上聞多（＝馨。一八三五〜一九一五）と伊藤俊輔（＝博文。一八四一〜一九〇九）の二人の「攘夷家」も留学を頼んできた。このことについて司馬は、「伊藤俊輔は藩では卑賤の身であったため、すでにこの時期には藩意識からぬけだしていたとみていい」と続けている。

それは私たちの言葉で言い換えるならば、藩の滅亡の瀬戸際で伊藤俊輔が、世界の状況を自分の眼で見ることによって対策を立てねばならないと考えて密出国しようとした若き吉田松陰の志を継承しようとしていたといえるだろう。

こうして、彼ら「秘密留学生」たちは苦しい航海を経て、ようやく一八六三年九月二三日にロンドンに着き、その後は幕府の蕃所調所《ばんしよしらべどころ》が編纂した英和辞典をたよりに勉強を始めた。

しかし、新聞の「タイムズ」で長州藩が外国艦船を砲撃し始めたということを知った井上聞多と伊藤俊輔の二人は、留学で学ぶよりも藩の危機を防ぐ方が大事であると決断して、わずか半年後の三月中旬には藩の攘夷をやめさせるために、あわてて極東ゆきの風帆船に乗ったのである。

## 五　幕末の「大実験」

### 「英雄」井上聞多

「袖口にあぶらのにじんだだぶだぶの洋服」を着た井上聞多と伊藤俊輔が横浜に着いたのは、一八六四年六月三日のことであった。人目を避けて日が暮れてから上陸した彼らは、早速、英国領事館を訪れて和平を訴え、彼らの意見を聞いたオールコック公使は長州藩主を説得するよい機会だと考えて彼らを長州に送ることに同意した。

山口に戻ると彼らは早速活動を開始するのだが、藩の名家の出であった井上と異なり、「中間から足軽程度になったという最下層の出身である」伊藤は表だった場で活躍することはできず、藩の要人への歴訪や重要な会議での発言などを井上は一人で担うことになった。

しかも、わずか一年半前までは「急進攘夷家」だった井上聞多は、「四カ国艦隊と戦争をしてはなりませぬ。西洋文明というものは、日本で想像していた以上のものであり、攘夷などは井のなかの蛙《かわず》のたわごとだ」と語ったのである（『世に棲む日日』二・「暗殺剣」）。つまり、保身のためには自分の見たことを語らないという方法もあったのだが、井上は「藩」という「公」のためにそれを公言する勇気を持っていたのである。

このことに注意を促した司馬は、「見ればすぐ本質がわかるという聡明さが島国の人間にはそなわっており、井上や伊藤にはそういう種類での代表的日本人とでもいうべきするどい直感力があった」と書き、「英雄とはその個人的資質よりも、劇的状況下で劇的役割を演ずる者をいう」と続けている。

しかし、井上の主張を聞いている者は理解しているような顔をしてはいたが、誰も賛成はしなかった。このような反応を見て、「もしわしに賛成すれば、それが洩れて暗殺されることをおそれているにちがいない」と思って腹を立てた井上は、「自分の生を偸《ぬす》むことによって藩を滅亡の業火に投げ入れようとするのか」とあやうく叫びそうになる。

同じことが翌日の「君前会議」でも繰り返され、「藩主以下重臣たちは井上のいうことがよくわかっていながら」、だれも「聞多のいうとおり、攘夷戦争をやめよう」とはいわなかったのである（前掲二・「暗殺剣」）。

そして、三〇日には「攘夷をあくまで断行する。決戦の覚悟肝要なるべき事」という大布告が発せられたのである。「この藩の藩主と重臣たちがとった手段は、その後の日本において繰りかえしおこなわれるようになった事柄にきわめて似ていた」とした司馬は、「これを出さねば、攘夷々々で火の玉になっている藩内をおさえきれなかったのである」と説明している（前掲二・「砲火」）。

### 「日本防長国」

この意味で注目したいのは、司馬がすでに『竜馬がゆく』で、長州の暴発と昭和陸軍の軍人の比較をしながら、「昭和初期の陸軍軍人は、この暴走型の幕末志士を気取り、テロをおこし、内政、外交を壟断し、ついには大東亜戦争をひきおこした。かれらは長州藩の暴走による成功が、万に一つの僥倖であったことを見ぬくほどの智恵をもたなかった」と断罪していたことである（『竜馬がゆく』〔三〕・「物情騒然」）。

　そして司馬は晩年の『風塵抄』で、「健全財政の守り手たちはつぎつぎに右翼テロによって狙撃された。昭和五年には浜口雄幸首相、同七年には犬養毅首相、同十一年には大蔵大臣高橋是清が殺された」と記し、「あとは、軍閥という虚喝集団が支配する世になり、日本は亡国への坂をころがる」と結んでいた（傍点引用者）[15]。

　これらのことを想起するならば、『世に棲む日日』における「日本防長国」と称した幕末の長州藩の考察は、このような重たい問題を分析しようとした司馬の挑戦だったといっても過大ではないように思える。実際、「転換へ」という章の冒頭で司馬は、「われわれは日本人――ことにその奇妙さと聡明さとその情念――を知ろうとおもえば、幕末における長州藩をこまかく知ることが必要であろう」と書き、「日本史における長州藩の役割は、その大実験であったといっていい」と続けているのである（傍点引用者、二・「転換へ」）。

　そして、「変節」した「腰抜け降伏派」と見られていた井上聞多と伊藤俊輔が、「売国の奸物」を「攘夷の血祭り」にすると喚《わめ》く暗殺団に狙われていたことに注意を促した司馬は、「『売国』ということばが、日本においてその政敵に対して投げられる慣用語《フレーズ》としてできあがったのは、記録の上ではおそらくこのときが最初にちがいない」と書いていたのである（前掲二・「暗殺剣」）。

　そして、「あのとき、御両殿さま（藩主父子）が井上聞多の意見を容れて攘夷戦争をやめれば、おそらく毒殺されていなさったろう」という意見があったと書いた司馬は、「いったん攘夷で火がついてしまった以上、火こそ正義であり、この正義を阻む者は藩主といえども毒殺して物わかりのいい人物に替えたかもしれない」と想定している（前掲二・「暗殺剣」）。

鶴見俊輔との対談でも司馬は、「昭和初期から昭和一〇年代にあらわれてくる皇道思想」では、「天皇という抽象的一点のために死ぬ」という思想が出てきたばかりでなく、「天皇がもしそういうことをやめろと言うなら、天皇を殺してでもいくということになってしまう」と述べている(16)。

このことを想起するならば、このとき司馬が幕末の「日本防長国」と昭和初期の「別国」との類似性を強く意識していたことは確実だと思える。それゆえ、「国際環境よりもむしろ国内環境の調整のほうが、日本人統御にとって必要であった」と分析した司馬は、「このことはその七十七年後、世界を相手の大戦争をはじめたときのそれとそっくりの情況であった」とし、さらに「これが政治的緊張期の日本人集団の自然律のようなものであるとすれば、今後もおこるであろう」という重たい予測をしているのである（前掲二・「暗殺剣」）。

## 「魔王」晋作

ただ司馬は、『竜馬がゆく』において「高杉晋作ら長州藩指導者の、天才としかいいようのない利口さが、この危機を救った」と書いていた（[三]・「物情騒然」）。

すなわち、「英・仏・米・蘭という四カ国が十七隻の連合艦隊」を組んで長州に向かっているという情報が入ってきたのは、七月二二日のことであった。さらに、敵艦隊によって逆封鎖され、沿岸も「敵の陸戦隊の占領下」におかれた段階になって、ようやく「講和しかない」という決断を下した藩の上層部は、高杉晋作を「獄中からひきだして、『臨時家老』のような役目にしたてて すでに焦土化しつつあるこの藩を救済させる」ことを決めたのである（『世に棲む日日』二・「転換へ」）。

　この時期の井上聞多と伊藤俊輔、さらに高杉晋作の三人を「政党とすれば、三人党とでもいうべき存在で、藩の上層部とも下層部とも政見を異にし、そのために生命まであぶなくなっており、うかうか人前にも出られない」と書いた司馬は、「『政治』という魔術的な、つまりこの人間をときに虐殺したり抹殺したり逆賊として排除したりする集団的生理機能のふしぎさとむずかしさを、この時期のかれらほど身にしみて知った者はないであろう」と続けていた（前掲二・「壇ノ浦」）。

　実際、「数万という藩の下部層は、あくまでも、『藩の山河を灰にしても攘夷戦争をつらぬくべきである』という攘夷原理のもとに、ほとんど万人が万人、発狂同然の状態になって」おり、皮肉にも晋作がつくった奇兵隊の隊士はことにこの三人党を「姦徒」と見なしていたのである。

　そして、決して意見を変えぬと世子とともに誓言した重役たちの依頼を受けた晋作は、長州藩の筆頭家老である宍戸《しし》家《どけ》の養子刑馬という名前で、藩代表の降伏の正使として長烏帽子と陣羽織を着、二人の副使と通訳を務めることになった伊藤俊輔を従えて英国軍艦にのりこんだ。

　この交渉を司馬は、晋作を「魔王のように傲然とかまえていた」と感じた英国側の通訳官アーネスト・サトーの目をとおして描いている。宍戸刑馬を名乗った「晋作は、副使の手を通じて例の『日本防長国王』という名による『媾和書』というものをさしだした」が、そこには「外国艦船の下関海峡通過は以後さしつかえない」と記されていたものの、降伏するとは書かれていなかった（前掲三・「談判」）。

しかも、連合艦隊側からは「横浜から下関まで艦隊がやってくることに要した薪炭費《しんたんひ》、船の消耗についての費用、兵員の給料、八人の戦死者と三十人の戦傷者についての賠償、撃った砲弾」などの賠償金が要求された。これに対して、「朝廷と幕府の攘夷命令書」を前もって用意していた晋作は、「三百万ドルは、幕府が支払うべきものである」と主張しそれを認めさせてしまったのである

この会見の後で英国艦隊提督のクーパーが「幕府の役人より、はるかにいい」との感想をサトーに伝えたと記した司馬は、前年に鹿児島の錦江湾において行われた薩英戦争の講和にも立ち会ったサトーが、薩摩人の「言葉はヨーロッパ人のことばのごとく信用できる」と感じたことも記している。

しかし、晋作が一回目の交渉を終えて世子と側近の重役たちに報告を終えた後で、事態は急変し、「魔王」は伊藤と共に姿を消してしまう。

蛤御門の戦いで多くの同志を失った御楯隊隊長の太田市之進（のちに御堀耕助と改名）たちから、「御国《おくに》」が「洋夷に対して降伏しようとしている」のは何事かと追求されて生命の危険を感じた重役たちは、「講和は、あの三人が勝手にやったことである」と「役人の常套の手」である責任逃れをしてしまったのである（前掲三・「ヤクニン」）。

この時は幕府が「長州征討」という勅命を朝廷から得たことで、「この小さな『日本防長国』」が、「日本全国と世界中を相手に」戦争せざるをえなくなると、「藩内の急進攘夷派の気分が一変し、早急に外国と和睦して幕府軍と戦うべきであるということになった（前掲三・「彦島」）。

こうして再び交渉に臨むことになった晋作は、「殿様に次ぐ世襲的権威」であった三大家老や村田蔵六（大村益次郎）などの政府員を従えて臨むことになった。この会見で英国艦隊提督のクーパーは、

賠償金の保障として「彦島を抵当として当方が租借したい」と提案したが、これにたいして上海の状況を自分の眼で見ていた晋作は、「租借」という言葉の概念をよく理解できないながらも、「租借とはその上海になることかと直感し」、彦島という小さな島をも租借はさせないという独立の気概を示していたのである。

**注**

(1) 木村幸比古「竜馬をめぐる青春三部作」『司馬遼太郎全作品大事典』新人物往来社、一九九八年。
(2) 『勝海舟』中央公論社、一九八四年。および松浦玲『勝海舟』中公新書、一九六八年。
(3) ドストエフスキー『罪と罰』江川卓訳、岩波文庫、一九九九〜二〇〇〇年、全三巻。
(4) 土居春夫『龍馬の甥　坂本直寛の生涯』リーブル出版、二〇〇七年。
(5) 司馬遼太郎「新選組新論・明治維新の再評価」『歴史と小説』河出書房新社、一九六九年（一九六〇〜六九年に書かれたエッセー集）。
(6) 司馬遼太郎『新選組血風録』中公文庫、一九六九年（初出は『小説中央公論』一九六二年五月〜六三年一二月）。
(7) トインビー『歴史の研究Ｉ』長谷川松治訳、社会思想社、一九六七年、七五〜七六頁。
(8) 司馬遼太郎『燃えよ剣』新潮文庫　一九七二年、全二巻（初出は『週刊文春』一九六二年一一月〜六四年三月）。

（9）Dostoevsky's Notes from Underground (Bristol Classical Press, 1933) リチャード・ピース著『ドストエフスキイ「地下室の手記」を読む』池田和彦訳、高橋誠一郎編、のべる出版企画、二〇〇六年。

（10）Danilevsky, N.Ya., Rossiya i Evropa, izd. Glagol i izd. S-Peterburgskogo universiteta, SPb., 1995, pp.10-16

（11）司馬遼太郎「歴史のなかの人間」『手掘り日本史』文春文庫、一九九〇年（初出は毎日新聞社、一九六九年）。

（12）神島二郎『徳富蘇峰集』（『近代日本思想体系』第八巻）筑摩書房、一九七八年。

（13）ビン・シン『評伝　徳富蘇峰――近代日本の光と影』杉原志啓次訳、岩波書店、一九九四年。

（14）徳富蘇峰「吉田松陰」責任編集・隅谷三喜男『日本の名著』第四〇巻、中央公論社、一九八四年、六九頁。

（15）司馬遼太郎『風塵抄』第二巻、中央公論社、一九九六年、一一一頁（初出は「産経新聞」一九九三年一月）。

（16）司馬遼太郎・鶴見俊輔、前掲対談（本書二〇一頁）、「歴史の中の狂と死」『司馬遼太郎　幕末〜近代の歴史観』河出書房新社、二〇〇一年。

# 第六章

# 〝理想への坂〟をのぼる

## ——竜馬の国民像

# 一　「妖精」勝海舟

## 京都炎上

しばらく竜馬の動きから離れていたが、自分たちが「信じている正義のために」決死の覚悟で蛤御門に攻めこみ獅子奮迅の働きをした長州軍の来島又兵衛と、薩摩軍の主力との戦いを薩摩の視点から描いた『竜馬がゆく』の場面は、その後の薩摩と長州の関係だけでなく、明治維新後の日本の戦争を考えるうえでも重要なので、少し戻ることになるがその場面から考察することにしたい。

蛤御門に駆けつけた西郷隆盛（吉之助。一八二七〜七七）が率いる薩摩軍について、「戦国の士風をそのままに温存しているといっていい。」と規定した司馬は、秀吉の朝鮮ノ役（文禄の役、一五九二〜九三、慶長の役、一五九七〜九八）のときには「石曼子」（シーマンズ）」という「島津」を意味する言葉が「明軍や朝鮮軍のあいだで、流行し」、「その兵を、かれらは疫病神のようにおそれた」ことを紹介している（『竜馬がゆく』〔三〕「狂瀾篇」・「流燈」）。

ここでは歴史的な背景は具体的には描かれていないが、すでに『功名が辻』（一九六三〜六五）で豊臣秀吉が行った「朝鮮征伐」の実態を主人公千代をとおして鋭く批判していた司馬は、朝鮮から島津領に強制連行された陶工たちの一四代目の子孫を主人公にした『故郷忘じがたく候』（一九六八）においては、この問題を静かな文体でさらに深く掘り下げているのである。(1)

しかも、薩摩の「お国流」である独特の剣法には、「防御というものはなくひとすじの攻撃である。太刀打ちはすさまじく、薩摩の示現流に斬られた死体は、惨としてひとかたまりの肉塊に化するほどにむごい。」ものであったのである。

そういう集団の先頭を切って駆けつけている中村半次郎（桐野利秋。一八三八〜七七）が、「ほんのすこし前まで京洛の巷を横行し、いわゆる暗殺をやり、『人斬り半次郎』といわれた男である。」と説明した司馬は、「竜馬の神戸塾に、薩摩藩からの委託生として入っていた伊東祐亨も、すでに自藩にもどっていたこの群れのなかで駈けていた。野津道貫《みちつら》もいた。日露の第四軍司令官である。」と続けている。

さらに司馬は、薩軍にある四門の大砲を、「乾御門からごろごろ引っぱってきたのは、黒木七左衛門らであった。この若者はのち日露戦争のとき、第一軍司令官として鴨緑江から奉天までの全戦闘に参加した黒木為楨《ためもと》である」と描いているが、これらの描写からは『竜馬がゆく』の後半における司馬の視線がすでに日露戦争にも向けられていることが感じられる。

一方、馬上の西郷隆盛を見つけた来島又兵衛が銃兵をよび集めて射撃させると、その一弾が足にあたって落馬した西郷は、大きな尻餅をついたが、「谷に落ちたごつある」と笑いながら起きあがって、尻のほこりをはらいながら、「正之進どん」と、すぐ眼の前で銃を操作している眼のよく動く機転のききそうな若者を呼んで、来島に注意を促した。

西郷の意図をすぐに察した若者が引鉄《ひきがね》をひくと、弾は馬上の来島又兵衛の胸をつらぬき、来島は「槍をさかさに持ち、わがのどを突いて息が絶えた」のである。司馬は「この瞬間から長州軍の潰走がはじまる。同時に長州人の西郷へののろいも、このときから出発している」と記している。（前掲[三]・「流燈」）。

一方、幕軍の総指揮官を務めた一橋慶喜《よしのぶ》（一八三七〜一九一三。一五代将軍としての在位、一八六六〜六八）も、「恐怖のあまりこの戦況下ににわかに長州を是とする勅語を出しかねぬ」朝廷を押さえるために、会津藩主松平容保《かたもり》（一八三五〜九三）と、桑名藩主松平定敬《さだあき》の二人を監視役とする一方、自らは戦場に戻って指揮もとるなど、じつに機敏に処置していた。

そして、久坂玄瑞などの長州人だけでなく益田隊に加わって作戦にも携わっていた中岡慎太郎や、忠勇隊に属して闘っていた多くの土佐藩脱藩浪士が城として立てこもっていた鷹司邸の長州人が死にものぐるいになって抵抗するのをおそれ、戦術の常識にしたがって「鷹司邸を焼きはらえ」と命じ、「さらに河原町三条上ル東側の長州藩邸も幕軍の手で焼かれた。」のである。

この二カ所からあがった火はまたたくまに京都全市に燃えひろがり、三日間燃えつづけて、灰になった町の数は、八百二十一町。家数は、二万七千五百十三軒」と詳しく示した司馬は、この火事は大坂や神戸からも見えたと記している。

**流燈と時流と**

一方、京の異変を知った勝は、「竜馬に命じて、兵庫沖に碇泊中の練習船観光丸の錨をあげさせ大坂へ急行した。

このことについて司馬は、「『諸事、この眼で見ねばわからぬ』／というのが、勝と竜馬の行き方である。現場を見たうえ、物事を考える。見もせぬことをつべこべ言っているのは、いかに理屈がおもしろくても空論にすぎぬ、というのが、この二人の行き方であった。かれらは、すぐれたジャーナリストの一面をもっていたといっていい。」と書いている（前掲〔三〕・「流燈」）。

それゆえ、えんえんと議論をしているのを見た勝は、京都方面へ斥候を出すようにと主張し、数人の騎馬斥候を出したが、きちんとした観察をしてこなかったので、憤った勝は「わしが斥候になる」と韮山笠をかぶり、城をとび出して門人の竜馬を連れて斥候に出たのである。

ここで討幕論者の門人である竜馬に、勝が「長州が勝てばよいと思っているのだろう」と尋ねると『思っていませんな』／と、竜馬は、笠の下で微笑をゆがめた。／『ここでやすやすと勝てば、長州人は驕って自分勝手な政府をつくるでしょう。そういう気質が、あの藩人にはあります。かといって負けてほしくはない。』」と答えさせている。

その後で、最初の洋銃であるケベール銃を持った長州人たちが、船から岸に上がるや即座に差し違えるという異常な光景を描いた司馬は竜馬に、『君なら、いい』／と、勝は言った。言ったあと、薩摩に西郷吉之助という男がいる。西郷・坂本というあたりに倒されれば、日本も幕府もふたつながら幸いだ、と勝はつけくわえた。」と描いているのである。

さらに、勝が「亡き者の霊をなぐさめる流燈が点々と川をながれてゆく」のを示すと、竜馬は「流れていますな、根気よく」と答え、それを聞いた勝は竜馬のことばづかいがおかしかったらしい。笠の下で、はじめて笑い、「そうだ、根気よく、いつかは海に入るだろう。時流というものも、そうだ。」と言った。

竜馬から「勝先生、もしこの竜馬が、その堰をくつがえす男になったら、どうされます」と尋ねられると、勝が「勝手さ」と言い、「わしは、坂本竜馬という男のおもしろさに惚れてつきあっている。その男が、なにを考え、なにをやろうと、わしの知らぬことさ」と答えたと描いた司馬は、「勝の表情は、笠の蔭になってわからない。」とも記している。そして、大坂に近づくと「番士が二人を長州人と見あやまったのか、突如銃撃してきた。その一発は、勝の笠をつらぬいた。なにやら、幕臣勝の立場と運命を象徴しているようであった」と司馬は書いているのである(前掲[三]・「流燈」)。

実際、神戸軍艦操練所(海軍塾)からは、池田屋ノ変だけでなく、蛤御門ノ変でも多くの塾生が脱走して長州軍に加わっていた。そのために、幕閣のなかには、「不逞浪人の巣窟である神戸の海軍塾を、新選組をして襲わしめるという話」だけでなく、勝の切腹もあることを、勝に師事していた幕臣の大久保一翁(忠寛《ただひろ》。一八一七〜八八)は、竜馬に伝えたのである(前掲[四]「怒濤篇」・「変転」)。

## 「洛西第一の英雄」

このような時期の九月十一日に勝を訪れてきたのが、幕府にたいして鋭く「長州征伐」を迫っていた西郷吉之助であった。

この間の事情が『世に棲む日日』ではより詳しく描かれている。すなわち、この頃「長州をほろぼしてしまえ」という気分が強かった会津藩や新選組をはじめとして戦争への機運は幕府内でも強く、一八六四年の八月には征長軍の部署も定められていた。ただ、長州人に恩を売るという戦略的意図から、西郷は薩摩藩の従軍を回避させていた。しかもその一方で、征長総督徳川慶勝の智恵袋となっていた西郷が立案したのは、長州の国境を取り囲んだ大軍の圧力によって、門閥階級からなる佐幕派を煽動してクーデターを起こさせて、「長州人に長州を処罰させ」、さらにそのあとで長州藩を「奥州に移して五万石ほどの藩にしてしまう」という収集策だったのである（三・「脱走」）。

これらの記述は、竜馬が薩長同盟の構想をもって動いたときの困難をも物語っているだろう。実際、司馬が書いているように「このとき西郷の言論や活躍が、長州人の憎むところとなり、維新政府ができてからも、長州人は西郷については、感情の底でこのことを忘れなかった」のである（『竜馬がゆく』［四］・「薩と長」）。

しかし、「長州ぎらいの幕府や朝廷でさえ胆を冷やすほどの、長州撲滅論者」であった西郷が、「蛤御門の戦いで獲た捕虜の長州人二十四人を京都の薩摩藩邸に収容し、客人をもてなすような優遇をして、ひそかに長州へ送り返して」いたことにも言及した司馬は、その理由についてこう説明している。「この薩摩藩の外交の最終目的は、まずここで幕府の力をかりて長州を討ち、さらに捕虜を優遇してのちに長州と手をにぎって幕府をたおすときの布石をしておこうというのである。まるで名人の棋譜に似ている」（前掲［四］・「変転」）。

そして、関ケ原での敗戦（一六〇〇）の後も、「硬軟とりまぜての外交を展開し」、「一寸の土地もけずられていない」ことを紹介して薩摩藩の高い外交能力を紹介した司馬は、そのような薩摩人のなかでも西郷の能力は群をぬいていたとし、「おそらくこの時期の西郷は、日本史上最大の外交感覚のもちぬしといっていいであろう」と続けていた。

実際、薩摩の前藩主・島津斉彬は、福井藩主の松平春嶽に「この男だけはわが藩の大宝でござる」

と語るとともに、「この者、独立の気象がつよく、かれを使える物は私以外にございますまい」と続けていたが土佐の中岡慎太郎も同志への手紙で「洛西第一の英雄」と呼びながら西郷を次のように高く評価していたのである（前掲〔四〕・「変転」）。

「この人、学識あり、胆略あり、つねに寡言にして最も思慮深く、雄断に長じ、偶々《たまたま》一言を出《いだ》せば確然人の肺腑を貫く。且《かつ》徳高くして人を服し、屡々《しばしば》艱難《かんなん》を経て事に老練す。其の誠実、武市（半平太）に似て、学識有之《これあり》。実に知行合一《ちこうごういつ》の人物也。即ち是れ、洛西第一の英雄に御座候」。

その西郷は勝に、「おそれながら、このたびは大公儀の優柔不断をしかりに参りました」と語って、「幕府が長州を追討すると公表をしていながら一向に腰のあがらぬのを」批判したのである。それについて司馬は、「戦術に、探索射撃という方法がある。敵がどこにいるかわからぬばあい、そこここの竹藪や部落にめくら射撃をあびせてみる。敵がおどろいて射ちかえしてくると、ああそこにいるかというわけで、敵の布陣がわかる、という法である。西郷の訪問もそうであった」と説明している。

## 「異様人」

そのような西郷の問いにたいして勝海舟は、「幕閣々々とたいそうに申されるが、ろくな人間はいませんよ。老中、若年寄といっても、みな時勢にくらい。…中略…その日ぐらしのおどろくべき無能の徒ぞろいですよ」と痛烈な幕府批判をして、「幕閣の布陣」を教えたのである。

そして、西郷から意見を求められると勝は、薩摩の島津久光、土佐の山内容堂、越前の松平春嶽、伊予宇和島の伊達宗城《むねなり》など「賢明な諸侯」の名前を挙げながら、「列藩同盟の名によってすべての対外談判を行えば、幕府がやるような屈辱的な条約も押しつけられずに済み、外国もかえって条理に服する」として、「列藩同盟」の案を伝えたのである。この後の文章は西郷をとおして勝海舟の本質にも迫っていると思えるので、そのまま引用する（前掲〔四〕・「変転」）。

要するに、勝の意見は、

「幕府を否定し、日本の外交権、軍事権は雄藩同盟の手でおさえてしまえ」

というものである。

まだ、討幕論まではいかない。

が、幕府無視論である。

西郷は、勝とのこのときの対面によって、はじめて自分の世界観、新国家論を確立させた、といっていい。

（それにしても、勝はえらい）

とおもった。

幕臣のくせに、幕府をこうも明快に否定している。

「幕府なんざ、一時の借り着さ。借り着をぬいだところで日本は残る。日本の生存、興亡のことを考えるのが当然ではないか」

「いかにもそのとおりでごわす」と西郷はうなずいたが、内心、自分はどうか、とこの瞬間考えたどうか。西郷はのちに西南戦争をおこしたように、終生、薩摩藩というものが脳裏から抜けきらなかった。…中略…

一足とびに日本のことを考えるなどは、かれにとって抽象論になってしまう。たとえば余談だが、二十世紀後半のこんにち、

「人類のことのみを考えている」

といえば、多くの場合、多少のうそがまじる。人類とは、まだまだ抽象概念の域をでないからである。

幕臣勝のばあい、そこまで飛躍してしまっている。むろんこんにちの人類主義者よりも度胸のいることだ。勝はこのため、あるいは殺されるかもしれなかった。

薩摩藩士西郷吉之助は、

（これは異様人である）

と、目のさめるような驚きをおぼえた。地上に棲む生物以外のものを見たような驚きであったろう。

実際に西郷は、盟友である大久保一蔵（利通）に出した手紙で、「どれだけの智略が有之《これある》やらわからぬあんばいに見受けました。まず英雄肌合の人にて、佐久間（象山）より人物の出来は一段とまさっており、学問と見識はそれ以上であります」と書き、「いまはただただ、この勝先生をひどく惚れ申し候」と書いているのである。

しかも勝海舟は、西郷との会見でさりげなく「おもしろい男がいますよ」といい、「土州人で、坂

本竜馬という男です。いずれひきあわせましょう」と語っていた。それゆえ司馬は、「余談だが」と断りながら、「おもえばおもうほど、勝というのはふしぎな人物である。竜馬と西郷に重大な影響をあたえ、しかも双方にさりげなく、――会ってみな。といっている」と書いている。そして司馬は、このような勝海舟について「そのいたずらっぽさ、底知れぬ智恵、幕臣という立場を超越しているその発想力」などに注意を向けて、勝の「存在は、神が日本の幕末の混乱をあわれんで派遣したいっぴきの妖精としかおもえない」と日本にはいないはずの「妖精」にすら喩えながら、勝の存在の大きさに注意を促しているのである（前掲［四］・「変転」）。

## 二つの「大鐘」

こうして、西郷との面会の機会を与えられた竜馬は、早速、薩摩藩の藩邸へと行くことになる。しかし司馬はその前に、土佐の上士ながらひどく竜馬を敬愛し、明治になってからは官をすてて野にくだって、自由民権思想を唱え、自由党を組織してその総理となる乾退助（後に板垣退助と改名。一八三七〜一九一九）と竜馬が再会する場面を描いている。そして、その乾から竜馬が、土佐藩のその後の情勢や、逆臣とされた三条実美卿に仕えていたお田鶴さまの境遇などの情報を得るとともに、「ただ、薩摩藩の動きが、なぞじゃな。」との感想も聞かされたと描いた司馬は、「薩摩藩というのは沈黙の巨人、といったぶきみな印象がある。なぜならば、この藩の最大の特徴は一藩統制主義で、すべて組織全体で動く」と説明していた。

実際、竜馬が錦小路の薩摩藩邸に西郷を訪ねると、その門番小屋での用心棒役をしていた「袴をうんとみじかくはき、朱鞘の大小をカンヌキのように差している」、「絵にかいたような薩摩隼人」から呼び止められる。それが「身分は郷士で、藩士としては、低い」が、「西郷をもって師のごとく、いや神のように思っている男」で、当時は「人斬り」と恐れられていた中村半次郎であった（前掲［四］・「変転」）。

ここで、「おれは、こういう男で、死ぬべき場所に死ねぬ男だ。自分を死ぬべき場所に死なしてくれる人は南洲翁（西郷）である」という中村半次郎（陸軍少将・桐野利秋。一八三八〜七七）の西郷評を紹介した司馬は、「この桐野が、事実上、西南戦争をおこし、西郷をかついで死に追いやった。西郷は桐野の挙兵には反対し、その愚も知っていたが、最後に『半どんがそれほど思いつめちょるなら、わが身は呉れてやる』といった」と続けている。

この文章は、西郷の示唆を読み取って敵将来島を一撃で撃ち取った若者・川路正之進について、「のち、警視庁の初代大警視になった川路利良《としなが》である。このころ、桐野とともに西郷に愛されていた」と書いていた蛤御門ノ変の描写を思い起こさせる（前掲［三］「狂瀾篇」・「流燈」）。

なぜならば、『翔ぶが如く』（一九七二〜七六）において司馬は、「西郷はかれがひきいて戊辰戦争の戦火をかいくぐらせた薩摩人のうち、とびぬけた勇敢さと聡明さを兼ねた者としてただ二人の男を選りぬいたという話はよく知られている。二人とは、川路と桐野であった。」と書いているからである。しかも司馬は、「この両人はもとはといえば薩摩の屯田士族である郷士で、両刀を帯して芋をつくっていた身分であったにすぎない」とし、「もし西郷が存在しなければ、この両人は無名のままで世を終えたにちがいない」と続けているのである（一・「鍛冶橋」(2)）。

西南戦争を描いた『翔ぶが如く』において、征韓論をめぐる大久保利通と西郷隆盛との対立を描く際に、この川路と桐野の二人が重要な役割を担うことになることを想起するならば、『竜馬がゆく』におけるこれらの文章はきわめて重要であるといえるだろう。

興味深いのは、司馬がこの後で「鈴虫」のエピソードをとおして、竜馬と西郷の性格を見事に描き出していることである。すなわち、「人斬り」と恐れられ、全身から殺気を放っているような人物に出迎えられては、普通は緊張するはずなのだが、部屋で西郷を待っているうちに鈴虫が庭で鳴いていることに気づいた竜馬は庭に出て少年の頃から好きだった鈴虫を捕ることに夢中になってしまう。

一方、部屋には誰もいないことに気づいた西郷は、庭で鈴虫を捕っているのを見つけて、「どぎもを抜かれた思いで」この土佐人を見るのだが、鈴虫を捕らえた竜馬が虫籠を求めると西郷が「籠、籠と、ひどくあわてた」のを見た竜馬の方も、「無邪気な、あどけないほどの誠実さ」を感じ、「これは大事を託せる男だな」と思うのである。

こうして、鈴虫のリーン、リーンという澄んだ音だけが響き、「薩摩人特有の無口」な西郷と、「無愛想《すぼっこ》」の竜馬の間で沈黙がしばらく続き、西郷がしまいに「おいも無口じゃと人に叱られもすが、坂本サンも劣らんでごわすな」と笑いだすと、竜馬も「ひどく愛嬌がある」笑顔でニコニコし、その笑顔を見た西郷は、「おお、みごとな男だ」と感じたのである。

しかもこの会談では薩摩藩が「世間で評判がわるい」ことをぼやいた西郷に対して、「いかに正義を行おうと」しても、「人間、不人気ではなにも出来ませんな」と竜馬は突き放した言い方をする。

さらに、会談の終わりの頃に「薩摩は、長州を追討するか」と鋭い質問を発した竜馬は、西郷の返事を待たずに、「今でなくともよい。将来、長州と手をにぎりなされ。とするどく言い」、「あとは庭ばかりを見ていた」のである（前掲［四］「怒濤篇」・「変転」）。

この会談について勝から尋ねられた竜馬は西郷について、「その人物、茫漠としてとらえどころなし。ちょうど大鐘のごとし。小さく叩けば小さく鳴り、大きく叩けば大きく鳴る」と答えるが、それを聞いた勝は、「評するも人、評せらるるも人」と結んでいる。

こうして第一回の会見は、互いの腹の中を探り合うような形に終始したが、第二回目の会見で大きく構想が動き始めることになる。

## 二　竜馬の国家構想と国際認識

### 鈴虫と菊の枕

竜馬が勝とともに経営している神戸軍艦操練所、通称神戸海軍塾について、「内実は勝の私立学校だが」、「学生賄料《がくしょうまかないりょう》として三千両」の補助が幕府から出ているので、「いわば半官半民の塾であった」と説明した司馬は、「この塾の現状に目をひからせ」ていた幕府は、ついに元治元年十月に勝に江戸召喚を命じたが、それは事実上の「学校封鎖令であった」と説明している。

この時期には二百余人にまでふえていた塾生の半数を占める浪士の始末をどうすればよいかという

ことに頭を悩ましていた竜馬は、「金や軍艦は、いわば『株』として諸藩から出させ、平時は通商をして利潤を分配し、いざ外国が攻めてきたときは艦隊として活躍する」という、日本で最初の「戦争と通商の浪人会社」設立の構想を思いつく（前掲〔四〕・「菊の枕」）。

この構想を勝に語って助言を求めると勝は、「竜馬という男のふしぎな頭脳にあきれ」つつも、「おもしろい」とひざを打ち、「大株主として、薩摩藩を考えています」と竜馬が付け加えると、勝は「薩摩藩御抱え」という名義にしてもらえば浪士たちの身分を保証されるだろうとの助言をしたのである。

司馬はこの後で西郷との二回目の会見を描く前に小さなエピソードを挿入している。寺田屋に戻って勝海舟の失脚や塾生の行く末などについて考えながら、「(世に、小人の権を握るほどおそるべきものはない)」と考えていた竜馬は、庭を見て菊が一本もないことに気づくのである。そして、女将のお登勢からそれが「いい匂いのする枕を作ってあげたい」として自分の枕を作るために使われたことを知ると、「ばかなことをするもんじゃ。たった一つの枕をつくるのに、何百本の菊を剪ったか。唐《か》土《ら》の昔ばなしにある暴王に似ちょる」と竜馬は怒ったのである。司馬は「竜馬にすれば、菊が生民にみえるのであろう。束の間の遊びのために、何百の人民を殺すような残忍さを、感じたのである。」と説明し、「『女は残忍なものじゃな』とぽろぽろ、涙をこぼしている。妙な男であった」と続けている。

一方、薩摩藩邸に着いた竜馬は、最初の訪問から一月もたつのにか弱い鈴虫が、軒端にぶら下げられた虫籠で朝の光のなかで元気よく動いているのを見て、よほど丹精こめて飼っていたのだと感じて

「西郷という男は、信じてよい」と思う。実際は、初代の鈴虫が死んだあとで竜馬の気持ちを思った西郷が代わりの鈴虫を捜させていたので、このときは三代目の鈴虫だったことを司馬は明かして、「茶の素養のない西郷」が、「心づくし」という「茶のこころをもっていた」ことを示しているのである（前掲〔四〕・「菊の枕」）。

このようにして始まった二回目の会談では、平素から合衆国の初代大統領になったジョージ・ワシントンを敬愛していた西郷から、「わたしにも話して賜ンせ」と促された竜馬がきき知っているかぎりのワシントン伝を語る。司馬は「ふたりとも、日本の現実と思いあわせて深い共感をこの異国の英雄にもっていたのであろう」と指摘している。

その後、家老の小松帯刀《たてわき》と対面した際には、「兵庫や大坂で物の値段と海外市場をできるだけしらべ」ていた竜馬は、「海軍と海上貿易の急務なること」を説くとともに、「百の空論よりも、一のするめが肝要である」と主張し、それは「藩の経営のことに敏感だった」家老の小松を深く納得させた。すると竜馬は、「例の浪人会社の一件」を説明して、薩摩藩に大株主になることを依頼し、「一大海上藩を出現せしめるんじゃ」との思いを語ったのである。しかも、夢中で語りながら、大藩の家老である小松の手拭いで自分の口もとをごしごしとぬぐっていたので、西郷も「よほど無邪気な仁じゃな。大事をなすには無邪気で私心がないことが肝要じゃ」との感想を抱いたのである。しかも、自分の言葉におりょうが傷ついたことから、竜馬が出発の際には「これはもらってゆく」と箱枕をふところに入れて薩摩屋敷を訪れたことを描いていた司馬は、西郷から「懐は何ですか」と尋ねられ、枕を見せて不思議がられたシーンもさりげなく描いている。

## 理想への坂

勝海舟は、「神戸、といっても当時はさびしい漁村で、漁師のかやぶきの家が、二、三百戸もあった程度」にすぎなかった無名の浜が、将来は「日本有数の港になるだろう」と予測していた。このことを紹介した司馬は、「移り気な幕閣」が、「数年を出ずして廃止を命じてくるだろう」ことも当初から予想して、勝が海軍塾のことを後世に残すために、「日本海軍の発祥の地」に「創立早々に記念碑までつくっていた」ことも記している（前掲〔四〕・「摂津神戸村」）。

そして、「江戸の千葉道場時代」に続く竜馬の青春の第二期は、海軍塾のある神戸の「漁村ですごした歳月ということになるであろう」と記した司馬は、海軍塾の解散を告げた竜馬に、「その理想を今後どう実現してゆくか」を次のように語らせている。長くなるが、竜馬の真骨頂を描いているこの場面も、司馬の言葉をそのまま引用しておきたい（傍点引用者、前掲〔四〕・「摂津神戸村」）。


「されば?」

「われわれ草莽《そうもう》の志士の手で、船をつくり会社（カンパニー）をおこそうというわけじゃ」

「船は高価でござるぞ」

「そのことは、わが胸に成算がある。やろうと思えば、この世に出来ぬことはない」

「ははあ」


ほとんどが、竜馬の大法螺を信ぜず、たがいに顔を見合わせるばかりである。もっとも、竜馬もいやという者について来いとすすめる気はない。

「諸君のほとんどが、諸藩の士である。それぞれ藩に戻られよ。しかし浪士諸君の場合は、この塾を一歩出れば、幕府の刺客が待っている。斃されるのもよい。しかし男子は生あるかぎり、理想をもち、理想に一歩でも近づくべく坂をのぼるべきである。そう思うひとのみ、わしとともに残られよ」

「残る」

と、叫びながら立ち上がったのは、紀州脱藩浪士陸奥陽之助であった。この気むずかしい若者が何に感動したのか、

「残ります。もともとわしは一身を坂本さんにあずけている」

と、白い顔に血をのぼらせた。


この後で、金庫に残った五百両ほどの金を「みなに分配しな」と竜馬から命じられた陸奥陽之助（宗光、日清戦争時の外務大臣。一八四四～九七）は、「塾は解散してもこれから一旗あげるんだろう。その資金に必要ですよ」と不服を言う。しかし、それに対して竜馬は、「塾生の大部分は藩に帰る。残留してわしについてくるのは一割ほどの人数だ。その一割ほどの人数が金を独り占めした、と評判がたてられてたまるか」と広い視野から説明し、「金なんぞは、評判のあるところに自然とあつまってくる」と続けて陸奥を承伏させているのである。

「小栗構想」

「戦雲」の章の冒頭で、身分が足軽にすぎない山県狂介が率いる奇兵隊が、家老の粟屋帯刀《あわやたてわき》が率いる正規の武士団を破った「絵堂の戦い」を描いた司馬は、さらに三田尻港で軍艦癸亥《きがい》丸を奪い取った高杉晋作が、その操縦を命じた土佐浪人の池内蔵太から、運転の技術は坂本竜馬から教わったと聞いて、「また坂本か」といい、さらに言葉を続けて、「いっぺん、その坂本という仁に会《お》うてみたいもんじゃ」と続けたと描いている。

ただ、長州で起きたこのクーデターについては、『世に棲む日日』でより詳しく描かれているので、次節で見ることとし、ここでは竜馬が西郷に語ったナポレオン三世観を分析することにより、なにゆえ竜馬が「長州征伐」に反対したのかを司馬がどのように描いているのかを見ていきたい。

ようやく大坂に戻ってきた西郷は、薩摩藩邸の長屋に仮住まいするようになっていた竜馬に、長州の処分や五卿の太宰府移転、さらには復活した参勤交代の制度などについて語り、さらに幕府が長州を再び討伐する案があることを語る。すると、竜馬は「そのときは薩州としてはどうなさる」と厳しく問い質し、西郷が言葉を濁すと、「いま天下は」、「幕と薩と長によって三分されている。他の藩などは見物席で声をひそめちょるだけで、存在せぬもおなじですらい」と「なたでたたき割るような分析法で、ずけりといった」のである（前掲『竜馬』〔四〕・「戦雲」）。

そして竜馬は、「三者が闘争してたがいに弱まるのを待ち、異国人どもは日本領土を食らいあげてしまおうとする」と指摘し、「そうなれば後世、薩長をもって国をあやまった賊徒としてあつかうでござろう」と断じた。

さらに「されば、幕は？」と西郷から問われた竜馬は、「うわさでは幕府のさる高官が、フランスからばく大な金と銃器を借り、それをもって長州を討つ、というはなれわざを考えているらしい」と伝え、さらに、幕府がにわかに再征を唱え始めたのは、「金づるが見つかった証拠でござろう」と続けると、西郷は顔色をかえたのである。

ここで興味深いのは、勝の紹介で幕府の大久保一翁や福井藩の松平春嶽、さらには熊本にすむ横井小楠などとの知古を得ていた竜馬が「異常な取材能力をもって」おり、「志士のなかでは抜群の国際外交通であった」ことを司馬が強調していることである（前掲〔四〕・「戦雲」）。

たとえば、外国通であった師の勝は「ヨーロッパの列強のすさまじい植民地獲得政策を知り抜いて」おり、「インドやシナの人民が、外国資本のためにほとんど生血をすすられるような惨状にあることも知り抜いていて、幕閣に対しても、／『特定の外国と特定の関係を結ぶな。はじめは口あたりのいい条件をもってくるが、やがては骨のズイまでしゃぶられて、インド人同様にされてしまう』／ということを力説していた。」のである。

しかし勝が失脚した後に、小栗上野介忠順（一八二七〜六八）が新たに軍艦奉行に抜擢されたことで、フランス公使ロッシュとの間でフランスからの軍資金の借り入れだけでなく、横須賀軍港の建設計画も元治元年（一八六四）には一気に取り決められていた。

このような事態について、勝海舟に師事していた大久保一翁は「外国から金や兵器を借りて長州を討つなら、歴代の老中はなにもここまで苦労しない。小栗はひょっとすると北海道《えぞち》を担保に入れるかもしれない。それでどんどん兵器を買い入れ、大名を征伐し、幕府を強大にするだろう。しかし強大になったときは、日本は外国人になかば奪《と》られ、シナやインドの二の舞になっている」と竜馬に説明していたのである。

このような説明は大げさなように感じられるかも知れない。しかし司馬は、ロシアのバルチック艦隊が当時フランス領だったカムラン湾に寄港したことにふれた『坂の上の雲』で、「日露戦争のこの時期よりも百二十年ばかり前（日本の天明期）フランス人宣教師がこの地に政治的関心をもち、阮福映（グエン・フォック・アニュ）という統一的野心をもった英雄を支援し、やがてフランスの後援によるベトナム統一を遂げしめ、それによってベトナムにおける特権的地位を占めた」と記しているのである（六・「東へ」）。

## 「仕事師」ナポレオン三世

さらに司馬は、勝派とも言うべき大久保一翁は、咸臨丸で渡米もしていた小栗忠順が「人望はないが、胆力知略がそなわっている点で、三百年来の人物」だが、「しかし小栗が幕府を背負えば日本はほろびる」と竜馬に語ったと書いている。

この話を聞いた竜馬は、日本列島の日本人が「ことごとく鎖につながれ、外国人にむちうたれ」、「ただ一人将軍だけが金糸の服をまとい、そのそばで大臣である小栗上野介がうずくまり、複雑な表情で同国人をながめている。」という光景を思い描く。それゆえ竜馬は、ナポレオン一世を尊敬していた西郷に、その甥にあたるルイ・ナポレオンが、「フランス政界の混乱につけ入ってスルリと政権をとり、大統領になり、さらに辣腕をふるって皇帝の座についた」「仕事師」であることを明らかにするのである。

そしてフランス公使ロッシュが、ナポレオン三世の寵臣で、「北アフリカの植民地征服で凄腕をふるったおそるべき男」であると説明した竜馬は、「ポーランドやルーマニア、遠くはメキシコの内乱にまで口を出し、手を出す」など、「いまヨーロッパの政界はこの男一人にかきまわされちょるあんばい」であるとナポレオン三世を批判し、幕府がフランスから金を借りることの危険性を指摘し、日本の分裂の危機を日本人が素早く解決することの必要性を説いたのである（前掲『竜馬』〔四〕・「戦雲」）。

興味深いのは、ロシアの作家ドストエフスキーも旅行記『冬に記す夏の印象』（一八六三）において、クーデターによって一八五二年に皇帝となったナポレオン三世を、一八四八年のフランス二月革命が失敗した後の混乱の時期に、叔父のナポレオン一世の栄光を背景に「まるで天から降ってきたように、この難局からの唯一の逃げ道として」現れたと記していることである(3)。

実際、メキシコ干渉に失敗して栄光にかげりが見え始めると一八六五年に大著『ジュリアス・シーザー伝』を著したナポレオン三世は、その「序文」において「私が人類に対してなさんとした善が実現されるためには、これからまだどれほどの戦闘、血、そして年月が必要であることか！」というナポレオンの言葉を引用して、自分こそが彼の後継者であることを強調していた(4)。一方、ドストエフスキーは長編小説『罪と罰』において、自己を絶対化するこのような思想が、人類を滅亡に導く危険性があることを主人公の「非凡人の理論」をとおして明らかにしていたのである(5)。

このように見てくるとき、司馬が竜馬の口をとおして語らせている勝海舟のナポレオン三世観が、同時代人のドストエフスキーの見方と驚くほどに似ていることに驚かされるのである。

## 「薩摩侯国」への旅

勝海舟の助言もあり薩摩藩との間で「浪人会社」の設立を決めていた竜馬は、旧神戸塾の同志とともに胡蝶丸で薩摩に向かう。鹿児島には師の勝海舟が長崎の海軍伝習館当時にオランダの士官カッテンディーケに指揮されて咸臨丸で訪れていたことを思い起こすならば、竜馬の感激もひとしおだったことが分かる。

しかも一八六三年の薩英戦争の後の和平交渉では、（島津久光は使臣をして）「おはんら英国人も薩摩武士の強さをお知りなはったじゃろ。わが藩も英国文明のこわさを知りもした。」と言わせ、秘密裏に留学生をイギリスに派遣したいと提案して快諾されたので、一五人の秀才をよりすぐって派遣していた。このことにふれた司馬は、「英国はいまや、日本のなかの半独立国である『薩摩侯国』と手をにぎろうとしていた。」と説明している。

ただ、密貿易で富を蓄えていたために、他国の者の入国にはきわめて厳しかった薩摩藩では、竜馬一人のみの上陸を許可した。それゆえ、鹿児島の城下をあるきながら竜馬は彼の育った土佐と比較しながら、「武士の威張ったところだ」という感慨を抱き、「こんな国で百姓にうまれたら災難じゃな」とも感じたが、西郷は先の藩主島津斉彬によって建設された旋盤工場やガラス工場などを案内した（前掲［四］・「薩摩行」）。

そして、鹿児島城下の加治屋町にある西郷の家に泊まった竜馬は、その家がおどろくほどみすぼらしいことに驚くのだが、夕食前に散歩で「猫のくそ小路」という名の小路を歩いていると大久保一蔵の屋敷や後に大山巌となる若者が住む家を見つけて、「呼吸一つで互いの気持ちがわかるようになっている」西郷と彼らの関係をも理解する。

さらに、薩摩藩との交渉で七千八百両で中古船が売り出されており長崎港内で繋船されていると聞くと、竜馬は「風帆船でもよか」と子供のように手をうって喜び、それを買い取ることが即決される。そして、その翌日には藩の財務担当者たちを説いて神戸塾の同志全員の経費に対して、「お一人、二両二分」を藩費をもってまかなうことが決められたと家老の小松帯刀から聞かされた竜馬は、「ほう、三両二分ですか、こりゃありがたいことじゃ」と無邪気に手をたたいたので、小松も一両安いとは言い直しかねたので、その値で決まったのである。

こうした苦労を経てようやく認めさせた給料について、最年少の陸奥陽之助（宗光）が「月に三両二分とは安い」と不服を言うと、竜馬は「あとは稼ぐのだ」とこわい顔で言い、「下女の給金は年に三両である。それでも死にゃせん」と付け加えた。ここには武士の基準で物事を見るだけではなく、下女のような者の給料にも注意を払う竜馬の姿勢がよく現れていると思われる。

薩摩から戻って対応した薩摩藩士から長崎は土地が狭いので手ごろな陣屋がなかなか見つからないが、亀山という岡に一つあると紹介された竜馬は、さっそく検分に出かけてそこに決め、「自分たちの団体名もとりあえず、『亀山社中』と名づけた」のだった（前掲［四］・「希望」）。

その「亀山社中」が最初に手がけることになる仕事が、長州での革命を達成した後で「英学修行を兼ね、外夷事情研究のため」に世界を旅行しようとした高杉晋作の依頼であった。それゆえ、次節では『世に棲む日日』に拠って長州における革命の推移を考察することにしたい。

## 三　革命の第三世代

### クーデター

幕府の長州に対する圧力が強まる中、それまでの藩政を担っていた周布正之助は、「正義のために藩に迷惑をかけた」として九月二五日の夜に自殺し、同じ日に井上聞多も刺客に襲撃されて瀕死の重傷を負った。この二人が政局から消えたあと、それまでの尊王攘夷派の官僚や指導者たちは萩の野山獄に投ぜられ、そのほとんどが斬刑に処せられた。

こうして、門閥階級からなる佐幕派を煽動して、「長州人に長州を処罰させればよい」という西郷の戦略は見事に当たったかに見えた。しかし、武士階級の優越意識が強烈であった薩摩藩出身のこのような西郷の戦略によって、佐幕派の政府が「奇兵隊以下の『諸隊』を解散させようとして」いる以上、このままでは自滅せざるをえないので、「諸隊も奮起するにちがいない」と判断して、高杉晋作は挙兵を思い立ったのである（『世に棲む日日』三・「海風」）。

その際に、晋作は自分の唯一の味方ともいえた商人・白石正一郎に相談するが、西郷と会ってはどうかと勧められると「尊公はそのあたりが町人だ」と色をなして反論する。これに対して正一郎に、「なんとご料簡《りようけん》のせまい」と諫言させた司馬は、「町人は汎日本人的意識で生きている」が、「武士は忠誠心というものの宿命的本質として藩ナショナリズムを背負わされて」おり、晋作には「あたらしい国家観」と古い「藩ナショナリズム」が矛盾しながらも両立していたと説明している(6)。

この後で奇兵隊の屯営に直行した晋作は、諸隊の隊長たちの会議で、挙兵について提案する。しかし、彼の予想に反して隊長たちは「口々に挙兵に反対し」、山県狂介は沈黙を守り続けた。つまり、「若いくせに老熟した性格」で、「書生流の軽挙」を好まなかった山県の処世感覚は、「時を待てばよい。時が解決する」というものであり、「諸隊は団結してゆく以外にない」と隊長たちに説いて自重を促していたのである。

このことについて司馬は、「はっきりと出世欲が動機」になっていた足軽あがりの山県狂介が、総督たちの留守をまもって着実に実務をこなすなかで「しだいに発言力を増し」、軍監（将校）として「奇兵隊の実権をにぎるようになって」いたと説明している（三・「ともし火」）。

しかも司馬は山県狂介を、「革命集団に偶然まぎれこんだ権威と秩序の讃美者」と位置づけているが、山県には「人事の才」があり、「自分の隊内権力を安定させるための配慮はじつにみごとであり、この才があるために隊士も自然この軍監こそ奇兵隊秩序の中心だ」と思うようになっていたのである。司馬は、おそらくこのような状況をとおして山県は、『軍』という存在が単に銃と剣の世界ではなく、いかに政治力をもちうるかという政治学上の重要な機微」を、「身をもって覚《さと》った」のだろうと記している（三・「山県と赤根」）。

こうして、「維新史を大旋回させることになるこのクーデター」に、ほとんどの諸隊は最初、賛同せず、力士隊の隊長になっていた伊藤俊輔が率いる三〇人と、土佐脱藩浪士などからなる遊撃隊だけの総勢「八十人が雪を踏んで下関に向かった」のである（三・「功山寺挙兵」）。しかし、下関の奉行所を襲って軍資金を奪った晋作は、さらに三田尻海軍局をも襲い、藩海軍の軍艦三隻を率いて下関に凱旋した（三・「襲撃」）。

## 絵堂の奇襲

晋作の下関占領と海軍強奪が成功すると、諸隊の隊長たちは昂奮した平隊士から、なぜ「壮挙を俱《とも》にしないのです」と追及されるようになる。このような状況で、「下からのエネルギーをまとめて方向づけなければ」、自分自身が隊士から殺されるかもしれないと感じた山県は、ようやく「命をまとにばくちをやるしかない」と覚悟を決めて、「二人の公卿を擁しつつ、萩にむかって行軍」を始める（三・「進発」）。

一方、足軽あがりの山県狂介を「大将とする百姓軍」を撃滅するために、萩城下では毛利宣次郎を総大将とし、その主力がことごとく上士階級から選ばれている大軍を編成する。このことに注意を促した司馬は、「長州藩の内乱は、このときになってはじめて階級戦争の姿を見せてきている」と書いている。

ここで注目したいのは、すぐに退去し兵器も返納せよとの命令を受けた山県が、藩政府に対して兵器を返納するので待ってほしいとの偽りの返答をして時間をかせぎ、相手を油断させたうえで「夜襲」をしかけたことを司馬が、武士ではなく足軽の発想であると厳しく批判していることである。しかも司馬は言葉を継いで、日露戦争の際にも参謀本部長を務めた山県が、ロシア軍に対して宣戦布告をする前に攻撃を始めたので、「日本は卑怯である」との批判がロシア皇帝から公式に出されたことを指摘しているのである（三・「絵堂の奇襲」）。

一方、大胆にも奇兵隊の守備隊のなかへ馬を乗り入れて、「殿様の御命令にそむくとは何事か」と鞭をあげて大喝した藩の門閥家を出自とする財満新三郎は、射殺されたばかりでなく、昂奮した兵の一人によってその首を切り落とされた。そのことを知った山県は、事態がここまで進んだ以上は諸隊を「正義」の軍隊とするための「対内謀略が必要である」と考えて、萩で行われた七人の討幕派の処刑は、「われらが勝手にやったことである」とする文書を偽造して、財満のふところから見つけたとして、批判する解説文とともにその写しを隊内でばらまいたと描いている（三・「反乱」）。

司馬が『坂の上の雲』第四巻の「あとがき」で、「参謀本部」によって編集された『日露戦史』において、「すべて都合のわるいことは隠蔽したこと」を日露戦争後の「最初の愚行」と厳しく批判していることを想起するならば、このエピソードの記述は歴史認識の問題を考える上で、きわめて重要だと言えるだろう。

## 「長州閥」の萌芽

こうして絵堂では勝利を収めたものの、大軍を擁した正規軍との戦いは始まったばかりであり、事態はまだ予断を許さない段階だったが、このようなかで御堀耕助は、三〇人からなる御楯隊を率いて代官所を襲い、さらに、農村を駆け回って二人の大庄屋を味方に入れた。興味深いのは司馬が、「われわれ農こそ、毛利家の直臣である」という論理をもって、「忠義」と「世直し」の必要性を農民たちに説いた二人の大庄屋が、千四百人もの農民を集めて、長州藩の「政都であった山口」を占領したことにも言及していることである（『世に棲む日日』三・「御堀耕助」）。

一方、慎重派の山県は諸隊が一気に萩を攻め落とすだけの勢力を有していないとして、山口を「革命軍本営」にして、「萩の藩政府に対し威嚇態勢」をとった（三・「政戦」）。すると、藩政府軍が破れたあとでは二百人にふくれあがっていた「鎮静会議員」と称する萩の上士団からなる中立調停勢力は、「諸隊にのみ正義が存する」など、「革命軍」の意向を代弁するような調停案のみを出すようになり状況は激変したのである（三・「兵威」）。

このようにみてくるとき、きわだった個性を持った吉田松陰とその弟子高杉晋作の悲劇的な生涯を生き生きと描いた長編小説『世に棲む日日』には、実は三番目のいわば影の主人公がおり、それが日露戦争の際に参謀本部長を務めることになる山県狂介（有朋）だということも可能だろう。なぜならば、「革命という大悲劇」には「三種の役者を要す」と初版の『吉田松陰』で規定した徳富蘇峰と同じように、司馬も「革命は三代で成立するのかもしれない」と記しているからである。

しかし、「自分の思想を結晶化しよう」として刑死した吉田松陰を「初代の思想家」に分類した司馬は、高杉晋作をその次の「乱世の雄」に、そして三番目に現れる世代を「初代と二代目がやりちらした仕事のかたちをつけ、あたらしい権力社会をつくりあげ、その社会をまもるため、多くは保守的な権力政治家になる」と位置づけ、山県狂介を「その典型」として挙げているのである（三・「御堀耕助」）。

しかも、絵堂での奇兵隊の夜襲を描いた後で司馬は、「この二百人あまりのなかから、明治陸軍の長州閥ができあがったといっていい」と断じ、「山県狂介がのちの公爵・元帥山県有朋であることはいうまでもないが、絵堂の戦場で砲隊長をつとめた三浦梧楼は子爵・中将、ほかに奇兵隊参謀の三好軍太郎が、のち子爵・中将。伍長島尾小弥太という者が子爵・中将、少年兵として参加した寺内正毅が伯爵・元帥になった」と続けていた（傍点引用者、前掲三・「反乱」）。

『坂の上の雲』第四巻の「あとがき」で、「日露戦争の勝利後、日本陸軍はたしかに変質し、別の集団になったとしか思えない」と書いた司馬は、「長州系の軍人だけでも二一人」を「華族」などに昇格させた「日露戦争後の論功行賞」の理由は、山県有朋を「侯爵から公爵に」のぼらせるためだったと説明しているのである（「『旅順』から考える」『歴史の中の日本』(7)）。

つまり、明治維新に際しては「四民平等」の理念が強調されたが、一八八四年に成立した華族令で爵位が世襲とされたことにより、日本の社会は、貴族階級のみが優遇される一方で、農民などの一般の民衆は過酷な税金と徴兵制度によって苦しんだ帝政ロシアと似た相貌を、急速に示すようになっていくのである。

### 〝富貴ヲトモニスベカラズ〟

こうして、長州における革命は成功するが、不思議なことに「革命軍の首領である晋作」は、政府首班になることだけでなく、「諸隊をすべて統轄する陸軍大臣格」をも断《ことわ》って、「わしは外国へゆく」と、「火のつくように言いだした」のである（『世に棲む日日』三・「海峡の春」）。

晋作の真意については「身辺の同志のすべてが、臆測しかねた」と書いた司馬は、そのすぐ後で「艱難ヲトモニスベク、富貴ヲトモニスベカラズ（人間というのは、艱難はともにできる。しかし富貴は共にできない)」という晋作の言葉を引用して、それは「革命の勝利軍である諸隊の兵士の暴状を暗に指しているらしい」と推測している。

すなわち、「上士軍との決戦のとき、あれほど義に燃え、痛々しいばかりの真摯さで連戦奮闘してきた」諸隊においては、「ひとたび革命が成功するや、ただの無頼漢になった」かのように変貌し、「武家屋敷に押し入って婦人をからかったり、さらには罪もない百姓を面白半分に」斬り捨てるという事件が続出したのである。

このような状態を、「人間の群れは、そういうものであった」と規定した司馬は、「事をなすべく目標を」鋭く持っているときは、「どの人間の姿も美しい」が、成功して「集団として目標をうしなってしまえば、そのエネルギーは仲間同士の葛藤にむけられる」と続けている。

そして高杉晋作も、「いま諸隊の士が軍功を誇って驕慢になっている。」と指摘し、「これをおさえ、これを統御し」うる者として、それまで足軽にすぎなかった山県狂介を大総督に推薦したのだが、このことに伊藤俊輔が「晋作には、江戸三百年の身分感覚というものが、頭から失せてしまっているのに相違なかった」と感じたと司馬は描いているのである。

こうして、「英学修行を兼ね、外夷事情研究のため」に世界を旅行しようとした晋作の依頼を受けたのが、越前福井藩と薩長両藩を株主とし、伊予大洲藩からは船舶の現物出資を受けていた長崎の亀山社中であった。しかも、地元資本である小曽根家も亀山社中への出資者に入っていたので、伊藤俊輔は当時上杉栄次郎と名乗っていた近藤長次郎という土佐浪人の案内で、長崎最大の貿易商である英国のグラバー商会の邸宅で、高杉と英国領事館の通訳ラウダとの会談を設定した(前掲三・「転換」)。

しかし、その席でグラバーとラウダは晋作に対して、迫り来る幕府軍と対峙するためには「富力と武力」が大切だが、下関を条約港にすれば世界の富が長州に流れこむので、近く上海から来日するパークスという公使と会見してはどうかと説得した。その話を聞いて今度は「長州開国」という「奇想天外ともいえる大転換」をはかろうとした晋作や井上聞太、そして伊藤俊輔の三人は、かつての攘夷派の同志たちや、支藩である長府藩の藩兵で組織された暗殺団から命を狙われることになった。

そのような暗殺者を、「二流、三流の人間にとって、思想を信奉するほど、生きやすい道はない」ので、「その思想以外の目で物を見ることもできなくなる」と厳しく批判した司馬は、彼らを使嗾した大楽源太郎が、大村益次郎(村田蔵六)暗殺の使嗾者である可能性が強いこともここで示唆しているのである(前掲三・「逐電」)。

こうして、しばらく身を隠さざるを得なかった「三人党」は、第二次長州征伐が近づくにつれて再び必要とされることになる。

## 四 「国民」の育成

### 亀山社中という組織

薩摩から戻った船が長崎の港内に入ったときに、竜馬に長崎が「やがては日本回天の足場になる」と語らせた司馬は、陸奥から「大風呂敷ですな」と笑われた竜馬が、「ふろしきは大きいほど便利だ」

と答えたと描いている（傍点引用者、『竜馬がゆく』〔四〕「怒濤篇」・「希望」。以下、引用は『竜馬がゆく』による）。

この「大風呂敷」という単語は、後に再び用いられることになるが、この言葉は竜馬の思考法をきわめて上手に物語っているだろう。すなわち、物事を秩序立てて箱のなかにきちんとしまうことは整然としており、中の様々の要素もそのままの形で保存される。しかし、ちょうど生命を育む大地のように、竜馬的な大風呂敷の中に入れられた様々の要素はそこで互いに影響をしあうことで化学変化を起こして、まったく別な要素が生まれるのである。

そして、「科学的商況調査を土台にしつつ亀山社中が国内貿易をやればかならずもうかる」と考えた竜馬は、下関に「亀山社中」の支店を設置するとともに、「この亀山社中を世界一の商社にする」と抱負を語り、「業なかばでたおれてもよい。そのときは目標の方向にむかい、その姿勢でたおれよ」と激励していたのである。

ここで注目したいのは、若い頃に長崎の海軍伝習所で学んだ勝が、身分制に縛られている幕藩体制下の日本と比較しながら、「オランダの場合はどうなんですか」というようなことを、カッテンディーケに質して、次のような答えを得ていたはずであると司馬が書いていることである。

「オランダには憲法があります。オランダ人は、いかなる人といえども、ごく自然にオランダ国民です。自分の身と国とを一体のものとして考え、ある場合にはオランダ国の代表として振る舞い、また敵が攻めてきた場合には自ら進んでそれを防ごうとします。それが国民というものです」。このようなオランダ憲法をふまえて司馬は、「憲法」として、「同志は浪人であること、藩に拘束されないことをかかげ」ていた亀山社中の活動を「〝国民〟の育成ととれないでしょうか」と推測しているのである（「勝海舟とカッテンディーケ」『「明治」という国家』）。

こうして、竜馬のもとには「高知城下の饅頭売りの行商から身をおこし」、河田小竜のもとで絵と海外事情を学んだあと、漢学、蘭学、英語を学んでいた近藤長次郎や、やはり小竜の弟子で、「シーボルトについて蘭学を深め、シーボルトから愛されてその子アレクサンドルに日本語を教えたりした」長岡謙吉などの優れた若者たちが集まることになったのだった。

## "百姓《ひやくせい》に代わって天下の大事を断ずべき人"

長崎に本拠地を構えた竜馬が次にとった行動は、「蛤御門ノ変」の後に長州に落ち、さらに「第一次長州征伐」のあとでは太宰府に移されていた五卿を口説き、それから「長州人を口説く」という方法だった。

上古からの海外交渉の根拠地であった太宰府で、土佐の脱藩浪人たちに警護されていた三条卿との面会を果たした竜馬は、「まず、地球はどうなっちょりますか」とヨーロッパの政局や、欧米列強に侵略されつつある大清帝国の惨状を見てきたように語り、このままでは日本も「清帝国とおなじ悲運に立ちいたりましょう」と説得した（前掲『竜馬』〔四〕・「希望」）。

しかも、「ふんだんに滑稽な譬《たと》え話」をもちいて語る竜馬の話に、公卿の三条はおかしさに腹をかかえて笑うとともに、このような時期に薩長が武器で相戦おうとしていることは、「われわれ日本人として迷惑かぎりもない」と竜馬が語った、「日本人」という「聞きなれぬ言葉にかすかな新鮮さを覚えた」のである。このことを指摘した司馬は、「竜馬の平等思想の根拠は、この用語のなかにこめられているのだが、三条はそこまで気がつかない」と続けている（傍点引用者）。昭和初期の「陸軍人」を日本人ではないと否定した司馬が竜馬に託した「日本人」像は、そこまで屹立したものだったのである。

こうして五卿の同意を得た竜馬は長州からの使者に桂小五郎への伝言を頼み、自分もまた海路で下関へと旅立った。一方、藩が「朝敵」とされたあとでは、新選組などに命を狙われて、「雲助、乞食、あんま」などに化けてなんとか京都を脱出し、その後も町人や寺男、そして、荒物屋や湯治客になりすまして生き延びていた桂も、竜馬の来訪を知ると山口から馬で駆けつけた。

興味深いのは、久しぶりに再会した桂に対して竜馬が「人を斬ったか」と尋ね、桂が「斬らなんだ、ひとりも」と答えていることである。そして、「この両人は、斬人斬馬ができる技倆をもちながら、人間を殺したことがないという点で一致している」と書いた司馬は、その席に居合わせた長州の時田少輔に、かつて豊臣秀吉が「人を無用に殺すことのきらいな人だというので、信長公の遺臣たちが押しあげ天下をとらしめたといいます。坂本、桂の両君こそ、百姓《ひゃくせい》に代わって天下の大事を断ずべき人でしょう」と語らせているのである（前掲［四］・「希望」）。

そして、そのとき竜馬が提示したのが、船の「操縦、運営、修理」のいっさいを行う亀山社中をとおして、薩長が手をにぎるという案であった。そしてその案によれば、長州が軍艦ユニオン丸と最新のミニエー銃などを買い入れて、薩摩藩には米を安く譲るかわりに、軍艦ユニオン丸のマストには薩摩藩旗を掲げて運航させること、つまり、「実際の所有者は長州で、名義は薩摩、運用は土州」ということが可能になったのである。

長州藩でこの仕事を任された若き伊藤俊輔と井上聞多は、薩摩藩士に化けて「軒の傾いた小さな借家」にある亀山社中に向かい、彼らを出迎えた元饅頭売りの近藤長次郎とともに、グラバーの商館で待ち受けていた高松太郎も加わって、早速銃と軍艦の商談に入った。

司馬は「この用務が維新前における伊藤博文と井上馨の最大のしごとであった」と記して、これがいかに長州藩にとっておおきな出来事であったかに注意を促している（前掲〔四〕・「三都往来」）。

グラバーからは火打ち石方式で命中精度が悪い一挺五両のゲーベル銃を勧められるが、これにたいして饅頭売りの行商から身をおこした「人一倍向上心が強く、しかも弁才があり、性根もすわっている」近藤長次郎は、一挺一八両もする最新式のミニエー銃を四三〇〇挺要求し、安いゲーベル銃も三〇〇〇挺買いつけ、さらに木造蒸気船のユニオン丸も旧式ながら火砲も込みで三万九〇〇〇両で購入することなど、大きな商談をまとめたのである。

## 藩なるものの迷妄

こうしてユニオン丸は、「桜島丸」と名を変えて運行することになり、薩摩と長州の関係は貿易を通じて深まったかに見えたが、それまでのこじれた薩長の関係や、長州藩の命運を背負わされていたために、桂には「日本のため、というようなばくぜんとした抽象概念でものを考えるなどのゆとりがなかった」。

それゆえ、竜馬に説得されて桂は、ようやく京にのぼって西郷に会うことに同意するが、両藩の会合の際に、開口一番に陰湿な声で「われわれは薩州をうらんでいる」と言い、「文久三年以来の薩長抗争史を語り」、「長州の立場と真意」を説明したのである。一方、終始だまって桂のいうところをきいていた西郷はその場に両手をついて、「いかにも、ごもっともでごわす」と、「頭をふかぶかとさげた」ものの、薩摩側からはひとことも薩長連合の話をきりださないままに会合は終わった。

竜馬が京都に到着したときには、その最初の会合からすでに一〇日あまりが過ぎていたが、結果を問われた桂は、「三食のたびに山海の佳肴《かこう》」が出て「馳走ばかり食っていた」と答える。それにたいして「薩摩が口火を切らぬというなら、なぜ長州から口火をきらぬ」と竜馬から問い詰められると、「もしそれをやれば、おれは長州藩の代表として、藩地にある同志を売ることになる」ので、「それはできぬ」とかたくなに拒んだのである。

この答えを聞いたときに竜馬の感情が爆発する。「じつのところ、竜馬という若者を書こうと思い立ったのは、このくだりに関係があるといっていい」と明かした司馬は、竜馬の息づかいも聞こえてきそうな文体で、この場面を描いている（前掲［四］・「秘密同盟」）。

「ば、ばかなっ」

竜馬は、すさまじい声でいった。

「まだその藩なるものの迷妄が醒めぬか。薩州がどうした、長州がなんじゃ。要は日本ではないか。小五郎」

と、竜馬はよびすてにした。

「われわれ土州人は血風惨雨。——」

とまで言って、竜馬は絶句した。死んだ同志たちのことを思って、涙が声を吹き消したのである。

「のなかをくぐって東西に奔走し、身命をかえりみなかった。それは土佐藩のためであったのか、ちがうぞ」

ちがうということは桂も知っている。土州系志士たちは母藩から何の保護もうけぬばかりかかえって迫害され、あるいは京の路上で死に、あるいは蛤御門、天王山、吉野山、野根山、高知城下の刑場で屍《かばね》をさらしてきた。かれらが、薩長のような自藩意識で行動したのではないことは、天下が知っている。

「おれもそうだ」

と、竜馬はいった。

「薩長の連合に身を挺しているのは、たかが薩摩藩や長州藩のためではないぞ。君にせよ西郷にせよ、しょせんは日本人にあらず、長州人・薩州人なのか」

この時期の西郷と桂の本質を背骨まで突き刺したことばといっていい。

しかし、それでも「長州男子の意地」として帰ると言い、「ほろびてもかまわぬ」と付け加えた桂の言葉を聞いた竜馬は、その足で薩摩屋敷に駆け込み、「委細は桂君からききました」と告げ、ここにすぐ桂を呼んで薩長連合の締盟をとげていただこうと語り、「射るように西郷を見つめた」のである。

そして、「理論どおり、すでに歩み寄りの見込みはついている。あとは、感情の処理だけである。」とし、「桂の感情は果然硬化し、席をはらって帰国しようとした。薩摩側も、なお藩の体面と威厳のために黙している。」と書いた司馬は、こう続けている。

この段階で竜馬は西郷に、
「長州が可哀そうではないか」
と叫ぶようにいった。当夜の竜馬の発言は、ほとんどこのひとことしかない。
あとは、西郷を射すように見つめたまま、沈黙したからである。
奇妙といっていい。
これで薩長同盟は成立した。

## 五　「あたらしい日本の姿」

### 〝天が考えること〟

こうして、その翌日には亀山社中の三人を調停役として、六カ条から成る薩長両藩の攻守同盟が成立した。こうして、「机上の空論」と思われていた「同盟」という大仕事を成し遂げ、薩摩藩から警護のために寺田屋に派遣された三吉慎蔵から死生観を尋ねられた竜馬は、「世に生を得たるは事を成すにありと、自分は考えている」と語り、さらに「先人の真似ごとはくだらぬと思っている」と続けていた。

竜馬が襲われたのはこの晩のことであった。たまたま風呂場に入っていたおりょうは、宿がびっしりと捕吏たちに取り囲まれていることに気づき、我を忘れて裸でこの危機を告げたばかりでなく、薩摩屋敷に駆け込んで救援を求めた。

一方、寺田屋の戦いで深手を負ったために、捕吏たちからは逃げおおせて路地に隠れたものの竜馬が身動きもできないことを知った三吉は、武士らしくこの場で差し違えて死のうと提案する。しかし、それにたいして竜馬は「死をいそぎたがる」のは、「おれの国のやつの欠点さ」と語り、「逃げ道があるかないかということは天が考えることだ」と続けて、三吉を抜け出させて薩摩藩邸に竜馬の隠れ場所を告げさせていた（前掲〔四〕・「伏見寺田屋」）。

このことを紹介した司馬は、それは「絶望するな」ということであろうと説明しているが、ここには他者ばかりでなく自分の生命をも大切に扱い、最善と思われる人事を尽くすまでは命を粗末にしないという竜馬の死生観が端的に表れていると思われる。

竜馬が襲われて瀕死の重傷を負ったことを京の薩摩藩邸で知った西郷は、「あれほどの男は百世に一人、出るか出ぬかだ。万一のことがあってはならぬ」と吉井幸輔に言い、さらに「英式（歩兵）をもう一小隊派遣しますか」と問われると「砲を一門もってゆくがよか」と言い添えたのである。こうして、「たかが一介の浪士を京に護送するのに、日本最強の火力をもつ英国式歩兵隊が動く」ことになった。

ここで興味深いのは、司馬が日清戦争では第二軍司令官、日露戦争では満州軍総司令官として活躍することになる大山弥助（巌。陸軍軍人、西郷隆盛の従弟。一八四二〜一九一六）について、「竜馬を伏見の薩邸へ迎えに行った英国式歩兵小隊の直接の指揮官は、大山弥助であった」と書き、「西郷の下にあっておもに洋式銃砲の買い入れとその操法の研究を任務」としていたことにもふれていることである。

そして、自分が罪人として島流しになっていたことで、安政の大獄などの時期を乗り越えられたと感じていた西郷は、この事件も「天意」と受け取って、霧島山のふもとにある塩浸温泉での保養を勧めた。

一方、おりょうの機転で絶体絶命とも思われた窮地を脱した竜馬は、「此の竜女が居たればこそ、竜馬の命は助かりたり」と兄権平に手紙で書いていた。このことを紹介した司馬は、寺田屋事件がなかったならば、「ついにおりょうとの仲はそれっきりで飛躍も発展もなくおわったであろう」とし、「竜馬とおりょうの場合、あの事件が『ひょんなこと』であり、「群がって襲来した百人の幕吏こそふたりの仲人になったわけである」と続けている。そして、勝から西洋には「新婚旅行」という風俗があることを聞いていた竜馬が、「風雲をそとに、鹿児島、霧島、高千穂と、おりょうを連れて新婚旅行にまわるのも一興ではないか。そうきめた」とし、「この風俗の日本での皮切りは、この男であったといっていい」と書いている（前掲［四］・「霧島山」）。

そして、霧島山が「峰は東西に連立し、東峰を高千穂岳といい、西峰を韓国岳という。東西両峰の間、ほぼ三里はあるであろう」と紹介した司馬は、竜馬が「高千穂は矛峰《ほこのみね》ともいって、その頂上に天逆鉾《あまのさかほこ》というものが聳えている。おれはそれを見たいんだ」と言うと、おりょうも「あたしも見たい」と答えたとし、「好奇心がつよい、という点では二人は共通している」と続けている。

そして司馬は、「つひにいたたきにのぼり、かの天逆鉾を見たり」としてこのときの見聞を絵入りで姉の乙女に報告している竜馬の手紙によりながら、こう記している。(8)

「この鉾は、天孫降臨のときに神が手に持つ鉾を逆しまに突きたてた、と信じられているが、竜馬は勤王の志士のくせにそういう神話は頭から信じなかった。／『霧島明神の社僧が、世に吹聴するためにこしらえたものだろう』／といった」。

そして、竜馬が乙女への手紙で「からかね(唐金)にてこしらへたものなり」と、「それが人間の製造になるものであることを註釈している」ことを紹介した司馬は、「おりょうよ、世間のすべてはこうだ、遠きに居るときは神秘めかしく見えるが、近づいてみればこのたぐいだ。将軍、大名のたぐいもこれとかわらない」と説明したと描いている。

さらに竜馬は、「どのくらいの長さやらんと思い、抜いてみようとした」ところ、「案外簡単に抜け、「わづか四五尺ばかりのもの」であったことが分かったと乙女に報告している。

この場面は、「稲荷神社様のご神体」を自分の眼で見ようとした福沢諭吉と同じような竜馬の実証的な性質を物語っていると思われる。(9)

ただ、福沢諭吉が『福翁自伝』でご神体として祭られていた石の代わりに別な石を入れておいたり、木片を捨ててしまったと記したことと比較すると、「又々元の通り、おさめたり」とする竜馬の行為には他人の信仰に対する優しさが感じられるだろう。

「無尽燈《むじんとう》」

傷も癒えた竜馬は鹿児島の小松屋敷で、竜馬の留守中に亀山社中がプロシアの商人から購入し、池内蔵太が自ら望んで船将（キャプテン）として操縦した風帆船ワイル・ウエフ号の到着を待ったが、五島列島の近くで暴風雨に遭い沈没して多くの乗組員が水死したという悲報を知らされる。

さらに、ユニオン号がはるばる長州から運んできた五百石の米についても、西郷が「長州の好意はありがたいが、それをおめおめと受けとれば、薩摩武士の名がすたる」と言いだしたために、「竜馬のいままでの苦心が水の泡になってしまうかもしれない」可能性さえ生まれたのである。

しかも、下関に行くべきユニオン丸は、おりょうの機嫌を取るために長崎へと進路を変えるが、そこでは「他藩との外交では饅頭屋ほどの人物はいない」と高く評価していた近藤長次郎が他の隊員との軋轢から切腹して果てるという事件が起きており、それを知った竜馬は「（おれがもし留守でなかったなら饅頭屋は死なずにすんだろう）」との激しい後悔に襲われていたのである。

「小気味よいほどの事務処理のしかたでユニオン号や新式洋銃を買いつけて、どんどん長州へ送った」近藤長次郎は、その功によって山口に招待され、長州の殿様毛利敬親《たかちか》父子にも破格の拝謁を許された。そして、井上聞多と伊藤俊輔から「貴殿になにか礼を贈って長州の感謝の意をあらわしたいと存ずる」と提案された長次郎が、自分の一存で英国への留学を希望するとそれは、井上聞多から長州侯に上申されて「結構だ」ということになった（前掲［四］・「碧い海」）。

しかし、亀山社中には竜馬が同志と相談の上できめた隊則があり、そこには、「凡《およ》そ事の大小となく、社中に相議《あいぎ》してこれを行ふべし。もし一己《いっこ》の利のためにこの盟約に背く者あらば、割腹して罪を謝すべし」と描かれていたのである。

それゆえ、「饅頭屋は、このことはいっさい同志にかくしていた。いわば、密出国すると同時に密脱盟しようと思っていた」と司馬は書き、はじめて長崎で尽くることなき灯《ともしび》である無尽燈《むじんとう》を見たとき、「文明の波濤のとどろきをおもった」長次郎にとっては、「燃えるような向学の情熱だけが、この男の裏切りと冒険のエネルギーになっていた。」とその理由を説明している。

しかし、「写真をとって自分の像を残しておこう」と思い立ち、「写真術の開祖上野彦馬の営業所で」写真を撮った際に、そこで密航のことを洩らしてしまったことから、長次郎は同志たちから詰問されることになった。そして、「やましければ席を立って奥座敷へゆき、さっさと腹を切ればよい」と宣告された長次郎は、「所詮は町人あがりよ。」と彼らから冷笑され続けることを想像したときに、「(いっそ、死ぬか!)」と思い、「思ったとたん、饅頭屋は別人に化した。」のである。

そのことを詳しく知らされると、「それで、饅頭屋は、死んだのか。介錯してくれる者もなく」と竜馬が「不快そうな、しかしそれをできるだけ表情に出さぬように努めている声調子《こわぢょうし》で」言ったと司馬は描いている(前掲〔四〕・「碧い海」)。

「この時代、日本における最大の浪人結社は二つある」と記した司馬が、「あくまで白刃によるテロリズムを主目的」としていた「京の新選組」と「海上運輸、貿易、私設海軍建設を目標」としていた亀山社中とを比較していたことを考えるならば、ここでは隊則に基づいて情け容赦のない粛正を行った土方歳三と、隊員の「志の自由」を尊重した竜馬との違いが強調されているように思える(前掲〔四〕・「三都往来」)。つまり、竜馬は「平等」だけでなく、「志の自由」と一人ひとりの「生命」をも重視していたのである。

極端な佐幕主義者だった「耕蔵という越前脱藩浪士」を斬ると隊員たちが騒いだ時にも、竜馬が「耕蔵の身に一指でもふれるな。」と語り、「四、五十人も人数があつまれば、一人ぐらいは異論家はいる。いるのが当然でもある。その一人ぐらいの異論を同化できぬおのれらを恥じろ」と言って、その連中をおさえたことを司馬は描いている（前掲［五］「回天篇」・「弥太郎」）。

そして、司馬は竜馬が作った「隊の要則そのものが、志《こころざし》の自由をゆるしていた。」と書き、そこには「おのおの、その志のままに生きよ」という竜馬の考えに従って、「国を開くの道は、戦ひするものは戦ひ、修行（航海の）するものは修行し、商法は商法で銘々かへりみずやらねばならず」と記されていることを紹介しているのである。

## 海戦

六月五日に幕軍から海路到着した二人の使者によって長州に宣戦が布告された。こうして、司馬が『世に棲む日日』において、「幕府側では、『長州大討ち入り』と言い、長州側では、『四境戦争』という」と書いた戦争が始まった（三・「航走」）。

当初、戦況は一方的であった。すなわち、六月七日には「幕府の軍艦一隻が、長州東部海岸の要港である上関の海上にあらわれ、陸地に艦砲射撃をくわえつつ遊弋《ゆうよく》し」、翌日にも「幕府艦隊の軍艦二隻が、陸兵輸送用の和船十隻をしたがえてふたたび大島の海域にあらわれ、沿岸を砲撃しつつ、油宇村に陸兵を上陸せしめた」。しかし、「当時すでに幕府は、ヨーロッパの二流国程度の海軍力を備えつつあったが、長州海軍は微弱で、この上陸作戦に対して手も足もでない」状態だったのである（『竜馬がゆく』［四］「怒濤篇」・「海戦」）。

興味深いのは、ここで油宇村に上陸した陸兵が「伊予松山藩兵百五十人である」ことに注意を促した司馬が、六月十一日にはついに大島の海上に現れた三隻の軍艦が艦砲射撃をくわえつつ陸兵を上陸させて、大島を占領したと書いていることである。

この敗戦の知らせを受け取って、「港内に繋留してあるオテントサマ号（丙寅《へいいん》丸）に」黒紋服に扇子一本という格好で飛び乗った高杉は、「この軍艦一隻で幕府艦隊に目にものをみせてやる」と語り、「君は、竜馬の国の者だから多少は船を動かせるだろう」として、機関長に土佐の田中顕助を任命したのである。ただ、司馬はここで甲板で砲を撫していた若き山田市之允（顕義《あきよし》。明治期の軍人、政治家。一八四四〜九二）が、後に書いた「高杉の肺の病状は相当進んでいたのだろう。ときどき軽い咳をした。が、艦首に黙然と立ち、夜風に袂をひるがえさせている」という言葉を紹介している。

こうして「世界的な常識」に反して夜襲を敢行した高杉は、オテントサマ号を、富士山、八雲、翔鶴、旭日の四艦から成る敵艦隊の懐に艦内の燈火を消して潜り込ませ、山のような大艦と大艦のあいだに割りこんで、甲板上から砲弾を次々と撃ち込んだのである。

この砲撃に驚いた幕府の艦隊が、長州に大艦隊があると思いこんで、あわてて錨を巻き上げて引き上げてしまったために、大島に上陸してきた長州藩兵との戦いで松山藩兵も敗走することになった。

一方、ユニオン丸で戦場に駆けつけたものの、西郷から戻された兵糧米をめぐって、受けとりを拒否する桂小五郎と交渉をしなければならなかった竜馬は、「桂君、米を贈るも義、辞するも義だ。義と義が衝突して米が宙に浮いている。」と説明し、「このままでは五百石の米が、ユニオン号の船底で腐ってしまう。いっそ、おれに呉れんか。わが亀山社中が天下のために使えば米が生きるではないか」と語った。すると、「なるほど」と「謹直な桂が、爆《はじ》けるように笑いだし」、それを見た竜馬が、「かたわらの中島作太郎のほうへゆっくりと首をねじまげ、『これこそ他人《ひと》の褌《ふんどし》ですもうを取るというものだ』と、真顔でいった」と司馬は描いている。

そこに戻ってきた高杉は、早速、竜馬に「戦さをやって賜《たも》っせ」と依頼し、自分は「海を越えて幕軍の本拠である小倉城を奪いとる」という「大仕事を考えている」ので、「坂本さんに、わが艦隊の半分をまかせるゆえ、幕府海軍を制圧してもらえんだろうか。」と語った。

こうして竜馬は、長州の第二艦隊を率いて小倉藩兵が守る「門司湾砲台の前面をゆきつもどりつしながら艦砲射撃」をくわえたのだが、竜馬には自艦の運動が面白かったらしく、硝煙のなかで口三味線をひきながら、「往きつもどりつ／浮寝の鳥は／今日も思案の片思い／と、即興のつくりうたをうたって甲板を歩いてゆく」と司馬は描いている。

しかも司馬は、「この濃霧を使わねば損じゃ。あの大大砲《だいおおづつ》を甲板にすえてみたらどうじゃ」と竜馬に提案をさせ、「この霧にかくれて巌流島のむこうの敵艦隊に近づこうではないか」と続けさせている。「維新後海軍少佐で退官し世を捨てて」しまうことになる艦長の菅野覚兵衛から「敵は三隻ですぞ」と反論されると、竜馬は「この霧だ。こっちの影はあまりみえぬ。砲声だけは聞こえる。あの巨砲をぶっぱなせば音は海峡の山々にとどろきわたって敵の荒胆《あらぎも》をひしぐことになるだろう」と説明して、大きな成果を挙げたのである。

そして司馬は、艦橋から陸上を望遠鏡で、町人と百姓からなる「奇兵隊が半洋式化された小倉藩の正規武士団を、寡兵をもって押しまくっている」のを見て、「身ぶるいするほどの感動をおぼえた」竜馬を次のように描いている（傍点引用者、前掲〔四〕・「海戦」）。

土佐郷士は、二百数十年、藩主山内家が遠州掛川からつれてきた上士階級に抑圧され蔑視され、切り捨て御免で殺されたりしてきた。

その郷士たちの血気の者は国をとびだし、討幕運動に参加しつつある。天下一階級という平等への強烈なあこがれが、かれらのエネルギーであった。

その土佐郷士たちの先頭に立つのが、竜馬である。

平等と自由。

という言葉こそ竜馬は知らなかったが、その概念を強烈にもっていた。この点、おなじ革命集団でも、長州藩や薩摩藩とはちがっている。余談ながら、維新後、土佐人が自由民権運動をおこし、その牙城となり、薩長がつくった藩閥政府と明治絶対体制に反抗してゆくのは、かれらの宿命というほかない。

天は晴れた。

ユニオン号の土佐人たちは、順次望遠鏡をのぞきつつ、平民が支配階級を追ってゆく姿を、ありありと見た。

「あれが、おれのあたらしい日本の姿だ」

と、竜馬は自分の理想を、実物をもってみなに教えた。竜馬の社中のかかげる理想が、単なる空想ではない証拠を眼前の風景は証拠だてつつある。

## 〝もはやおれの時代ではない〟

第五巻「回天編」の「厳島」の章で司馬は、勝海舟を信頼していた将軍家茂《いえもち》（一八四六～六六）が亡くなった後で、将軍に就任した徳川慶喜《よしのぶ》（在位、一八六六～六七）が、「平素豚肉を好んだり、ナポレオン三世から贈られた皇帝の軍服を着て西洋馬を乗りまわすほどの洋化主義者」であり、「洋式歩兵と洋式砲兵の効能」を一番よく知っていたと書いている（前掲［五］・「厳島」）。

そして、「幕府はフランス皇帝ナポレオン三世より、六百万両の軍資金、七隻の軍艦を借りるつもりである。すでに先方の内諾も得、実現のはこびになって」いたのである。

これにたいして勝海舟は、「とにかく三百諸侯をつぶして天下を徳川氏のみが独占しようというのはすでに政治ではなく私欲であり、かつその私欲のために日本を餌として餓虎のごとき欧州列強に投げあたえるというのはどういうことか」と、このような構想を舌鋒鋭く批判して、慶喜から遠ざけられていた。

一方、高杉晋作の決断や庶民からなる部隊である奇兵隊の活躍により、長州軍が優勢に戦いを進めていることを知った徳川慶喜は、それまで主としていた諸藩の兵の代わりに、「百姓町人から志願制をもって採用した」幕府の洋式歩兵を主力とする作戦をたて、自ら指揮しようとしたが、八月十一日に小倉城が落城したことを知ると、それまで呼号していた「長州大討込《おおうちこみ》」の中止を決定したのである。

そして司馬は、腹心の原市之進の進言を採用した慶喜が、殺される可能性もある危険な使者として勝海舟を任命したと書いている（前掲［五］・「厳島」）。

この命を下された勝は、自分には自分なりの「談判の方法がございますが、おまかせくだされまするや」と「勝ぎらいの慶喜」に尋ね、さらに「あとで、御苦情はでませぬな」と念を押した上で引き受けた。しかも勝は、「旗本の一隊をつけよう」という慶喜の提案を断って、「つねに素っ裸で相手のふところのなかに飛びこむ、」という秀吉のやりかたで、書生のように質素な服装で、中間《ちゅうげん》も連れずに一人で長州に乗りこんだのである。

そして、応対に出た長州の広沢平助（真臣《さねおみ》。一八三七〜七一）に、「インドは国内の土侯が相せめぎあっているあいだに英国が漁夫の利を得、うまうまと国をとられてしまった。いま列強が毒牙を研いで日本を環視しているとき、兄弟喧嘩をしてはなんともならぬ。」と国際情勢を説明し、「ここは双方、日本万世のために鉾をおさめようではないか」と腹をわって率直に語ったので、休戦が成立した。

しかし、「出発のときあれほど勝を口説いた」慶喜は、「勝を止戦の使者として送りだしたあと」で気が変わり、「長州藩は、その侵略した土地から兵をひきあげよ」と高圧的な命令を「勅諚」という形でくだしていたのである。

「結果的には長州を裏切ったこと」になった「勝の役まわりは、子供の使いのようになった。」とした司馬は、勝が宮仕えの身をなげいて、「もはやおれの時代ではない。おれの志は、竜馬のような束縛のない男がついでくれるだろう。」と語ったと書いている。

## 注

（1）司馬遼太郎『故郷忘じがたく候』文春文庫、一九七六年（初出は『別冊文藝春秋』一九六八年六月）。
（2）司馬遼太郎『翔ぶが如く』文春文庫（新装版）、二〇〇二年、全一〇巻（初出は「毎日新聞」一九七二年一月〜七六年九月）。
（3）ドストエフスキー『冬に記す夏の印象』小泉猛訳（『ドストエフスキー全集』第六巻）、新潮社、一九七八年。
（4）井桁貞義『ドストエフスキイ』清水書院、一九八九年、一二〇頁。
（5）高橋誠一郎『「罪と罰」を読む（新版）——〈知〉の危機とドストエフスキー』刀水書房、二〇〇〇年。
（6）革命とナショナリズムの問題については桑原武夫が、「ナショナリズムの展開」という論文で詳しく考察している（『桑原武夫全集』第二巻、朝日新聞社、一九六九年、四三二頁）。
（7）司馬遼太郎「『旅順』から考える」『歴史の中の日本』中公文庫、一九七六年（初出は『小説現代』一九七二年）。
（8）嶋岡晨「坂本龍馬の手紙」平尾道雄編『坂本龍馬のすべて』新人物往来社、一九七九年。宮地佐一郎『龍馬の手紙——坂本龍馬全書簡集・関係文書・詠草』PHP文庫、一九九五年、および『坂本龍馬関係資料』京都国立博物館、一九九九年、参照。
（9）福沢諭吉『福翁自伝』（富田正文、土橋俊一編『福沢諭吉選集』第一〇巻）岩波書店、一九八一年。

第七章

# 竜馬の「大勇」

## ——二十一世紀への視野

## 一 「思想家としての風姿」

### 〝利《り》の力〟

「厳島」の章で司馬は、竜馬が師の勝海舟から志を託されることになったと書いていた。しかし、その竜馬は陸奥陽之助に「幕威は衰え、時勢は大きくかわろうとしているのに、おれはモトのモクアミになった」と嘆いているように、「苦心惨憺手に入れた例のユニオン号は、幕長戦争のおわるとともに、約束どおり長州海軍局に返上」したので、竜馬には船もなく、「根拠地の長崎にも戻れない」状態に陥っていた（『竜馬がゆく』［五］「回天篇」・「男ども」）。

このような状況のところに斎藤道場の塾頭であった肥前大村藩の渡辺昇が訪れると竜馬は、「利が、世の中を動かしている。おれはまず九州諸藩連盟の商社を下関につくる」と語り、「九州諸藩コンパニーが出来あがれば、自然三十四藩は仲よくなる。その商業結社を基礎に政治結社の性格を帯びさせ、やがては日本的な規模で諸侯連盟をつくりあげてゆく。その連盟が国政をとる」と続けて、「連邦政府の構想」を語ったのである。

しかも、そうすれば「幕府は自然と枯れるさ」と続けた竜馬が、「いくさをせずに？」と問われると、「ああ、せずに済めばそれに越したことはない。」と答えたと記した司馬は、「（利とは、それほど魅力のあるものだ）／この場合、利というのは経済という意味である。経済が時代の底をゆり動かし、政治がそれについてゆく。竜馬は、奇妙なカンでそう歴史の原理を身につけていた。」と説明している。

このような竜馬の構想に素早く反応したのが、薩摩藩の上士の子で、「十四歳のとき、斉彬から命ぜられて世界地図の模写をし」、さらに「二十で藩に出仕し、幕府創立の長崎海軍伝習所に藩からえらばれて留学し」、二十四歳の時には高杉晋作などとともに上海を訪れていた五代友厚《ともあつ》（明治初期の政治家。実業家。一八三五〜八五）であった。しかも、五代は慶応元年には薩摩藩が幕府に内密に英国に十四人の留学生を送ったとき、その留学生監督として、ロンドンに渡り、「近代産業の景況を目《ま》のあたりにみて」、帰国していたのである。司馬はこのときの秘密留学生には後に外務卿になった寺島宗則《むねのり》（一八三二〜九三）、文部大臣となった森有礼《ありのり》（一八四七〜八九）、初代日銀総裁の吉原重俊などがいたことを紹介している。

こうして竜馬の案が、薩摩藩や長州藩の他にも、肥前大村藩や豊後岡藩、さらに対馬藩などからも人が派遣された料亭での懇談で披露され、竜馬の構想が動き出すことになる。

そして、下関に来ていた中岡慎太郎を宴席に呼び寄せる場面で司馬は、「蛤御門の戦いに参戦し、戦後、長州藩内にあって俗論党政府の転覆に力をつくし、京へ潜入しては長州人気の回復につとめ、さらに竜馬とともに薩長連合成立に努力し」、さらに、幕長戦争に際しては、「陸戦に従軍し、小倉城攻撃に参加し」、「岩倉具視の偉材であることを発見し、それをひそかに薩摩藩と結びつける肝煎」もするなど、「長州藩の内外にあって獅子奮迅の働き」をしていた中岡の経歴を詳しく紹介している（［五］・「男ども」）。

その中岡は、京都などの情勢を詳しく告げて、「竜馬、もう悠長にかまえちょられんぞ」と語り、土佐藩でも「とくに、乾（板垣）退助、谷守部（干城）などは大いに君やわしに近づきたがっている」との情報を伝えたのである。

## 麹《こうじ》の一粒

長州の勝利に大きく貢献した竜馬たちは、「商売」ではなく自前で参戦したので、船の燃料や兵員の糧食への支払いはなく、亀山社中は常雇いにしていた二十人ばかりの水夫火夫へ払う賃銀にも事欠くようになっていた。それゆえ、さすがの竜馬も「解散したい」という弱音を吐いたのだが、司馬は、その言葉を漏れ聞いた水夫たちが集団で押しかけて、船が手に入るまでは市中で食い代を稼ぎながら仕事を待つとの決意を伝えるというエピソードを描いている。そして、「竜馬は生涯のうちで何度か激しく感激した男だが、この時ほど感激したことはなかったであろう。」と司馬は続けているが、この挿話は亀山社中という結社の雰囲気を知る上では重要な場面だろう（［五］・「窮迫」）。

このような時期に、土佐藩から派遣されて中島川にかかる眼鏡橋の近くの「柴田英学塾」で学んでいた旧友で藩吏の横淵広之丞から土佐藩が、「近代産業化と富国強兵をはかる中心的な機関」として開成館を建て、さらに海軍局も設置するなど「ことごとくお前《まん》の構想どおりに藩もなりつつある」と知らされる。さらに、このような改革を成し遂げた参政の後藤象二郎（一八三八～九七）が、「情人を恋うるがごとく、君に会いたがっていること、すでに久しい」と竜馬に告げたのである。

ここで司馬は、叔父の吉田東洋に年少のころからに目をかけられて乾退助などとともにその塾で学んでいた後藤象二郎が、東洋が暗殺された後では老公に寵愛され、「藩の警視総監ともいうべき大監察にあげられ、容堂の命によって下士の勤王党に対する大弾圧をつぎつぎと断行」して宰相に抜擢されていたことを紹介している。

横淵広之丞との話しあいのあとで亀山社中に戻った竜馬は、菅野覚兵衛をはじめ長岡謙吉や甥の高松太郎などが、刀の目釘を調べたりして妙にものものしいのに気づく。武市半平太たちだけでなく、彼等を救うために野根山に屯集した勤王党同志二十三人も大監察の後藤象二郎によって、処刑されていたので、「容堂をうらむことはできないため、後藤を憎んだ」のである。この後の場面の描写も竜馬という若者をくっきりと浮かび上がらせているだろう（［五］・「清風亭」）。

（これほどまでに）

と、同国人の竜馬でさえ、たじろぐ思いでかれらの目つきを見た。

みな、化生の目である。人間の目ではない。

（二百数十年、遠州掛川からきた上士どもは土着武士の郷士を差別してきた。犬猫同然にあつかってきた。同席するのも穢《けが》れとしてきた。人間が人間を差別すると、こうも人間の血を異常にするものか）

武市らの仇を討つ、というのはもはや単に名目にすぎない。根は差別の歴史にある。

「止《や》めい、とは言えぬな」

竜馬も、同種族のひとりである。感情としては彼等に共通するものがある。

そのような議論の最中に戻ってきて事情を聞いて「馬鹿な」と反対し、「紀州者はだまっちょれ」と言われた陸奥は「社中に、紀州、土佐、越後などという区別はないというのが、わが亀山社中の光彩陸離たる旗ジルシではないか。六十余州のなかでわれわれのみが日本人であるというのが、わが社中の社是ではないか」と激怒し、「あやうく剣をぬいて争闘に及ぼうとした。」のである。

一方、「おれは理屈《りぐ》りはせぬがな」と静かに語りかけた竜馬は、「他日、後藤に、会うぜ」と言い放ち、麹《こうじ》が「一粒でも酒をつくることができる。」ことを指摘しながら、「この亀山社中は眇《びょう》なりといえども、おれの構想のあたらしい日本をつくる麹の一粒だ。この麹を枯れさせてはならぬ」と説得した。

さらに司馬は、竜馬に「薩長はわが社中によって手を握った。これに土佐藩を加え」て、「薩長土三藩の結束があれば、徳川幕府を倒すことも可能だ。それには後藤が必要である。」と主張させているのである。

## 〝お慶大明神〟

藩吏の横溝が「これは土佐藩史上の最大の出来ごとになるのう」と語った、竜馬と仕置家老の後藤との会見は、「日本茶の輸出で大身代をきずいた」大浦お慶という豪商の茶室・清風亭で行われることになる。興味深いのは、『国盗り物語』(一九六三〜六六)において油問屋の豪商お万阿を描いていた司馬が、横溝の口をとおしてお慶という女傑を描いていることである。

たとえばお慶は、十代の頃に婿をとってまだ二、三日というのに、「若旦那、どぎゃん見てもああたは私の婿殿《むこどの》にむかんばい、縁バ切るけん、実家《さと》へ帰っていただきます」と宣言して、追いかえしてしまっていた。さらに、嘉永六年（一八五三）には「ヨーロッパ人がそれを好むかどうか、市場調査をしてみなければわからない」と、お慶は「輸出用の椎茸の荷箱に身をひそめ、ジャンクに乗って上海への密航を敢行」しただけでなく、「日本茶の商品見本」を配っていたので、開国後の安政三年には、彼女の見込んだとおりに日本茶を大量に注文する英国商人が現れ、それ以降は輸出を続けて、巨万の富を築いていた。

司馬はこの話を聞いた竜馬が、嘉永六年が吉田松陰がロシアの軍艦で密航しようとして失敗していた年であったことを思い出し、動機は違うものの、「命をはった冒険精神という点ではすこしもかわらない。」と思い、「（松陰もえらいが、お慶もえらい）」と感心したと描いている。

さらに、「お慶にはいま一つ特技がある。人物眼があることだ。身分の如何にかかわらず、男として一流の人間が好きらしい」と語った横溝は、「薩の松方と佐賀の大隈などは、二階に部屋をそれぞれ貰って下宿人のようになっちょる」として、松方助左衛門（後に正義《まさよし》。政治家、財政家。一八三四〜一九二四）や、大隈八太郎（後に重信《しげのぶ》。政治家、財政家。一八三八〜一九二二）の名前を挙げている。

こうして、「本来、仇敵同士」だった後藤と対面した竜馬に、「まず貴殿のご意見を承りたい」と発言させた司馬は、「相手の剣の質、癖《へき》、弱点を見きわめた上で仕掛けるのが、他流試合の骨法《こっぽう》であった」と説明している。そして司馬は、「日本は、開化せねば亡びる」という後藤の対外論に異論を挟まなかった竜馬が、後藤の佐幕論に対しては「貴殿のいうことは空論にすぎぬ」と厳しく反論し、「いまのごとく朝廷・幕府の二重構造では国家の体をなさぬ」と厳しく論破すると、後藤は竜馬が拍子ぬけするほどけろりと「わしも竜馬の党になる」と言ったと描いている（「五」・「清風亭」）。

これについて、「このころの竜馬は、革命家である反面、一個の思想家としての風姿を帯びはじめているが、後藤の場合は頭のてっぺんから足の先まで政治家であった。」と説明した司馬は、「薩長が天下をとるかもしれぬ」と機敏に察し、「竜馬に頼り、竜馬をたててゆくことによって薩長のあいだに割りこんでゆきたい。」と願った後藤にとっては「思想や節義は膏薬のようなものだ。」と続けている（傍点引用者）。

この「思想家としての風姿」という用語は、「大政奉還」の案や「船中八策」を考え出すことになる竜馬を考えるだけでなく、司馬自身の歴史観に迫る上でも、きわめて重要なキー・ワードであろう。それゆえ、以下の節では筋の流れの中で竜馬の言動がどのように描かれているかを、より注意深く分析するようにしたい。

さて、竜馬が会見から戻ると待ちかねたように菅野覚兵衛が、「武市を後藤が殺した、という冷厳な事実はおおうべくもないわい」と問いかける。それにたいして竜馬は、後藤にとっては自分たちが叔父である吉田東洋の仇という立場にあることを指摘する。そして、「尊皇攘夷の先駆藩でありながら勤王・佐幕がたがいに殺しあい、その両党のなかにも小派が分立して相殺戮しあって」ついに人物のたねが切れた水戸藩を例に挙げながら、「双方がたがいに仇かたきと言い蔓《わご》っては、水戸の党禍の二ノ舞になるばかりじゃ」と指摘している。そして司馬は、「長い酒の座で、ひとことも過去を語らなんだ。ただ将来のみを語った」後藤を、竜馬に「これは人物でなければできない境地だ」と評価させているのである。

一方、会見に際して誰が上座に着くかが問題となった際に、客として呼ばれる竜馬を上座にすえるべきだが、下座に座る後藤たちは着流しにするという妙案を出して見事に解決した若い陸奥をお慶は、竜馬とともに改めて清風亭に招待した。そして司馬は、そこで現在の体制では輪島の塗物《ぬりもの》を取引できないことを批判しながら、「こげんこつになると、三百諸侯が邪魔になります」と明快に語ったお慶が、社中の窮乏を知ると自分にはまだ「情人《あおもち》」がいないと語って、陸奥を担保に社中に利息無しで三百両貸してやってもいいと提案しただけでなく、寝物語で陸奥から亀山社中の壮大な構想を聞き出すと、一万二千両の風帆船を社中のために贈ってもよいと提案したと描いている。

これにたいして竜馬は、貰うのではなく借金ということで薩摩藩に保証人になってもらい、社中の働きで返済したいと応じた。そして、この船を大極丸と命名し、「お慶大明神」と拝みたいほどに喜んだ竜馬が、アメリカの南北戦争で敗れた南軍の軍人を操船指導員として雇い入れ、さらに大坂以東の綿が高騰をつづけていたことに目を付けて、「お慶さん、綿ぜよ。綿がもうかるんじゃ。お前《まん》の金で綿を買いあつめよう」と語り、「利益は社中と折半じゃ」と提案したと描いている。

こうして、三本マストの風帆船を手に入れたことで、それまで困窮していた亀山社中は軍事力をも持つ商社としての活動をより大規模に再開したのである。

## 二 〝ただ一人の日本人〞

### 「ロウ」を作る

後藤は会談のたびに、「しかるべき禄と身分を」与えることで、「竜馬とその社中もろとも藩の組織に組み入れ」ようとしたが、竜馬が「藩吏はごめんだ」との姿勢を崩さなかったために、交渉はなかなか進まなかった。

しかも竜馬から「おれにはもっと大きな志がある」と告げられ、「日本の乱が片づけばこの国を去り、太平洋と大西洋に船団を浮かべて世界を相手に大仕事がしてみたい」という夢を知らされた後藤は自分の提案が、「はずかしいほどに卑小であること」に気づかされたのである（「五」・「海援隊」）。

しかし、「竜馬も、曲者である。」と続けた司馬は、後藤が提案した一件を「自分にもよく、土佐藩にもよい案に変えることに知恵をしぼった。」と書いている。そして「海援隊」と墨くろぐろと書いた竜馬は、「海から土佐藩を援《たす》ける」ということで、「海軍、貿易」では「海援隊は土佐藩を援けるが、土佐藩も海援隊を援助する」と説明する。

一方、「援」という文字に「同格のにおい」を嗅いだ後藤は、「となれば竜馬、おンしとおそれながら藩公と同格ということになるぞ」と問いただすのだが、これに対して「あたりまえだ」と、「封建武士にしては驚天動地の発言」をした竜馬は、さらに続けて「アメリカでは薪割り下男と大統領」が

「同格であるというぞ」と言い、「わしは日本を、そういう国にしたいのだ」と続けるのである。

するど後藤が「竜馬、ぬしゃ、乱心賊子じゃな。されば天皇をさえ認めぬのか」と問いただすのだが、「このさい、そんな議論は無用だ」とさらりと答えた竜馬は「要するに人たる者は平等だといっている。人はみな平等の権利をもつ世におれはしたい」と自分の思想の核心を語る。

当時の日本では「勤王討幕でさえどの藩でも戦慄するほどの危険思想であるのに、この竜馬はそれからさらにつきすすんで人間は平等なりと言い出している」ことに注意を促していた司馬は、「このころの竜馬は、もはや、思想家として孤絶の境地に達しはじめていた。」（傍点引用者）と説明している。

しかし、後藤との会談から戻った竜馬がその内容を報告すると全員が不満な顔つきをし、ことに若い陸奥は、「わが社中は天下に独立すべき」で、土佐藩との提携はすべきでないと主張する。これに対して「陸奥君よ、その理想を将来に置こう」となだめた竜馬は、「西洋には、ロウ（法律）というものがあって、国家の運営をそれでやっている」ことを紹介し、「土佐藩とわれわれの社中の間でロウを作り、たがいにそれを守れば、われわれの独立性も確立」できると説得したのである。こうして、シーボルトについて蘭学を学んでいた長岡謙吉を助手として練った起草案を後藤に渡した後に、訪ねてきた中岡慎太郎と会うと、「陸援隊もつくり、海陸両方の浪人結社を出現」させることを思いつく。

一方、「戦火のなかで自分をたたきあげてきた革命児である中岡慎太郎」も、「陸援隊」という言葉を聞いただけで、内容を直感して、「よかろう」と答えたのである。ただ司馬は、「戦の一字あるのみ、幕府を軍事的に倒す以外にもはや道はない」と主張する中岡の言葉を聞きつつ竜馬が「道は百も千も万もある。道は一つだと信じて猪突する中岡とは、いずれおれは袂をわかたねばならぬときがくるかもしれない。しかし討幕まではこの男と同じ道を進めるだろう」と感じたと書いている。

そして、竜馬がこの頃には「日本はなるほど天皇のもとに統一さるべきである」が、「統一革命のための流血は、天皇のために流さるべきではなく、日本万民のために流さるべきである」という思想を持ち始めていたと指摘し、「明治風の言葉でいえば、中岡は国権主義者であり、竜馬は民権主義者である」と規定した司馬は、「竜馬が維新史の奇蹟といわれるのは、この討幕以前にすでに共和制度を夢み、自由民権思想を抱いていたということであろう」と結んでいるのである（傍点引用者、［五］・「海援隊」）。

さらに、長崎の豪商小曽根英四郎宅の書院座敷でひらかれた「約規会議」に際しては、竜馬が「社中は共同の運命に生きる」というたてまえから、都合のつくかぎりの社中の者をこの席に呼んでいたと描いた司馬は、さらに「竜馬の社中統御の法はつねに平等を原則とし、会計さえ公開法をとり、人件費は平等に分配した」ことに注意を促して、「同志団体でありながら職階という階級で統制」していた新選組との違いを強調したのである。

## 「穴のあいた大風呂敷」

こうして、海援隊の成立をとおして、竜馬と中岡との思想の違いや、亀山社中と新選組の統御法の違いを浮き彫りにした司馬は、次の「弥太郎」と題した章で同じく「大風呂敷」と称されることになる竜馬と後藤象二郎との違いをより掘り下げるとともに、竜馬と岩崎弥太郎の商法との違いを明確に描き出している。

たとえば、土佐藩で長崎に藩立の貿易会社をつくろうという案が出て、「土佐商会」の設立が決まると、ふつうは長崎「留守居役」というような藩の重役が勤める「商会の長」に、後藤象二郎は「貿易に堪能な能吏でなければならない。」として、「三百年の伝統をやぶって上士以外の階級」の岩崎弥太郎を指名していた（［五］・「弥太郎」）。

このような大抜擢について司馬は、「窮迫」の章で、「緻密な論文を書けるような頭」はなかった後藤は、「貿易論という題で論文をつくれ、」という宿題を出された際に、寺子屋を開いていた地下浪人の岩崎弥太郎に答案の作文を頼んだが、その論文のできばえに驚いた吉田東洋から詰問されて代筆者の名前を白状したことが最初の契機となっていたと説明している。

一方、若くして仕置家老となった後藤象二郎は、「異国の船舶」を買い入れる必要性を「老公」の容堂に強調して許され、「下僚をひきつれて長崎にゆき、日夜豪遊をかさねて土佐藩がいかに富裕であるかを宣伝し、外国商人からつぎつぎに銃砲船舶を買い入れて莫大な負債」をつくってしまった。ここで司馬は、長崎駐在の商務官となった弥太郎が、酒と女に藩費を湯水のようにつかっている「後藤という男が人間以外のばけもの」に見えて厳しく詰問したが、最初は「わしゃ、知らん」と答えていた後藤は、「やがてニヤリと笑って、『おンしを抜擢した理由がわかったか』」と言ったと書いている。つまり、「抜擢の真相は、後藤の汚職的な浪費を藩に知らせぬよう弥太郎に始末させるため」であったのである。

こうして「後藤象二郎の浪費の尻ぬぐい」をさせられるようになった弥太郎は、身分的には上の下僚がなかなか動かないことに腹をたてて、「無駄骨ならば、やらぬほうがまし」と宣言して、仮り役所に出なくなったばかりか、「後藤のまね」をして、「金庫から金をかっさらっては」、丸山で豪遊しはじめた。

これにたいして後藤は眉をひそめるのではなくかえって、「丸山の新築楼の抱えで、後藤が落籍《ひか》して旦那になっている女」を藩費を流用して囲うことを薦めたのである。「あなた様のお古を頂戴いたしますので」と弥太郎が反論すると、後藤は「風呂に入れればいつでも真っ新《さら》じゃ」と語って説得し、「ほどなく弥太郎は後藤の奔走で馬廻格という後藤とおなじ家格に直され、このため下僚の統率がうまくゆくようになった。」のである。

一方、豪遊のために、「佐幕攘夷派の連中から」命をねらわれた後藤は、「砲艦（ガンボート）の買い付け」という名目で上海に脱出したが、そこでも「性懲りもなく砲艦三隻を買い入れて」藩に負債を負わせていた。しかも、「外国商社から代金完済を迫られて閉口」した後藤は、急場の金を一時薩摩藩に立てかえてもらおうと思って、五代才助（友厚）に会談を申し入れ、土佐藩がいかに金持ちであるかを吹聴したが、一枚上手の五代にその法螺を逆手にとられ、「逆に五代に四万両の船を一隻買わされて」しまっていたのである（「五」・「窮迫」）。

ここで注目したいのは、長編小説『峠』（一九六六～六八）では、戊辰戦争（一八六八～六九）の一方の主役を演じることになる河井継之助（一八二七～六八）が兵器商人スメルとの関係によって、越後藩を日本でも有数な軍事藩にさせる過程が描かれていることである。(1)

実は、すでに『竜馬がゆく』の「三都往来」の章でも、「日本の藩はいわゆる大名買いだから、長崎の異人たちは法外な高値で売りつけるのだろう」と竜馬に言わせていた司馬は、上海から帰国した後藤が商人であるキネプルに遭遇して逃げ出すという光景を通して、新興国プロシアの影響が遠く日本にまで及び始めていたことも描いているのである。

すなわち、後藤象二郎はキネプルと直談《じきだん》して、火薬の元となる大量の樟脳を担保として、エンピール銃を一挺三十両で千挺の買いつけを契約していた。しかし、近藤長次郎の仲介で長州の伊藤俊輔と井上聞多は同じ銃を英人グラバーから一挺十八両で買っていたのである。それゆえ、「キネプルの銃器が法外な値段であることもわかってきて、後藤は契約の履行からのがれよう」としたが、これに対してキネプルは、契約を履行しないならば、上海にいる東洋艦隊を土佐の浦戸湾に差し向けるぞと恫喝したのである。このエピソードを描いた司馬は、ウィルヘルム一世（一七九七～一八八八、一八六一年にプロイセン国王となり、普仏戦争後の一八七一年からドイツ皇帝）が国王の座についたプロシアでは、参謀総長モルトケなどが起用され、また「鉄血宰相といわれるビスマルクが軍備拡充のために議会を停会し、独特の構想で軍国主義国家を築きあげつつあり、その国威は、いまや老舗の英仏を凌ごうとする勢いがある。」と説明している（［五］・「清風亭」）。

この記述は新興国プロシアがヨーロッパの大国フランスを破った普仏戦争（一八七〇～七一）と比較しながら、新興国日本がアジアの大国清を破った日清戦争（一八九四～九五）を描くことになる『坂の上の雲』の前半へと直結しているだろう(2)。

## 〝金を取らずに国を取る〟

土佐藩と同格の形で提携をした海援隊は、さらに伊予の大洲藩との契約で汽船いろは丸を購入し、乗組士官には紺地で袖に金筋がついている洋服を着させて、「世界の海援隊」の隊旗として「紅、白、紅」の簡潔な意匠の船旗もあらたに制定した。

そして、蒸気船にも十分に習熟して船長の代行もしていた竜馬は、「万国公法（国際公法）」についても、英語達者の長岡謙吉に「口頭で訳させ、それを耳の底におさめて」おり、「日本有数の実務的な知識の持ちぬしになっていた。」（［五］・「いろは丸」）。

このような「万国公法」の知識は、せっかくの希望だった「いろは丸」がその五倍の大きさの紀州藩の明光丸（八八七トン）に衝突されて、「数万両にのぼる銃器その他の積み荷」とともに一瞬で沈められた際にも活かされた。すなわち、「海難事故は、事故現場のそばで解決するのが国際的常識である。」ことをよく知っており、「絶望するよりも次へ跳躍するほうが早かった」竜馬は、「まるで西洋の海賊船のキャプテン」のように、沈没しかかっていた「いろは丸」から、あっというまに明光丸の甲板にとびおりたのである。そして、相手の航海日誌を押さえて、「操舵手まかせで船長以下が船室で眠りこけ」、甲板士官もいなかったなどを明らかにした竜馬は、「事件を法と公論によって解決したい」と申し出たのである。

さらに紀州藩が事件をもみ消そうとしたために談判は不調に終わり、責任を感じた海援隊の二名の士官は斬り込みを覚悟して脱隊を申し出ると、「負けるいくさはせぬことだ。」と諫めた竜馬は、世論の支持を得るために西郷と大坂の同志に長文の手紙を書く。

一方、紀州藩では長崎奉行や長崎にあるさまざまな藩邸の留守居役を取り込もうとする工作をするが、奉行所に岩崎弥太郎とともに出頭した長岡が「一分の隙もない答弁」を展開したために、奉行所も中立を鮮明にせざるをえなくなる。

ここで興味深いのは、世論に訴えようとした竜馬が、自分で作詞作曲した「船を沈めたその償いは／金を取らずに国を取る」との唄を丸山の花街で三味線をかかえて歌い爆発的に流行らしたことに司馬が注意を促していることである。吉田松陰と同じように「詩人のこころ」を持っていた竜馬は、それによって世論を喚起しえたのである。さらに、長崎港に入港している英国艦隊の司令官をこの海難事故の「臨時の裁定者」にすることをも示唆されて、追い詰められた紀州藩は、薩摩藩の五代才助（友厚）に調停を依頼したために、ついに八万三千両の賠償金を亀山社中に支払うことになったのである。

## 「史上最大の史劇」

「いろは丸」の問題の解決に竜馬が奔走していた頃、孝明帝（一八三一〜八八。在位、一八四六〜六六）の崩御によって「時勢はかわる」と直感した中岡慎太郎は、プロシアの例を挙げながら、「幕府から外交方針の決定権をうばう」ためには、「国家の最高問題は、朝廷が招集する列侯の会議によるべきだ」とまず西郷に説いた（［五］・「中岡慎太郎」）。

それが「反対派をも吸収できる絶好の案」であると認めた西郷は、まず鹿児島に戻って島津久光に、土佐の山内容堂、伊予宇和島の伊達宗城、越前福井の松平春嶽の四人による「列侯会議」と、「会議を重からしめるための大軍」の必要性を説いて了承を得た。さらに、その足で土佐に入った西郷は、容堂から「薩州侯のご努力は尊敬にたえないし、ご意見ももっともにおもう。」との言葉を得、さらに宇和島でも伊達宗城にその必要性を説いたのだった。

一方、太宰府へと向かった中岡は、「孝明帝の勅勘を蒙って官位を剝奪」されて閉居していた三条実美にあって「孝明帝の崩御」を伝えた。そして、宮廷工作を任せられる人物が宮廷に見つからずに途方に暮れて、「公卿は愚なものだ」と長嘆した三条に、安政のころに「井伊大老の開国強行策に同調し、幕府と朝廷の融和のために奔走し」、「皇妹和宮を将軍家茂に降嫁せしめる運動の中心人物になった。」が、その後「公卿でありながら皇妹を幕府に売り渡した奸賊」として批判され、勅勘をうけて退隠していた前右近衛《さきのうこんえの》中将岩倉具視卿の名前を挙げたのである。

政敵であった岩倉の名前が出たことに、三条は最初ほとんど蒼白になって、「かれは大奸ではないか」と問い質したが、先年のあやまちを悔いて回天の志を有しているとの噂を伝えた中岡は、人物を見た上で信頼に足りうるならば、「御前の手紙を渡し、三条卿・岩倉卿の秘盟を遂げます」と答えたのである。司馬は、このことを中岡から聞いた竜馬に、この提携こそが薩長同盟に次ぐ、維新に向かう大きな「第二歩」だと感じさせている。

なぜならば、司馬が書いているように、日本の歴史における「政治・社会の大変革はすべて、天皇の勅許を得ることによって」、「新しい勢力の安定」をみるとともに、「その敵を『朝敵』として討伐するという例をくりかえしてきた。」ので、「回天を企てる側は、回天に必要な情勢と軍事力をつくりあげてゆく」一方で、「勅命を得て敵を朝敵として討つため」に、宮廷をおさえねばならなかったのである。

司馬が「神のごとき陰謀の才」を持つ者と評した岩倉は、まず最初に「閉門中であった前大納言中山忠能卿を孝明天皇の後で帝位についた明治帝（一八五二～一九一二。在位、一八六七～一九一二）の後見者（大傅《たいふ》）として置いたことで、外祖父の中山忠能卿が「幼帝の御手をとって御璽《ぎょじ》さえおさせれば勅書はたちどころにできあがる」ことになったのである（[五]・「中岡慎太郎」）。

こうして、重要な宮廷工作を成し遂げた中岡は、さらに積極的に土佐藩に働きかけ、「一介の庄屋出身の身でありながら老公の容堂にも拝謁し」、「また老公が寵愛している若手の秀才官僚に接近してかれらの思想を転換させ、かれらの情熱にあたらしい方向をあたえた」。

そして、彼等の中心的人物として、乾（板垣）退助、福岡藤次（孝弟。一八三五～一九一九）、谷守部（干城《たてき》。政治家、軍人。後に熊本鎮台司令長官。一八三七～一九一一）、小笠原唯八、寺村左膳など勤王五人衆の名前を挙げた司馬は、なかでも中岡が「あの男が、わが陣営に加わってくれれば千軍の味方をえたようなものだ」と考えていたのが、「江戸で洋式騎兵を中心に洋式戦術」を学んでいただけでなく、「正義と信じた以上」は、「火のなかへでもとびこむという性格のもちぬし」の乾退助であった。

ただ、この退助が「のちに戊辰戦争のとき官軍の東山道軍をひきい、もっともすぐれた野戦司令官として活躍する」ことを紹介した司馬は、「維新後、陸海軍は薩長がおさえたため維新戦争当時の最大の名将といわれたこの男も、政治家にならざるをえなかった」と記し、「結局野にくだり、竜馬の思想系譜をひいて自由民権運動の総帥になる」と続けている。

一方、朝廷主催の四賢侯会議に出席して、「（薩摩の宮廷を牛耳っている力は、思ったよりもつよい）」

ことを知り、「いつにわかに、『討幕の勅命』といったような突然な事態が容堂の頭上にふり落ちてこぬともかぎらぬ雲行き」を感じた容堂は、「容堂が欠けた三賢侯では法的に成立しなくなる。」ことを見ぬいてもいたので「藩兵をひきい、風のように京を去った。」（［五］・「都大路」）。

それゆえ、「中岡も容堂を敵ながらその逃げっぷりはあっぱれと思わざるをえない。」と説明した司馬は「天下を覆そうとしている薩長にとっては雄藩土佐の参加こそ必要で、容堂がぬけたあとの越前福井、伊予宇和島の両藩には」、魅力がなかったと続けている。

しかし、このことに憤慨した乾退助が「ちかく藩の洋式部隊の指揮官になる予定」であり、「いざ討幕のときには藩にそむいて」、その部隊を「革命軍たらしめることができる」と中岡に告げると、それはただちに西郷にも伝えられて、「世に薩土秘密会議といわれる会合」が開かれることになったのである。

ここで、「革命というのは、人間が思いつくかぎりの最大の陰謀といっていい。」と規定した司馬は、「その中核的なはたらきをしているのは、ほんの数人の人間にすぎない。」と続けて、岩倉具視、西郷吉之助、大久保一蔵、中岡慎太郎、板垣退助の名前を挙げ、「他は同志であっても知らされていないし、もしくは知っていてもかれらに委任しきっている。」と書いている。

そして、「彼等は、日本史上最大の史劇を、自分の手で書こうとしはじめていた。」と続けた司馬は、「勤王討幕」という「強烈な理念のもとに、陰謀のすべてがかれらにとって正義になっていた。」と説明しているのである。

## 〝男子の本懐〟

一方、このような「武力討幕」の動きと容堂の京からの脱出を後藤象二郎から聞かされた竜馬は、日和見主義者の容堂を「情夫《といち》を二人持った女」に喩えながら、ついに二人の情夫から結婚を迫られてどうしようもなくなったようなものだと批判する。しかし、勝海舟から国際情勢を詳しく聞いていた竜馬は、「砲煙のなかで歴史を回転させるべきだ」という中岡慎太郎の方法に対しては強い危惧を抱いて、「いまのままの情勢を放置しておけば、日本にもフランスの革命戦争か、アメリカの南北戦争のごときものがおこる。惨禍は百姓町人におよび、婦女小児の死体が路に累積することになろう」と想像したのである（〔五〕・「船中八策」）。

そのような事態にならないようにと竜馬が思いついた案が、「将軍に、政権を放してしまえ、と持ちかける」という「大政奉還」という「驚天動地の奇手」であった。そうすれば、「薩長の流血革命派はふりあげた刃のやりどころにこまるであろう。そのあいだに一挙に京都に天皇中心の新政府を樹立してしまう。その政府は、賢侯と志士と公卿の合議制にする。」という妙案であった。

ただ、「幕府は消滅し、徳川家は単に一諸侯の列にさがる」ような、「自己否定の道を、慶喜はとれるかどうか。」と竜馬に考えさせた司馬は、「（しかし）と、竜馬は繰りかえしおもった。日本を革命の戦火からすくうのはその一手しかないのである」と続けている。

竜馬がこの案を海援隊の一同に打ち明けた後で、「坂本さん、そりゃ前説とちがう。」と語った最年少の中島作太郎（信行）との緊迫したやり取りをとおして、竜馬の苦渋を浮き彫りにしているこの会話もなるべく司馬の言葉で引用しておきたい。

「ずるい」
「そうそう、ずるい」
「それに、食言漢、変説漢、うそつきのそしりはまぬがれませんぜ」
「まぬがれまい」
竜馬はくるしそうな顔をした。だからこそ昨夜来、心中の苦渋をなめつづけてきたのだ。

若い作太郎はさらに、「戦《せん》の一字に訴えずんば回天の偉業は遂げられませんよ。古来、歴史がそれを証拠だてている。坂本さん、あなたはながい貴方の同志だった薩長を裏切るのですか」と詰め寄った。

これにたいして竜馬は「薩長は気の毒なことになる。」としながらも、「日本人のためさ」と続けたと描いた司馬は、「そこに革命正義の基点をおくというこの男の独特の思考法は、すでに勝海舟の薫化をうけたことから数年、巨樹のように胸中で育っている。」と説明している。

そして、「坂本さん、あなたは孤児になる」という指摘に対して、「覚悟の前さ」と竜馬に答えさせていた司馬は、別れ際に「時勢の孤児になる」と批判したのは言いすぎだったと詫びた中島作太郎に対して、「言いすぎどころか、男子の本懐だろう」と竜馬に夜風のなかで言わせたのである。

そして、「時流はいま、薩長の側に奔《はし》りはじめている。それに乗って大事をなすのも快かもしれないが、その流れをすて、風雲のなかに孤立して正義を唱えることのほうが、よほどの勇気が要る。」

と説明した司馬は、竜馬に「おれは薩長人の番頭ではない。同時に土佐藩の走狗でもない。おれは、この六十余州のなかでただ一人の日本人だと思っている。おれの立場はそれだけだ」と語らせていたのである（傍点引用者、［五］・「船中八策」）。

　司馬が竜馬に語らせたこの言葉には、生まれながらに「日本人である」のではなく、「藩」のような狭い「私」を越えた広い「公」の意識を持った者が、「日本人になる」のだという重く深い信念が表れていると思える。先に見た「二十一世紀に生きる君たちへ」というエッセーの文章を再び引用すれば、「自己を確立」するとともに、「他人の痛みを感じる」ような「やさしさ」を、「訓練して」、「身につけ」た者を司馬は、「日本人」と呼んでいるのである。

## 「時勢の孤児」

　興味深いのはこの前の場面で、「もし天がこの地上に高杉を生まなかったならば、長州はいまごろどうなっていたかわからない。」という感慨を抱いた竜馬に、二カ月前に亡くなった高杉晋作のことを思い出させながら、「面白き、こともなき世を、おもしろく」という辞世の上の句を晋作が詠んで苦吟していると、看病していた野村望東尼《もとに》が、「住みなすものは心なりけり」と続けたことを紹介した司馬が、おりょうに、「思い出したときが供養だというから、今夜は高杉の唄でもうたってやろう」と、竜馬が「三千世界の烏を殺し主と朝寝がしてみたい」という晋作の唄を三味線をひきながら歌ったことも描いていることである。

　晋作が攘夷派の同志たちによって暗殺される危険性を熟知しながら、「大勇」を発揮して、長州藩の滅亡の危機を救うために藩代表の使節として四国艦隊との講和交渉に臨んでいたことを思い起こすならば、この場面は日本を内戦から救うために竜馬が重大な覚悟をしたことをも暗示していると思われる。事実それは、かつて竜馬が北添を諌めたように時勢という強烈な流れに逆らって船出をするような決断であり、「時勢の孤児」になるような危険な道でもあったのである。

しかも、高杉晋作や桂小五郎、井上聞多などと下関の酒亭で酒を飲んだ際に、「世が平いだあと、どう暮らす」ということが話題になった際に、「両刀を脱し、さっさと日本を逃げて、船を乗りまわして暮らすさ」と答えた竜馬が、高杉がくびをかしげたのを見て、すかさず「君は俗謡でもつくって暮らせ」と語ったことも描いていた司馬は、「はるか下座に伊藤俊輔、山県狂介らがいた。みな維新政府の顕官になり華族に列した連中である。」と続けていたのである。

つまり、薩摩藩や幕府に対する影響力を強めているイギリスやフランスの思惑にはまって、悲惨な内戦を起こさないように、「戦争によらずして一挙に回天の業」を遂げられる策を必死に探して、「日本を革命の戦火からすくうのはその一手しかない」として竜馬が出したのが、大坂へ行く船中で書き上げた、いわゆる「船中八策」であった。

その第一策として記されていたのが、「天下の政権を朝廷に奉還せしめ、政令よろしく朝廷より出づべき事」という「大政奉還」の案だったのである。そして、その策が「どなたの創見です」と問われた竜馬に、「かの字とおの字」と答えさせた司馬は、それが「勝海舟と大久保一翁」であることを明かし、「どちらも幕臣であるという点がおもしろい。」と続けていた。このことは、幕府の重臣であった勝や大久保には、長く続いた政権には権力の腐敗が生じ、政権が犯した間違いを点検することができずに、自分たちの恥を隠すという心理から負の問題点がどんどんと先送りされてしまうことへの深い認識があったといえるだろう。

さらに、「上下議政局を設け、議員を置きて、万機を参賛《さんさん》せしめ、万機よろしく公議に決すべき事」という「第二策」について司馬は、「新日本を民主政体《デモクラシー》にすることを断乎として規定したものといっていい。」と位置づけ、「余談ながら維新政府はなお革命直後の独裁政体のままつづき、明治二十三年になってようやく貴族院、衆議院より成る帝国議会が開院されている。」と続けている。

そして、「他の討幕への奔走家たちに、革命後の明確な新日本像があったとはおもえない。」と書いた司馬は、「この点、竜馬だけがとびぬけて異例であったといえるだろう。」と続けているのである。ただ、竜馬はこのような広い視野を偶然に得たわけではなかった。すなわち、高知の蘭学塾でのオランダ憲法との出会いに注意を促しながら司馬は、「勝を知ったあと、外国の憲法というものにひどく興味をもった」竜馬が、「上院下院の議会制度」に魅了されて「これ以外にはない」と思ったと説明している。

つまり、「流血革命主義」によって徳川幕府を打倒しても、それに代わって「薩長連立幕府」ができたのでは、「なんのために多年、諸国諸藩の士が流血してきた」のかがわからなくなってしまうと考えた竜馬は、それに代わる仕組みとして、武力ではなく討論と民衆の支持によって代議士が選ばれる議会制度を打ち立てようとしていたのである。

## 三　〝みな共に、きょうから日本人じゃ〟

### 「稀世《きせい》の妙薬」

「船中八策」の案は成ったが、司馬はこの後で陸奥から「所詮、後藤に名をなさしめるわけですな」と語られた竜馬に「当然ではないか」、「この功名でいよいよ藩内で出世すればよいのだ」とたしなめさせている。しかし、「坂本さんはどうなりますか」とさらに尋ねた陸奥には、自分の「考えちょることは、土佐藩ではない。日本のことじゃ。日本のことが片づけば世界のことを考える」と続けて、文官の長岡謙吉から苦笑される場面が描かれている（〔五〕・「夕月夜」）。

興味深いのは、司馬がこの後で竜馬に、「容堂公が二十四万石の親玉というても、その左右で多少出来るのは後藤象二郎か乾退助くらいのものじゃ。おれは天涯の浪人とはいえ、左右に陸奥陽之助、長岡謙吉を従えている。陸奥は一朝事が成れば、一国の外交を主宰することができるし、長岡はゆうに一国の文教を主管することができるだろう」と言わせていることである。この文章は司馬自身がいかに高く海援隊を評価していたかを物語っているだろう。

こうして「大政奉還」の策を実行に移す面倒な交渉のために京に上った竜馬であったが、その彼が寺田屋に到着してまず受け取ったのは、乙女姉さんから「家で毎日ぶらぶらしているのが退屈だとか」、「いっそ国をとび出して京へのぼりたいとか」の愚痴が書かれた三通の手紙であった。司馬はここで、

「学問もできるし、謡曲、浄瑠璃をやらせては素人の域を越えているし、それに剣術や馬術までできる」姉の才能が活かされない時代の不幸を思いつつ、竜馬が苦労しつつ書いた乙女への長い手紙を紹介している。実際、その手紙からは非日常的な混迷の時代にあっても姉への気遣いを忘れない竜馬の優しさが浮かび上がってくるのである。

その翌日に薩摩藩邸を訪ねた竜馬に、「将軍に政権を返上させるなどということが武力によらずしてできるはずがない」と厳しい反論を加えた「武力討幕主義」の西郷は、すぐさま中岡と会い「中岡君、そのようなことができるかね。幕が承知するかね。すまい？」と質問して、空論をはかない竜馬なら、やりかねないという返事を得ると、竜馬と十分に話しあってもらうという形で中岡に説得をまかせた。それゆえ、大政奉還の一件に対して、「時勢の車輪の前に丸太ン棒をころがすようなことはよせ。」と迫った中岡との間で竜馬は次のような緊迫した会話を交わすのである。


「竜馬、聞け、おンしゃ、まともに幕府を倒す気があるのか」

「そのために命を曝《さら》してきた。返答の必要はあるまい」

「しからばなぜ、大政奉還などというあまい手を打出す。しかもまやかしの、出来もせぬシナ手《て》妻《づま》を。——竜馬、言うちょくが幕府は砲煙のなかで倒す以外にないぞ」

「しかない、いい、というものは世にない。人よりも一尺高くから物事をみれば、道はつねに幾通りもある」

「大政奉還は、それか」

「そのひとつだ。しかし中岡、大政奉還こそ武力必勝の道でもあるぞ」

「ほう」

中岡は、息をとめた。単に、議場で通用するのみの、婦女子をだますような平和解決案とみていたのである。


それを受けて竜馬は、土佐藩の公論として薩摩藩の賛同を得て、薩土両藩の動議として大政奉還案を上程するならば、藩兵も繰り出せると語り、「将軍慶喜がこれを容れねばたちどころに討つ、という含みがこの案にある。力がなければ案はとおらぬ」と説明した。

そして、それならば京に大軍を集めることもできるとしたうえで、「もっとも徳川氏が、平和裏にその政権を返上してしまえば戦争はむこうへ遠のく。それはそれで日本国のために慶賀すべきだ。」と付け加えたのである。

竜馬の説明を聞いた中岡が、「稀世《きせい》の妙薬だ」と納得したと書いた司馬は、「もともと竜馬の大政奉還案というのは、一種の魔術性をもっていた。討幕派にも佐幕派にも都合よく理解されることができる」と解説し、竜馬を医師にたとえながら、「一方の患者には下し薬として与え、一方の患者には逆に下痢どめとしてあたえ」、しかも「双方、快癒する」という見込みをもっていたと続けている。

## 「草莽の志士」と「有能な官僚」

竜馬の案に賛成した中岡が早速、薩摩と長州を説得し、さらに討幕を画策しているもう一人の頭脳である岩倉具視のもとを竜馬とともに訪れることを描いた司馬は、竜馬が岩倉にたいして勢いよく談じると、「その喋り方に独特のユーモアが」あったので、「岩倉は何度も大口をあけて哄笑し」、「会談のおわりには竜馬の大政奉還案に積極的に賛成した。」と結んでいる。

一方、老公の容堂から「大政奉還案をもって京都藩邸の意見を統一せよ」との命を受けた、仕置家老に次ぐ地位である大監察の佐佐木三四郎（高行。一八三〇～一九一〇）の命賭けの説得で、それまで佐幕派だった土佐藩の上士たちが一斉に変わり始める。

この話を聞かされた竜馬が、「まさか。藩役人が命を賭けることはあるまいぜよ」と言うと、中岡と親しい毛利恭助は、「命を賭ける、とは大げさだが、まあ佐佐木にすればこれが成功すれば家中での出世は思うがままだ。そういう肚らしい」と語る。司馬は、この説明を聞いた竜馬に「それならわかる」と答えさせ、「革命もぎりぎりの段階になれば、いままでそっぽをむいていた官僚がぞろぞろ出てくるのである。出世の投機としては最良のものだと思うのであろう。」と思ったと描いている。

それゆえ竜馬は、若くして亡くなった友人たちを思い出しながら、「草莽の志士」の「功と死は日本人が永遠に口碑として記憶すべきだろう。」と語りながらも、「有能な官僚」である佐佐木を立てて、「しかし今からの芝居の幕は、それら草莽の志士よりも役人の出る幕だ。」と続けたのである。そして、この席に同席した中岡も、海援隊の約規をモデルにした陸援隊がまだ実現にいたっていないことを告げて、北郊の白川に建てられた第二藩邸を陸援隊に貸せと迫った。

このことの意味について「徳川期の幕藩体制の法制度からいえば、諸藩の屋敷へ踏みこむことはできない。いわば治外法権なのである。」と説明した司馬は、本拠地を得たことで、最初十一人の浪人から成り立っていたこの陸援隊が、水戸や三河などさまざまな藩の出身者を入れて、またたくまに百人を越えたと記している（[五]・「陸援隊」）。

そして、「たれか、統率の能力のある者はいないか」と尋ねられた竜馬が、「土佐の軽格あがりで、郷士以下の身分であった」が、田中顕助（後、光顕《みつあき》。一八四三～一九三九）と那須盛馬（後、片桐利和）の二人の名前を挙げると、「代将として隊をまかせられそうだな」と中岡も賛成したのである。

一方、海援隊には、「土佐の村医者あがり」だが、「文才、学識、英語や蘭語の読解力からいえば、どの藩に抱えられても新知五百石のねうち」のあった長岡謙吉や、「性格がやや激しすぎて人との協調を欠くのが難だが、その理解力の早さ」などでは長岡よりも数段上の陸奥陽之助（宗光）、さらに若い中島作太郎（信行。一八四六～九九）でさえ、「隊の商務部門を担当し、なかなかの能力を発揮」するなど有能な人材がそろっていたのである。

興味深いのは、佐佐木三四郎について、「（しかし、大監察以上はむりだな）」と竜馬に考えさせていた司馬が、「むりどころか、この佐佐木が維新政府の顕職を歴任し、ついには位人臣をきわめるに至ろうとは、このとき竜馬も想像さえできなかった。」と続けていることである。

そして、この後で陸援隊には「維新の志士の型の二つの流れが」混在していたと書き、「薩長藩閥政府」に参加して栄達した者として、伯爵田中光顕や男爵片桐利和、男爵岩村高俊などの名をあげた司馬は、「竜馬の自由思想の影響を多分に」うけた志士として、宿毛の軽格侍で「自由と平等思想の宣布者になった」大江卓《たく》（一八四七～一九二一）を挙げている（[五]・「陸援隊」）。

土佐藩の官僚と海援隊や陸援隊の隊員とが比較されたこれらの記述は、明治維新後の自由民権運動の流れを知る上でも重要だろう。

つまり、『「明治」という国家』に記されているように、「明治初年に新政府が創りだした〝国民〟というのは、法によって権利と義務が明快になった〝国民〟」ではなく、「税金をとられ」、「徴兵される存在」にすぎなかったのである。それゆえ、「自由民権運動」を「西洋かぶれの思想ではなく、国民になりたいという運動」だったととらえた司馬は、「明治憲法」が「下からの盛りあがりが、太政官政権を土俵ぎわまで押しつけてできあがったものというべき」として成立までの過程を高く評価したのである（「『自由と憲法』をめぐる話」『「明治」という国家』）。

## 仙人の対話

一方、大政奉還案の実現のために八方奔走していた竜馬は、この問題を当の幕府がどう考えるかを直接、「その肚をたたき、できれば説得したい」と思いつき、幕府の大目付の永井主水正《もんどのしょう》尚志《なおむね》の屋敷を訪れる。

徳川慶喜が「穏和な人柄とその豊富な対外知識を愛し」、重要なことのほとんどについて下相談していた永井と、竜馬も勝や大久保一翁を通して面識をもっていたからである。しかし、それは永井の気が変われば即座に見廻組などによって捕殺されかねない危険な方法でもあったが、竜馬は長州に使者として赴いた師の勝と同じような、「素っ裸で相手のふところのなかに飛びこむ」というやり方を選んだのである。

そして司馬は、縁側に腰をかけると「よい庭ですなあ」と、「毎日会って碁を打ったり茶を飲んだりしている」ような雰囲気で話しかけ、さらに楊梅《やまもも》の実を見つけて目を輝かしていた竜馬が、「ところで、用件をきこう。私はいそがしい」と永井から催促されると、幕府の政権という看板をおろしてはどうかと端的に提案した場面を描いている。

思いもかけぬ言葉に永井が絶句すると、竜馬は「昂奮すれば理の筋がわからなくなる」とたしなめ、「たとえばこの庭をながめ、楊梅の話をしながら、それと同じ調子で話しあってみる。すると物事の道理があきらかになってくる。そういうものでありましょう。」と続けた。

そして、竜馬が「幕府衰亡という問題を冷厳な社会科学的な態度で語りあおう」としていたと説明した司馬は、竜馬に「そうでありましょう？　坂本竜馬は一人の日本の人民である。禄もなければ爵もない。いずれの藩にも属せず、日本にのみ属している。」と語らせ、「ただ日本のために良かれとのみ考えている。それがわかって貰える相手だと思って参上しています」と続けさせている。

そして、永井が「古代中国の道教の思想で」仙人が住むという崑崙山《こんろんざん》の居処の閬風苑《ろうふう》にあやかった閬風亭を宿にしていることに注意を促した竜馬は、「下界に対して責任はない」、「天界の仙人としてこんにちの日本の課題」を話しあいたいと提案する。ここには平面上からみるとどうしても解決できないような難問の場合には、視点を変えて考えてみようとする司馬自身の見方もよく現れているだろう。

自分が色黒なので黒仙人と名乗った竜馬は、「徳川幕府は三百年の泰平を仕遂げた。この功は百万年後も日本人のわすれ得ざるところでしょう」とまずは徳川政権の徳をたたえる。しかしその後で、軍事的にも経済的にもフランスの援助を受けている幕府が、「大名を取りつぶし」、「郡県制を布《し》こう」

とすれば、諸大名が抵抗して「途方もない内乱」が起き、結局はフランスが「日本を武力平定するかたちになる」と指摘する。しかし、イギリスも「かならず抵抗する大名側に味方し、同量以上の軍資金、武器、もしくは軍隊まで」送りこむので、日本の「六十余州を戦場」として、英仏が戦うことになり、「勝ったほうが日本をとりましょう」と断言する（［五］・「陸援隊」）。

これに対して白仙人となった永井も、「仙人の立場」で言うならば、「きっとそうなる。そのような結果は招くべきではない」と同意すると、竜馬は「屋敷を補強なさるよりも、別の場所に新築したほうが日本のためによろしかろう」と勧める。

そして、「この前古未曾有の時代に、鎌倉時代や戦国時代の武士道で物を考えられてはたまらぬ。日本にとっていま最も有害なのは忠義ということであり、もっとも大事なのは愛国ということです」と竜馬は説得するのである（傍点引用者）。

ここで注目したいのは、「愛国」の重要性を強調した竜馬に、最も有害なものとして「忠義」を挙げさせることで、司馬が青年の頃には「忠君愛国」という形で教えられていた「忠義」と「愛国」を対立する概念として示しながら、上下関係に縛られる「閉ざされた愛国」ではない、いわば「開かれた愛国」を主張させているのである。

こうして、竜馬のきわめて論理的であるとともに分かりやすい言葉で語られた大政奉還の必要性を納得した幕府の重臣永井は「君の計算が正しいようだ」と力のない声で言い、さらに「大政を奉還して徳川家を無傷で残すということになされては如何《いかん》。」という竜馬の問いには「そのこと、私の口からはいえない」と答えたことで、竜馬も永井が「自分の意見と正反対ではないことを察した」のである。

## 〝万国公法じゃ〟

この時期、「万国公法」の翻訳を竜馬から命じられていた長岡謙吉の「机の上には、文筆の草稿が山とつみあげられ」ており、「竜馬はそれを海援隊版で出版すべく、すでに長崎で活字と紙の手配まで済ませていた。」竜馬が、「頼むぜよ。これが完成すれば日本国にはかり知れぬ利益をもたらすわい」と、「手にとった草稿の一枚を、拝むようなしぐさで言った。」と司馬は書いている（「五」・「横笛丸」）。

しかも、新政府ができればその日から「盲人の杖のようなもの」である万国公法が必要となるとして、竜馬は「海援隊士の基本的な義務」として、英語を教官の長岡について学習することを課していた。しかし、「そのするどすぎる舌鋒と緻密な論理をもって相手を攻撃し、とどめを刺すまでやめない」ことで、「ほとんど孤立してしまって」いた陸奥は、竜馬から万国公法の邦訳を手伝うことで、その内容を覚えるとともに、英語を習得しろと要求されると、「どうして私にばかり、そう苛酷なことをおっしゃるのですか」と抗弁した。

すると竜馬は、新政府ができた際には、外国のことを知らない人間にまかす訳にはいかないので「おンしは、日本の外務のことを一手にやれ。おれはそう決めている」と告げる。この言葉を聞いた陸奥は「やりますよ。そこまでおだてられちゃ、奈良の大仏でも駈け出すでしょう」と答えるのだが、ここには後に外務大臣となる陸奥宗光の最初の一歩が記されているといってよいだろう。

しかし、こうして竜馬がまさに多忙をきわめていたこの時期に、長崎丸山の遊里で「泥酔して拳銃などを擬し、通行人などをからかっていた」英国東洋艦隊の軍艦イカルス号の水兵二人を、「それぞれ一刀で斬殺し、悠々と立ち去った」、「謎の武士」が海援隊士と見なされるという事件が起きる。

　この事件を軍艦で大坂に乗りこんできた英国公使のパークスから知らされた幕府は、それを生麦事件と同様の重大な事件と認識し、早速、土佐藩に善処を迫ったのである。それゆえ大監察の佐佐木たちは事件の真相を知るために、早速、大坂へと発った。

　一方、夜遅くに帰宅してこのことを知った竜馬は、藩邸内の主立った者を集めて、「英国水兵を斬ったのは海援隊士ではない。絶対にない。」と断言する。そして、「なぜだ」と問われると竜馬は、「わが隊士はみな万国公法を心得ている。国際協調主義こそ海援隊の方針だ。それでなおかつ人を斬るはずがあるか」と言い、「しかし、英国公使から幕府あて、その旨の通牒があったというぞ」と反論されると、「英国公使や幕府のいうことだから信ずるというのか。」と批判し、「こういう事件は、目で殺害現場をはっきり見てから論ずべきものだ。」と続けたのである。

　こうして、この事件に対する竜馬の見方をとおして、この時期の竜馬の世界観を見事に描き出した司馬は、途中で寄った船宿寺田屋のお登勢を相手にした会話で、この事態を「あたらしい日本が生まれ変わるという大将棋」で、「もう何手で詰むというところまできて」、這い這いするわが家の小児に「盤の上の将棋」を覆されたようなものだと説明させている。

　さらに大坂に行く船の中では寝待ノ藤兵衛に、「おれは場合によって英国の議会にまで出かけてゆくつもりだ」と語らせた司馬は、「日本は、幕法によって徒党を組むことは最大の罪になっている」が、英国や米国では「公然と徒党を組み、徒党が正論をおこし、他の徒党と大論議をたたかわせて一国の政治を動かしている。それが議会というものだ」と説明させ、「おれも幕府を倒したあと、その議会というものを作る。議会を作ることが、討幕の最大の理由だ。」と打ち明けさせているのである。

しかも、「お前だって、議員になれるぜ」と竜馬に元泥棒の寝待ノ藤兵衛に語りかけさせた司馬は、藤兵衛が「うそだ」と首をすくめると、「いまの世でうそだと思われていることが、次の世では当然なことになる。そうならねば、回天というものの意味がなくなる」と語りかけさせている。

この場面は乙女の竜馬への手紙を紹介した第五巻の「夕月夜」の章で、政治への関心が強かったばかりでなく、才能も豊かだったにもかかわらず、「その表現の場が、この世にはない」と書いた司馬が、「女が才能豊かに生まれつくということほど、不幸はあるまい。」とも記していたことを思い起こさせる。しかし、日本の成人男性に選挙権が与えられたのは、一九二八年のことであり、さらに敗戦後の一九四五年になってようやく女性にも参政権が与えられることになる。

そのことを思い起こすならば、「どういう国家と社会をつくるかという構想が、西郷にも桂小五郎にもない。」と考えた竜馬に、「(こうとなっては頼むのは土佐の士だな。土佐の連中におれの構想を吹きこんでゆくしかない)」と考えさせたとき、司馬は戦後の日本社会をも先取りするようなきわめて新しい理想を竜馬に担わせていたとも思えるのである(「五」・「横笛丸」)。

### 桂浜の竜馬像

ただそのような竜馬の思いとは裏腹に、状況は悪化の一途をたどる。すなわち、老中の板倉に呼び出された佐佐木三郎は、そこで英国公使のパークスが軍艦で土佐に向かうことや、幕府も軍艦で仲介のための役人を派遣することを知らされたのである。それゆえ、佐佐木は竜馬と面識のある西郷のつてで薩摩藩の汽船で急遽、土佐に戻った。

一方、容堂の「景気のいい啖呵《たんか》や寸鉄人を刺すような毒舌」が英国人から揚げ足を取られることを恐れた竜馬は、現場の長崎ではなく越前福井藩の大坂藩邸へとまず向い、春嶽公に「このたびのことも、すべて万国公法に則るよう、わが藩の老公におさとし願わしゅうございます」と依頼したのである。快く手紙をしたためた春嶽は、その手紙を読みつつ思わず涙をこぼした竜馬に「わしの坂本竜馬に対する友情だよ」と言い、司馬は「御三家に次ぐ家格の大名が、路傍の士にすぎぬ竜馬に、友をもって呼んでくれたのである。」とこの場面を結んでいる。

こうして春嶽公の手紙を持って藩船の夕顔丸で土佐の須崎に赴いた竜馬は、英艦バジリスク号での談判に出発する後藤象二郎から助言を求められると、「正直にやることだ、誠実に。あとは当意即妙に漕げばよい。」と語り、さらに「一緒に長崎で調査しようというなら、誠心誠意共同調査をする」と提案させたのである。

さらに長崎に急行して事件の実否を調べ始めた竜馬は、突如、「懸賞金で下手人をさがすこと」を思いつき、「あす、隊士一同が手分けして市中の辻々に立ち、貼り紙も貼り、下手人を教えた者には千両つかわすと吹聴してまわろう」と語った。これに対して、「妙案だ。百両も出すか」と手をたたいて語った佐佐木に、竜馬は「額が大きければこそ、市中は沸く。」といい、沸けば土佐藩が有利になると説明した。

実際、幕士英の三者による調査によっても下手人は見つからずに、この事件の審議は打ち切りになったが、ようやく明治元年八月にこの英国水兵殺害事件の下手人が、筑前福岡藩士であり、「藩に迷惑がかかることをおそれ、翌々日に下宿で切腹して」いたことが明らかになったのである（前掲［五］・「朱欒《ざぼん》の月」）。

こうして、事件を無事に収めた後に長州の桂小五郎や伊藤俊輔と土州の佐佐木などと会飲して酔った竜馬は、「アメリカでは大統領が下女の給料の心配をするという。三百年、徳川将軍はそういうことをしたか。この一事だけでも幕府は倒さねばならない」と語った。この竜馬の言葉が「土佐につたわって勤王派の人々をふるい立たせた。」と書いた司馬は、「その伝統が明治後の自由民権運動になってゆく」とし、「その基礎的な思想は竜馬のこの言葉に集約されるであろう。」と説明している。

この意味で興味深いのは、新式小銃千挺を土佐藩にただで進呈するという交渉をするために、桂浜に上陸した場面で、竜馬の銅像についての考察が記されていることである。

「（桂浜じゃな）／竜馬は一歩々々、足あとを印するのを楽しむようにして歩いた。歩くにつれ、こみあげてくる感傷に堪えきれなかった。この国にうまれた者にとって、この浜ほど故郷を象徴するものはないであろう。／月の名所は桂浜／と俚謡にもあるように、高知城下の人は中秋の明月の夜はこの浜に集い、月を肴に夜あかしの酒を飲むのが年中行事になっていた」。

そしてここで司馬は、この浜に建てられた竜馬像の建設運動が、大正十五年に数人の青年によっておこされたことに言及し、「彼等は全国の青年組織からわずかずつの寄附をあつめ、途中、岩崎弥太郎がおこした岩崎男爵家から五千円の寄附申し出があったが、零細な寄附をあつめてつくるという建前から、かれらはこれをことわり」、しかも、昭和三年の春にできた銅像の台座の背面には、「高知県青年建立」とのみ刻んだと書いているのである（［五］・「浦戸」）。

ここでは財界からの寄附にたよるのではなく、一人ひとりの意思によって集めた金で物事を成すという民主主義の基本を知っていた高知の青年たちの先見性が讃えられているだけのようにも見える。しかしこれに先立つ「窮迫」の章で、後藤象二郎には「理財の観念が皆無といってよく、さらに金に公私の区別がない。」と書いていた司馬は、「維新のどさくさのときに」、後藤が独断で土佐藩の負債を肩代わりさせる代わりに、『藩の大坂屋敷や江戸屋敷、それに汽船などはぜんぶおまえに呉れてやる。商売をしろ』と、かれが可愛がっていた一藩吏の岩崎弥太郎」に呉れてやったが、そこには「竜馬の社中の財産が多分にふくまれて」おり、岩崎はこれをもって「竜馬の事業」を継承したと記していたのである（［五］・「窮迫」）。

これらのことを考えるならば、黒潮の流れる桂浜に立つ竜馬像を考察することで、司馬は理解者たちからの出資金によって商社を起ち上げた竜馬の商法の特徴と、さらに兵器の売買にもかかわる商社にとっては莫大な利益をあげることができる機会であった内戦の機運が高まってきたときに、自らの生命をも脅かすような和平案を案出した「思想家」竜馬の独自性に読者の注意を喚起していたと言えるだろう。

## 〝時間《とき》との駈けっこだな〟

ところで、竜馬が桂浜に上陸していたのは、後藤象二郎に「単に大政奉還の紙一枚を持って上京」させるのではなく、新式小銃千挺を持たせた藩兵二大隊をひきいてゆかせ、武力を背景に和戦両方の構えを取ることで、「大政奉還」の実現を目指そうとしていたためであった。

それゆえ、京に戻るや「あんな運動をいつまでもやられていては戦機を逸するし、士気を萎えさせる」と考えた中岡から、「おれは後藤を斬ろうとした」、「おれ自身、自分をおさえきれぬ」と告げられた竜馬は、「慎。ここ数日の辛抱は日本百世のためだぜ」と自重を促している。

一方、武力発動をおさえるために、対幕奔走の結果を毎日いちいち小松帯刀や西郷吉之助に報告していた後藤が、薩摩藩邸を辞去しようとするときに西郷から提灯を持たされたことで一命を取り留めたというエピソードでは、江藤が「いま、あやうく薩の中村半次郎に斬《や》られるところだった」と語ると、竜馬が「あとしばらく生きていて貰わぬとこまる」と応じたと書かれている。

この後で司馬は、「西郷ほど魅力に富んだ人格はないと思われるが、ただ癖として戦いを好むきらいがあるようにおもわれる。それに西郷には藩内に心酔者が多く、それがいずれも血気の士で、ときに師の西郷でさえおさえのきかぬことがある。いまの中村半次郎などはその好例であろう。」という竜馬の見解を記しているが、この記述は『翔ぶが如く』のテーマへと発展していくことになる。

他方、竜馬の進める大政奉還案が十中八九は不成功におわるであろうと考えた岩倉は、薩摩の大久保一蔵（利通。一八三〇〜七八）とこの件について熟議し、「討幕密勅の降下の一件は、依然として進めたほうがよい」という結論に達していた（「五」・「横笛丸」）。

夜更けに駆け込んできた陸奥から「密勅降下運動の秘事」が進んでいることを知った竜馬の驚愕について司馬は、「降れば開戦である。もはや竜馬の大政奉還工作など、砲煙のなかでけし飛んでしまうだろう。国内に硝煙が満ち、三百諸侯は京方と江戸方にわかれて各地で戦争をはじめ、日本にふたたび南北朝の乱世が現出するのは自明のことであった。」と書いている。

そして、「岩倉入道は、その導火線にすでに火を点じたといっていい。火は導火線を走り、やがては火薬庫を爆発させることになるだろう。」と続けた司馬は、竜馬に「その燃えつきぬまに将軍に大政を奉還させねばならぬ。これは時間《とき》との駈けっこだな」とつぶやかせている。

それゆえ、「幕府の官僚組織を動かす」のは、不可能にちかいことを知っていた竜馬は、将軍慶喜がもっとも信頼する側近であった永井玄蕃頭尚志のもとを後藤象二郎とともにかわるがわる訪ねて説き続けたのである。このことを記した司馬は、永井が竜馬を評して、「後藤ヨリモイッソウ高大ニテ、説クトコロモオモシロシ」と書き残していることを紹介し、その後の経過を詳しく描いている。

ようやく慶応三年十月十二日夜に事態が変化し、翌日に「異例のことながら将軍が諸藩の重臣を二条城に招集し」、「大政奉還の可否について」諮問することが明らかになった。

このことを知った竜馬は、もし単独で将軍と会えるならば、「古今東西、兵戦を用いず乱をおこさず、ただ国と民のためのみを思ってその政権を他に譲った例があったか、本朝にもなく、唐土《もろこし》にもなく、西洋にもない」、「そのかつて無かった例を日本においてひらく名誉を徳川家は持たれよ」と説きたいと願うが、そのような資格はむろん竜馬にはなかった（「五」・「草雲雀」）。

それゆえ竜馬は、「建白の儀」が万が一にも通らないときには、「海援隊の同勢とともに将軍の行列に斬りこみ、将軍を刺して自分も闘死する。地下で貴君と面会することになるだろう」との「行間に殺気が満ち、鬼気あふれ」る三百八十五字の手紙を後藤に書いて覚悟を促したのである。

一方、「京にいる土佐系の志士はことごとく竜馬の下宿にあつまっていた」が、日が暮れても後藤からなんの報告もないことに苛立った古い志士が、「竜馬、これは絶望かい」と大声で叫ぶと、竜馬は「世に絶望ということはない」とにがい顔で答え、「死んだ高杉晋作もそういう意味のこと」を平素いっていたのをふと思い出したと司馬は描いている。

事実、土佐の福岡藤次、薩摩の小松、さらに芸藩の辻将曹などと三藩共同という形で慶喜との拝謁をねがい出て、「大政奉還」の必要性を訴えていた後藤は、結果が出るとすぐに竜馬に手紙を書き、「大樹公、政権を朝廷に帰するの号令を示せり」とふとぶとと書いて下僕を走らせたのである。

その手紙を受け取って開いた竜馬について、「黙然と首を垂れて手紙を見入っている。顔が、あがらない。」と描いた司馬は、「やがて、その竜馬が顔を伏せて泣いていることを一同は知った。むりもないであろうとみな思った。」と続けている。

そして、「竜馬がこのとき呟いたことばとその光景は、そのまわりにいた中島作太郎、陸奥陽之助らの生涯忘れえぬ記憶になった。」と書いた司馬は、「古格な文語になって語り継がれた」竜馬の、「大樹公（将軍）、今日の心中さこそと察し奉る。よくも断じ給へるものかな、よくも断じ給へるものかな。予、誓ってこの公のために一命を捨てん。」という言葉を記している。

そして司馬は、「日本は慶喜の自己犠牲によって救われた」と竜馬は思ったのであろうと書き、「その慶喜の心中の激痛は、この案の企画者である竜馬以外に理解者はいない。」と説明している。

## 〝燦《きら》めくような文字〟

将軍・慶喜の決断を知った同志たちも、「手をとり足を舞わせ、嘉永・安政以来幾千の志士を殺してきた革命活動の成就」を喜んだが、竜馬は陸奥陽之助と公卿侍の出身であった若い戸田雅楽を残してその晩のうちに新官制案を作った。そこでは「頑固な復古的勤王思想家の感覚」にも適《あ》わせるために、「官職の名称も、とりあえず日本のふるい名称」が用いられていた。このことについて司馬は、竜馬の「主眼は、議会制度と富国強兵にあり、思想としては人民平等というところにある」が、「その理想的政体へと到達するための暫定的な政体をまずつくる必要があった。」と説明している（［五］・「草雲雀」）。

しかも、「当然、革命政府の主流の座にすわるべき存在」であった竜馬は、新官制案を作りあげると「おれは、これでひっこむ」と伝え、それを聞いた陸奥が思わず「冗談ではない」と大声を出すと、「おれは日本を生まれかわらせたかっただけで、生まれかわった日本で栄達するつもりはない」と語ったのである。

そして司馬は、「仕事というのは、全部をやってはいけない。八分まででいい。八分までが困難の道である。あとの二分はたれでも出来る。その二分は人にやらせて完成の功を譲ってしまう。それでなければ大事業というものはできない」と竜馬に続けさせているのである。（［五］・「近江路」）

こうして「すべて西郷らにゆずってしまう」と決めた竜馬は二・三時間眠った後で、「もう出かけようぜ」と陸奥たちに語りかけ、西郷や岩倉のもとに出かけた。

しかし、この時期、「とほうもない偶然が発生していた」。「なんと、慶喜が大政奉還の決意を表明したその夜に密勅が降下した。偶然、同日であった。慶喜の表明の方が数時間早かった。このため討幕密勅は岩倉の手に入ったものの、無効に」なっていたのである（［五］・「近江路」）。

「この間の政略では、西郷が竜馬に敗れたこと」になっていたことを知った竜馬は、「西郷の心境はおそらく複雑であろう」と思うが、ともかく「風雲の卸《おろし》問屋《どんや》の一つである西郷をひき入れてしまわねば、せっかくの大政奉還も、奉還後こわれてしまうであろう。」ためにこれからの対策と、新政府樹立の必要性を論じた。

そして、その際に腹案として竜馬が示したのが次のような新政府役人表であった。

関白

三条実美《さねとみ》（副関白として徳川慶喜）

議奏

島津久光（薩）、毛利敬親《たかちか》（長）、松平春嶽（越前）、鍋島閑叟《かんそう》（肥前）、蜂須賀茂韶《もちあき》（阿波）、伊達宗城《むねなり》（伊予宇和島）、岩倉具視（公卿）、正親町三条実愛《おおぎまちさんじょうさねなる》（公卿）、東久世通禧《みちとみ》（公卿）

参議

西郷吉之助（薩）、小松帯刀（薩）、大久保一蔵（薩）、木戸準一郎（桂小五郎・長）、広沢兵助（長）、後藤象二郎（土）、横井平四郎（小楠・肥後）、長岡良之助（越前）、三岡八郎（越前）

西郷は一覧し、それを小松、大久保にまわし、ぜんぶ一読したあと、ふたたびそれを手にとり、熟視した。

（竜馬の名がない）

西郷は、不審におもった。薩長連合から大政奉還にいたるまでの大仕事をやりとげた竜馬の名は、当然この「参議」のなかでの筆頭に位置すべきであろう。たとえ筆頭でなくても土佐藩から選出さるべき名であった。

（ない）

この後司馬は、このことに驚いた西郷隆盛から竜馬の言葉を反復しながら、「窮屈な役人にならずに、お前さァは何バしなはる」と問われると「世界の海援隊でもやりましょうかな」と竜馬が答えたと記し、「陸奥がのちのちまで人に語ったところによると、このときの竜馬こそ、西郷により二枚も三枚も大人物のように思われた」と書いている。

そして「政府を成功させるかさせぬかは、財務にある。」と語った竜馬は、西郷に役人表にも記した三岡八郎の名を挙げ、「いっさいおまかせしもうす」との了解を得たのである。

さらに中岡を誘って岩倉のもとを訪れた竜馬はそこで、「新政府役人表」とともに、「新政府の基本方針」を記した八カ条をその場で書いて提出すると、「これは燦《きら》めくような文字じゃ」と岩倉が、「感に耐えたように言い、この二通の書類を手文庫に入れた。」と書いた司馬は、「のち、この竜馬の案がほとんどそのままの形で新政府樹立の基礎方針になっている。」と続けている。

この八カ条は、「船中八策」を基にして作られており、「大政奉還」の案を記した第一策が、「天下有名の人材を招致し顧問に供《そな》ふ」という「第二策」の前半と代えられて、第一義とされている以外は、順番は少し異なるが内容はほぼ重なっているので、ここでは「船中八策」についての『竜馬がゆく』

における司馬の説明を充てておきたい。

「上下議政局を設け、議員を置きて、万機《ばんき》を参賛《さんさん》せしめ、万機よろしく公議に決すべき事」という「第二策」について司馬が、「新日本を民主政体《デモクラシー》にすることを断乎として規定したものといっていい。」と位置づけていたのはすでに見た。

第一義に採用された「第三策」の後半では、「天下の人材を顧問に備へ、官爵を賜ひ、よろしく従来有名無実の官を除くべき事」と記されている。つまり、有益な人材に「官爵」を与えて活動の場を与える一方で、無用な官を除外することの必要性が強調されていたのであり、ここでは「官爵」が世襲されることは全く予想されていなかったのである。

残りの策も、同様に『竜馬がゆく』に叙述されている箇条書きで挙げておく。

「第四策。外国の交際、広く公議を採《と》り、新たに至当の規約（新条約）を立つべき事」

「第五策。古来の律令《りつりよう》を折衷《せつちゆう》し、新たに無窮の大典を選定すべき事」

「第六策。海軍よろしく拡張すべき事」

「第七策。御親兵を置き、帝都を守衛せしむべき事」

「第八策。金銀物価、よろしく外国と平均の法を設くべき事」

こうして「船中八策」のすべてを挙げた司馬は、外国の研究者であるマリアス・ジャンセンの書『坂本龍馬と明治維新』（平尾道雄・浜田亀吉訳）を挙げて、そこでは「明治維新の綱領が、ほとんどそっくりこの坂本の綱領中に含まれている。その用語はやがて一八六八年の『御誓文』にそのままこだまするし、その公約は、一八七四年に板垣、後藤が民選議院設立運動を始めるときの請願の論拠となる」と高く評価されていることを紹介したのである（「五」・「船中八策」(3)）。

## 「世に生を得るは、事をなすにあり」

しかし、このとき竜馬は知らなかったが、岩倉や大久保たちの「武力倒幕派の計画がひそかにしかし確実な速度をもって」進められており、しかも「討幕」となると、「薩長の私戦では天下はうごかない」ことを知っていた岩倉は、薩長軍を「官軍」とするために、「一方では密勅降下の工作をし、一方では錦の御旗をつくろうとして」いたのである（「五」・「草雲雀」）。

ここで注目したいのは、岩倉具視が自分の秘書的な在野の学者、玉松操に命じてひそかに「錦の御旗のデザイン」を考案させていたと書いた司馬が、「史書には、南北朝時代などで使われたといわれている」が、現実にはどこにも残っていなかったと説明した後で、「これが、岩倉の魔法であった」と記し、この「錦旗」をひるがえせば、「幕府はたちどころに賊軍になる」と結んでいることである（傍点引用者）。

さらに司馬は、この「錦旗」には「正旗と副旗」があり、「日月《じつげつ》を入れたいわゆる錦旗」の正旗は、「薩藩用と長藩用のそれぞれ一旒《りゅう》ずつ」しかつくられておらず、一方、「菊花紋を入れた紅旗、白旗という意匠になっている」副旗は、のちのち参加してくる諸藩に用いさせるためのもので、これは紅白それぞれ十旒ずつ製作されていたことも紹介している。

事実、戊辰戦争では薩長を中心とする「西軍」の士官たちが、「官軍」の象徴としての「錦の御旗」を有したことで、自分たちこそが「絶対的な正義」の担い手であると思いこみ、「東国」の諸藩にたいして完全な服従を要求したのである。それに反発した奥羽越の諸藩は、司馬が長編小説『峠』の主人公の河井継之助に「薩長の不義と横暴は、すでに明白」であると語らせているように、軍事的には不利であることを承知しながらも「義」のために「奥羽越列藩同盟」を結んで抵抗することになった(中巻・「横浜往来」)。そして、それは『燃えよ剣』で描かれているように箱館での五稜郭の戦いまで続くことになったのである。

一方、「世に生を得るは、事をなすにあり」という竜馬の言葉を紹介した司馬は、越前福井への使者として発った竜馬について、「京の情勢が竜馬の足をいそがせていた。大げさにいえば歴史が竜馬を追いたてているといっていいであろう。」と書いている。そして、過激な勤王主義者として五年間も閉門の身であった三岡八郎(のちの由利公正。一八二九〜一九〇九)との面会の許可を春嶽公から得た竜馬が、三岡から「おれは罪人だから、立会人同行ぞ」と告げられると、「おお、立会人もあがってもらえ、みな共に、きょうから日本人じゃ」と応じたと司馬は書いている。

この「みな共に、きょうから日本人じゃ」という竜馬の言葉は、先の「ただ一人の日本人」という竜馬の言葉とは矛盾するように聞こえるかもしれない。しかし、この言葉からは自分の仕事を果たし終えて、新しい「日本」の扉を開けたという竜馬のはずんだ気持ちが浮かんでくるのである。

こうして、「金も兵もない新政府の現実」を語った竜馬は、三岡八郎から「財政技術のひとつとして金札《きんさつ》の発行」など、「財政策の一端」を聞いて、急いで京に戻った。しかし、それが竜馬の最後の仕事となったのである。

竜馬の暗殺にふれて、「暗殺者という思慮と情熱の変形した政治的痴呆者のむれをいかにくわしく書いたところで竜馬とはなんの縁もない」と吐き捨てるように書いた司馬は、竜馬が暗殺されて亡くなる場面を、詩的とも思われる言葉で次のように描いている（『竜馬がゆく』［五］「回天篇」・「近江路」）。

天に意思がある。

としか、この若者の場合、おもえない。

天が、この国の歴史の混乱を収拾するためにこの若者を地上にくだし、その使命がおわったとき惜しげもなく天へ召しかえした。

この夜、京の天は雨気が満ち、星がない。

しかし、時代は旋回している。若者はその歴史の扉をその手で押し、そして未来へ押しあけた。

## 四　「ほんとうの国民」

### 〝坂本さんがおれば。――〟

こうして一九六二年から一九六六年まで書き続けられた長編小説『竜馬がゆく』（全五巻）は終わる。

この小説の終わりとなる「近江路」で司馬は、「この長い物語も、おわろうとしている。」として、「筆者はこの小説を構想するにあたって、事をなす人間の条件というものを考えたかった。それを坂本竜馬という、田舎うまれの、地位も学問もなく、ただ一片の志のみをもった若者にもとめた」と記していた。実際、風雲急を告げる幕末に勝海舟と出会い、「ただ一人の日本人」となるまでの竜馬の成長をとおして、司馬は近代日本の骨格を形成する幕末を活き活きと描きだしていたのである。

私もここで筆を置くべきかもしれない。しかし司馬は第四巻の「怒濤篇」で、同志たちから切腹を迫られた近藤長次郎の気持ちを、「（坂本さんがおれば。――）／饅頭屋は懸命に涙をこらえながら思った。きっと自分を理解してくれるであろう。こんなむごい検断の場にすわらせるようなことはすまい。」と描いていた（[四]「怒濤篇」・「碧い海」）。

実は、この文章を読んだときに私は、（坂本さんがおれば。――）という饅頭屋の思いは、満州の戦車学校で、一般の国民には知らされていなかったノモンハンの大敗と、「日本軍の戦車小隊長、中隊長の数人が、発狂して癈人になった」ことを初めて知って戦慄するとともに、新たにソ連軍と遭遇したときには自分にも確実な死が訪れることを覚悟しなければならなかった際の若き司馬の思いとも重なっているように感じた。

なぜならば、一九四二年に一九歳で蒙古語部のある大阪外国語学校に入学していたもののその翌年に学徒出陣で徴兵されていた司馬は、「学徒出陣」を「人生の門出」どころではなく、「葬列への出発と同義語であった」と一九五四年のエッセーに書いていたからである(4)。

龍の昇天を思わせるような詩的で、神話的でさえあるスケールの大きな文章で竜馬の死を描き出した最後の記述を読み返した時に、私は竜馬の誕生時のいきさつにも言及していた第一巻「立志篇」の序章に「門出の花」という明るい題が与えられていたことを思い起こした。そして、一九歳の竜馬の江戸への出発を描いたこの章に「門出の花」という華やかな題が与えられているのは、日本の歴史を旋回させた後で暗殺された竜馬だけでなく、明るい未来を夢見ながら、一片の赤紙によって徴兵され、戦場に散った同じ世代の若者たちへの深い哀悼の念が込められているように感じたのである。

それゆえ、その後の歴史を簡単に振り返ることで、竜馬の死後に生じた事態と「日本史が所有している『青春』のなかで、世界のどの民族の前に出しても十分に共感をよぶに足る青春は、坂本竜馬のそれしかない」（二二「風雲篇」・「あとがき」）との高い評価が記されていた竜馬が押し開けた「歴史の扉」が、どのような可能性を開いたかを確認しておきたい。

## 「理性の悲劇」

竜馬の暗殺にふれた「花屋街の襲撃」という短編（短編集『幕末』に収録）では、この知らせを受けた海援隊副長格の陸奥陽之助が、やはり隊長中岡を喪った陸援隊の副将格であった田中顕助などと合同して竜馬たちの仇を討とうとした事件が描かれている。司馬は、「日清戦役当時の外相として剃刀の異名があったほどの理論家」であった陸奥が、「このときも冷静に復讐が理にあうと考えていたのだろう。」と書いているが、この仇討ちからは指導者を殺された海援隊や陸援隊の隊員たちの絶望的な思いが伝わってくる。

しかも、竜馬の願いにもかかわらず始められた戊辰戦争は、多くの新たな死傷者を生み出しながら一八六九（明治二）年まで続いたが、その年の一月には「国家の目的は民を安んずるにある」という思想の持ち主で、竜馬にも強い影響を与えて新政府の高官になっていた横井小楠（一八〇九〜六九）が、

「専ら洋風を模擬し、神州の国体」を汚したとして暗殺された。

そして、「西洋式軍隊の長所と軍制をほぼ完全にとり入れ」て陸軍の基礎を作った大村益次郎（村田蔵六）も、その年の九月に、一二人の「いずれも札つきの狂信的な国粋攘夷主義者」である暗殺者に襲われ、そのときの傷がもとで亡くなる。

しかも、その斬奸状には、「専ら《もっぱ》洋風を模擬し、神州の国体を汚《けが》し、朝憲を蔑《ないがしろに》し、浸々蛮夷の俗を醸成す」との言葉が記されており、彼らの処刑が決まったあとでは、京都における弾正台という司法機関の長官であった海江田《かえだ》信義から刑を中止せよとの命令が届いたのである。このことにふれた司馬は、「益次郎暗殺については、海江田が兇徒を使嗾《しそう》したという説」が流れ、ことに桂小五郎（木戸孝允）がこの説を信じていたと書き、「益次郎は歴史がかれを必要としたとき忽然としてあらわれ、その使命がおわると、大急ぎで去った。神秘的でさえある。」という余韻を持った言葉で、この短編を結んでいる（「鬼謀の人」『人斬り以蔵』）。

さらに吉田松陰が「遠い過去の人物である山鹿素行」と蘭学の佐久間象山の二人を「生涯において師とよんだ」ことを紹介した司馬は、「松陰は蘭学とは無縁であったが、しかし西洋への関心がふかく、象山を通じて、西洋銃陣と世界思想をしろうとした。象山も松陰をふかく愛した。この師弟はともに非命にたおれた。松陰は幕府に殺され、象山は攘夷家に殺された。理性の悲劇といっていい。」と書いている（傍点引用者、『花神』下・「蒼天」）。

この「理性の悲劇」という言葉は、その後の日本史の流れをも示唆しているだろう。晩年の『風塵抄』で司馬が書いているように、昭和初期には軍備拡張に反対した「健全財政の守り手たちはつぎつぎに右翼テロによって狙撃された」(5)。そして、昭和五年には首相の浜口雄幸《おさち》（一八七〇～一九三一）、同七年には首相の犬養毅《つよし》（一八五五～一九三二）、同十一年には大蔵大臣の高橋是清（一八五四～一九三六）が殺されたことで、「あとは、軍閥という虚喝集団が支配する世になり、日本は亡国への坂をころがる」（傍点引用者）ことになったのである。

## 「幕藩官僚の体質」の復活

この意味で注目したいのは、『世に棲む日日』の第二巻で司馬が竜馬の親友で革命後の政界で巨頭となる桂小五郎が、「いまの政府にときめいている大官などはみな維新前後のどさくさに時流にのった者ばかりだ。かれらには維新の理想などがわからず、利権だけがある。」と痛烈に批判し、「こういう政府をつくるためにわれわれは癸丑以来粉骨したわけではない。死んだ同志が地下で泣いているに相違ない」と語っていたことを紹介していたことである（二・「長州人」）。

そして、長州藩の重役たちの官僚的な体質を分析した箇所で、一八五三年に来日して幕府の役人と交渉した経験から、幕府の「ヤクニン」を「責任回避の能力のみ」が発達していると厳しく批判したロシアの作家ゴンチャローフの考察を紹介した司馬が、「当時のヨーロッパの水準からいえば、帝政ロシアの官僚の精神は多分に日本の官僚に似ていた。」と書いていた（前掲三・「ヤクニン」）。

さらに司馬は、「この徳川の幕藩官僚の体質は、革命早々の明治期にはあまり遺伝せず」、「昭和期にはその遺伝体質が顕著になった。」と続けていたが、なぜそうなったかの理由については幕末を扱ったこの長編小説ではあまり考察していない（傍点引用者）。

しかし、高杉から決起を呼びかけられた諸隊の隊長たちの会議で沈黙を守っていた山県について、「かれはいつの場合でも自分の意見を言わないか、言っても最小限にとどめるというやりかたをとっていた。」と指摘した司馬は、「山県のずるさ」と責任回避能力の高さを厳しく批判していた（前掲三・「長府屯営」）。

それゆえ『坂の上の雲』の第一巻において、司馬は旧長州奇兵隊士の出身であった山県にとって幸運だったのは、大村益次郎が「維新成立後ほどなく兇刃にたおれたこと」で、『長の陸軍』は山県有朋のひとり舞台になった。」と書いているのである（一・「馬」）。そして司馬は、「山県に大きな才能があるとすれば、自己をつねに権力の場所から放さないということであり、このための遠謀深慮はかれの芸というべきものであった」とし、ことに「官僚統御がたれよりもうまかった。かれの活動範囲は、軍部だけでなくほとんど官界の各分野を覆った」と厳しい評価を記している。

この記述に注意を払うならば、昭和初期に顕著になる、自分の意見は語らずに権威に追従することで保身をはかろうとする「幕藩官僚の体質」は、山県有朋によって復活されたと司馬が考えていたと言っても過言ではないだろう。

## 二つの吉田松陰像

さらに、感受性に富むとともに世界にも視線を向けた若者吉田松陰の姿を活き活きと描き出していた『世に棲む日日』の「文庫版のためのあとがき」には意外な言葉が記されていることである。すなわち、「私は日本の満州侵略のころはまだ飴玉をしゃぶる年頃だったが、そのころすでに松陰という名前を学校できかされた。」と記した司馬は、「私は学校ぎらいの子供だったから松陰という名が、毛虫のようなイメージできらいだった。」と続けている。そして、子供の頃に松陰が嫌いだったことの理由として、伊藤博文以降の長州系の大官たちが、「国家思想の思想的装飾としてかれの名を使って以来、ひどく荘厳で重苦しい存在になった。」と書いている。

　実際、松陰像の変遷を考察した歴史家の田中彰によれば、「大東亜戦争」（第二次世界大戦）時の小学校の修身教科書には、「ほんたうの日本国民とはどういふことか」という父百合之助の問いに対する、「臣民としての道を守り、命をささげて陛下の御ためにつくすのが、ほんたうの日本国民だと、玉木のをぢ様が教へてくださいました」という松陰の答えが載せられていた（傍点引用者）(6)。

　こうして、昭和初期に少年時代を過ごした司馬自身も、「忠君愛国」のスローガンのもとに「公の奉仕者」となるように教えこまれていたのである。このような松陰像の形成において重要な働きをしたのは、横井小楠の甥の徳富蘇峰（＝猪一郎。ジャーナリスト。一八六三～一九五七）であろう。日清戦争前に書いた初版の『吉田松陰』（一九八二）で蘇峰は、「王政打倒によるイタリア統一と国民国家の形成を説いた」マッツィーニと比較しつつ、吉田松陰を「革命家」として描いていた。しかし蘇峰は、日露戦争勝利後の改訂版（一九〇八）では「革命家としての松蔭」と「松蔭とマッツィーニ」の章を削る一方で、「松陰と国体論」、「松陰と帝国主義」、「松陰と武士道」などの章を書き加えて、松陰を「国権的な思想家」と捉え直していたのである(7)。

　このような状況を考慮するならば、青年時代の松陰を描く際に司馬がなるべく松陰の号ではなく、寅次郎の名前を用いていることの深い意味も明らかになる。つまり、寅次郎の名前を用いることによって司馬は、権威づけられた松陰像ではなく、繊細な感受性をもつ若者として描こうとしていたのだと思う。

実際、明治の俳句復興者でほととぎすを号とした正岡子規（俳人・歌人。一八六七〜一九〇二）と松陰の似ている点として「文体」を挙げた司馬は、「異常なほどにあかるいその楽天的な文体、平易な言いまわし、無用の文飾のすくなさ、そして双方とも大いなる観念のもちぬしでありながら、実際に見たものについて語るときがもっともいきいきとして多弁になるという点などが共通していた」と説明しているのである（『花神』上・「運命」）。

そして、『世に棲む日日』の「あとがき」で松陰の紀行文について、「幕末から明治初期にかけて出た多くの文章家のなかで、平明で達意という点では松陰はとびぬけた存在のように思える」と書いた司馬は、「国家がそれを強いてよませようとしなかったのは、松陰が、本来の意味での革命家だったからに相違ない。しかし名前だけが、程よく利用された」と続けている。このとき司馬は松陰の紀行文をきちんと読むことが松陰像の見直しにもつながることを示唆しているだろう。

事実、『世に棲む日日』において司馬は、資料にあたることで松陰のうちにそれまであまり語られてこなかった感受性の鋭く明晰な文章の書き手と、佐久間象山との出会いによって大きく成長した「無謀な攘夷論者」ではない「開国論者」としての一面を強調して、「普遍性への飛翔」の可能性を有しつつ、「謀反人」として幕府に処刑された松陰の悲劇を描き出しているのである。

このように見てくるとき、日露戦争を主題とした『坂の上の雲』と併行して書かれていた『世に棲む日日』において司馬は、革命の第一世代と規定した吉田松陰から高杉晋作をへて、第三世代の山県有朋にいたる流れを、ロシア革命をも視野に入れながら再考することにより、「ほんとうの国民」とはどのような存在であるべきなのかを、現代的な視点から深く問い直していたのだと思えるのである。

## 五　竜馬が開けた扉

### 「大風呂敷をあける」

薩摩から戻った船が長崎の港内に入ったときに、長崎が「やがては日本回天の足場になる」と語り、幕府を倒したあとでは世界貿易をやると続けて、陸奥から「大風呂敷ですな」と笑われた竜馬に、司馬は「ふろしきは大きいほど便利だ」と答えさせていた（『竜馬がゆく』［四］・「希望」）。そして司馬は、陸援隊隊員の那須盛馬にも「竜馬は稲妻を古ぼけた一反風呂敷に包んで歩いちょるような男」で、「一見めだちゃせぬが、ひとたび大風呂敷をあけると電光四囲をつらぬき」、「風雲たちどころにおこって豪雨くだる」と語らせていた（傍点引用者、前掲［五］・「陸援隊」）。

ここで思い出されるのは、三人の賢人の議論をとおして日本の今後の行くべき道を考察した『三酔人経綸問答』（一八八七）においても、竜馬を兄のように慕った中江兆民（一八四七〜一九〇一）が、平和思想家の「洋学紳士」に「大風呂敷」という用語を語らせていることである[8]。

すなわち、軍拡主義者の「豪傑君」は、文明の発達につれて武器が、「いよいよ優秀に」なったことを指摘しながら、強国プロシアとフランスの国民は「おたがいに以前の敗戦を恥じ」ることで、

「臥薪嘗胆」に耐えつつ「富国強兵」に努めたのだと語り、「いつまでも絶えることのない復讐心」の重要性を主張している。

しかし、司馬は竜馬に「赤穂浪士では日本国は救えませぬぞ」と語らせていたが、兆民もまた「洋学紳士」にこのような「報復の権利」の主張こそが、他国から侵略されないための武器の増産と技術的な革新による新たな兵器の開発を生んで、世界戦争の危機が生まれていることを指摘させていた。それゆえ、日本こそが世界に先駆けて「富国強兵」の危険な道ではなく、世界の模範となるような「道徳の花園」を目指す「道義立国」の道を選ぶべきであると主張させているのである。しかもその際に兆民はここで「洋学紳士」に、「その説は大ぶろしきのようにみえるけれども」と断らせながら、「一つの大きな連邦を結成」する必要性を主張させていたのである（傍点引用者）。

この意味で注目したいのは司馬が、長崎の海援隊宿舎で居候していた「中江兆民という明治の自由思想家」が、晩年竜馬のことを思いだしては、「あのころのあの人はひどく貧乏していたが超然としていた。自分の生涯のうちで会った人間のなかであれほど印象に残る人物はいなかった」と語っていたことにふれていたことである（『竜馬がゆく』〔五〕・「弥太郎」）。この言葉はフランスでルソーの人権思想を知るまえに、中江兆民が坂本竜馬という人間から強い影響を受けていたと司馬が考えていたことを物語っているだろう。

しかも、土佐の「天保庄屋同盟」にふれて司馬は、「こういう思想的風土から幕末におよんでは郷士・庄屋などによる土佐勤王党の結成がおこなわれ、やがては坂本竜馬、大江卓、中江兆民、植木枝盛といった思想人の系譜をあみあげてゆく」と書いて、竜馬を中江兆民の先行者と位置づけていたのである（「竜馬と酒と黒潮と」『歴史を紀行する』、二五頁）。

そして、『坂の上の雲』の前半で上京した正岡子規の親代わりになって面倒をみた叔父の加藤恒忠にもふれていた司馬は、正岡子規の死後養子となった正岡忠三郎を主人公とした『ひとびとの跫音』では、忠三郎の実父であった加藤恒忠（拓川。一八五九～一九二三）が中江兆民の学塾で学び、兆民を尊敬していたことを明らかにしているのである。

このように見てくるとき、後に中江兆民が「坂本竜馬をもって思想の兄貴分だと思っていたところがあります」（『「昭和」という国家』）と述べることになる司馬が、『三酔人経綸問答』における「洋学紳士」の用語を用いて、晩年の（早すぎる晩年だが）竜馬の思想をいきいきと描き出していたといっても過言ではないと思える。

## 「〝文明〟の誕生」

ところで、司馬は「思想家」竜馬から「中江兆民という明治の自由思想家」への流れも、「単線的」に捉えていたわけではない。

中江兆民を西園寺公望（一八四九～一九四〇）が支援し、「東洋自由新聞」を発行して民権論を唱えただけでなく、その息子の中江丑吉（一八八九～一九四二）の研究をも援助したことは知られているが、司馬は『花神』の終章において、戊辰戦争に山陰鎮撫総督として参加していた西園寺が村田蔵六への思いを語った談話を引用している（『花神』下・「蒼天《そうてん》」）。すこし長くなるが引用しておきたい。

「西園寺が、大正十五年、小泉策太郎に筆記させた談話で、こうのべている／『大村益次郎とは親しかった。というより私はかれに師事していた。あとでかれは、貴下は軍人に適しないといった。自分ももとより軍人を望んでいない。私はフランスに留学したいというと、彼は大いに賛成してくれた』」。

つまり、師の緒方洪庵に学んで医師になろうとした村田蔵六は、激動の時代のなかで心ならずも武官になったが、司馬はこの言葉を引用することで、西園寺が村田蔵六を経る形で緒方洪庵の「志」を継承していることを確認しているのである。

さらに、「かれが戊辰戦争の砲煙のなかをくぐって実感として感じた明治維新のイメージは権力交代ではなく革命ということであり、その理想は自由と平等の社会の現出であると信じた。」と書いた司馬は、「自分は日本でもっとも尊貴とされる公家である。その公家が、いわれなく差別された娘と結婚すれば、その一事で千万言を用いずして維新の理想が世間にわかるではないか」と言った若き西園寺の言葉を紹介し、彼が「勤王・佐幕の相剋という時代相から高くぬきんでた文明感覚をもっていたことがわかる。」と書いている。

しかもここで西園寺の「文明感覚」に注意を促していた司馬は、『「明治」という国家』の「〝文明〟の誕生」という章では、一八七二年に国際裁判となった『マリア・ルス号』事件と「竜馬の自由思想の影響」を多分に受けた大江卓との関わりを考察している。この事件については『竜馬がゆく』でも触れられていたので、まずその記述によってこの事件を概観しておこう。

「彼の事歴のうちもっとも著名なのは、維新後、神奈川県の権令をしていた時の『マリア・ルーズ号』事件であろう。横浜港に入港した南米ペルー船籍の同船は、シナで買い入れた清国人奴隷《どれい》二百三十二人を積んでいた。その奴隷のうち二人が脱走し、援《たす》けを大江に乞うた。大江は新政府に説き、外務卿副島種臣《そえじまたねおみ》の了解を得、その全員の解放を断行した。かれはさらに晩年、部落解放に力をつくした」(「五」・「陸援隊」)。

そして『「明治」という国家』で、「欧州も、アメリカも、過去にあっては奴隷で大もうけした国々」であり、「アメリカは奴隷問題に決着をつけて、まだホヤホヤという時期」であることに注意を促した司馬は、大江卓が「文明の名において」、奴隷の解放を行ったことを高く評価し、次のように結んでいるのである(「〝文明〟の誕生」)。

「西園寺公望が〝まじめに四民平等を実行にかかったとき〟と述懐し、さらに〝いまよりもはるかに自由〟だったというとおり、これが明治維新の精神でもありました。／国家もまた老いると動脈硬化をおこします。明治国家もその誕生早々の若々しいときは、このように世界性を身につけようとしていきいきしていたときがあったのです」。

## 三題噺的なエピソードの象徴性

さらに司馬は、『「明治」という国家』において、竜馬の劇的な変化を示すものとして、三題噺的なエピソードを紹介している。すなわち、「一八〇センチの身長」がありながら「ふつうよりもみじかい刀をさしてい」た竜馬のマネをして同じような刀をさしていた「檜垣《ひがき》という同藩の者が」、次に竜馬に会った際には「刀の時代はすぎたよ、おれはこれさ、といって」「ピストル」をみせられて、「檜垣はあわててピストルを工面してきて持っていますと」、「そのつぎに会ったとき」には、「万国公法」をふところから出した竜馬に「これからの世は、これさ」と言われる。このエピソードを紹介した司馬は、「できすぎた話で、おそらく竜馬の死後」に作られた話だろうとしながらも、「『万国公法』へのあこがれや期待というものが、よく出ている」と続けている（「『自助論』の世界」『「明治」という国家』）。実際、「刀の時代はすぎたよ」として武士道精神のシンボルともいえる「刀」を古いと認識させ、近代兵器のシンボルともいえる「ピストル」も古いと竜馬に語らせた司馬は、「万国公法」を「盲人の杖のようなもの」と見なさせていたのである。

さらに、軍艦をも簡単に沈めることのできる機雷の威力や、最新の火薬が積み込まれた砲弾の威力を自分の眼で見た『坂の上の雲』の主人公の一人秋山真之（一八六八〜一九一八）は、日露戦争勝利の後では深い憂愁を抱き、「人類や国家の本質を考えたり、生死についての宗教的命題」を考え続けて、僧侶になろうとしたと描かれている（六・「雨の坂」）。

このことを思い起こすならば、日露戦争勝利後の秋山真之を司馬が、晩年の竜馬と同じように、「一個の思想家としての風姿」を帯びはじめた人物として描いていたといえるだろう。

しかし、それはすでに別のテーマに属するので、正岡子規と秋山真之との友情や、真之の兄である秋山好古（一八五九〜一九三〇）と子規の叔父・加藤恒忠との友情などをとおして司馬が、明治維新後の日本と「日本人」をどのように描いたかを考察するのは、次の機会に譲ることにしたい。

## 注

（1）司馬遼太郎『峠』新潮文庫、二〇〇三年、全三巻（初出は「毎日新聞」一九六六年一一月〜六八年五月）。
（2）司馬遼太郎「普仏戦争」『余話として』文春文庫、一九七九年、三三～四三頁（初出は『オール讀物』一九六九年七月号～七〇年四月号）。
（3）マリアス・ジャンセン『坂本龍馬と明治維新』平尾道雄・浜田亀吉訳、時事通信社、一九七三年、三〇五頁。
（4）司馬遼太郎「それでも、死はやってくる！」『司馬遼太郎が考えたこと』第一巻、新潮文庫、二〇〇五年。
（5）司馬遼太郎『風塵抄』中公文庫、一九九四年（初出は「産経新聞」一九八六年五月～八八年一二月、一九八九年二月～九一年九月）。
（6）田中彰『吉田松陰』中公新書、二〇〇一年、八八頁。
（7）米原謙『徳富蘇峰——日本ナショナリズムの軌跡』中公新書、二〇〇三年。
（8）中江兆民『三酔人経綸問答』桑原武夫・島田虔次訳・校注、岩波文庫、一九六五年。

## 主要参考文献（注に挙げた文献は除く）


### 序

青木彰『司馬遼太郎と三つの戦争――戊辰・日露・太平洋』朝日新聞社、二〇〇四年。

梅棹忠夫編著『日本の未来へ――司馬遼太郎との対話』日本放送出版協会、二〇〇〇年。

尾崎秀樹他著、日本放送出版協会編『司馬遼太郎について　裸眼の思索者』日本放送出版協会、一九九八年。

司馬遼太郎・井上ひさし『国家・宗教・日本人』講談社、一九九六年。

司馬遼太郎・堀田善衛・宮崎駿『時代の風音』朝日文芸文庫、一九九七年。

司馬遼太郎・山折哲雄『日本とは何かということ――宗教・歴史・文明』日本放送出版協会、一九九七年。

### 第一章

池田敬正『坂本竜馬　維新前夜の群像2』中公新書、一九六五年。

磯貝勝太郎『司馬遼太郎の風音』日本放送出版協会、二〇〇一年。

新人物往来社編『共同研究・坂本龍馬』新人物往来社、一九九七年。

中島誠『司馬遼太郎がゆく』第三文明社、一九九四年。

成田龍一『司馬遼太郎の幕末・明治――「竜馬がゆく」と「坂の上の雲」を読む』朝日新聞社、二〇〇三年。

三浦浩『青春の司馬遼太郎』朝日文庫、二〇〇〇年。

### 第二章

大南勝彦『ペテルブルグからの黒船』角川書店、一九七九年。

田中彰『近代日本の歩んだ道――「大国主義」から「小国主義」へ』人文書館、二〇〇五年。

土肥恒之『ピョートル大帝とその時代――サンクト・ペテルブルグ誕生』中公新書、一九九二年。

原卓也「デカブリストからペトラシェフスキー会まで」『ドストエフスキーとペトラシェフスキー事件』集英社、一九七一年。

### 第三章

網野善彦『「日本」とは何か』(『日本の歴史』第00巻)講談社、二〇〇〇年。

伊東俊太郎編『比較文明学を学ぶ人のために』世界思想社、一九九七年。

梅棹忠夫『近代世界における日本文明——比較文明学序説』中央公論社、二〇〇〇年。

遠藤芳信『海を超える司馬遼太郎——東アジア世界に生きる「在日日本人」』フォーラム・A、一九九八年。

神川正彦『比較文明文化への道——日本文明の多元性』刀水書房、二〇〇五年。

河原崎剛雄『司馬遼太郎と網野善彦』明石書店、二〇〇七年。

司馬遼太郎・林屋辰三郎『歴史の夜咄』小学館文庫、二〇〇六年。

永国淳哉『幕末漂流／ジョン万次郎——新版ジョン万エンケレセ』高知新聞社、一九八二年。

源了圓編著『江戸後期の比較文化研究』ぺりかん社、一九九〇年。

### 第四章

石井孝『勝海舟』吉川弘文館、一九七四年。

齋藤博『文明のモラルとエティカ』東海大学出版会、二〇〇七年。

松浦玲『勝海舟　維新前夜の群像3』中公新書、一九六八年。

三上一生『横井小楠　その生涯と行動』吉川弘文館、一九九九年。

### 第五章

大石学『新選組——「最後の武士」の実像』中公新書、二〇〇四年。

川勝平太『日本文明と近代西洋――「鎖国」再考』NHKブックス、一九九一年。

古川薫『幕末長州藩の攘夷戦争――欧米連合艦隊の来襲』中公新書、一九九六年。

星亮一『新選組と会津藩』平凡社新書、二〇〇四年。

松浦玲『新選組』岩波新書、二〇〇三年。

宮永孝『おろしや留学生』筑摩書房、一九九一年。

山本新著、神川正彦・吉澤五郎編『周辺文明論――欧化と土着』刀水書房、一九八五年。

米山俊直『私の比較文明論』世界思想社、二〇〇二年。

**第六章**

一坂太郎『高杉晋作』文藝春秋、二〇〇二年。

田中彰『高杉晋作と奇兵隊』岩波新書、一九八五年。

中島誠『司馬遼太郎と丸山真男』現代書館、一九九八年。

奈良本辰也『高杉晋作　維新前夜の群像1』中公新書、一九六五年。

**第七章**

飛鳥井雅道『中江兆民』吉川弘文館、一九九九年。

小島慶三『戊辰戦争から西南戦争へ――明治維新を考える』中公新書、一九九六年。

佐々木克『戊辰戦争――敗者の明治維新』中公新書、一九七七年。

松永昌三『福沢諭吉と中江兆民』中公新書、二〇〇一年。

＊この他の参考文献については、拙著『この国のあした』、『司馬遼太郎の平和観』、および『司馬遼太郎と時代小説』に掲げた参考文献を参照して頂きたい。なお、本書の記述に際しては、『司馬遼太郎事典』（勉誠出版、二〇〇七年）と『世界大百科事典』（平凡社）も参照した。

## 司馬遼太郎（福田定一）簡易年表（一九二三〜九六、作品は初出の年号を記す）

| 西暦（和暦） | 司馬遼太郎（福田定一）年表 | 日本と世界の動き |
|---|---|---|
| 一九二三（大正一二） | 大阪市で父福田是定（しじょう）、母直枝の次男として生まれる | 関東大震災 |
| 一九三七（昭和一二） | | 日中戦争始まる（〜四五） |
| 一九四一（昭和一六） | | 「大東亜戦争」（太平洋戦争、〜四五） |
| 一九四二（昭和一七） | 国立大阪外国語学校蒙古語部に入学 | |
| 一九四三（昭和一八） | 徴兵猶予停止、仮卒業、学徒出陣 | |
| 一九四四（昭和一九） | （四月）満州の陸軍四平（しへい）戦車学校に入校、（一二月）寧安県石頭（せきとう）の戦車第一連隊に所属第三小隊長となる | |
| 一九四五（昭和二〇） | 本土防衛のため、栃木県佐野市に移駐 | 広島・長崎に原爆投下、ポツダム宣言受諾 |
| 一九四六（昭和二一） | 新日本新聞社に入社、二年後　産業経済新聞社に入社 | |
| 一九四九（昭和二四） | | 中華人民共和国成立。翌年、朝鮮戦争（〜五三） |
| 一九五四（昭和二九） | 「それでも、死はやってくる！」 | 第五福竜丸事件 |
| 一九五六（昭和三一） | 「ペルシャの幻術師」 | ハンガリー動乱 |
| 一九五七（昭和三二） | 「戈壁（ごび）の匈奴」 | |
| 一九五八（昭和三三） | 「梟のいる都城」［後に「梟の城」と改題］（〜五九） | |
| 一九六〇（昭和三五） | 「戦雲の夢」（〜六一）、「風の武士」（〜六一） | 前年、キューバ革命 |
| 一九六一（昭和三六） | 「風神の門」（〜六二） | |
| 一九六二（昭和三七） | 「竜馬がゆく」（〜六六）、「新選組血風録」（〜六三）、「燃えよ剣」（〜六四）、「真説宮本武蔵」 | 一〇月、キューバ危機 |
| 一九六三（昭和三八） | 「功名が辻」（〜六五）、「国盗り物語」（〜六六）、「尻啖え孫 | アメリカ大統領、ジョン・F・ケネディ暗 |

| | | |
|---|---|---|
| | 市」（〜六四）、「幕末暗殺史」〔後「幕末」と改題〕 | 殺 |
| 一九六四（昭和三九） | 「関ヶ原」（〜六六） | |
| 一九六五（昭和四〇） | 「十一番目の志士」（〜六六） | 米、北ベトナム爆撃開始（〜七三） |
| 一九六六（昭和四一） | 「夏草の賦」（〜六七）、「新史太閤記」（〜六八）「豊臣家の人々」（〜六七）、「九郎判官義経」〔後に「義経」と改題〕（〜六八）、「峠」（〜六八）、「俄―浪華游侠伝」 | 中国、文化大革命 |
| 一九六七（昭和四二） | 「殉死」（「要塞」「腹を切ること」）、「宮本武蔵」、「妖怪」（〜六八） | ヨーロッパ共同体（EC）発足 |
| 一九六八（昭和四三） | 「坂の上の雲」（〜七二）、「英雄たちの神話」〔後に「歳月」と改題〕（〜六九）、「故郷忘じがたく候」、「歴史を紀行する」 | キング牧師、ロバート・ケネディ暗殺<br>大学紛争激化、ソ連・東欧軍、チェコ侵入 |
| 一九六九（昭和四四） | 「世に棲む日日」（〜七〇）、「城塞」（〜七一）「日本人を考える」〔対談集〕（〜七一）、「手掘り日本史」 | |
| 一九七〇（昭和四五） | 「日本歴史を点検する」〔海音寺潮五郎との対談〕 | |
| 一九七一（昭和四六） | 「街道をゆく」（〜九六）「司馬遼太郎対談集・日本人を考える」（梅棹忠夫他） | |
| 一九七二（昭和四七） | 「翔ぶが如く」（〜七六）、「日本人と日本文化」〔ドナルド・キーンとの対談〕、「歴史の夜咄」〔林屋辰三郎との対談集〕（〜八〇）、「歴史を考える」〔山崎正和との対談集〕 | 沖縄返還 |
| 一九七三（昭和四八） | 「空海の風景」（〜七五）、「播磨灘物語」（〜七五）、「人間の集団について――ベトナムから考える」 | |
| 一九七四（昭和四九） | 「日本人の顔」〔対談集〕（〜八〇）、「歴史の舞台　文明のさまざま」（〜八二） | |
| 一九七五（昭和五〇） | 「土地と日本人」〔対談集〕（〜七六） | |

| | | |
|---|---|---|
| 一九七六（昭和五一） | 「胡蝶の夢」（〜七九）、「八人との対話」［対談集］ | |
| 一九七七（昭和五二） | 「漢の風　楚の雨」［後に「項羽と劉邦」と改題］（〜七九）、「日本人の内と外」［山崎正和との対談集］、「中国を考える」［陳舜臣との対談集］（〜七九）、「西域をゆく」［井上靖との対談集］（〜七八） | |
| 一九七九（昭和五四） | 「菜の花の沖」（〜八二）、「ひとびとの跫音」（〜八一） | イラン革命。ソ連軍、アフガニスタン侵攻（〜八八） |
| 一九八〇（昭和五五） | 「東と西」［対談集］（〜九〇） | イラン・イラク戦争（〜八八） |
| 一九八二（昭和五七） | 「箱根の坂」（〜八三）、「ロシアについて——北方の原形」 | |
| 一九八三（昭和五八） | 「歴史の交差路にて」［陳舜臣・金達寿の鼎談集］<br>「人間について」［山村雄一との対談集］ | 米軍、グレナダ侵攻 |
| 一九八四（昭和五九） | 「韃靼疾風録」（〜八七）、「日本人への遺言」［対談集］（〜九七） | |
| 一九八五（昭和六〇） | 「アメリカ素描」 | |
| 一九八六（昭和六一） | 「この国のかたち」（〜九六）、「風塵抄」（〜九六） | |
| 一九八七（昭和六二） | 「雑談『昭和』への道」放映（→「「昭和」という国家」九八） | |
| 一九八九（昭和六四）（平成元） | 「「明治」という国家」（→「太郎の国の物語」放映）、「春灯雑記」（〜九一） | 米軍、パナマ侵攻 |
| 一九九〇（平成二） | | イラク、クウェート占領 |
| 一九九一（平成三） | 「時代の風音」［堀田善衛・宮崎駿との鼎談集］、「草原の記」 | 一月、湾岸戦争。五月、ユーゴスラヴィアで内戦。九月、ソ連邦崩壊（バルト三国独立） |
| 一九九二（平成四） | 「世界のなかの日本——十六世紀まで遡って見る」［ドナル | |

| | | |
|---|---|---|
| | ド・キーンとの対談」 | |
| 一九九五（平成七） | 「宗教と日本人」放映［山折哲雄との対談］（↓「日本とは何かということ」九七）、「九つの問答」［対談集］、「国家・宗教・日本人」［井上ひさしとの対談集］（〜九六） | 阪神淡路大震災。地下鉄サリン事件 |
| 一九九六（平成八） | 二月一二日死去 | いわゆる「司馬史観」論争、起こる |

＊『司馬遼太郎の跫音』（中公文庫）、『司馬遼太郎全作品大事典』（新人物往来社）、『司馬遼太郎事典』（勉誠出版）、および『新世界史主題史年表』（清水書院）などをもとに作成。

＊＊司馬対談・対話の集大成の記録『司馬遼太郎対話選集』（全五巻）［関川夏央監修　解説・解題］が文藝春秋より刊行されているので、本書では略述に止めた。

# 本書関連簡易年表（一八〇四〜一八六九）

| 西暦（和暦） | 主な登場人物の行動（初出時以外は名前で記す） | 日本と世界の動き |
|---|---|---|
| 一八〇四（文化一） | 第二回ロシア使節レザノフが長崎に来航、通商を求める | 〔ナポレオン（一七六九〜一八二一）皇帝となる〕 |
| 一八〇六（文化三） | ロシア将校フヴォストフ、樺太襲撃（翌年も再度襲撃） | 〔神聖ローマ帝国滅亡〕 |
| 一八〇八（文化五） | イギリスの軍艦フェートン号が、長崎で荒掠 | |
| 一八〇九（文化六） | 横井小楠（〜六九）、島津斉彬（〜五八）誕生 | |
| 一八一〇（文化七） | 緒方洪庵（〜一八六三）、玉木文之進（〜七六）、誕生 | 〔仏、オランダを併合（〜一四）〕 |
| 一八一一（文化八） | 佐久間象山（〜六四）誕生、ロシア艦の艦長が逮捕される | |
| 一八一二（文化九） | 高田屋嘉兵衛（一七六九〜一八二七）、日本とロシアの衝突回避に尽力【↓『菜の花の沖』】 | 〔ナポレオン、ロシア侵攻。諸国民族解放戦争始まる〕 |
| 一八一五（文化一二） | 井伊直弼（〜六〇）誕生 | |
| 一八一六（文化一三） | 吉田東洋（〜六二）誕生 | 〔オランダ、ジャワ占領〕 |
| 一八一七（文化一四） | 島津久光（〜八七）誕生 | |
| 一八二一（文政二） | | 〔ドストエフスキー誕生（〜八一）〕 |
| 一八二三（文政四） | 勝海舟（〜九九）誕生。シーボルト来日 | |
| 一八二四（文政五） | 村田蔵六（大村益次郎）（〜六九）誕生 | 〔英、第一次ビルマ戦争（〜二六）〕 |
| 一八二五（文政六） | 岩倉具視（〜八三）誕生 | 異国船打ち払い令（〜一八四二） |
| 一八二七（文政八） | 西郷吉之助（隆盛）（〜七七）、山内容堂（〜七二）誕生 | |
| 一八二八（文政九） | 松平慶永（春嶽）（〜九〇）誕生。シーボルト事件発生 | 〔トルストイ誕生（〜一九一〇）〕 |
| 一八二九（文政一〇） | 武市半平太（瑞山）（〜六五）誕生 | 〔ギリシア独立〕 |
| 一八三〇（天保一） | 吉田寅次郎（松陰）（〜五九）、大久保利通（〜七八）誕生 | 〔オランダ、ジャワで強制栽培制〕 |
| 一八三一（天保二） | | 防長大一揆 |
| 一八三三（天保四） | 桂小五郎（木戸孝允）、誕生（〜七七） | |
| 一八三四（天保五） | 岩崎弥太郎、誕生（〜八五） | |

| | | |
|---|---|---|
| 一八三五（天保六） | 福沢諭吉（〜一九〇一）、土方歳三（〜六九）、井上馨（志道聞多）（三五／三六〜一九一五）誕生 | |
| 一八三六（天保七） | 坂本龍馬（〜六七）、榎本武揚（〜一九〇八）誕生 | |
| 一八三七（天保八） | 徳川慶喜（〜一九一三）、三条実美（〜九一）誕生 | 大塩平八郎の乱 |
| 一八三八（天保九） | 中岡慎太郎（〜六七）、後藤象二郎（〜九七）誕生<br>山県狂介（有朋）（〜一九二二）誕生。緒方洪庵、適塾を開く | 〔英、第一次アフガン戦争（〜四二）〕 |
| 一八三九（天保一〇） | 高杉晋作（狂生、東行）（〜六七）誕生 | 蛮社の獄、〔林則徐、密輸入アヘンを焼却〕 |
| 一八四〇（天保一一） | 久坂玄瑞（〜六四）、伊藤俊輔（博文）（〜一九〇九）誕生 | 〔アヘン戦争始まる（〜四二）〕 |
| 一八四一（天保一二） | | |
| 一八四六（弘化三） | 蔵六、適塾に入門 | 〔ドストエフスキー『貧しき人々』〕 |
| 一八四八（嘉永一） | 一月、松陰、独立の師範となる。龍馬、日根野道場で剣を学ぶ | 〔二月革命、ルイ・ナポレオン大統領となる。オランダ、新憲法公布〕。 |
| 一八四九（嘉永二） | 六月、松陰、藩命で海防の実情を調査。海舟、蘭学塾を開く | 〔露、ペトラシェフスキー事件、ハンガリー出兵〕<br>イギリス船マリーナ号、江戸湾を測量 |
| 一八五〇（嘉永三） | 八月、松陰、九州へ遊学に旅立つ | 〔中国、太平天国の乱（〜六四）〕 |
| 一八五一（嘉永四） | 三月、松陰、兵学研究のため、江戸で安積艮斎・古賀茶渓・山鹿素水・佐久間象山らに学ぶ。一二月、脱藩し、東北遊歴する | 〔ルイ・ナポレオンのクーデター〕 |
| 一八五二（嘉永五） | 四月、松陰、江戸に帰る。七月、漂流民（中浜）万次郎、土佐に帰る。一二月、亡命の罪で士籍・家禄を奪われ、杉家の育（はぐくみ）となる | 〔仏、ナポレオン三世即位（〜七〇）、英、第二次ビルマ戦争（〜五三）〕 |

| | | |
|---|---|---|
| 一八五三（嘉永六） | 一月、松陰諸国遊学を許可される。龍馬、三月、剣術修行のために江戸に出発する。九月、松陰、ロシア艦での密出国を試みる | 六月、ペリー浦賀来航。七月、ロシアのプチャーチン長崎来航。〔一〇月、クリミア戦争（〜五六）〕 |
| 一八五四（安政一） | 一月、ペリー再来日。二月、諭吉、蘭学に志し、長崎に出る。三月、松陰、アメリカ艦へ弟子の金子と乗り込み、渡航拒否され、自首。四月、江戸伝馬町獄へ。六月、龍馬、江戸より帰国。河田小龍に会う。九月、幕府が松陰と金子、佐久間象山を自藩に幽閉処分。一〇月、松陰、野山獄へ | 三月、日米和親条約。〔三月、英仏もロシアに宣戦布告〕。七月、日英和親条約。一二月、日露和親条約 |
| 一八五五（安政二） | 一月、金子、岩倉獄で病死。九月、松陰、「福堂策」を完成。一二月、野山獄から自宅での蟄居へ。海舟、長崎海軍伝習所で学ぶ（〜五九）。諭吉、適塾に入門 | 二月、蝦夷地を幕府直轄地とする。一二月、日蘭和親条約。橘耕斎、ロシアに密出国。〔ニコライ一世死去。アレクサンドル二世即位。トルストイ「セヴァストーポリ物語」（〜五六）〕 |
| 一八五六（安政三） | 六月、松陰、幽室で講義。八月、龍馬、再度江戸遊学に出立する | 〔英仏、清とのアロー戦争（〜六〇）〕 |
| 一八五七（安政四） | 四月、晋作、明倫館に入舎。松下村塾に入門。龍馬、千葉道場の塾頭となる。諭吉、緒方塾の塾長となる | 〔インド、セポイの乱（〜五九）〕 |
| 一八五八（安政五） | 三月、松陰、松下村塾の増築。九月、龍馬、江戸より高知に帰る。一一月、松陰、老中襲撃の案。同月、晋作、江戸の昌平黌に入る。一二月、晋作、久坂らと松陰に書簡を送り、義挙の機ではないと勧告。松陰、野山獄に再入獄 | 四月、井伊直弼大老となる。六月、日米修好通商条約調印（続いて、オランダ・ロシア・イギリス・フランスとも調印）。九月、安政の大獄始まる（〜五九） |
| 一八五九（安政六） | 三月、多くの門人ら松陰を敬遠。五月、藩より東送の命、以後多くの門人、獄を訪れる。六月、江戸到着。七月、伝馬町の獄舎に入る。一〇月二六日「留魂録」。一〇月 | 六月、神奈川・長崎・箱館開港。九月、梅田雲浜獄死。一〇月、頼三樹三郎、橋本左内処刑。 |

| | | |
|---|---|---|
| | 二七日、松陰、処刑される。一〇月二九日、蔵六、女囚の解剖、桂小五郎との出会い。晋作、一一月、久坂らと松陰の霊をとむらう | 秋山好古、加藤恒忠（拓川）、誕生 |
| 一八六〇（万延一） | 一月、海舟、諭吉、咸臨丸で渡米する。晋作、井上方と結婚。久坂らと輪読会。蔵六、宇和島藩依頼の蒸気船を完成、長州藩に出仕。三月、晋作、明倫館舎長を命じられる。九月、佐久間象山に会見 | 三月、大老井伊暗殺される。八月、徳川斉昭死去。一一月、皇女和宮降嫁発表。一二月、ヒュースケン殺害事件。〔ドストエフスキー「死の家の記録」（〜六二）、ツルゲーネフ「その前夜」〕 |
| 一八六一（文久一） | 三月、晋作、世子の小姓役を命じられる。九月、龍馬、勤王党に参加。一〇月、和宮降嫁。一二月、諭吉、使節団の通事として西欧に出発（〜六二） | 三月、ロシア艦、対馬占領。五月、東禅寺事件。長州藩が公武合体を献議。〔二月、ロシア、農奴解放令、イタリア統一完成。米、南北戦争（〜六五）〕 |
| 一八六二（文久二） | 一月、坂下門外の変。三月、龍馬、脱藩する。四月、吉田東洋暗殺される。五月、晋作、幕府の「千歳丸」で上海に到着。八月、龍馬、江戸に赴き、このころ勝海舟に入門する。一一月、晋作、久坂らと横浜各国公使館襲撃案。一二月一二日、晋作、久坂らと御殿山の英国公使館を焼き打ち。一二月一七日、龍馬、勝海舟とともに西上する | 八月、生麦事件。同月、朝議、攘夷に決定。緒方洪庵、幕府に呼ばれ、奥医師兼西洋医学所頭取となる。〔ドストエフスキー、初めての西欧旅行、ロンドンで万国博を見学。仏、カンボジアを保護領とする〕 |
| 一八六三（文久三） | 二月、龍馬、脱藩の罪が許される。三月、晋作、久坂、伊藤俊輔らと松陰の遺骨を若林に改葬。剃髪し東行と称す。四月二四日、神戸海軍操練所の建設が決定。五月、長州藩、攘夷を決行。同月、龍馬、越前に赴く。六月、晋作、馬関に赴き奇兵隊編成<br>七月、薩英戦争。八月、大政変。九月、土佐勤王党弾圧。一〇月、龍馬、神戸海軍操練所の塾頭になる。伊藤、井上、イギリスに密出国 | 二月、浪士組が上京の途につく。三月、将軍徳川家茂、上京。四月、翌月一〇日を攘夷期限と決定。八月、天誅組の変。九月、新選組、芹沢鴨と平山五郎を粛正。一〇月、平野国臣ら生野挙兵。〔米、リンカーン、奴隷解放宣言。ドストエフスキー「冬に記す夏の印象」〕。徳富猪一郎（蘇峰）誕生（〜一九五七） |

| | | |
|---|---|---|
| 一八六四（元治一） | 一月、晋作、脱藩して京都へ走り後、野山獄に投じられる。二月、龍馬、勝とともに長崎に出張する、四月、横井小楠を熊本に訪ねる。八月、晋作、英国より帰国した井上聞多、伊藤俊輔をともない講和条約を締結。同月、龍馬、入京し西郷隆盛に会う。一〇月、晋作、長州征伐にたいする主戦論やぶれ、博多にむかう。一二月、遊撃隊を率いて下関で挙兵、長州藩の内乱始まる | 三月、水戸藩士筑波山に挙兵。四月、京都見廻組の新設。六月、池田屋騒動。七月一一日、佐久間象山暗殺される、七月一九日、蛤御門の変。八月、四カ国連合艦隊下関砲撃。一〇月勝召喚。一一月、第一次幕長戦争。〔デンマーク・オーストリア戦争〕 |
| 一八六五（元治二・慶応一） | 五月、龍馬、熊本の横井小楠を訪ねる。閏五月頃、亀山社中成立、一〇月、晋作、龍馬と馬関で会い、第二次長州征伐の対策をねる。一二月、龍馬、ユニオン号問題を調停する。中江兆民（一八四七〜一九〇一）、長崎で龍馬を知る | 二月、新選組の山南敬介が切腹。四月、第二次長州征伐始まる。幕府が留学生として市川文吉など六名の留学生をロシアに派遣。〔トルストイ、「戦争と平和」（〜六九）〕 |
| 一八六六（慶応二） | 一月二一日、龍馬、薩長同盟を成立させる。一月二三日、寺田屋にて襲撃される。六月、晋作、海軍総督となる、幕艦を攻撃。三月、龍馬、お龍と霧島などに遊ぶ。六月一七日、門司攻撃戦に参加 | 一月一四日、近藤長次郎切腹。五月、亀山社中のワイルウェフ号沈没。六月七日、幕長戦争始まる。八月、征長中止。〔普墺（プロイセン・オーストリア）戦争。ドストエフスキー、「罪と罰」〕 |
| 一八六七（慶応三） | 四月、晋作、下関において死去。同月、龍馬、海援隊長に任命される。四月二三日、いろは丸事件おこる。六月一五日、「船中八策」成文化される。九月、土佐に銃千挺を回漕。一〇月、新官制案を草す。越前福井に向かう。<br>一一月上旬、「新政府綱領八策」を起草<br>一一月一五日、龍馬・中岡慎太郎とともに暗殺される<br>一二月、龍馬の復讐のため海援隊と陸援隊の隊士らが新選組を襲撃 | 二月、慶喜が四国公使を引見。三月、伊東甲子太郎・藤堂平助らが新選組から分離。七月、長崎で水夫殺害され、容疑が海援隊員にかかる。一〇月、土佐藩、大政奉還を建白。一〇月一三日、慶喜大政奉還を宣言。同一四日、大政奉還上表を朝廷に提出。同日、討幕の密勅、薩長に下さる。一二月九日、王政復古の大号令。正岡常規（子規）（〜一九〇二）、夏目金之 |

| | | |
|---|---|---|
| | | 助（漱石）（〜一九一六）誕生 |
| 一八六八（明治一） | 一月、鳥羽伏見戦。戊辰戦争始まる（〜六九）。三月、勝海舟・西郷隆盛談判で江戸城総攻撃を中止。五月、上野彰義隊戦争。奥羽越列藩同盟成立。七月、長岡落城、九月、会津藩降伏。一〇月、榎本武楊軍が五稜郭を占領 | 三月、五カ条のご誓文。神仏分離令。秋山真之（〜一九一八）、徳富健次郎（蘆花）（〜一九二七）誕生。〔ドストエフスキー「白痴」〕 |
| 一八六九（明治二） | 一月、横井小楠暗殺される。五月、榎本軍降伏。九月、大村益次郎（蔵六）襲撃される。一一月、傷がもとで死亡 | 〔ダニレフスキー「ロシアとヨーロッパ」〕 |

＊本年表は、『坂本龍馬』（飛鳥井雅道著、講談社学術文庫）、『吉田松陰』（田中彰著、中公新書）、『高杉晋作』（奈良本辰也著、中公新書）、および『新日本史主題史年表』（清水書院）などを元に編集、作成したものである。なお、日付は太陰暦によった。

＊＊坂本龍馬および河田小龍の表記について、本文中では常用漢字を用い、それぞれ「竜馬」、「小竜」としたが、本年表では旧字を用い、「龍馬」、「小龍」とした。凡例参照。

# あとがきに代えて

近代日本の骨格を形成することになる幕末の歴史を、坂本竜馬の行動や思索をとおして、アメリカやイギリス、フランスなどの欧米諸国との関係だけでなく、ロシアや清、さらにはインドをも視野に入れながら描いた長編小説『竜馬がゆく』は、私が初めて読んだ司馬作品であった。

そこで司馬遼太郎は、「友情」という「ヨコの関係」と「師の志の継承」という「タテの関係」に注目しながら激動の幕末を描き出すとともに、「竜馬」に「おれは死なんよ」と語らせることで、人間は「文明の発展というものに参加すべきだ」という理念を、時に詩的な響きを持つ平易な言葉で描いていた。それゆえこの作品は、創設されて間もない「文明学科」で学びながら、「歴史」や「文明」について考えていた当時の私を深く魅了したのである。

個々の国家の特殊な「歴史」や「文化」を尊重しながらも、数千年に及ぶ古今東西の歴史を踏まえて、広い視点から「普遍的価値」の創造を目指すべきとした司馬の文明観は、「地球文明的視座に立つ理論的実践」を設立主旨の一つに掲げた比較文明学会のめざす方法とも重なり合うものが多いと感じて、学会の例会などでたびたび司馬論の発表を行ってきた。

そして、幕末において「ただ一人の日本人」であると自覚することになる「竜馬」の成長をとおして、「日本人」の在り方を深く考察した『竜馬がゆく』を、比較文明論的な視座から詳しく読み解くことは、混迷する現代における「グローバリズム」の意味を問い直し、二十一世紀の「新しい日本」

の在り方をも示唆することになるのではないかと思えた。

本書の執筆時には、私が初めて司馬作品と出会った一九歳の頃の思索や、羊の群れとたまに出会うような野山を数日間散策したり、黒海沿岸でビザンツ帝国の遺跡を見ながら司馬作品の持つ時空の広がりを感じていたブルガリア留学時の情景がたびたび鮮明に浮かんできた。

さらにはイギリスの大学でクリミア戦争後のロシア社会の研究をしていた際には、奴隷貿易で栄えたこともあるブリストルの港を見ながら、アメリカとロシアからの黒船来航のことや、「竜馬の自由思想の影響を多分に」うけた神奈川権令・大江卓が人権擁護を叫んで、南米ペルー船籍のマリア・ルス号に積まれた清国人奴隷の解放を訴え、ロシアで農奴解放を行っていたアレクサンドル二世を裁判官とする国際裁判で、日本側の主張が認められたことなどを考えていたことも思い出された。

『竜馬がゆく』と出会ってから四十年になるので、自分史にもふれつつ、この書物ができるまでの経過を記すことで、本書における私の問題意識を確認し、あとがきに代えたい。


一九四九年生まれの私はいわゆる「団塊の世代」に属しているので、五千万人以上の死者を出した第二次世界大戦も、原子爆弾の悲惨さも体験していない。しかし、少年時代には路上で金を乞う傷痍軍人の姿も見られたし、一九五四年には第五福竜丸がビキニ沖で被爆するという事件が起きていた。その後も大国による核実験は続けられていたので、雨の日には放射能を含む「黒い雨」が降るので必ず傘をさすように言われて育っただけでなく、一九六二年にはキューバ・ミサイル危機が発生したことで、全面的な核戦争に至る危険性さえ勃発していた。

しかも、キューバで起きた危機を米ソ首脳の対話によって回避し、米ソの雪解けの機運を作り出し、さらにベトナム戦争からの軍事顧問団の撤退を明言し始めていたケネディ大統領は、その翌年の一九六三年に暗殺された。この出来事から強い衝撃を受けた私は、この時期に母の大病にも遭遇したことから、「死」や「永遠」について考えはじめ、普遍的な価値を求めて文学作品だけでなく、しだいに宗教書や哲学書を読みふけるようになっていた。

また、まだ返還前の沖縄の基地から飛び立ったアメリカ空軍機による北ベトナムに対する激しい爆撃が始まり、非人道的な枯れ葉剤の大量投下も行われるようになったが、戦前には欧米によるアジア侵略を「鬼畜米英」と批判し、「本土決戦」さえも唱えていた政府が、敗戦後にはこのような戦いを批判すらできないことに「日本人」として恥ずかしさも感じた。

一九六八年四月にはベトナム戦争に反対していた公民権運動のキング牧師が暗殺され、続いて同じ年の一一月には大統領選挙でベトナムからの即時撤退を訴えていたロバート・ケネディも暗殺された。このことからは、いつの時代でも戦争という手段で権力や莫大な富を得ようとする政治家や政商にとって、戦争の機会を与えてくれる「敵」はなくてはならぬ重要な存在だが、平和の重要性を語る「宗教者」や「思想家」は、自己の利益や出世の可能性を奪う厭うべき存在として迫害や暗殺の対象とされてきたこれまでの歴史を思い起こさせられた。

一方、「反戦」をスローガンにしていた日本の学生運動でも、運動が下火になり始めると主張の違いから、自分たちの正当性を訴えるために対立する集団との血なまぐさい内部抗争やリンチなどが行われ始めていた。

このような時期に『竜馬がゆく』と出会った私は、ブルガリアへの留学などをへて、壮大な構想と骨太の骨格を持つ司馬作品が歴史的な広い視野によって支えられていることを確認し、いつかは異なる文明を持った日本とロシアの両国の接触を描いた『坂の上の雲』や『菜の花の沖』などの作品を比較文明論的な視点からきちんと分析したいと考えるようになった。

それゆえ、司馬遼太郎氏が亡くなられたという悲報に接した時には、「文明史家、司馬遼太郎氏を悼む」と題する短い追悼文で、「良質の遺伝子とは何か、ということを日本の文明を愛する立場で」考えてゆきたいとした司馬氏の「重い問いかけの一端」を引き受けたいとの小さな決意を同人誌に表明した。

その後、日露戦争戦勝百周年にあたる二〇〇五年に『司馬遼太郎の平和観――「坂の上の雲」を読み直す』(東海教育研究所)を出版したが、そのことで「雨の坂」と名づけられた『坂の上の雲』の終章の意味をきちんと読者にも示すためには、秋山真之と正岡子規からではなく、「安政の大獄」が行われていた一八五九年に生まれていた秋山好古と正岡子規の叔父加藤恒忠(拓川)との「友情」から考察し、司法省法学校を同じ年に原敬などとともに退学した加藤恒忠と陸羯南との交友にも言及すべきであったとの反省点もみえてきた。

さらに、幕末における「竜馬」の成長や海援隊の描写をとおして、自由民権運動から国会開設や明治憲法の成立にいたる流れをも描いていた『竜馬がゆく』の意義を改めて確認するとともに、危機的な時代の問題をより掘り下げた『世に棲む日日』や、日本における蘭学受容の意味を考察した『花神』などとの内的な深いつながりを認識したことが本書の執筆につながった。

完成までにほぼ三年の歳月を費やしてしまったが、本書を書き始めた頃には日本ではほとんど無名だったオバマ上院議員が、予備選が始まるとイラク戦争の批判者として頭角を現し、ついにアフリカ系としては初のアメリカ大統領に選ばれ、さらに当選後には地球環境問題の重要性を指摘し、アメリカが核兵器を使用したことの責任を認めて「核兵器廃絶」への決意を語ったことには感慨が深い。

現実に引きずられるのではなく、理想をめざすこのような姿勢に、ようやく時代が「竜馬」に追いついてきたのではないかという思いも涌く。日本の未来への可能性を示した『竜馬がゆく』の魅力と深みが、本書をとおして私と同世代や戦時中の世代だけでなく若い世代にも読まれることを期待したい。ただ私が歴史の専門家ではなく思い違いもあると思われるので、忌憚のないご批判やご意見を頂ければ幸いである。

最後になったが、本書が成立するにあたっては多くの先学の研究や諸先生が著された文献に学恩を負っている。また、人文書館の方々にもたいへんお世話になった。この場をお借りして、これら多くの方々に深い感謝の意を表したい。

二〇〇九年一〇月一二日記す

高橋誠一郎

**カバー版画『龍馬のように』(2006年作)について**

**田主 誠（たぬし・まこと）**

幕末の志士、坂本龍馬像は高知市の中心部から車で約30分の桂浜にある。遠く太平洋をにらむ姿は実にまぶしい。桂浜は松の緑と五色の砂浜に囲まれ、その背後の山は、かつて長宗我部氏の居城・浦戸城があった。よさこい節で「御畳瀬（みませ）見せましょ　浦戸をあけて　月の名所は　桂浜」とうたわれ、古来より名高い。太平洋の荒波がどこからともなく打ち寄せ、体が奮い立つのを覚える。ここに来れば誰しも龍馬になれる。


1942年、京都府舞鶴市生まれ。

1969年、シェル美術展佳作賞となり、以後、現代日本美術展やリュブリアナ国際版画ビエンナーレ展など数多くの国内外の美術展に入選・招待出品する。

1977年から1993年まで大阪・千里の国立民族学博物館に勤務し、民族博物誌の版画を雑誌、新聞に発表する。

1995年ニューヨーク国際メディア・フェスティバル銀賞。

著書に『川端少年の歩いた道』『世界民族博物誌』『心の旅　西国三十三所』(版画文集)など多数。


**大扉(写真提供)　高知県立歴史民俗資料館**

---

**編　集　多賀谷典子・道川龍太郎**

**高橋誠一郎**

……たかはし·せいいちろう……

1949(昭和24)年、二本松市生まれ。
東海大学大学院文学研究科(文明研究専攻)修士課程修了。
現在は東海大学外国語教育センター教授。
比較文明学会理事。
専攻はロシア文学、比較文学、比較文明学。
日本ロシア文学会、日本比較文学会、比較思想学会、日本ペンクラブ会員。


**主な著書**

**〈ドストエフスキー関係〉**

『「罪と罰」を読む(新版)―〈知〉の危機とドストエフスキー』(刀水書房、2000年)
『欧化と国粋―日露の「文明開化」とドストエフスキー』(刀水書房、2002年)
『ロシアの近代化と若きドストエフスキー―「祖国戦争」からクリミア戦争へ』(成文社、2007年)など。

**〈司馬遼太郎関係〉**

『この国のあした』(のべる出版企画、2002年)
『司馬遼太郎の平和観』(東海教育研究所、2005年)
『司馬遼太郎と時代小説』(のべる出版企画、2006年)など。

# 「竜馬」という日本人
## 司馬遼太郎が描いたこと


発行……二〇〇九年十一月二十日　初版第一刷発行
著者……高橋誠一郎
発行者……道川文夫
発行所……人文書館
〒一五一－〇〇六四
東京都渋谷区上原一丁目四七番五号
電話　〇三－五四五三－二〇〇一(編集)
〇三－五四五三－二〇一一(営業)
電送　〇三－五四五三－二〇〇四
http://www.zinbun-shokan.co.jp
ブックデザイン……鈴木一誌＋松村美由起
印刷・製本……信毎書籍印刷株式会社





ISBN 978-4-903174-23-5
Printed in Japan

# 人文書館の本

＊春は花に宿り、人は春に逢う。

## 生命［いのち］の哲学 ――〈生きる〉とは何かということ

小林道憲 著

私たちの〝生〟の有り様、生存と実存を哲学する！
政治も経済も揺らぎ続け、生の危うさを孕（はら）む「混迷の時代」「不安な時代」を、どう生きるのか。
海図なき羅針盤なき「漂流の時代」、文明の歪み著しい「異様な時代」を、どのように生きるべきなのだろうか。
今こそ生命を大事にする哲学が求められている。生きとし生けるものは、宇宙の根源的生命の場に、生かされて生きているのだから。私たちは如何にして、自律・自立して生きるのか。

四六判上製二五六頁　定価二五二〇円

＊スミスとギボンは、かくの如く語りき。

## アメリカ〈帝国〉の苦境 ――国際秩序のルールをどう創るのか

ハロルド・ジェイムズ 著　小林章夫 訳

アメリカ再生は、どう計られるのか！　一七七六年、アメリカ建国と、時を同じくして書かれたアダム・スミスの『国富論』、エドワード・ギボンの『ローマ帝国衰亡史』に立ち返り、気鋭の経済史家・国際政治学者の精緻な分析によるあるべき「精神の見取り図」（historical and economic perspective）を示す。「エンパイア」の罠から抜け出し、敢行しなければならない「デューティ＝義務」とは何なのか！「アメリカの世紀」の終わりと始まり。新たな責任の時代とは！

四六判上製二九六頁　定価二五〇〇円

＊西洋絵画の最高峰レンブラントとユダヤ人の情景。

## レンブラントのユダヤ人 ――物語・形象・魂

スティーヴン・ナドラー 著　有木宏二 訳

レンブラントとユダヤの人々については、伝奇的な神話が流布しているが、本書はレンブラントを取り巻き、ときに彼を支えていたユダヤの隣人たちをめぐる社会的な力学、文化的情況を追いながら、「レンブラント神話」の虚実を明らかにする。さらには稀世の画家の油彩画、銅版画、素描画、そして数多くの聖画の表現などを仔細に見ることによって、レンブラントの「魂の目覚めを待つ」芸術に接近する、十七世紀オランダ市民国家のひそやかな跫音の中で。ユダヤ人への愛、はじまりとしてのレンブラント！

四六判上製四八〇頁　定価七一四〇円

＊セザンヌがただ一人、師と仰いだカミーユ・ピサロの生涯と思想

第十六回吉田秀和賞受賞

## ピサロ／砂の記憶 ――印象派の内なる闇

有木宏二 著

最強の「風景画家」。「感覚」（サンサシオン）の魔術師、カミーユ・ピサロとはなにものか。そして印象派とは何なのか。――本物の印象主義とは、客観的観察の唯一純粋な理論である。それは、夢を、自由を、崇高さを、さらには芸術を偉大にするいっさいを失わず、人々を青白く呆然とさせ、安易に感傷に耽らせる誇張を持たない。――来るべき世界の可能性を拓くために――。気鋭の美術史家による渾身の労作！

A5判上製五二〇頁　定価八八二〇円

定価は消費税込です。（二〇〇九年十一月現在）